Dieter Sdun

Toter Mann mit Trachtenente

EDITION M

Das Buch

Sieht aus, als würde Ludwig Sandmoser, als Unternehmer gefürchtet und gehasst, in seinem Pool toter Mann spielen. Dabei ist er wirklich hinüber. Herzinfarkt, sagt Dorfpolizist Danner und hakt den Fall ab. Froschgift, findet Lothar Uhl heraus, der als kleiner Privatdetektiv normalerweise fremdgehende Ehefrauen oder blau machende Angestellte überwacht. Lollo, wie ihn nicht nur seine Frau Moni und sein kleiner Sohn Max nennen, nimmt den Fall in die eigene Hand und erfährt mehr über den Toten und die Lebenden in Kiefersfelden, als ihm lieb ist. Fast jeder in dem bayerischen Grenzort hätte Sandmoser gerne umgebracht, aber wer war es wirklich?

Der Autor

Dieter Sdun wurde am 12. September 1960 in Düsseldorf geboren. Danach lebte er in Oberbayern, im Harz und im Rheinland. Nach der Realschule und Ausbildung zum Bankkaufmann machte er sein Abitur über den Zweiten Bildungsweg. Sein Studium der Germanistik und Anglistik schloss er mit der Promotion ab. Er arbeitet als Journalist und Buchautor. Die erste Buchveröffentlichung war der Erzählband »Herr Ludwig oder Das Leben an sich« im Jahr 2007. Heute lebt er in der Nähe von Mainz, ist verheiratet, hat drei Kinder, zwei Meerschweinchen und einen Hund.

DIETER SDUN

Toter Mann mit Trachtenente

· Lollo ermittelt ·

REGIONALKRIMI

EDITION M

Deutsche Erstveröffentlichung bei
Edition M, Amazon Media E.U. S.à r.l.
5 Rue Plaetis, L-2338 Luxembourg
Februar 2018

Umschlaggestaltung: semper smile, München, www.sempersmile.de
Umschlagmotiv: © picturegarden / Getty; © Kevin Summers / Getty;
© Jenov Jenovallen / Shutterstock; © Emelina Chaparro / Shutterstock;
© grafikwork / Shutterstock; © chrisbrignell / Shutterstock; © robert_s /
Shutterstock
1. Lektorat: Hilke Bemm
2. Lektorat: Diana Schaumlöffel
Korrektorat: Julia Rohr/DRSVS
Printed in Germany
By Amazon Distribution GmbH
Amazonstraße 1
04347 Leipzig, Germany

ISBN: 978-1-503-90029-5

www.edition-m-verlag.de

Für den Leitner Siegi

Prolog

Es hätte ein Bild vollkommenen Friedens sein können. Die Frühlingssonne fiel durch die riesigen Fenster auf die Wandpaneele, auf die klein gemusterten Fliesen am Beckenrand und auf das Wasser. Im versöhnlichen Nachmittagslicht hob und senkte sich die Wasseroberfläche gleichmäßig. So gleichmäßig, als sei sie um einen Ausgleich bemüht – ein ruhiges Auf und Ab. Mit jeder Bewegung des Wassers veränderte sich auch der mit dunkel gebeiztem Holz verkleidete Raum. Die Lichtreflexe projizierten ein Netz an die Decke, das den ganzen Raum schwanken ließ.

Nur still war es nicht in diesem kleinen, privaten Schwimmbad. Auf einem weißen dreibeinigen Plastikhocker am Rand des Beckens, direkt neben dem Einstieg zum Pool, stand ein kleines, mit Farbspritzern übersätes Kofferradio. Die Antenne war ausgefahren.

»Toooooor!«, schrie eine sich überschlagende Stimme. »Ja ist das denn die Möglichkeit, schon wieder ein Tor für die Bayern, das dritte, dabei ist noch nicht mal Halbzeit. Das geht ja heute wie's Brezelbacken.«

Hinter dem Hocker mit dem Kofferradio schaukelte sanft im Becken der massige Körper des Spediteurs im Ruhestand Ludwig Sandmoser. Er lag mit dem Bauch im Wasser. Auf seinem behaarten

Rücken, zwischen den beiden Schulterblättern, tippelte eine Fliege. Eilte voran, machte eine Pause, überwand ein Rückenhaar, wartete, setzte sich auf ihre Hinterbeine, schien sich die Hände zu reiben, eilte weiter. Die Schultern des Unternehmers waren ganz trocken. Das lag daran, dass ein Teil seines Oberkörpers genau wie sein Kopf auf der obersten Stufe der Treppe ruhte, die aus dem Wasser hinaus an den Beckenrand führte. Seine Arme standen merkwürdig vom Körper ab und steckten im Handlauf der Treppe. Sandmosers riesiger Hintern dagegen, der die aufs Äußerste gedehnte rote Badehose fast sprengte, und seine behaarten Beine waren im Wasser. Halb trocken, halb nass, wie ein schwer an Land zu ziehendes Boot lag Ludwig Sandmoser da. Als ruhte er einen Moment aus. Oder als spielte er toter Mann. Er spielte es aber nicht.

Nachdem die Fliege das rechte Schulterblatt des Toten erreicht hatte, flog sie auf und versuchte, ins Freie zu gelangen. Sie stieß gegen die Scheibe, hielt inne, hob wieder ab, stieß erneut gegen die Scheibe. Die Fliege tippelte, so wie sie es zuvor auf dem Rücken von Ludwig Sandmoser getan hatte, über die Scheibe. Erst nach oben, dann machte sie kehrt, ging zur Seite, diagonal, bewegte sich kreuz und quer, immer auf der Suche nach einem Ausweg. Schließlich setzte sie erneut zum Flug an, stieß noch einmal gegen die Scheibe, nahm dann die andere Richtung und schwirrte ab in den hinteren Teil des Schwimmbades von Ludwig Sandmoser.

Dort, auf der anderen Seite des Beckens, in der Ecke, die zur Dusche und zum Haus lag, schaukelte eine kleine Plastikente. Sie trug einen grauen Trachtenhut mit einem weiß-blauen Band, eine braune Lederhose, und an den Seiten, auf jedem ihrer Flügel, war ein schwarzer Löwe abgebildet. Darunter eine Zahl: 1860.

»Und jetzt ist Halbzeit«, ertönte die schon heiser gewordene Stimme aus dem Radio. »Drei Tore für die Bayern, in fünfundvierzig Minuten. Was mag da noch kommen? Wir sind gespannt, wie es weitergeht. Heute ist offensichtlich kein Tag wie jeder andere.«

1

War das noch sein Traum? War das noch seine Vorstellung vom wahren Leben? Nein, da war etwas gründlich schiefgegangen, die gute Fee, wenn es denn eine gute Fee gewesen war, musste seine Wünsche missverstanden, irgendetwas durcheinandergebracht haben. Komisch.

Hätte Lollo einen Wunsch frei gehabt im Leben, er hätte nicht mehr tun wollen, als andere bei ihrem Leben zu beobachten. Einfach so am Straßenrand stehen und zusehen, wie Menschen ein Ziel haben. Weil aber Lollo nicht nur Auge war, sondern zudem einen Körper hatte, einen zugegeben nicht allzu großen, dafür breit angelegten, schweren Körper, der ungern an einer zugigen Straßenecke stand und sich nass regnen ließ, wünschte sich Lollo ein Auto um seinen Körper herum. Und wenn er sich noch etwas wünschen durfte, in Märchen gingen Wünsche ja auch immer als Trio ins Rennen, dann einen Bus, so einen VW-Bus mit einem Tisch, an dem er sitzen und rausschauen konnte.

Tatsächlich hat mir die Fee alle meine Wünsche erfüllt, dachte Lollo und blickte aus dem dunkel getönten Seitenfenster. Ich sitze an einem Tisch, habe einen Bus um mich herum und darf beobachten. Als hätte ich meinen Traum zu meinem Beruf gemacht.

»Du Papa.«

»Ja Max.«

»Worauf warten wir?«

»Mein lieber Max, ein Detektiv braucht vor allem eines: Geduld.«

»Was ist Geduld, Papa?«

»Warten können, das ist Geduld.«

»Das ist ja einfach. Das kann ich.«

Max sah seinen Vater von unten an. Er saß Lollo gegenüber, auf der anderen Seite des eingebauten Campingtisches. Vor sich hatte Max einen Spielzeug-Unimog mit einem Schneeschieber. Max schaute wieder auf sein Auto und räumte weiter konzentriert imaginären Schnee vom Tisch. Lollo seinerseits konzentrierte sich wieder auf die Tür des Hauses schräg gegenüber. Ein auf der Spitze stehendes Quadrat war in die Tür eingelassen. Lollo hatte schon so lange darauf gestarrt, dass er das Gefühl hatte, das Quadrat könne jeden Moment zu einer Seite umkippen. Ohne sein Spiel zu unterbrechen, fragte Max:

»Wie lange dauert das Warten noch?«

Ja, wie lange, fragte sich auch Lollo. Er blickte auf seine Uhr. Jetzt war schon Halbzeit in der Bundesliga, und er hatte keine Ahnung, wie es stand. Es war nicht sein Bus, in dem er hier sitzen musste, das war schon mal der erste Fehler der Fee gewesen, dachte Lollo. Es war der Bus seines Chefs, oder genauer, der Bus der Firma seines Chefs. Wenn es nicht für ein Observierungsfahrzeug etwas zu auffällig gewesen wäre, hätte Lollos Chef sicher liebend gern seine Fahrzeuge mit dem Firmenlogo beschriftet: *Baum, Jens Baum. Detektei.* Weil das leider nicht ging, hatte er wenigstens das Fahrzeuginnere ganz nach seinen Wünschen gestaltet und darauf bestanden, dass kein Autoradio eingebaut wurde: »Als Detektiv bin ich wie ein

Zenbuddhist. Ich konzentriere mich ganz auf meine Aufgabe. Wenn ich observiere, dann observiere ich. Und nichts sonst.«

Folglich gab es zwar ein raffiniertes Navigationssystem, das ein Saugnapf an der Windschutzscheibe hielt. Aber dort, wo üblicherweise das Radio eingebaut war, befand sich nur eine schwarze Abdeckplatte.

»Uhl, so ein Radio lenkt nur ab«, hatte sein Chef Lollo sogar eine Art Begründung geliefert. Dabei lehnte er Begründungen kategorisch ab. »Ich hasse Verschwendung von Lebenszeit«, sagte Baum, Jens Baum gern und oft, »und Begründungen sind die schlimmste Verschwendung von Lebenszeit. Ich entscheide, und das reicht. Mehr Begründung geht nicht.«

»Den Kerl hatte die Fee auch nicht bedacht, als sie mir meine Wünsche erfüllte«, murmelte Lollo halblaut vor sich hin. »Aber vielleicht gibt es neben der guten Fee, die mir meine Wünsche erfüllt, auch eine böse Fee in meinem Leben, die mich verwünscht.«

»Wie bei Dornröschen, Papa?«, fragte Max aufgeregt.

Schweigen. Lollo fühlte sich ertappt und suchte vergeblich nach einer harmlosen Ausrede. Als ob das Leben was mit Märchen zu tun hätte.

»Müssen wir auch hundert Jahre warten?«, fragte Max nach.

Manchmal redet er mir einfach zu viel, dachte Lollo. Ist das normal für einen Fünfjährigen? So viel zu reden? Immer diese Fragen, die niemand beantworten konnte, schon gar nicht Lollo. Woher sollte er denn wissen, wie lange das noch dauerte? So langsam müsste die Nummer durch sein, rechnete Lollo im Stillen nach. Über zwei Stunden war sie schon drin. Scrabbeln die danach noch? Macht man das heute, statt rauchen?

Seit kurz nach zwei saß Lollo hier schon mit Max und beobachtete das Haus gegenüber, Nußlbergweg 15. Was man so als Villa bezeichnete. So was sah man in Freitagskrimis im Fernsehen. Reiche, unglückliche Menschen in prachtvoller

Umgebung und alle unter Mordverdacht. Auch so eine Art Märchen.

Als Lollo angekommen war, hatte er gerade noch mitbekommen, wie die Frau, die er zu observieren hatte und die er nur zu gut kannte, in der Eingangstür von Nummer 15 verschwunden war. Auch das auf der Spitze stehende Quadrat war Lollo schon gleich zu Beginn aufgefallen. Er war in die Bippenwaldstraße eingebogen, hatte den Bus gewendet und hinter einer Fichte geparkt. Von hier aus beobachtete er durch die Zweige den Eingang, konnte aber selbst nicht gesehen werden. Seit über zwei Stunden blickte er nun schon auf die Eingangstür, in der Erwartung, dass sich gleich ein Motiv für seine Kamera zeigen würde. Das Motiv, das er brauchte. Nur darauf wartete er. Von wem stammte eigentlich der Spruch: *Die Ewigkeit dauert sehr lange, besonders gegen Ende*? Lollo nickte.

Das also war sein Los: Observationen von Ehefrauen und Ehemännern, von Menschen, die verzweifelt versuchten, ein aufregendes Doppelleben zu führen. Und was kam heraus bei dem Versuch? Nichts. Das doppelte, das zweite, das neue Leben war nicht mehr als eine Kopie des ersten.

Lollo bewunderte die großen Privatdetektive wie Spade oder Marlowe. Die waren nicht verheiratet, die hatten keine Kinder. Die brauchten sich nur auf ihren Job zu konzentrieren, während Lollo täglich neu an der Doppelbelastung von Beruf und Familie zu zerbrechen drohte. Um ein Haar wäre er zu spät gewesen heute Mittag um zwei und hätte den Anfang verpasst. Wie die Dame auf ihren Stöckelschuhen das Haus Nummer 15 betreten hatte. Es hatte wieder einmal alles zu lange gedauert. Max hatte sich daheim erst nicht von seinem Autoteppich und seinem Parkhaus trennen und dann nicht entscheiden können, welches Auto er mitnehmen wollte: den Unimog? Oder doch lieber den Traktor? Oder den roten Mercedes? Und wer war schuld an dem ganzen Durcheinander? Frau Uhl, Frau Monika

Uhl, Frau Moni, ganz klar, sie war schuld. Warum war sie ständig weg?

Immerhin war sie diesmal nicht gleich das ganze Wochenende unterwegs auf einem ihrer spirituellen Seminare. *Die Alchemie des Körpers* – damit hatte es angefangen vor zwei Jahren, und Moni war auf den Geschmack gekommen. Das war dem Einfluss dieser Marianne und ihres Eso-Stammtischs im Café Glück zu verdanken. Mit ihr hatte Moni dann auch die *Klangschalenmassage* am Tegernsee und das *Erlebnisseminar Heil- und Wildkräuter* in Bad Tölz gebucht.

Lollo hatte schließlich vorgeschlagen: »Wie wäre es mal mit *Aurareinigung und Frühjahrsputz* in Kiefersfelden?« Das hätte er besser nicht getan, danach hatte Moni stundenlang gar nicht mehr mit ihm gesprochen. Lollo musste sich tausend Mal entschuldigen, Blumen kaufen und Pfannkuchen zum Abendbrot machen. Erst am späten Abend war es langsam besser geworden. Nein, er durfte sich auf keinen Fall lustig machen über Monis Seminare. Obwohl es ihm nicht ins Hirn ging, wie sich eine vernunftbegabte und kluge Frau wie Moni auf einen solchen Hokuspokus einlassen konnte.

Lollo jedenfalls war überzeugt davon, dass es sich um Hokuspokus handelte. Und jetzt war Moni bei ihrem Samstagnachmittags-Hokuspokus. Einmal in der Woche trafen sich die Damen zum Esoterik-Stammtisch im Café Glück. Glück für Lollo, dass das nur einen Nachmittag lang dauerte und nicht ein geschlagenes Wochenende. Heute wollten die Damen nach einer *positiven Affirmation für diese Mondphase* suchen. Gegen diese Mondgeschichten hatte Lollo gar nichts, er begrüßte sie sogar, denn er wusste, welche Bedeutung der Mond für Moni hatte und dass das Ganze durchaus nicht zu Lollos Nachteil gereichte. Wenn etwa im Mondkalender stand: *Die Liebe ist heute besonders leidenschaftlich*, dann durfte Lollo sich Hoffnungen machen. Wenn das nicht im Kalender stand, dann lief ganz sicher nichts. Aber Lollo war selbst überrascht, wie häufig es vermerkt war. Was der Mond da oben wohl machte, damit es unten leidenschaftlich wurde? Hauptsache, Moni glaubte dran. Lollo brauchte keinen Mond dazu, für ihn war immer Leidenschaft.

»Wann fahren wir wieder, Papa?«

»Wenn die zu observierende Person wieder herauskommt.«

»Was ist eine obsierende Person?«

»Die Frau, die da vorhin in das Haus gegangen ist.«

»Die Resi?«

»Ja, Max, die Resi. Aber vergiss den Namen, vergiss ihn. Das ist Datenschutz, verstehst du? Keine Namen.«

»Was macht die Resi da drinnen?«

»Vö...« Lollo schaffte es gerade noch, den Mund wieder zuzuklappen.

»Was, Papa?«

»Völlig wurscht. Keine Ahnung. Frag nicht immer so viel. Spiel und schweig.« Lollo stellte den olivgrünen Unimog, der zur Seite gerollt war, wieder direkt vor Max auf den Tisch.

Man muss einfach Kompromisse machen im Leben, dachte Lollo. Er liebte Max, er liebte Moni, er liebte auch Kiefersfelden, selbst das Arbeiten im Bus liebte er. Aber doch nicht so, nicht in dieser Kombination. Immer verwechselte das Leben alles. Das Leben hatte Lollo immer glauben gemacht, dass er endlos Zeit habe. Dass die Welt auf ihn warten würde, damit er eines Tages etwas ganz Bedeutsames erleben dürfte. Aber bedeutsamer als eine Frau und ein Kind und eine Wohnung und einen komischen Beruf zu haben, wurde es einfach nicht. Neuerdings hatte Lollo ein immer stärker werdendes Gefühl, dass alles da draußen begrenzt war, um nicht zu sagen beschränkt. Umfassend beschränkt. Zeitlich und überhaupt. Dieses ganze Leben kam ihm manchmal vor wie salzlose Schonkost in einem Altenheim. Lollo würde bestens vorbereitet ins Rentnerdasein gehen.

Die Rente war das Ende, davon war Lollo überzeugt. Das war wie das Vorzimmer zum Tod. Erst vermutete Lollo, dass seine neue, noch skeptischere Weltsicht damit zu tun habe, dass er fünfzig geworden war. Dann, nachdem er einen Artikel im *Oberbayerischen Volksblatt* gelesen hatte, dachte er, das sind die Wechseljahre. Im *OVB* hatte gestanden, man würde sich nie so intensiv mit dem Tod beschäftigen wie mit fünfzig. Nicht mal mit achtzig. Ob er mit seiner Frau über so was sprechen konnte? Ob sie Verständnis für seine Wechseljahrsprobleme aufbrächte? Sie war so viel jünger! Zehn Jahre! Konnte sie das überhaupt verstehen? Was aber, wenn es eines Tages zu spät wäre? Wenn Lollo doch mit der Diagnose Darmkrebs konfrontiert sein würde, wie er das immer schon befürchtet hatte? Wenn Lollo erst mal Darmkrebs hätte, dann würden sich alle fragen: »Ja, wie kann das denn sein, der Lollo, der war doch immer ganz gesund?« Nur für Lollo wäre es keine Überraschung, das mit dem Krebs. Im Gegenteil, das wäre nur konsequent, denn wie sollte er sich nicht einen Krebs einfangen, wenn er jahrelang an seinen Idealen vorbeigelebt hatte? Vorbeileben musste, der Frau, dem Kind, dem Zuhause zuliebe. Und dann, was für ein Beruf! Ehefrauen zu observieren, um ihren Männern ein Argument für die Scheidung zu liefern. Oder umgekehrt, fremdgehende Ehemänner zu überführen, das nahm sich nicht viel. Oder krankgeschriebenen Angestellten hinterherzuspionieren, die, statt sich im Gemeindebüro in Zahlenkolonnen einzureihen, lieber beim Schaupenwirt hockten und ein Weißbier nach dem anderen tranken. Wie billig, sich beobachtend über den Rest der Menschheit zu erheben, dachte Lollo. Sicher, das war einmal sein Traum gewesen, einfach nur zu schauen. Aber doch nicht so. Immer endete alles in Missverständnissen.

Jäh wurde Lollo aus seinen Gedanken gerissen. Der Bus schaukelte plötzlich, aus dem Gleichgewicht gebracht von einem Luftzug, den ein vorbeirasendes Auto verursachte, ein schwarzer SUV, der aus der Bippenwaldstraße kam, fast ohne zu bremsen links abbog und auf dem Nußlbergweg davonfuhr. Lollo sah reflexartig sofort auf das Kennzeichen, aber das war völlig verschmiert. Vor der TÜV- und der Zulassungsplakette mussten zwei Buchstaben stehen, das war klar. Aber welche? RO? Vom Fahrer hatte Lollo nicht viel erkennen können. Nicht mehr, als dass er – oder sie? – so schwarz aussah wie der Jeep selbst. Von dem Schaukeln, das der Jeep verursacht hatte, war Max' Unimog vom Tisch gefallen.

»Wahnsinn, mitten im Wohngebiet.« Lollo schüttelte den Kopf und schaute dem Wagen nach.

»Ein Duster«, stellte Max fest. »Wie der Andi einen hat. Darf der so schnell?«

»Pst!«, antwortete Lollo nur.

Natürlich hätte sie ihn nicht gehört, aber es war ein Reflex bei Lollo: Wenn sich was tat, Mund halten. Und jetzt tat sich was. Die Haustür von Nummer 15 ging auf. Lollo nahm seine Kamera in die Hand. Endlich kam sie heraus. So aufgedonnert war sie sonst nicht, wenn sie über den Gartenzaun keifte, die Wimmer Resi. Ihre Haare waren wie für die Ewigkeit fixiert. Eine Innenrolle, die auch als Regenrinne getaugt hätte. Für Lollo war die Resi das Sinnbild der bösen Fee. Solche machten einem das Leben zur Hölle. Dem Schorschi, ihrem Mann, aber auch ihren Nachbarn und allen im Ort, ja der ganzen Welt machte sie das Leben zur Hölle. Eine blondierte, ganz in Schwarz gekleidete Frau, die aber ganz offensichtlich keine Trauer trug. Eher das Gegenteil. Da waren durch das Objektiv zwar schon ein paar Falten in ihrem Dekolleté zu erkennen, aber immerhin war da ein Dekolleté, dachte Lollo, und zwar ein ansehnliches. Für einen Moment konnte er den Hausherrn fast verstehen.

Auf halbem Weg zum Gartentor blickte Resi sich noch einmal zu ihrem Liebhaber um. Da sie aber gleichzeitig weiter vorwärts ging, hätte sie das fast ins Straucheln gebracht. Sie schwankte wie am Anfang, als sie hineingegangen war. Das lag entweder an ihren hohen Schuhen, oder sie war in der Zeit da drin nicht nüchterner geworden. Vielleicht hatte sie was gebraucht, um in Stimmung zu kommen. Jedenfalls: Wenn sie stand, dann standen sie ihr, die Schuhe, fand Lollo. Im Dreierrhythmus schoss er Fotos, richtig viele Fotos.

»Was macht die Resi da, Papa?«

»Pst, sonst hört sie dich noch.« Lollo legte seine Hand auf Max' Mund.

»Gar nicht«, sagte Max beleidigt, bog den Oberkörper nach hinten und verschränkte die Arme vor der Brust. »Du bist viel lauter mit deinem Foto.«

Resi überquerte die Straße und stakste zu ihrem weißen BMW-Cabrio, das schräg gegenüber von Lollos Bus stand. Sie hatte da geparkt, um es so aussehen zu lassen, als würde sie jemanden in der Bippenwaldstraße besuchen.

»Runter«, sagte Lollo zu Max. Beide duckten sich unter den Tisch. Sie hörten, wie Resi den Wagen aufschloss, sich in den Ledersitz hineinfallen und den Motor aufheulen ließ.

»Weg war ich«, flüsterte Max.

»Du bist ein großer Detektiv«, flüsterte Lollo zurück.

»Eine große Hilfe«, erwiderte Max und tauchte wieder auf. »BMW«, sagte er, »Crabio.« Max lehnte sich über den Tisch und schaute dem Auto nach, bis es endgültig verschwunden war.

2

»Blöd«, sagte Moni und nippte an ihrem Kräutertee, als wäre er noch heiß. Aber noch ein Schluck und sie hätte ihr Glas geleert, bevor sie überhaupt vollzählig waren. Der Teebeutel auf der Untertasse sah schon ganz vertrocknet aus.

»Dass Sibylle sich auch verspätet. Sonst ist doch immer nur die Resi zu spät«, beklagte sich Marianne und drehte das Wasserglas, das neben ihrem Kaffee stand, immer weiter herum, und zwar im Uhrzeigersinn. Plötzlich hatte sie eine Eingebung. Warum nicht? Sie versuchte sich zu sammeln und schaute so konzentriert in das Glas, als wolle sie allein mit der Kraft ihrer Gedanken Luftblasen in ihr stilles Wasser zwingen. Die Verwandlung von gewarteter Zeit in Luftblasen. Marianne atmete tief ein, hielt die Luft an, hielt die Luft lange an, aber schließlich verpuffte ihr Atem wieder. Nichts zu machen. Was da für Energie verloren ging, nur durch Warten. Warten frisst alles. Wer wartet, kann an nichts anderes denken als an das Warten, sah Marianne ein und gab auf.

Moni und Marianne saßen im Café Glück an dem großen runden Tisch, in ihrem Rücken ein riesiges Foto von einem gelben VW Käfer. Vor sich hatten die beiden außer ihren Getränken, einer aufgefalteten Handtasche (von Moni) und einem noch zugeklappten Mondkalender (von Marianne) noch eine Art Tischgong stehen. Auf dem Kupfer-Oval in der Mitte stand: *Stammtisch*. Das war reichlich unpassend, das war den Frauen bewusst, denn in vielerlei Hinsicht war dieser Tischgong männlich geprägt. Doch was sollten sie machen? Bislang hatten sie sich noch auf keinen Namen für ihren spirituellen Zirkel einigen können. Irgendetwas mit Eierstöcken musste es sein, so viel war Marianne klar, seit sie bei einem Seminar in der Nähe von Frankfurt gelernt hatte, dass die Eierstöcke der Träger allen spirituellen Glaubens und damit die Basis für das Himmelreich auf Erden sind. Bei Frauen versteht sich, bei Männern waren es die Hoden. Marianne leuchtete das mit den Eierstöcken sofort ein, und deshalb hatte sie nicht nur das Einführungsseminar *Die Geburt der Goldmarie* belegt, sondern auch den Aufbaukurs *Das Empfangen des Goldregens*. Was Marianne in diesen Kursen nur zu schmerzhaft bewusst wurde: Wer täglich in sein Leben reines Gold regnen lassen will, der muss seine Leber erst vom Selbsthass erlöst haben. Einmal mehr: sich annehmen. Marianne kannte das schon aus anderen Kursen und wusste, dass es keine leichte Aufgabe war. Da war es fast schon einfacher, Kohlensäurebläschen ins Wasser zu projizieren.

Solange jedenfalls noch kein passender Name und kein passendes Tischreservierungsschild für den wöchentlichen Zirkel gefunden waren, so lange mussten die Frauen sich mit dem patriarchalischen Stammtisch-Gong abfinden, der in dieser Form problemlos auch beim Schaupenwirt hätte stehen können. Immerhin bewirkte dieses Teil, dass der Tisch für ihre wöchentliche Runde reserviert blieb. Wobei es an diesem Samstagnachmittag ruhig war im Café Glück, ungewöhnlich ruhig, nur ein paar Tische waren besetzt. Das Café Glück war gewissermaßen der Versuch eines Studentencafés, nur ohne Studenten. Es gab keine zwei gleichen Stühle oder Tische, dafür altmodische Kronleuchter über der Theke und an der Wand dahinter flächendeckend Tafeln, auf denen die Spezialitäten des Hauses angeboten wurden: Ingwerschokolade, Lady-Grey-Tee oder Moccacino sowie Frühstücksvariationen und diverse Kuchen. Auf jedem Tisch stand ein Glas mit einer Rose und eine Porzellanschale mit Zucker und einem Löffel drin.

»Ruhig ist es heute, Petra«, sagte Moni zu der Frau hinter der Kuchentheke, die im Stehen ein Kreuzworträtsel löste. Sie war groß, schlank, hatte klare blaue Augen und trug einen schwarzen Pulli unter ihrer schwarzen Schürze.

»Ist nicht schlimm, wenn's mal einen Tag nicht so zugeht«, erwiderte Petra mit ihrer dunklen Stimme, die sie älter machte, als sie wirklich war. Ein leichter Tiroler Akzent schwang mit in dem, was sie sagte.

»Vier Frauen um halb vier, das muss doch einmal in der Woche zu schaffen sein«, ärgerte sich Marianne und blickte aus dem Fenster auf die Dorfstraße. Die kleinen Tannen auf dem Bürgersteig, die eine Lage am Waldsaum vortäuschen sollten, erinnerten sie an eine Aufführung von *Macbeth*, die sie einmal bei einem Theaterfestival in Südfrankreich gesehen hatte. Der sich bewegende Wald, in dessen Schutz die Rächer näherkamen. Aber hier gab es keine Rächer, *Macbeth* spielte nicht in Kiefersfelden.

Moni hatte sich in die Betrachtung ihrer Haarspitzen vertieft. Sie mochte ihre dicken, kräftigen, dunkelbraunen Haare. Den kurzen Pferdeschwanz hatte sie gelöst, das leuchtend gelbe Haargummi trug sie nun als Armband. Sie klemmte sich die für gut befundene Haarsträhne hinter das Ohr und wühlte auf dem Grund ihrer Handtasche nach ihrem Handy.

»Lollo hat heute noch kurzfristig einen Einsatz reinbekommen und musste den Max mitnehmen. Begeistert war er nicht.«

»Aber Max doch sicher, oder?«, sagte Marianne.

»Freilich, Lollo ist auch gern zusammen mit Max, solange der Kleine nicht zu viel redet. Ich weiß auch nicht, wen Lollo da heute beschatten muss. Er tut ja immer so geheimnisvoll. Irgendwie passte ihm das jedenfalls nicht mit dem Maxl.«

»Moni, das ist nicht dein Problem«, erklärte Marianne bestimmt. »Du kannst nicht dein ganzes Leben der Familie opfern. Du musst auch mal was für dich tun. Abgrenzen ist ganz wichtig.« Positives Denken zu verbreiten, das war doch immer wieder ihre Hauptaufgabe, dachte Marianne im Stillen.

»Was ich dich noch fragen wollte«, sagte Moni, die endlich ihr Handy gefunden hatte. »Neulich hat mir ein Pensionsgast da was erzählt. Die Frau war aus Wiesbaden und unterwegs zu einem Feng-Shui-Kongress in Kärnten. Sie meinte, dass Feng-Shui-mäßig das Schlimmste ein nach Süden ausgerichtetes Bad sei. Das könne sogar eine Ehe zerstören. Ich glaube, unseres liegt Richtung Süden. Oder vielleicht auch Südwesten, ich bin mir nicht sicher. Ist das wirklich so schlimm?«

»Na ja, es kommt erst mal darauf an, wie du dich damit fühlst.« Marianne nippte an ihrem Wasser.

»Bis jetzt hatte ich kein Problem damit. Aber wenn man es einmal weiß.« Moni zog die Mundwinkel nach unten.

»Ich kann mir das ja mal ansehen«, sagte Marianne. »Wichtig ist vor allem, dass da kein schwarzer Stern ist über eurer Wohnungstür. Aber das haben wir ja neulich schon untersucht, und zum Glück ist da nichts bei euch. Wir schauen mal mit dem Bad. Viel kann man auch mit geschickt positionierten Spiegelkacheln machen.«

Nachdem Moni auf ihrem Handy nachgesehen hatte, ob nicht zumindest eine SMS von Resi oder Sibylle eingegangen war, blickte sie zur Tür. Und da stand Sibylle. Einfach so. Wo war die denn plötzlich hergekommen? Moni hatte gar nicht mitbekommen, dass sie ihr Auto geparkt oder die Tür geöffnet hatte. Ob sie da schon länger stand? Klein, schlank, wild gelockte Haare, voller Energie, das war Sibylle. Aber da war noch mehr heute. Es war Sibylles Ausstrahlung, die Moni erstaunte. Sibylle wirkte wie eine Goldmarie, die gerade mit Glück übergossen worden war. Obwohl sie etwas außer Atem war und wohl auch etwas schuldbewusst wegen ihrer Verspätung, strahlte Sibylle, als sie näherkam.

»Entschuldigt bitte. Aber Luggi hat doch schon wieder einen Hexenschuss. Ich musste ihm noch eine Spritze in den Hintern geben, bevor er wieder ins Wasser ist.«

»Da hat er aber Glück, dass du das kannst«, sagte Moni. »Wahrscheinlich sucht ein Mann, der es im Rücken hat, sein Leben lang nach einer Frau, die mit einer Spritze umgehen kann.«

»Männer immer mit ihrem Rücken«, stöhnte Marianne. »Warum haben es nur immer alle Männer im Rücken?«

Ohne dass Sibylle etwas bestellt hätte, brachte ihr Petra einen Cappuccino, wie immer, wenn der Stammtisch tagte. Das Muster auf dem Milchschaum sah aus, als wäre das Blatt eines Baumes zufällig in die Tasse gefallen.

»Dank dir, Petra. Wenn er es nur mit dem Rücken hätte, könnte ich es ja noch tolerieren«, sagte Sibylle und nahm schnell die Tasse auf. »Damit kann ich umgehen. Aber der Rest. Männer leiden ja so ganzheitlich. Aua, ist der heiß!« Sie stellte die Tasse geräuschvoll wieder ab.

»Jetzt mal was Positives: Wie findest du den Silberrücken da draußen mit dem Vollbart?«, fragte Marianne Sibylle und deutete mit dem Kopf in seine Richtung.

Sibylle drehte sich um und schaute einem für Kieferer Verhältnisse ungewöhnlich modisch gekleideten, schon leicht ergrauten Mann nach, ohne etwas zu sagen.

»Sieht nicht schlecht aus«, meinte Marianne. »Muskulös, aber sanft. Und dann der Vollbart. Ich mag solche Kerle ja. Obwohl Männer mit Vollbart, die wollen was verbergen, die wollen ihr Gesicht nicht zeigen, und damit vor allem nicht ihre Leber. Denn die Leber speichert ja unseren unbewussten

Selbsthass. Und den wollen sie vor der Welt verstecken. Das weiß jeder, der sich mit Chakren beschäftigt hat. Aber mir hätte sich der Herr vielleicht offenbart.«

»Also ich traue der Marianne alles zu«, sagte Moni.

Marianne seufzte. »Das sind halt so Schwingungen, ich kriege einfach mit, wer meine Hilfe braucht. Ich bin nun mal Mondin, und Mondin ist Haut, und Haut spürt so was.«

Sibylle wandte sich wieder ihrem Cappuccino zu. Sie rührte den Milchschaum als würde sie Sahne schlagen. Etwas in ihr arbeitete.

»Was …«

Marianne kam nicht dazu, ihren Satz zu beenden. Vor dem Bankgebäude gegenüber quietschten Reifen. Ein weißes BMW-Cabrio hielt und parkte schwungvoll ein. Resi war offensichtlich im Vollbesitz ihrer Kräfte. Sie knallte die Fahrertür zu, eilte, so schnell es ihre Schuhe zuließen, über die Straße und betrat das Café. Ihre Frisur war etwas verrutscht, ein paar Haare standen von ihrer festbetonierten Innenrolle ab. Aber der Lippenstift saß und auch die beiden Striche, die sie statt ihrer Augenbrauen gezogen hatte, waren perfekt. Resi trug Schwarz wie meist, sie sah wie eine Dame aus, auch wenn ihr Ausschnitt an diesem Nachmittag nicht ganz symmetrisch zu sein schien.

»Was ist denn mit dir los? Dich kann doch unmöglich dein Schorschi so zugerichtet haben«, rief Marianne aus und klang beinahe besorgt.

»Was heißt hier zugerichtet, ich hatte noch einen Termin«, entgegnete Resi und setzte sich mit Blick auf den gelben Käfer. »Und zwar bei einem Innenarchitekten, wenn du's genau wissen willst.«

»Innenarchitekt klingt gut«, sagte Moni und neigte den Kopf ein wenig. »Gibt es in Kiefersfelden überhaupt einen Innenarchitekten? Einen, der gern mal Überstunden macht, an einem Samstagnachmittag?«

»Ich lebe zwar noch nicht so lange hier«, warf Sibylle ein, »aber bei uns da oben, das eine Haus in der Bippenwaldstraße, das in der Toskana stehen könnte, da wohnt vielleicht einer drin. Aber ehrlich gesagt, ich habe noch nie von einem Innenarchitekten hier gehört.«

»Ach, das Fräulein Ahnungslos«, sagte Resi wütend. »Du fragst bei einem Mann eh nicht lange nach dem Beruf, du legst dich doch sofort hin!«

»Jetzt reicht's aber!« Moni hatte weniger das Gefühl, Sibylle beschützen zu müssen, als große Lust, Resi anzugreifen. »Egal, ob mit Innenarchitekt oder ohne, du hast doch ein schönes Leben.«

»Was soll das denn heißen?« Resi gab unvermindert Gas. »Schönes Leben? Ich? Weißt du, was ich für eine Arbeit habe jeden Tag? Mit dem Garten? Und dem Haushalt? Und meinst du, der Schorsch, der alte Knauser, genehmigt mir eine Putzfrau? Ganz abgesehen davon, wer sollte hier im Ort schon so putzen können, dass es wirklich sauber ist? Und überhaupt, als ob ich jemanden in meinen Sachen rumwühlen lasse.«

»Am Ende findet noch einer die Handschellen unterm Bett«, ahmte Moni Resis empörten Tonfall nach.

»Na, Handschellen habt doch wohl eher ihr daheim, Frau Nachbarin. Gehört so was bei einem Detektiv nicht zum Standard?«, keifte Resi zurück.

»Manchmal frage ich mich, was du überhaupt in unserem spirituellen Kreis machst.« Moni klang ungewohnt bitter. War es die lange Wartezeit gewesen, oder was hatte sie so angriffslustig gemacht, dass sie noch einen draufsetzte: »Du hängst doch total fest in deinem Film.«

»Bitte, Moni«, sagte Marianne mit einem leichten Tadel in der Stimme. »Hier in unserem Zirkel ist Platz für jede Frau, woher sie auch kommen mag, wie weit ihr Weg auch sein mag. Alle sind willkommen.« Marianne führte ihre Tasse zum Mund, um einen Impuls zu setzen: Ruhe. Ohne getrunken zu haben, stellte sie die Tasse wieder ab. »Wenn man euch so hört, dann könnte man meinen, heute wäre Leidenschaft. Dabei ist Leidenschaft natürlich erst mit dem Mondwechsel am Donnerstag.« Marianne hatte ihren Mondkalender jetzt aufgeschlagen vor sich: »Für heute steht hier: *Nehmen Sie Ihre Aufgabe an. Nutzen Sie Ihre Autorität.* Das muss ich jetzt wohl mal machen. Darf ich euch daran erinnern, dass unser Zirkel dem positiven Denken verpflichtet ist? Und dass es heute um eine positive Einstellung für die nächste Mondphase geht? Das ist unsere Aufgabe. Wir sind spät genug dran, wir sollten uns auf das Wesentliche konzentrieren, und zwar mit innerer Ruhe und äußerer Gleichmut. Und außerdem warten wir noch auf eine Eingebung des Universums, was unseren Namen angeht. Wir wissen immer noch nicht, wie unsere Runde heißt.«

Für einen kurzen Moment herrschte völlige Stille im Café Glück. Wie auf Verabredung kamen alle Gespräche zum Erliegen. Nur das Brummen des Kühlschranks hinter der Theke war leise zu hören. Mariannes Worte schienen die Frauen tatsächlich beruhigt zu haben.

»Was mit Freiheit vielleicht«, schlug Sibylle vor. Ihre Stimme schien von weit her zu kommen. »Also zum Beispiel: Ich lerne, meine Freiheit zu gebrauchen.«

»Gut, in deinem Fall könnte man natürlich auch sagen: ›Ich lasse mich nicht von meiner Vergangenheit runterziehen. Und auch nicht von meiner Gegenwart.‹« Resi zog ihre aufgemalten Augenbrauen zusammen und blickte Sibylle durchdringend an.

»Was willst du damit ausdrücken?«, fragte Sibylle, schon in Abwehrhaltung.

»Das weißt du wirklich nicht? Der Luggi hätte dir doch nie seine Haustür geöffnet, wenn du ihm nicht zuvor was ganz anderes geöffnet hättest.« Resi starrte auf den Knopf von

Sibylles Bluse, der alles zusammenhielt. Ihr Blick war schamlos männlich.

»Also, das ist doch wohl die Höhe. Der konnte sich doch damals kaum bewegen, nach seinem Bandscheibenvorfall. Der lag im Stufenbett. Den musste ich sogar waschen«, verteidigte sich Sibylle.

»Das meine ich«, fuhr Resi betont ruhig fort. »Das hat ihm sicher Spaß gemacht, wenn Schwester Sibylle mit dem Waschlappen vorbeikam. Und wer weiß, wen du noch versorgst, außer den Luggi, also ich weiß von mindestens einem.«

»Das ist doch die Höhe, denkst du eigentlich nur an Sex?«, fragte Sibylle wütend.

»Wohl kaum. Oder wäre ich sonst mit dem Schorsch verheiratet?«, wehrte sich Resi.

»Tja, wo der Hausmeister versagt, richtet's eben der Innenarchitekt«, warf Moni ein.

Resi haute mit der Faust auf den Tisch, dass es ihr wehtat.

»Na, das scheint ja heute eine ganz explosive Konstellation im Universum zu sein«, versuchte Marianne, ihren Kreis noch einmal zu beruhigen. »Darf ich die Mitfrauen unseres Zirkels daran erinnern, dass wir immer noch nach einer positiven Affirmation suchen? Und nach einem Namen. Apropos, ich hatte da gerade eine Idee. Was haltet ihr von *Ovarienzirkel*? Ist das nicht großartig? *Ovarienzirkel*, das ist rund, das ist der Kreis, das ist das All, das hat eine wunderbare Symbolik.«

Marianne sprach sanft und gleichzeitig mit Nachdruck, nahm aber auch die Skepsis auf den Gesichtern der anderen wahr.

»Was schaut's denn so? Eierstöcke klingt so technisch, das hat sprachlich irgendwie zu wenig Aura. Aber *Ovarienzirkel*, das fließt, das tönt. Meinetwegen auch *Kieferer Ovarienzirkel*. Meint ihr nicht auch? Wunderbar, so hat unser Samstag doch einen Sinn gehabt, im *Kieferer Ovarienzirkel*.«

3

Er würde eine langsame Todesart für ihn wählen, so viel war klar. Er sollte leiden. Er sollte Zeit haben, seine unermesslichen Leiden zunächst zu ahnen. Dann sollte er realisieren, dass sein Ende unweigerlich auf ihn zukommen würde und dass er keine Chance hätte, ihm zu entkommen. Das Schlimmste für ihn müsste nicht der Gedanke an das Ende sein, sondern daran, wie lange das Ende noch auf sich warten ließe. Und wie viel Qual seine letzten Stunden, seine letzten Tage, vielleicht sogar seine letzten Wochen noch für ihn bereithalten würden. Er würde alles dafür geben, sofort zu sterben. Aber Lollo ließe ihn einfach nicht sterben.

»Vier, fünf, sechs«, zählte Lollo langsam vor sich hin, während er das Olivenöl über einen Esslöffel in ein Einmachglas laufen ließ. Die Salatsoße war für ihn immer die größte Herausforderung bei der Vorbereitung des Abendessens. Dann drei Löffel Essig, die Hälfte der Ölmenge, so hatte es Moni ihm beigebracht. Noch etwas Süßes dazu, Feigensenf, das war Lollos Spezialität. Und zum Schluss wieder was von Moni: heißes Wasser, das war wichtig, heißes Wasser, dann vermischt sich alles besser, auch die Gewürze. Heißes Wasser. Lollo machte den Wasserkocher an.

Er könnte ihn natürlich auch langsam verbrühen. Baum, Jens Baum würde winseln, flehen, fordern, toben, verzweifeln. Aber es würde ihm nichts helfen. Lollo würde sich Ohrstöpsel einsetzen, um ihm zu zeigen, dass er sich seine Worte sparen könne. So wie damals Odysseus, so würde es auch Lollo machen. Daran sah man schon, wie alt sein Kampf war, er dauerte schon Jahrhunderte, Jahrtausende. Warum das Schicksal gerade auf Lollo verfallen war? Warum musste ausgerechnet er einen solch archaischen Kampf fortführen? Zumal er eine ganz andere Statur hatte als Odysseus.

»Was machst du, Papa?« Max war neben Lollo aufgetaucht wie eine Erscheinung. Der konnte sich so leise anschleichen wie eine Katze. Hatte Lollo ihm das beigebracht, es ihm in die Wiege gelegt?

»Salat«, sagte Lollo sachlich. Und weil ihm die Antwort etwas knapp und unfreundlich vorkam, fügte er noch hinzu: »Fürs Abendessen.«

»Das schmeckt mir so lecker, Salat«, sagte Max.

»Magst du nicht wieder rüber ins Wohnzimmer gehen und mit deinem Autoteppich spielen? Die Mama kommt sicher auch gleich heim.«

»Nö«, antwortete Max. »Was machst du noch, Papa, außer Salat?«

»Nachdenken«, sagte Lollo. Diese Einwort-Antworten hatte er von Max übernommen. Als der noch Einwort-Antworten gegeben hatte. Schöne Zeit damals, dachte Lollo. Heute ist er eine Plaudertasche.

»Denkst du immer noch nach, Papa?«

»Ich versuch's, aber die Umstände sind nicht gerade ideal.«

»Wie geht nachdenken?«

»Schwer zu erklären«, sagte Lollo. »Das kommt einfach von allein. Wie Kopfschmerzen. Das Wichtigste ist, man darf auf keinen Fall darüber nachdenken, dass man nachdenkt. Sonst klappt's nicht.«

»Verstehe«, sagte Max.

Jedenfalls musste Lollo zuerst eine Reihe von logistischen Problemen lösen. Irgendwo musste er seinen Chef ja verstecken. Das würde hier, in der Sechzig-Quadratmeter-Wohnung in der Steilnerjochstraße schlecht gehen. Auch die Pensionszimmer oben drüber kamen nicht infrage. So ein Raum müsste natürlich schallgeschützt sein. Baum sollte seinen Schmerz laut herausschreien können, auch wenn Lollo die Ohren davor verschloss. Blieb, ganz klassisch, der Keller. Genau, der Öltank. Baum würde in einem Öltank verzweifelt um Gnade bitten. Aber Lollo würde einfach den Steigenberger kommen und volltanken lassen. Zweitausend Liter schweres Heizöl. Das brachte jedoch zwei weitere Schwierigkeiten mit sich, fand Lollo: Wie bekam er Baum in den Öltank? Selbst wenn es Lollo vorher gelang, ihn zu betäuben, wie sollte er ihn durch die enge Öffnung des Öltanks kriegen? Und was noch schwerer wog: Wie sollte Lollo sich an dem Blick seines Chefs laben können, wenn das Öl in den Tank schoss? Wie konnte er dann die Angst seines Opfers sehen? Ein raffiniertes Kamerasystem? Und wenn das vom Öl verschmierte? Am Ende hätte Lollo nichts weiter davon als nur die Vorstellung, die er sich machte. Reichte ihm das? Und irgendwann musste er die Leiche ja beseitigen, die würde sich nicht vollständig im Öl auflösen. Und wenn der Öltank letztlich unbrauchbar würde durch den abgelebten Baum, weil der alles verstopfte? Es stellte sich schlicht die Frage, wie viel war Lollo das Ableben seines Chefs wert? Am Ende musste er eine neue Heizungsanlage kaufen. Oder zumindest einen neuen Tank. Und die zweitausend Liter Heizöl mit einer halb aufgeweichten Leiche darin hatten vermutlich auch keinen besonders hohen Heizwert mehr. Nein, Lollo musste eine Lösung außerhalb finden. In einem hohlen Pfeiler unter der Inntalbrücke vielleicht. Aber wie bekam er einen Pfeiler hohl, ohne die Statik zu gefährden? Und wie könnte er da Wasser heiß machen? Gut, er könnte es mithinbringen, in der alten, roten Thermoskanne zum Beispiel. Aber wäre es dann noch heiß genug? Kochend heiß?

Der Wasserkocher in der Ecke unter dem Hängeschrank hatte sich auf seinen Höhepunkt zugearbeitet, es brodelte in ihm, er schien explodieren zu wollen. Dann gab es ein lautes Klacken, und schlagartig beruhigte sich das Wasser wieder, als hätte es jemand gezähmt.

»Denkst du an deinen Chef, Papa?«, fragte Max von der Seite.

»Max«, brüllte Lollo, »das geht dich nichts an!« Es folgte ein lautes Ausatmen, mit dem Lollo die Verwünschungen wegpusten wollte, die ihm sofort durch den Kopf schossen. Gleichzeitig gab er schwungvoll einen Schuss heißes Wasser in die Salatsoße. Da öffnete Moni die Wohnungstür.

»Mama!«, rief Max und stürzte auf sie zu, als hätte er sie monatelang nicht gesehen. Sie überhäufte ihn mit Küssen.

»Erst Odysseus, und dann auch noch Ödipus«, murmelte Lollo, goss die Soße über den Salat und hob sie unter. »Ich muss aber auch alle Kämpfe weiterführen.«

»Du bist ja toll, du machst wohl schon Abendbrot«, lobte Moni ihren Mann und streifte seine linke Wange mit einem Kuss.

»Nur wenn ich diene, bin ich ganz bei mir«, sagte Lollo, holte sich die Frau, die ihm schon wieder den Rücken zugewandt hatte, zurück und drückte ihr einen Kuss auf die Lippen, der keine Zweifel aufkommen ließ, wie der Abend enden sollte. Wenn es nach ihm ginge.

4

»Also, ich fand das mutig, wie du da rübergegangen bist und dich beschwert hast, wegen dem blöden Komposthaufen direkt vor unserer Haustür«, sagte Moni anerkennend, während sie auf dem Rucolasalat herumkaute. Sie saß Lollo auf der Erkerbank gegenüber und aß mit Appetit. Zwischen ihnen, an der Stirnseite des Tisches, mit dem Rücken zur Tür, hockte Max, auch er verspeiste anstandslos den Salat.

»Haben wir eigentlich in unserem letzten Leben was falsch gemacht, dass wir solche Nachbarn haben? Erst Wimmers nebenan und jetzt auch noch die Idioten da hinten«, seufzte Lollo und schmierte Butter auf sein Brot. »Du bist doch Spezialistin für solche Karma-Fragen.«

»Mei Lollo«, meinte Moni nachsichtig und schüttelte den Kopf. Immer, wenn sie das tat, wusste Lollo, dass er was ganz Falsches gesagt hatte und besser das Thema wechseln sollte. Denn auch Moni konnte sauer werden.

»Der Tag hat sich ja dann doch noch gemacht«, sagte Lollo jovial. »Ich meine rein wettermäßig.«

»Lenk nicht ab«, ermahnte Moni ihren Mann. »Mit dir über das Karma zu reden, habe ich aufgegeben. Und unsere Nachbarn, die müssen wir einfach annehmen. Auch wenn es nicht immer leicht ist. Die Wimmer Resi, zum Beispiel, die war heute bei unserem Zirkel im Café Glück richtig kratzbürstig. Dabei haben wir endlich einen Namen gefunden für unsere Samstagstreffen. *Kieferer Ovarienzirkel*, wie findest du das, war Mariannes Idee, gut was? Aber wie gesagt, bei der Resi, da war heute Feuer drin, Leidenschaft. Die hat ihre Krallen gezeigt.«

»Ach was«, sagte Lollo. »Zeigt die nicht immer ihre Krallen?«

»Wir haben die Resi heute gesehen, der Papa und ich«, verkündete Max stolz. Er hatte versucht, Frischkäse gleichmäßig auf seinem Brot zu verteilen. Herausgekommen war eine physikalische Nachbildung Deutschlands: Berge von Frischkäse im Süden und nach Norden hin nur flaches trockenes Brot, so weit das Auge reichte.

»Die Resi?«, fragte Moni ungläubig.

»Max, du hast mir doch dein großes Detektivehrenwort gegeben, dass …« Lollo kam nicht dazu, seinen Satz zu beenden.

»Die Resi hat eine Ähre …« Nun wurde Max von Lollo unterbrochen: »Jetzt sei doch still, Max. Die Mama darf das gar nicht wissen, das ist Berufsgeheimnis.«

»Dass die Resi eine Affäre hat?« Moni hielt im Kauen inne. »Das glaube ich gern. So wie die vorhin aussah. Uns im Zirkel hat sie versucht einzureden, dass sie einen Termin bei einem Innenarchitekten gehabt hat.«

»Die Resi, die hat ganz anders ausgeschaut als sonst«, sagte Max und biss in die saftigere Hälfte seines Brotes.

Lollo startete einen letzten, verzweifelten Versuch: »Maxl, bitte. Das hast du gar nicht gesehen heute, das mit der Resi. Du sagst ja selbst, dass die Resi ganz anders ausgeschaut hat. Weißt du, Max, das war gar nicht die Resi.«

»Dann hast du die Resi ja auch nicht gesehen, Papa, wenn das gar nicht die Resi war.«

Lollo atmete aus. War das auszuhalten? Ein Sohn, der immer das letzte Wort haben musste, und eine Frau, die ohnehin alles ahnte, natürlich auch, dass die Resi da was laufen hatte. Was sollte er machen? Für ihn war alles viel schwieriger. Eine Ahnung war zu wenig für ihn als Detektiv, er brauchte Fakten, Beweise, Fotos. Wie oft hatte er nicht ein schlechtes Gewissen wegen seines Berufes. Auch jetzt fühlte er sich schuldig, minderwertig, hintendran. In Filmen, das hatte Lollo genau beobachtet, kam an solchen Stellen, wenn der Held weder aus noch ein wusste, immer ein Schnitt, und es ging mit etwas ganz anderem weiter. Aber hier kam kein Schnitt. Das hier war das Leben, das ging einfach immer so weiter, ohne Schnitt. Und warum trafen gerade Kinder zielsicher immer den wundesten Punkt, war das normal mit Max? Frühestens in dreizehn Jahren könnte Lollo hier mit Moni wieder in Ruhe essen. Wenn Max mit achtzehn auszöge. Aber blieben nicht gerade Jungs endlos bei ihrer Mama wohnen?

»Also, die Resi, die war heute wirklich in voller Kampfmontur da«, fuhr Moni fort. »Die sah aus wie die Femme fatale persönlich, die aus dem Fernsehen, du weißt schon.«

»*Kanal fatal*«, versuchte Lollo sich auf Bayerisch.

»Mei Lollo«, sagte Moni nur. Lollo wusste, er konnte kein Bayerisch. Und doch probierte er es immer wieder. Aber warum klappte es nicht? Konnte man Bayerisch nicht lernen wie andere Fremdsprachen?

»Der Jeep war viel zu schnell«, erzählte Max weiter. »Ein Duster, wie der Andi einen hat, nur in Schwarz.«

»Soso«, sagte Moni und versuchte, das alles zu einer Geschichte zu verbinden. Gleichzeitig bemühte sich Lollo, den Rucolasalat im Mund kleinzukriegen. Er hätte doch die Stiele abzupfen sollen. Er mochte Rucola, wenn nur die Stiele nicht wären. Wenn man sie dran ließ, dann war der Salat so widerspenstig wie jetzt. Wenn man sie abzupfte, brauchte man unsagbar viel Geduld. Lollo aber hatte weder die Geduld, vorher zu zupfen, noch hinterher, den widerspenstigen Salat zu essen. Einmal mehr hatte er das Gefühl, in einer Sackgasse gelandet zu sein.

»Wirklich unverantwortlich schnell«, bekräftigte Lollo. »Mit neunzig im Wohngebiet. Wie findest du die Soße?«

»Das wird«, sagte Moni. »Das Essig-Öl-Gemisch ist gut, nur mit den Gewürzen hapert es noch. Der Pfeffer schmeckt etwas vor. Aber du wirst immer besser, Schatz, Kompliment.«

Lollo war halbwegs versöhnt. Die Stiele im Salat hatte sie gar nicht erwähnt. Gleichzeitig brachte ihn Lob immer etwas aus der Bahn. Lob machte ihn wehrlos wie Sex. Mit Kritik konnte er viel besser umgehen. Nicht auszudenken, wie das wäre, wenn sein Chef ihn mal loben würde. Aber das würde der wahrscheinlich nicht mal unter Folter machen. Der Gedanke an Baum erinnerte Lollo daran, dass er noch an den Feinheiten seines Plans arbeiten musste: Wie das zugehen sollte in dem ausgehöhlten Brückenpfeiler. Und er musste sich überlegen, wie er reagieren würde, wenn sein Chef ihn doch unter Folter lobte. Aber würde er das überhaupt hören?

Das war jetzt der Schnitt, endlich, dachte Lollo, als Monis Handy klingelte. Merkwürdig, überlegte er noch, während Moni in den Flur stürzte, um in den Tiefen ihrer Handtasche nach dem Handy zu suchen, merkwürdig, dass nach Generationen von aufdringlichen Klingeltönen der größte Triumph der Technik ist, einfach so zu klingen wie ein altmodisches Telefon.

»Die Sibylle«, rief Moni ihm zu, bevor sie dranging.

»Dann kann ich ja schon mal abräumen«, sagte Lollo. »Ihr habt euch ja auch erst vor gut einer Stunde zuletzt gesehen. Da ist so viel passiert seitdem, das dauert sicher länger.«

Moni blieb im Flur stehen und legte sich nicht wie sonst zum gemütlichen Plaudern aufs Bett im Schlafzimmer. Wie sie dastand, das hatte Lollo noch nicht an ihr gesehen. Und dann – jetzt wurde es wirklich ernst – war das Gespräch auch schon beendet. Es hatte keine Minute gedauert!

»Falsch verbunden?«, fragte Lollo, nachdem er aufgestanden und in den Flur gegangen war.

»Der Luggi ist tot«, sagte Moni kaum hörbar und blickte auf den Boden. Lollo nahm sie in den Arm.

»Herzinfarkt sagt die Sibylle. Beim Schwimmen. Als sie nach Hause kam, lag er tot im Pool. Der Jenner und der Danner sind da.«

»Sollen wir raufgehen zu ihr?«, fragte Lollo seine Frau.

»Und was ist mit dem Max?«

»Na, den nehmen wir mit. Bei den Nachbarn, die wir haben, können wir ihn schlecht lassen, da hätten wir gleich den nächsten Todesfall.«

»Lollo«, ermahnte Moni ihren Mann leise. »Der Junge kann doch nicht mit zu einem Toten.« Moni machte eine Pause. Immer noch stand sie mit Lollo mitten im Flur und sprach ihm leise ins Ohr. »Sie haben den Luggi ins Schlafzimmer gelegt. Die Sibylle will ihn vielleicht sogar aufbahren lassen. Er war ja nicht irgendwer im Ort. Nur ob daheim oder in der Kapelle, das weiß sie noch nicht.«

»Wir nehmen den Max einfach mit, und dann soll er draußen im Auto warten«, flüsterte Lollo zurück.

»Warum flüstert ihr?«, fragte Max. Wieder einmal hatte er sich völlig lautlos herangeschlichen und zwängte sich nun zwischen seine Eltern. »Ist was passiert?«

»Max, der Luggi ist tot, der Partner von der Sibylle«, sagte Moni, löste sich aus Lollos Umarmung, ging in die Hocke und nahm ihren Sohn in die Arme.

»Woran ist der gestorben?«, fragte Max. »An Altershöhe?«

»Nein, Maxl, der Luggi war zwar schon über siebzig, aber der ist nicht an Altersschwäche gestorben, sondern am kranken Herzen.«

»Hatte der ein krankes Herz?«

»Ja«, sagte Moni, »es war so krank, dass es einfach aufgehört hat zu schlagen.«

»Einfach so?«, fragte Max.

»Einfach so«, sagte Moni.

5

Sie fuhren nicht mit Lollos Dienstbus, sondern in ihrem alten Mercedes, einem W124 Kombi, Baujahr 85, hinauf in die Bippenwaldstraße. Fast die gleiche Strecke wie am Nachmittag, als Lollo sich mit Max auf die Lauer gelegt hatte. Das Haus vom Sandmoser Ludwig hatten sie ein paar Stunden zuvor nicht observiert, warum auch? Lollo machte den Job schon lange genug, um zu wissen, dass immer irgendwo irgendetwas passierte. Aber war das erwähnenswert? War das von Bedeutung? Möglicherweise sind neunundneunzig Prozent des Lebens überhaupt nicht relevant, schon gar nicht vor Gericht, dachte Lollo, als sie in die dunkle Bippenwaldstraße einbogen. So dunkel wie an diesem Abend war ihm die Dunkelheit noch selten vorgekommen.

Tatsächlich musste Sandmoser etwa zu der Zeit gestorben sein, zu der Lollo und Max sich um Resis Besuch bei ihrem *Innenarchitekten* nur ein paar Häuser weiter vorne gekümmert hatten. Und selbst wenn sie den alten Sandmoser am Nachmittag seine Runden im Pool hätten drehen sehen – hätte man so einen Herzinfarkt im Pool überhaupt von außen feststellen können? Von der Straße aus sowieso nicht, da hätten sie schon vom Bippenwäldchen her kommen müssen. Und wie war das, wenn jemand beim Schwimmen einen Herzinfarkt bekam? War das wie ein Kampf mit einem imaginären Gegner? Oder hörte derjenige einfach nur auf zu schwimmen, von einer Sekunde auf die andere, und trieb im Wasser, als würde er toter Mann spielen? Ab wann merkte man, dass ein toter Mann ein toter Mann war?

Bippenwaldstraße 52. Vor der Garage parkte der Polizeiwagen. Danner war also immer noch da, Jenner auch, der Herr Doktor fuhr standesgemäß einen 7er-BMW. Lollo parkte ihren alten Mercedes dahinter. Er und Moni stiegen aus und öffneten die hintere Tür neben Max.

»Max, mein Schatz, wir sind gleich wieder da«, versprach Moni. »Magst du so lange was anhören?«

»Ich will mit rein«, protestierte Max.

»Aber Maxl, das geht doch nicht«, widersprach Moni mit einer Geduld in der Stimme, die Lollo neidisch machte und Max signalisierte, dass er dagegen nicht ankommen würde.

»Willst du vielleicht den *Emil* hören, ganz lange?«, fragte Lollo. »Du darfst heute auch so lange aufbleiben, wie du willst, morgen ist ja Sonntag.«

Max wollte schon seit Wochen nichts anderes hören als *Emil und die Detektive*. Da ihm die Fahrten im Auto viel zu kurz waren für drei CDs und eine Gesamtspieldauer von 223 Minuten, wünschte er sich nichts sehnlicher als eine Fahrt über den Brenner, nach Italien, um die ganze Geschichte mal am Stück zu hören. Das hätte er zwar auch in seinem Zimmer machen können, aber damit Max einer langen Geschichte lange zuhören konnte, musste sich irgendwas bewegen. Daran war er gewöhnt. 223 Minuten still in seinem Zimmer zu sitzen, das war undenkbar für ihn. Es musste schon im Auto sein. Die Frage war nur, war der Junge bereit, *Emil* auch in einem stehenden Auto zu hören?

»Meinetwegen«, sagte Max und verschränkte die Arme vor der Brust, wie immer, wenn er beleidigt war. »Die Stelle, wo Emil den Jungen mit der Hupe trifft. Ab da wird's richtig spannend.«

»Sehr gern«, meinte Lollo. Die CD lag noch drin vom letzten Mal. Nur gut, dass sie diesmal mit ihrem eigenen Wagen und nicht im Dienstbus gefahren waren. Wer kein Autoradio genehmigte, der genehmigte erst recht keinen CD-Player, da war Lollos Chef konsequent.

Moni gab Max noch einen Kuss. Der Junge durfte vorne auf Mamas Platz sitzen und sich die kleine Lampe, die in den Zigarettenanzünder kam, anmachen. Max hatte Bruno, seinen ehemals weißen Lieblingseisbären, im Arm und schien dann doch zufrieden. Noch bevor seine Eltern gegangen waren, war er weg, bei Emil, Gustav und der Hupe.

Lollo schloss die Beifahrertür, und auf dem Weg zum Haus hätte er Moni gern umarmt, einfach um zu feiern, dass sie noch weiterlebten. Er traute sich aber nicht. Wahrscheinlich würde sie das unpassend finden, dachte er. Als sie vor der Haustür standen, verzichtete er aus Pietät auch darauf, zu klingeln, und klopfte stattdessen vorsichtig. Danner öffnete die Tür. Eine mustergültig ausgestopfte Uniform, stellte Lollo fest.

»Servus Moni«, grüßte Danner. Für Lollo hatte der Polizist nur ein Kopfnicken übrig. Beide kannten sich und wussten, dass sie nicht viel voneinander zu erwarten hatten. Sibylle, so unauffällig gekleidet wie selten sonst, kam die Treppe herunter und klammerte sich an Moni wie an eine Boje. Sibylle, die sonst jedem Kraftwerk Konkurrenz machen konnte, suchte Halt. Nur in ihren Locken schien sich die Energie gehalten zu haben. Zum ersten Mal fiel Lollo auf, wie klein sie war. Selbst neben dem Riesen Sandmoser war sie ihm früher nicht so klein vorgekommen. Sie war viel kleiner als Lollo, er konnte fast schon auf sie herabblicken. Das passierte ihm nicht so häufig. Sibylle ging voran in den ersten Stock, ins Wohnzimmer, das so riesig und unpersönlich wirkte wie eine Etage in einem Parkhaus. Nur teurer, viel teurer.

Seine Trostlosigkeit verdankte der Raum seiner Ordnung und dem erbarmungslosen Licht der unzähligen Leuchtstoffröhren, die hinter den schweren Gardinen angebracht waren und für indirektes Licht zu sorgen hatten. Alles war so hell ausgeleuchtet, dass die Menschen und die Dinge in diesem Raum praktisch keine Schatten warfen.

Die Vorhänge waren nicht zugezogen. Lollo sah auf Fensterscheiben aus farbigem Bleiglas, durchzogen von einem Gitternetz aus Messingleisten. Selbst wenn es draußen hell gewesen wäre, hätte man nicht auf die Straße blicken können. Die Außenwelt war hier einfach ausgeblendet. Die Wände sahen aus wie mit Hüttenkäse verputzt. Wobei von dem Hüttenkäse nicht viel zu sehen war, weil riesige, sicher sündhaft teure Teppiche an den Wänden hingen, wie Trophäen. Die nicht enden wollende, hagere Gestalt von Doktor Jenner saß zwischen einem dieser Wandteppiche und dem offenen Kamin in einem der wuchtigen Ledersessel und hatte ein langstieliges Schnapsglas in der Hand. Lollo hatte den Eindruck, dass Jenner und dieses Glas füreinander wie geschaffen waren. Und er hatte das Gefühl, dass dieser Kamin noch nie benutzt worden war.

»Irgendwann erwischt es uns alle. Ich muss es wissen, ich bin schließlich vom Fach«, sagte Doktor Jenner, offensichtlich bemüht, die Situation mit einer Art Scherz zu entspannen. »Aber auch wenn es absehbar ist, kommt es doch immer wieder überraschend.«

»Wie wahr«, pflichtete ihm Danner bei, der sich ebenfalls in einem der Sessel niedergelassen hatte und aussah, als würde er ohne die Hilfe eines Krans da nicht mehr herauskommen.

Sibylle hatte eine Flasche Rotwein geholt und goss ihn in Gläser, die so groß zu sein schienen, als passte in jedes Glas eine ganze Flasche. Lollo kam es so vor, als ob Sibylle sehr froh wäre, nicht allein zu sein. Gleichzeitig meinte er zu spüren, dass sie immer schon allein gewesen war, auch als Sandmoser noch gelebt hatte, wahrscheinlich vorher schon. Sie wirkte wie eine Frau, die Schutz braucht, die nie genug davon bekommen kann, aber auch nicht darum bitten würde. Sie hatte geweint, aber hatte sie um Sandmoser geweint? Konnte man um den weinen, überlegte Lollo.

»Und wie ist es nun passiert?«, fragte Lollo in die merkwürdige Stille hinein, die sich nach dem Einschenken des Rotweins und dem ersten Schluck ausgebreitet hatte.

»Nun«, begann Doktor Jenner genüsslich zu dozieren, »Sie müssen vor allem die Vorgeschichte kennen. Hypertonie natürlich, bei einem Mann dieser Statur kaum verwunderlich. Der hatte einen Blutdruck, damit hätte er einen voll besetzten Wachtl-Express antreiben können. Dazu eine ausgeprägte koronare Arteriosklerose. Andere wären da wahrscheinlich schon viel früher ad patres gegangen und nicht erst mit zweiundsiebzig.« Die verwendeten Fremdwörter sollten wohl endgültig klarstellen, wer hier der Fachmann war.

»Es war eigentlich gar nicht nötig, ich bin nur zur Sicherheit dazugekommen«, fügte Danner ungefragt hinzu, als müsse er seine Anwesenheit rechtfertigen. »Und natürlich, um dem Sandmoser Ludwig meine Ehrerbietung zu erweisen. Immerhin aber ist es Samstagabend, und da hat man schon mal was vor. Ich muss tatsächlich auch gleich wieder weg.«

»Verstehe, so ein Polizist ist einfach immer im Dienst«, sagte Lollo und schlürfte einen großen Schluck Wein.

»Fast immer«, betonte Danner humorlos.

Die dunkle Holzdecke drückte auf den Raum wie ein düsterer Wolkenhimmel an einem Regentag. Lollo fühlte sich unbehaglich in dem kalten schwarzen Ledersessel. Obwohl Moni nur einen Sessel entfernt saß, schien sie unerreichbar. Alles hier war auf Distanz angelegt.

»Es war schon ein Schock, ihn so im Wasser liegend zu finden«, sagte Sibylle und schaute lange in ihr Rotweinglas, als ob sie den Sandmoser dort sehen könnte. »Wie kann der denn einfach sterben?«

»Wenn ich dir irgendwie helfen kann …«, bot Moni an. »Gerade in solchen Momenten brauchen wir den Trost eines anderen Menschen, damit wir nicht hilflos allein im All treiben.«

»›Luggi‹, hab ich gerufen«, kam es von Sibylle statt einer Antwort. Sie schien Moni gar nicht gehört zu haben. »›Luggi, was ist denn, hör auf, Luggi, du machst mir Angst, hör auf mit dem Quatsch!‹. Er lag so komisch im Wasser, auf dem Bauch, ganz am Rand. Seine Arme hatten sich irgendwie im Geländer verhakt. Das Gesicht konnte ich nicht sehen. Ich hab mich hingekniet und ihn an den Schultern gefasst und ihn umgedreht, so gut das ging. Ich bin selbst ganz nass geworden. Er hatte die Augen auf. Einen ganz irren Blick hat er gehabt. Er hat mich angesehen, wie, wie, … der kann doch nicht einfach sterben, ganz vor der Zeit.«

»Nein, der Tod hält sich einfach nicht an unseren Terminkalender. Der kommt, wann er will.« Doktor Jenners Tonfall klang, als habe er etwas wirklich Bedeutendes gesagt. »Und auch das mit dem Blick, das ist ganz typisch. Wenn man natürlich keine Übung hat in solchen Sachen …« Jenner beendete seinen Satz nicht, als wollte er den anderen eine Ahnung davon geben, wie schlimm das war, medizinischer Laie zu sein und solche Phänomene nicht einordnen zu können.

»Kann ich ihn mal sehen?«, fragte Lollo.

»Wir haben ihn erst mal im Schlafzimmer aufgebahrt«, sagte Doktor Jenner. »Wir konnten ihn ja schlecht in seinem eigenen Haus ins Gästezimmer legen.«

»Nur zu verständlich«, erwiderte Lollo betont höflich, als Jenner und er sich mühevoll aus den Sesseln erhoben hatten. Die anderen blieben sitzen. Danner konnte nicht aufstehen, offensichtlich war der Rotwein nicht der erste Alkohol an diesem Abend gewesen. Sibylle wollte sich den Anblick ersparen, und Moni blieb wegen Sibylle.

»Dann muss wohl die Sibylle ins Gästezimmer«, sagte Lollo, als er und Doktor Jenner das Schlafzimmer mit dem toten Sandmoser betraten. Eine mächtige Gestalt, ein mächtiger Schädel, die Haare schlohweiß und streng nach hinten gekämmt. Das Auffälligste waren die Augen. Die Lider auf halber Höhe konnten nicht den »irren Blick« verdecken, von dem Sibylle gesprochen hatte. Der Spediteur im Ruhestand lag, gebettet für den ewigen Ruhestand, auf dem Rücken, die riesigen Hände nicht gefaltet, sondern an den Seiten. Ein weißes Laken bedeckte Sandmoser von der Hüfte an abwärts. Der Tote nahm die gesamte rechte Hälfte eines sehr teuer und kalt aussehenden Metallbetts ein.

»Sind die beiden überhaupt verheiratet?«, fragte Doktor Jenner. »Ich habe nie etwas von einer Hochzeit mitbekommen. Und ein Sandmoser heiratet doch nicht heimlich oder in Las Vegas. Wer erbt denn nun das ganze Vermögen? Diese Sibylle? Oder der Sohn vom Sandmoser, Frank heißt er, glaube ich? Gibt es ein Testament?«

»Was ist mit seinen Augen?«, fragte Lollo.

»Kein schöner Anblick«, bestätigte Jenner. »Ich wollte ihm die Augen schließen, aber die Totenstarre war schon zu weit fortgeschritten. Sie müssen wissen, die Augenlider werden als Erstes starr. Ich habe es versucht, aber weiter runter gehen sie nicht. Und hoch gehen sie jetzt auch nicht mehr.«

Lollo beugte sich tief über Sandmoser und schaute ihm von unten in die Augen. Am liebsten hätte er sich sofort wieder abgewendet. So etwas hatte Lollo noch nicht gesehen. Einen solchen Blick, solche Augen. Blau waren sie, blau und eiskalt, aber gleichzeitig voller Angst. Ja, Lollo war sich sicher, in diesen Augen spiegelte sich Angst. Eine Angst, die er bei einem Ludwig Sandmoser niemals erwartet hätte. Wenn, dann hatten die anderen Angst vor ihm gehabt, seine Fahrer, seine Konkurrenten, selbst der Zoll. Und wer keine Angst hatte vor Sandmoser, einfach weil er so klein und unbedeutend war, dass er dem großen Sandmoser Ludwig nicht gefährlich werden konnte, der hielt sich zumindest in respektvollem Abstand fern.

»Sind Sie sicher, dass es das Herz war?«, fragte Lollo Doktor Jenner und richtete sich wieder auf.

»Natürlich, was denn sonst. Es ist einfach nicht schön zu sterben, und es ist auch nicht schön, einem Toten in die Augen sehen zu müssen. Aber das gehört eben dazu, zur Aufgabe eines Arztes.«

Doktor Jenner machte eine Pause. Und als hielte er eine Rede, fuhr er fort: »*Fortzuleben sei mein letzter Wille*, so heißt es bei Karl Kraus. Er war noch nicht bereit zu gehen, deshalb sein wirrer Blick. Kein Wunder, er ist ja auch erst seit ein paar Monaten mit dieser Frau zusammen, einer Krankenschwester, wie ich gehört habe. Er dachte, das Leben fängt noch einmal an. Und plötzlich ist es einfach vorbei. Ja, mit dem Herzen ist nicht zu spaßen. Ich bin, wie Sie wissen, nicht nur Internist, sondern auch Kardiologe.«

Doktor Jenner blickte auf Lollo herab wie auf einen Schuljungen. Das mochte etwa der Größenunterschied zwischen Sandmoser und Sibylle gewesen sein, dachte Lollo.

Auf einmal hörte er Monis Stimme, laut und voller Angst: »Der Maxl ist weg!«

6

Im ersten Moment machte er sich weniger Sorgen um Max als um Moni. Lollo lief mit Doktor Jenner hinunter. Moni, Sibylle und Danner hatten sich vor dem Mercedes versammelt wie auf einem alten Historiengemälde. Die Tür des Wagens stand offen, der Beifahrersitz war leer, der nachträglich eingebaute CD-Player ausgeschaltet. Der wird sich versteckt haben, dachte Lollo, aber der Tod Sandmosers warf einen Schatten auf Max' Verschwinden. Lollo war nicht wohl. Sofort hatte er das Bedürfnis, sich und die Gruppe etwas aufzuheitern. Macht euch keine Sorgen, zwei Todesfälle in Kiefersfelden an einem Tag sind äußerst unwahrscheinlich, wollte er sagen. Rein statistisch gesehen. Er schaffte es gerade noch rechtzeitig, den Mund zu halten. Lollo umarmte Moni nur, küsste sie, und schickte die ganze Gruppe ins Haus zurück, um dort zu suchen.

»Sicher hat er sich einfach irgendwo versteckt«, bemühte sich Lollo, alle zu beruhigen und zitierte Max' derzeitigen Lieblingssatz: »Weg war ich.«

Lollo war überzeugt davon, dass Max sich nicht im Haus befand. Er war sich aber sicher, dass er ihn finden würde. Er wollte nur seine Ruhe haben bei der Suche. Aber die Sicherheit, die er den anderen vermitteln konnte, war plötzlich verschwunden.

Er wollte nicht daran denken, aber der Gedanke ließ sich nicht verscheuchen: Was, wenn Max für immer weg wäre? Entführt von einem Pädophilen oder ertrunken im Pool? Wenn Lollo versuchte, sich sein Leben bildlich vorzustellen, dann musste er immer an eine Marionette denken, und Lollo war froh, eine Marionette zu sein. Er fühlte sich nicht unfrei dabei, sondern gehalten. Zwar wusste er nicht, wer die Fäden da oben führte, ob es überhaupt einen gab. Aber er war sich sicher, dass Max und Moni die beiden Fäden waren, an denen seine Existenz ganz wesentlich hing. Und, ja, es gab noch ein paar dünnere Fäden, die ihn hielten: die Kastanie beim Schaupenwirt, der Blick auf das Kaisergebirge, der Weg zum Bauernhaus am Laiminger Weg. Auch das waren Verknüpfungen in seinem Leben. Aber nichts brauchte er so sehr wie Max und Moni. Wenn einer von diesen beiden Fäden gekappt würde, dann würde die Marionette Lothar Uhl nicht nur halbseitig gelähmt sein, sie würde zusammensacken, unbeweglich werden, erstarren. Lollos Leben wäre beendet, ohne dass er tot wäre.

Beruhigend fand Lollo, dass Max das Lämpchen aus dem Zigarettenanzünder mitgenommen hatte. Man konnte auch draußen damit leuchten, es hatte einen Akku. Lollo öffnete das Handschuhfach. Max hätte auch die kleine Taschenlampe mitnehmen können, aber sie lag noch da, neben der CD-Hülle von *Emil und die Detektive.* Die Geschichte mit Emil musste Max beflügelt haben, dachte Lollo, nahm die Taschenlampe und schloss die Beifahrertür. Wo lang? Lollo fiel auf, dass Sandmoser sich drei Garagen hatte hinstellen lassen. Da passte die S-Klasse vom Sandmoser rein, der Fiesta von Sibylle – und die dritte Garage? Hatte Sandmoser noch ein Auto, das Lollo nicht kannte? Oder was war sonst in der Garage?

Lollo lief weiter. Wohin war Max gegangen? Dem Licht nach, dachte Lollo, also den Laternen der Bippenwaldstraße entlang. Aber in welche Richtung? Lollo zögerte einen Moment, ob er die Straße nach links oder nach rechts gehen sollte. Dann steuerte er aufs Bauernhaus zu, denn so gingen die beiden immer spazieren, Max' kleine Hand in Lollos großer Hand. Noch so ein Faden, der sein Leben ganz wesentlich hielt, Max' kleine warme Hand.

Lollo horchte in die nachtstille Straße hinein. Nichts, außer seinen Schritten. Er versuchte, leiser aufzutreten, aber er hörte nur das Knirschen seiner Schuhe. Kein Geräusch, das auf Max hindeutete. In allen Häusern der Bippenwaldstraße, an denen Lollo vorbeikam, brannte Licht. In keines der Häuser konnte er hineinsehen. Vorhänge, Jalousien, Rollos. Eine schöne, feine, ruhige Straße, der Traum eines jeden Immobilienmaklers. Hier stand ein Haus nie lange leer, hier hatte die Straße zwei Sonnenseiten und den besten Blick aufs Kaisergebirge im ganzen Ort. Die Wohnlage war so begehrt wie ein Platz am Pool im Hochsommer. Wobei so ein Pool auch Gefahren barg, dachte Lollo, und sah innerlich den toten Sandmoser im Wasser liegen. Nach vielleicht hundert Metern bog Lollo links ab und nahm den Trampelpfad in Richtung Bauernhaus. Auch da gab es noch eine Laterne, direkt am Eingang zum Bippenwäldchen. Wieder bog Lollo links ab, ins Wäldchen. Die Taschenlampe konnte ausgeschaltet bleiben, die Laterne warf genug Licht zwischen die Schatten der meist noch kahlen Bäume.

Ob ich rufen sollte, fragte sich Lollo. Aber vielleicht würde das Max nur noch mehr in sein Versteck drängen. Sicher fühlte er sich vernachlässigt. Ob er mich anklagen wird? Oder die Staatsanwaltschaft wegen Verletzung der Aufsichtspflicht? Lollo ging auf dem Waldweg, der parallel zur Bippenwaldstraße verlief, zurück zu Sandmosers Haus. Immer noch brauchte er keine Taschenlampe. Ein noch schmalerer Waldweg zweigte ab und schien direkt zur Rückseite des Hauses von Sandmoser zu führen. Da vorne, noch immer hell erleuchtet, das musste der Pool sein. Das Schwimmbad ging in das Haus über und das Haus in die Dreiergarage. Zwischen der Garage und einem Maschendrahtzaun ein Haufen Brennholz, abgedeckt mit einer Plastikplane. Die Asche dieser Holzscheite würde der Sandmoser nicht mehr erleben, dachte Lollo. Der ist selbst bald Brennstoff, wenn er eingeäschert wird. Aber nein, der würde sicher nicht verbrannt. Würde überhaupt jemand den mächtigen Unternehmer im Ruhestand vermissen? Brauchte ihn jemand? Mochte ihn eigentlich jemand, außer vielleicht Sibylle? Lollo hatte Sandmoser nicht oft gesehen, im Rathaus einmal und ein paar Mal beim Schaupenwirt. Einmal hatte er Sandmoser sogar die Hand gegeben, aber widerwillig, so wie man die Hand auf eine heiße Herdplatte legt. Wer gibt schon gern dem Teufel die Hand? Immerhin hinterlässt der Teufel ein Erbe. Wer würde das bekommen? Doktor Jenner hatte schon ein Gespür für das Naheliegende, wenn er solche Fragen stellte. Erbte Sibylle? Aber Lollo wüsste nicht, dass die beiden verheiratet gewesen wären. Dann gab es noch einen Sohn, der wohl in München lebte, Lollo hatte ihn ewig nicht gesehen, und das Verhältnis von Vater und Sohn muss denkbar schlecht gewesen sein. Dass Sandmoser seinen beiden Exfrauen, der Karin und der Helga, etwas hinterlassen würde, war ausgeschlossen. Also wer erbte? Ob es überhaupt ein Testament gab?

»Maaax!« Lollo hörte die Rufe im Haus bis in den Wald hinein. Wie im Kanon riefen sie drinnen. Erstaunlich, dass der Junge so gar keine Angst hat, allein im Dunkeln, wunderte sich Lollo. Von mir hat er das nicht. Lollo sah schemenhaft ein schiefes Holztürchen, das Sandmosers Grundstück mit dem Waldstück verband. Es war auf, er konnte hineingehen. Neben diesem Eingang lag ein Stock, ein Ast, an einem Ende ohne Rinde. Der Stock hatte etwa die Länge eines fünfjährigen Jungen. Den hatte Max sich also als Wanderstab zurechtgemacht. Lollo atmete erleichtert aus. Er musste hier entlanggekommen sein und vergessen haben, das Türchen wieder zuzumachen. Solche

Äste machte Max oft zu Spazierstöcken, befreite ein Ende mit seinem Taschenmesser von der Rinde, bevor er sie irgendwo vergaß. Vermutlich war Max zu dem grell erleuchteten Pool hinübergegangen. Lollo bemerkte, dass die riesige Schiebetür zum Garten hin einen Spalt offenstand. Er öffnete die Tür weiter und trat ein. Chlorgeruch empfing ihn und das leise Klatschen des Wassers am Beckenrand. Es war so hell hier wie oben im Wohnzimmer. Leuchtstoffröhren schienen die Schwäche von Ludwig Sandmoser gewesen zu sein. Keine Schatten, dachte Lollo.

Er entdeckte einen Plastikhocker, auf dem ein Kofferradio stand. Sandmoser war nicht der Typ, der Musik hörte beim Schwimmen. Lollo versuchte, zurückzurechnen. Vielleicht hatte er sich im Radio das Bayern-Spiel angehört. Dann musste es eigentlich ein schöner Nachmittag für ihn gewesen sein. Sandmoser war immer mit den Erfolgreichen. Lollo hatte sich, nachdem er am Nachmittag von seiner Observierung heimgekommen war, im Videotext sofort die Ergebnisse angeschaut. 3:0 für die Bayern schon zur Halbzeit. Aber wenn er hier, in seinem privaten Schwimmbad, die Bundesliga-Konferenz gehört haben sollte, dachte Lollo, da bekommt er doch keinen Herzinfarkt, nicht, wenn seine Mannschaft so gut spielt. Und dann hatte Lollo wieder diese Augen vor sich, diese kalte, blaue Angst in Sandmosers Blick. Die konnte nichts mit dem Spielstand zu tun haben.

Lollo schaute auf die Wasseroberfläche. Dieses sanfte Schaukeln hatte Sandmoser in den Tod gewiegt. Wieder blickten Lollo Sandmosers Augen an, wie sie durch das Wasser schimmerten, als lägen sie auf dem Grund des Pools. Lollo umrundete den Beckenrand. Sollte er ins Haus zurückgehen? Er war sich sicherer denn je, dass Max Verstecken mit ihnen spielte.

Als Lollo das Schwimmbad schon verlassen wollte, fiel ihm noch ein Lichtschein auf. Er bog ab und betrat ein kleines Bad, mit einer Dusche, einer Toilette und einem Waschbecken. Curry nannte man die Farbe in Baumärkten, es gab sie immer noch, es würde sie wohl immer geben, unvergänglich wie Unkraut. Das Licht im Bad war, untypisch für Sandmoser, reichlich trüb und kam aus der Plastikleiste eines Spiegelschranks, der über dem Waschbecken hing. Lollo musste sofort an den Allibert-Künstler denken. Vor zwei, drei Jahren, im Herbst war es gewesen, hatte er ein Zimmer bei Moni gemietet. Seine Masche waren Spiegelschränke gewesen, und er war reich geworden damit. Aus dreiteiligen Badezimmerschränken hatte er die Spiegel herausoperiert und stattdessen drei Bilder hineingemalt. Ein Triptychon unserer Zeit, das sei der Spiegelschrank, hatte der Allibert-Künstler Lollo erklärt. Einen solchen Spiegelschrank hatte er sogar in seinem funkelnagelneuen Chrysler-Jeep dabeigehabt: »Das Ich vor dem Spiegel«, nannte er das Kunstwerk. Zu sehen war auf den drei Bildern immer ein Kopf von hinten, einmal schräg links, einmal mittig und einmal schräg rechts. Um die Symmetrie aufzubrechen und »der Kunst die Tür zu öffnen«, musste eine Tür des Spiegelschranks immer einen kleinen Spalt offen stehen, hatte der Künstler gesagt: »Damit die Leute glauben können, da sei etwas dahinter.«

Auch an diesem Allibert hier stand eine Tür, die mittlere, einen kleinen Spalt breit auf. Lollo öffnete sie ganz. Er sah eine Reihe noch verpackter Einmalspritzen. Und im Fach darüber eine große Packung mit Diclofenac-Ampullen, für den rückenleidenden Sandmoser. Lollo bückte sich und schaute unter das curryfarbene Waschbecken. Ein kleiner Abfalleimer, ein Treteimer. Lollo bückte sich und hob mit der Hand den Deckel hoch. Ein Plastikbeutel bauschte sich auf. Lollo griff hinein und zuckte sofort zurück, fast hätte er sich geschnitten. Eine kleine, scharfkantige Glasampulle, eine von denen aus dem Schrank.

Lollo roch daran und zuckte noch einmal zurück. Das roch scharf wie eine Klinge. Riecht so Diclofenac? Lollo nahm die Ampulle vorsichtig heraus, richtete sich auf und wickelte sie in das Papiertaschentuch, mit dem er Max am Nachmittag noch die Nase geputzt und die Tränen abgewischt hatte. Lollo war, als er den Tisch decken wollte, auf eines von Max' Spielzeugautos getreten. Dem Auto war nichts passiert, aber Lollos Ferse schmerzte, weil er keine Hausschuhe angezogen hatte, worauf er den Jungen anmeckerte, worauf dieser zu heulen begann. Vorsichtig schob Lollo die umwickelte Ampulle in seine rechte Hosentasche. Als er die mittlere Tür des Spiegelschranks vorsichtig schloss, sah Lollo eine Fliege rechts über sich auf der Lichtleiste sitzen. Erst rieb sie sich die Vorderbeine, dann, wie um ihre Überlegenheit zu demonstrieren, auch noch ihre Hinterbeine. Lollo machte das Licht aus.

Für einen Moment hatte er sogar Max' Verschwinden vergessen. Wenn der Junge hier drin gewesen war, im Schwimmbad, dann konnte er unmöglich durch das Haus zurückgegangen sein. Wo alle seinen Namen riefen. Nein, er musste hier gewartet haben, stellte Lollo sich vor, und weil er ihre Rufe hörte, ist er durch den Garten zurück ins Auto geschlichen. Ein Vater kennt einfach seinen Sohn, noch dazu, wenn er Detektiv ist, stellte Lollo befriedigt fest, ging wieder um das Becken herum und blickte dabei noch einmal über den Pool. Am äußersten Ende, auf dem Hocker, neben dem Kofferradio, sah Lollo jetzt etwas, das er vorhin nicht wahrgenommen hatte, weil es von dem Kofferradio verdeckt gewesen war: Bruno, Max' ehemals weißen Eisbären. Lollo nahm ihn, schob beim Hinausgehen die Schiebetür hinter sich zu, durchquerte auf einem Betonplattenweg am Haus entlang den Garten, stieg über ein kniehohes Mäuerchen, öffnete ein schweres, schmiedeeisernes Gartentor und blickte auf den Mercedes. Auf dem schwach beleuchteten Beifahrersitz saß Max. Als wäre es nie anders gewesen. Lollo ging um das Auto herum.

»Ganz schön spannend«, meinte der Junge, nachdem Lollo die Tür aufgemacht und sich auf den Fahrersitz neben Max gesetzt hatte. »Jetzt verfolgen Emil und Gustav den Mann mit dem steifen Hut in die Bank.«

Für einen Moment fehlten Lollo die Worte. Er drehte das Hörspiel leiser, dann machte er es ganz aus. Max protestierte nicht.

»Ich hoffe, du hattest eine schöne Zeit, hier im Auto«, sagte Lollo mit gespielter Leichtigkeit und blickte auf die kleine Lampe, die Max wieder in den Zigarettenanzünder gesteckt hatte.

»Ganz prima«, erwiderte Max. »War ja auch spannend.«

»Und du hast nicht vielleicht mal kurz Pipi gemacht?«, fragte Lollo ganz wie nebenbei.

»Vielleicht«, sagte Max gedehnt und tat so, als sehe er etwas sehr Interessantes durch die Windschutzscheibe.

»Ja, manchmal kommt es so schnell, dass man es selber kaum merkt«, meinte Lollo und drehte sich zu Max um. »Sag mal, Max, wo ist eigentlich dein Bruno?«

Max blickte seinen Vater ehrlich erstaunt an, sein Mund stand offen: »Der Bruno, Papa, also, der Bruno, der …«

»… ist hier«, vollendete Lollo den Satz und hielt den Eisbären vor Max' Nase. Max nahm ihn sofort, und zwar in die linke Hand, denn in der rechten, da war noch etwas anderes.

»Und was hast du da?«, fragte Lollo.

»Ach das. Das ist eine Ente. Die hab ich gefunden.«

»Ach, und wo? Und wann?«

»Weiß auch nicht.« Max hob die Schultern. »Früher. Da, so …«, stammelte er und zeigte ins Ungefähre.

»Darf ich mal?« Ohne eine Antwort abzuwarten, nahm Lollo seinem Sohn die Ente aus der Hand. Komische Badeente, dachte Lollo. Mit Trachtenhut und Lederhose. Und dem Wappen von 1860 München. Na, vom Sandmoser hat er die jedenfalls nicht. Vielleicht hatte der Junge die irgendwo auf der Straße gefunden.

»Darf ich die behalten?«, fragte Max mit großen Augen. »Vielleicht werden die Ente und der Bruno dicke Freunde.«

So sieht wohl kindliche Unschuld aus, dachte Lollo und gab auf. Kinder konnte man einfach nicht verhören.

7

Es war die reinste Tortur, und Lollo hatte keine andere Wahl, als zuzuschauen. Baum, Jens Baum hatte sich eine sehr große Tasse genommen, sie bis zur Hälfte mit kochendem Wasser gefüllt und einen Teebeutel hineingeworfen, der das Wasser rot färbte. Lollos Chef sah dem Teebeutel zu, wie er sich mit Wasser füllte und langsam zu Boden sank. Er wartete kurz, zog den Beutel wieder heraus, tauchte ihn erneut ein, zog ihn wieder heraus, tauchte ihn wieder ein – und so ging das zehn Mal, zwanzig Mal. Eine Art Waterboarding mit einem Teebeutel, so empfand es Lollo. Schließlich, als der Teebeutel erschöpft war und nichts mehr von sich abgeben konnte, zog Baum ihn langsam, ganz langsam halb über den Tassenrand. Der Beutel hing gleichsam mit den Schultern über dem Rand, so lange, bis kein roter Tropfen mehr aus ihm heraussickerte, bis er endgültig am Ende war. Baum umwickelte mit dem Faden mehrmals den Henkel, sodass der Teebeutel fixiert war. Dann beugte er sich über die Tasse. Mit seiner linken Hand führte er sie zum Mund. Seine Lippen berührten kaum den Tassenrand, er schien den Tee durch sein scharfes Einatmen gleichzeitig abkühlen und einsaugen zu wollen. Er stellte die Tasse wieder ab.

»Tolle Fotos, Uhl«, sagte Baum und nahm den Stapel der Ausdrucke, die Lollo ihm auf den Tisch gelegt hatte in die Hand. »Künstlerisch sicher wertvoll, mit verschwimmendem Hintergrund, Chapeau. Der Alte da vorne ist wunderbar zu erkennen. Nur die Frau im Hintergrund, die würde ich doch sehr gern scharf sehen. Und auch die betrogene Frau von dem Mann, die uns den Auftrag gegeben hat, die würde die unscharfe Frau auf dem Foto sicher auch gern noch schärfer sehen, um zu wissen, mit wem denn ihr Alter da rummacht. Verstehen Sie, Uhl? Wie sollen wir denn mit den Fotos irgendwas beweisen? Das ist ein No-go, Unschärfen auf einem Beweisfoto, so etwas passiert nur Anfängern.«

Lollo fand die Fotos gar nicht so schlecht, seiner Meinung nach war Resi im Hintergrund schon zu erkennen. Jedenfalls, wenn man sie kannte. Lollo sagte aber weiter nichts dazu. Wenn sein Chef erst mal in Fahrt war, stachelten ihn Gegenargumente nur unnötig an. Lollo beschloss, einfach das Thema zu wechseln.

»Der Sandmoser aus Kiefersfelden ist tot«, sagte er. »Gestern gestorben. Der Arzt meint Herzinfarkt. Aber ich bin mir nicht sicher. Er sah komisch aus.«

»›Komisch‹, das ist ja sehr genau beschrieben. Man merkt, dass Sie vom Fach sind, Uhl.« Baum kam immer mehr in Schwung.

»Er hatte einen merkwürdigen Blick, so voller Angst«, fuhr Lollo fort.

»Ihnen fällt so was natürlich auf, wenn einer Angst hat. Da sind Sie ja Experte.«

»Ist das nicht komisch, wenn einer wie der Sandmoser Angst im Blick hat?«

»›Komisch‹, schon wieder ›komisch‹? Hatten wir das nicht schon?« Baum lehnte sich auf seinem Schreibtisch vor und fixierte Lollo mit den Augen. »Wann haben Sie zuletzt einen Toten gesehen, Uhl? Überhaupt schon mal einen zu Gesicht bekommen? Wahrscheinlich war es Ihre eigene Angst, die Sie in seinem Blick gesehen haben.«

Lollo hatte schon eingeatmet, aber im letzten Moment entschied er, von der Ampulle, die er aus dem Treteimer geholt hatte, nichts zu sagen. Lollo hatte sie am Morgen, auf dem Weg nach Rosenheim, beim Doktor Dinzinger im Egelseeweg abgegeben, einem befreundeten Arzt, der sich in Kiefersfelden zur Ruhe gesetzt hatte. Dinzinger war früher Anästhesist in einer Münchner Klinik gewesen, hatte sich nach seiner Verrentung ein Haus am Ende des Egelseewegs bauen lassen und sich einen Raum als Labor eingerichtet. Da saß er bisweilen und experimentierte, wenn er was zum Experimentieren hatte. Weil er aber gerade an diesem Morgen einen entsetzlich langweiligen Sonntag mit voller Wucht auf sich hatte zukommen sehen, war er sehr froh gewesen, dass Lollo ihm was zum Spielen vorbeigebracht hatte. Als er an der Ampulle vorsichtig roch, meinte er nur: »Was immer es ist, es ist kein Diclofenac.«

»Uhl, hören Sie mir überhaupt zu?«, fragte Baum nachdrücklich. »Was habe ich doch gleich zuletzt gesagt?«

Mir egal, dachte Lollo und entgegnete ruhig: »Inwiefern?«

»Insofern als wir gar keinen Auftrag haben, und eben weil wir keinen Auftrag haben, brauchen wir uns auch nicht um diesen Sandmoser zu kümmern.« Baum klang aufgebracht.

War eine gute Antwort gewesen, fand Lollo. *Inwiefern?* passte eigentlich immer als Gegenfrage, das hatte er mal in einem Seminar gelernt, für das sein Chef gezahlt hatte. Lollo war zufrieden mit sich.

Dann, als hätte er doch etwas gemerkt von Lollos eingeübter Strategie, verlor sein Chef urplötzlich das Interesse an Lollo und wandte sich wieder seinem Computerbildschirm zu. So, wie er da mit durchgedrücktem Rücken auf seinem hohen Schreibtischstuhl thronte und eine Mail in den Papierkorb schob, wirkte er wie ein Feldherr, der einen gefallenen Soldaten aus seinem Gedächtnis löscht.

Lollo blickte an dem Feldherrn und dessen Monitor vorbei aus dem Fenster. Das Gebäude gegenüber war für Rosenheimer Verhältnisse schon ein Hochhaus. Er sah nur einen Ausschnitt, aber allein der summierte sich auf fünf Stockwerke. Vor jeder Wohnung klebte ein kleiner Balkon, zur Straße hin verkleidet, damit man die Gitterstäbe nicht bemerkte. Die sah man nur seitlich. Ein zwei Quadratmeter kleiner Käfig, der aus dem Haus heraussteht und in dem ich meine Freiheit genießen kann. Besser zwei Quadratmeter Freiheit als gar keine, dachte Lollo. Was für eine Idee, mich Sonntagmittags hier antanzen zu lassen. High Noon. Nur um ihm die Fotos zu liefern und den Bus wieder abzugeben, den er an diesem Tag sicher ohnehin nicht brauchte.

»Ist ja klar, dass Sie die Fotos noch mal machen«, sagte Baum, Jens Baum, ohne die Augen vom Bildschirm zu lösen. Lollo, der auf einem kleinen unbequemen Stuhl mit vorklappender Rückenlehne vor dem Schreibtisch seines Chefs saß, fragte sich, ob er beim Gehen »Auf Wiedersehen« sagen sollte, so wie er zur Begrüßung »Guten Tag« gesagt hatte (das »Grüß Gott« hier in Bayern schaffte er auch nach Jahren noch nicht). Sein Chef hatte Lollo weder beim Eintreten gegrüßt noch würde er ihn beim Hinausgehen verabschieden. Das tat er nie. Lollo stand auf, und einen Moment lang genoss er es, größer zu sein als sein Gegenüber. So konnte er ihm auf den Kopf schauen. Die wenigen, schwarzen, streichholzkurzen Haare sehen aus wie nach einer Brandrodung, dachte Lollo. Und die verkohlten Stummel hat er dann mit Gel aufgerichtet.

»Ist noch was?«, fragte Baum und schrieb weiter. Möglicherweise eine seiner gefürchteten Mails an die Mitarbeiter, die statt mit einer Anrede mit *attention* begannen. Immerhin konnte er das mit zehn Fingern schreiben.

»Auf Wiedersehen«, sagte Lollo überdeutlich. Keine Reaktion. Im Hinausgehen erblickte er in einer Ecke des Zimmers das Rennrad seines Chefs. Natürlich ließ er es sich an einem schönen Sonntag nicht nehmen, mit dem Rad von Stephanskirchen herunterzukommen. Über der Lenkstange hing ein gelbes Trikot zum Trocknen. Angeblich hatte ihm das Jan Ullrich persönlich geschenkt. Jetzt stank es.

»Meinetwegen können Sie den Bus noch einen Tag behalten, ich brauche ihn heute und morgen nicht«, schickte Baum Lollo noch hinterher. »Falls ein neuer Auftrag reinkommt, sind Sie so beweglicher.« Lollo wusste, was jetzt folgte. »Sofern das bei Ihnen überhaupt möglich ist«, fügte Baum erwartungsgemäß hinzu.

Lollo schloss die Tür und entschied sich für das Treppenhaus statt für den Aufzug. Schade, er hatte sich schon auf die Zugfahrt nach Kiefersfelden gefreut. Schade, dass er den Bus behalten musste. Schade, dass ein Bus Lollos Lebenstraum war. Schade um dieses Leben.

8

Als Lollo vor dem Haus der Detektei in der Salinstraße stand, nach links schaute und am Horizont die Berge und den Postkartenhimmel darüber betrachtete und in sich hineinspürte, wie Moni das nannte, da spürte Lollo, dass die Zeit noch nicht reif war, um nach Hause zu fahren. Er ging stattdessen nach rechts, Richtung Stadt. Immer, wenn er in Rosenheim war, schaute er beim Flötzinger noch auf ein Bier vorbei. Und jedes Mal kam es ihm vor, als wäre das eine ganz spontane Entscheidung.

Lollo strich mit der Hand über den Mantelstoff. Er war froh, den Wollmantel angezogen zu haben. Er wärmte nicht nur, trotz der Sonne war es noch kalt im Jahr, er versöhnte Lollo auch mit sich selbst. Der Mantel war so schön weich. Lollo ging betont langsam, als führte er eine Schildkröte spazieren. Er fühlte sich leer, hielt das aber für ein gutes Zeichen, denn in solchen Momenten war er bereit, die Welt um sich herum ganz und gar in sich aufzunehmen.

Eine Uhr fiel Lollo auf, eine Uhr mit römischen Ziffern, die über dem Eingang zu einem Juwelier hing. Sie schien nur einen Zeiger zu haben. Es musste ziemlich genau fünf nach eins sein. Gleich würde der Minutenzeiger wieder hervorkommen. Es ist wie mit dem Zahmen Kaiser, dachte Lollo. Da ist doch immer noch was dahinter, der Zahme Kaiser verdeckt den Wilden nur.

Lollo entdeckte ein Schuhgeschäft. Im Schaufenster waren auch Gürtel ausgestellt. Pythonleder, nein, das wäre nichts für ihn. Oder Antilope? Aber nach dem Besuch gerade in der Höhle des Löwen fühlte Lollo sich zu sehr selbst wie eine Antilope. Der da war schön, der schwarze Gürtel. Rindsleder. Mit Rindern hatte Lollo nicht so viel Mitleid wie mit Antilopen. Aber hundertsiebzig Euro? Für einen Gürtel aus Kuhhaut? Vielleicht hätte Lollo ihn sogar gekauft, aber natürlich war der Laden geschlossen.

Lollo wollte seinen Weg zum Bier nicht durch die sonntägliche Fußgängerzone gehen. Das war für ihn zu traurig, all die herausgeputzten und doch geschlossenen Geschäfte. Er bog bei Karstadt links ab und ging durch schmale, schattige Nebenstraßen vor bis zur Heilig-Geist-Straße. Als er über den anderen Häusern den Turm von Sankt Nikolaus erblickte, diesen eigenartigen Zwiebelturm, der aussah, als würde er seinen Hut lüften und »Grüß Gott« sagen, beschloss Lollo, einen Umweg über diese Kirche zu machen.

Er öffnete die Seitentür. Leises Orgelspiel empfing ihn. Der Organist übte immer dieselbe Stelle, wieder und wieder. Nur ganz langsam kam er voran in seinem Spiel, als würde er jeden Ton einzeln entdecken. Die Bänke waren modern, aus hellem Holz und so massiv, als würden sie bis zum Jüngsten Tag durchhalten. Lollo setzte sich in die letzte Reihe. Von hier aus hatte er den besten Blick auf die Kirche, ihre helle, schmucklose, fast protestantische Strenge. Nur das große Gemälde und die drei farbigen, merkwürdig kurzen und hohen Fenster hinter dem Altar belebten den Raum. Die leisen Orgelklänge machten die Stille erst hörbar.

Komisch war, dass Lollo zwar aus der Kirche ausgetreten war, aber doch immer wieder hineinging. Und außerdem jede Woche im Fernsehen *Das Wort zum Sonntag* schaute. Am Vorabend hatte er es wegen der Geschichte mit dem Sandmoser leider verpasst. Aber in der Woche davor, da hatte ihn ein Pfarrer regelrecht fertiggemacht. Sollte nämlich Lollo eines Tages am Himmelstor stehen und in der Schlange der Gerechten auf Einlass warten, dann könne es passieren, dass plötzlich ein paar Ungerechte, Böse, Verschlagene dort aufkreuzten. Lollo hatte sich sofort seinen Chef vorgestellt, wie der an der Himmelspforte auftauchte, sich, wie es seine Art war, vordrängelte und Einlass begehrte. Und das Schlimmste: Er wird auch reingelassen. Vor Lollo! Weil Gott das so will. Weil Gott ein Herz hat für Drängler, weil Gott auch die liebt, die ein ganzes Leben lang »gefehlt« haben, wie der Herr Pfarrer das ausdrückte. War das nicht ein bisschen viel verlangt, seinen Chef erst vorzulassen und sich dann auch noch darüber zu freuen? Das schaffte vielleicht ein Jesus, aber doch kein normaler Mensch. Vielleicht war es doch gut, dass Lollo ausgetreten war.

Einem Impuls folgend – das Orgelspiel war lauter geworden –, wandte Lollo sich nach rechts. Am anderen Ende der letzten Bank saß eine ältere Frau, klein, kräftig, ganz ohne Mantel oder Jacke, nur in einem kurzärmeligen Kleid, das ihre massigen Oberarme unvorteilhaft betonte. Sie merkte offensichtlich nicht, dass Lollo sie beobachtete, fasste sich mit Daumen und Zeigefinger der rechten Hand an den Haaransatz und zog sich ihre komplette Frisur tiefer in die Stirn. An dieser Bewegung erkannte er sie: Helga Sandmoser, die zweite Frau vom frisch Verstorbenen. Das hatte sie schon immer gemacht, sich die Perücke so heruntergezogen. Helga Sandmoser mochte ungefähr das Alter ihres Exmannes haben, um die siebzig, schätzte Lollo, ähnlich beleibt, nur viel kleiner als der Alte. Der Alte, so hatte sie ihn immer genannt, daran konnte Lollo sich erinnern. Daran und an ihre Perücke. Lollo hatte sich schon als sie noch in Kiefersfelden gewohnt hatte, gefragt, warum sie sich eine dermaßen unecht wirkende Zweitfrisur aufsetzte. Wie eine Badekappe mit dunkelbraunen Haaren dran. Sie war nach der Trennung von Sandmoser wohl nach Rosenheim gezogen. Lollo hatte sie nie wieder gesehen. Bis zum heutigen Tag. Sollte er sie ansprechen, sie über den Tod ihres Ex informieren?

Sie war damals einfach abgehauen. Drei, vier Jahre mochte das her sein. Als der Alte mittags heimkam, um sein stets reichhaltiges Mittagsmahl zu sich zu nehmen, war sie weg gewesen. Und mit ihr die meisten Möbel. Und die Hälfte vom Konto. Sandmoser hatte nie bestätigt, dass es sich so abgespielt hatte, natürlich, aber das Gerücht hatte sich lange gehalten. Nach ein paar Monaten hatte man im Ort die Helga vergessen. Der Sandmoser schien sie sofort vergessen zu haben. Ab und an sah sie ein Kieferer, wenn er zum Einkaufen in Rosenheim war, und daraus schloss man, dass sie in Rosenheim lebte. Aber Kontakt hatte niemand mehr zu ihr.

Wie sollte er es anstellen, fragte sich Lollo. Sollte er in seiner Sitzbank unauffällig weiter nach rechts rutschen, bis er neben ihr saß? Oder sollte er aufstehen und außen um die Bank herumgehen? Dann stünde er aber, während sie weiter sitzen würde, und so entschloss sich Lollo für ein Mittelding: Er stand zwar auf, ging aber in seiner Bankreihe auf sie zu, was reichlich eng war. Seinen linken Fuß musste er immer auf die Kniebank setzen, den rechten auf den Boden. So ging er in einer merkwürdigen Auf- und Niederbewegung vier, fünf Schritte auf sie zu. Die Frau drehte sich nach links zu ihm hin und stand sofort auf.

»Guten Tag, Frau Sandmoser«, sprach Lollo sie an. »Kennen Sie mich noch? Lothar Uhl.«

»Wie könnte ich Sie vergessen«, sagte sie.

Lollo war sich nicht sicher, ob das ein Kompliment war oder das Gegenteil. Sie machte den Eindruck, als wollte sie sich umwenden und gehen. Lag das an ihm? Oder an dem

Organisten, der jetzt seine Hemmungen abgelegt zu haben schien, donnernd alle Register zog und die Kirche förmlich zum Vibrieren brachte.

»Warten Sie«, rief Lollo, um die Orgel zu übertönen.

Sie war aber schon aus der Reihe getreten und auf dem Weg zum Seitenausgang Richtung Ludwigsplatz. Lollo eilte hinter ihr her.

»Frau Sandmoser, Ihr Mann ist tot«, sagte Lollo, als sie beide draußen waren. Es dröhnte noch in seinen Ohren.

Helga Sandmoser drehte sich um und musterte Lollo: »Mein Mann ist schon lange nicht mehr mein Mann. Wenn Sie es genau wissen wollen: Er ist schon seit Jahren tot. Für mich jedenfalls.«

Sie war noch kleiner als Lollo. Ganz sicher unter eins sechzig. Sie schwitzte, trotz des kurzärmeligen Kleides. In ihrer rechten Hand hielt sie ein Taschentuch, mit dem sie sich über das Gesicht wischte. Lollo fragte sich, ob ihr wegen der Perücke so heiß war.

»Er ist gestern gestorben. Vielleicht an einem Herzinfarkt«, sagte Lollo.

»Ausgeschlossen«, erwiderte sie bitter. »Der hatte kein Herz. Daran kann er nicht gestorben sein.« Sie dachte einen Moment nach: »Wieso sagten Sie ›vielleicht‹?«

»Wieso sagten Sie ›Wie könnte ich Sie vergessen?‹« Lollo schaute ihr in die Augen. Es stand unentschieden. Er konnte schlecht abschätzen, was als Nächstes geschehen würde. Alles war möglich bei diesem Blick: Entweder fing sie an zu heulen. Oder sie würde ihm eine reinhauen. Beides gleich wahrscheinlich. Lollo hatte das Gefühl, die Situation entspannen zu müssen.

»Darf ich Sie zu einem Hellen beim Flötzinger einladen?«, fragte er vorsichtig. Lollo meinte zu spüren, dass es sehr lange her sein musste, dass sie irgendjemand zu irgendwas eingeladen hatte. Sie sagte nichts, sondern drehte sich um und ging einfach weiter. Lollo lief neben ihr her. Ihre Oberarme fielen ihm auf, Oberarme, die aussahen wie eingewachsene Schwimmflügel. Das Fleisch dieser Oberarme musste eiskalt sein. Sie schimmerten bläulich. Trotzdem wischte sie sich mit dem Taschentuch weiter den Schweiß aus dem Gesicht.

Tatsächlich wandte sich Helga Sandmoser auf dem Ludwigsplatz in Richtung Flötzinger. Sie gingen durch die Arkaden. Lollo sah in einem Schaufenster eine weiß-blaue Schürze hängen, mit der Aufschrift *Do muaß mei Oide nei.* Helga Sandmoser bog einmal links ab und gleich wieder links. Schließlich betrat sie den Flötzinger, und Lollo folgte ihr. Beide setzten sich in die Ecknische gleich am Eingang. Es war der einzige freie Tisch, der große Brauereiausschank war um die Mittagszeit gut gefüllt. Der Flötzinger war für Lollo wie eine Höhle. Hier fühlte er sich wohl, wann immer er herkam. Hier kannte ihn keiner. Niemand erwartete etwas von ihm, auch er selbst nicht. Lollo genoss diesen Ort, auch wenn er ihn heute teilen musste, mit Helga Sandmoser.

»Zwei Helle«, bestellte Lollo. Als das Bier kam, tranken sie beide, ohne anzustoßen.

»Sie könnten mein Sohn sein«, stellte Helga Sandmoser fest.

»So jung bin ich gar nicht«, entgegnete Lollo.

»Aber ich so alt.« Sie nahm noch einen tiefen Schluck. »Ich wollte immer einen Sohn haben, und ich habe mir meinen Sohn immer so vorgestellt wie Sie: klein und kräftig. Er sollte so sein wie ich, nicht wie der Alte. Und als ich Sie das erste Mal in Kiefersfelden sah, dachte ich: Das ist der Sohn, den ich nicht gehabt habe.«

Also doch ein Kompliment, dachte Lollo. Aber hätte er Helga Sandmoser zur Mutter haben wollen?

»Und wieso ›vielleicht‹ Herzinfarkt?«, fragte sie hartnäckig nach.

»Der Jenner hat das als Todesursache festgestellt. Herzinfarkt beim Schwimmen im Pool, gestern Nachmittag. Aber ich habe ihn gesehen, ich habe seine Augen gesehen, da war eine Angst in seinem Blick, eine Wahnsinnsangst.«

»Niemals. Da haben Sie nicht richtig hingeschaut«, widersprach Helga Sandmoser kategorisch. »Der kannte keine Angst. Der ging über Leichen. Ich wär auch bald eine gewesen. Der war durch und durch ein Schwein. Ich musste da weg, der hätte mich kaltgemacht.« Sie starrte in ihr Bier. Lollo sagte nichts.

»Der hätte mir nie was abgegeben.« Sie sprach, als wäre es ihr egal, ob Lollo da war oder ob er ihr zuhörte. Ihr schien lange niemand mehr zugehört zu haben. »Eher hätte der mich umgebracht, mit seinen Händen. So.« Sie versuchte kurz, sich selbst zu erwürgen. »Der hat mir oft genug gedroht. Aber ich war schneller. Ich bin einfach zur Bank, hab die Hälfte vom Konto genommen, den Möbelwagen bestellt, und weg war ich.«

»Wie Max«, meinte Lollo. »Mein Sohn, der sagt das auch: ›Weg war ich‹.« Lollo schloss die Augen. Mist, dachte er, das passte jetzt nicht. Das passte doppelt nicht.

»Passen Sie gut auf auf Ihren Sohn«, sagte Helga Sandmoser und zog sich einmal mehr die Perücke tiefer in die Stirn. »Mehr als Kinder kann man nicht haben im Leben. Wenn man keine hat, hat man nichts. Ich habe nichts.«

»Wohnen Sie in Rosenheim?«, fragte Lollo.

»Das geht niemanden was an«, erwiderte sie schroff und trank ihr Bier mit einem großen Schluck leer. »Ich bin froh, dass der Alte tot ist.«

»Hatten Sie noch Kontakt?«

»Nur über die Anwälte. Der gemeine Kerl, was hat der mich bei der Scheidung gepiesackt. Dabei habe ich immer alles gemacht für ihn. Den Haushalt, die Buchhaltung, die Steuer.

Und habe ich je ein Wort des Dankes bekommen, ein Wort der Liebe, ein Wort der Güte? Nein! Da war das doch das Mindeste, was ich mir da genommen habe vom Konto. Das Mindeste! Der hätte mir nie was gegeben.«

»Ihr Mann war nicht gerade beliebt im Ort.«

»Gefürchtet war er, ich selber habe ihn gefürchtet. Und sagen Sie nicht immer ›Ihr Mann‹. Wir sind geschieden, und außerdem ist er tot. Schon Jahre tot.« Abwesend drehte sie ihr Glas im Kreis herum. »Immer alles hart am Rande der Legalität. Dem haben sie den Führerschein abgenommen, und der ist trotzdem gefahren. ›Na und‹, hat er nur gesagt. Kalt wie eine Hundeschnauze war der. Mich hat das krank gemacht. Der stand immer mit einem Bein im Zuchthaus.«

»Noch ein Helles?«, fragte die Bedienung unvermittelt.

»Nein danke«, lehnte Lollo ab. »Ich muss noch fahren.«

»Ich nicht«, sagte Helga Sandmoser. »Aber ich trinke auch keins mehr.« Sie setzte ihr leeres Glas noch einmal an und wartete, bis ein letzter Tropfen in ihrem Rachen verschwand. Dann stellte sie das Glas auf den Bierdeckel zurück. Sie hat nicht genug abbekommen vom Leben, dachte Lollo. Aber selbst, wenn es mehr gewesen wäre, ihr würde es immer zu wenig sein.

Die Bedienung war zum Tresen hinübergegangen. Lollo folgte ihr und zahlte die zwei Bier. Als er sich umdrehte, war Helga Sandmoser verschwunden. Weg war sie, dachte Lollo, überstürzte Aufbrüche sind wohl ihre Spezialität. Als er wieder draußen war, fröstelte ihn ein wenig. Es war so schön warm gewesen in der Flötzinger-Höhle. Das Bier hatte ihn milde gestimmt. Wie schön das Leben doch sein konnte. Die altehrwürdigen Häuser am Max-Josefs-Platz kamen Lollo vor wie ein Spalier zur Himmelspforte. Sofort begann es wieder zu denken in Lollo. Und wenn auch Helga Sandmoser versuchen würde, sich an der Himmelspforte vorzudrängeln? Wenn sie fix von der Seite aus einer dieser Arkaden käme und sich direkt vor ihn in die Schlange stellte? Könnte er ihr das eher verzeihen als seinem Chef? Lollo blieb stehen, mitten auf dem Platz. Gleich weit entfernt von allen Häusern, die ihm Schutz geben konnten. Vor ein paar Sekunden noch war er versöhnt gewesen mit der Welt. Jetzt fühlte er sich verraten, ausgesetzt, überfordert. Diese Aufgabe da an der Pforte ging über seine Kräfte. Er schaffte das einfach nicht, jemanden reinzulassen in die Reihe. Nein, er würde nicht in den Himmel kommen, da war er sich sicher. Lollo nicht.

9

Wenn er ein Bier schon merkte, dann hatte er sich noch nicht zu sehr an Alkohol gewöhnt, dachte Lollo und fuhr froh und vorsichtig auf der Autobahn Richtung Kiefersfelden. Früher, als er noch in Düsseldorf gewohnt hatte und nicht zu erwarten gewesen war, dass er eines Tages nicht nur verheiratet sein, sondern auch noch ein Kind haben würde, da hatte Lollo Altbier getrunken, was sonst? Doch dann hatte er auf dem Weg nach Italien Moni kennengelernt, und das sollte seine Beziehung zum Altbier nachhaltig verändern. Er hatte nur einen Stau auf der Inntalautobahn vor der Grenze vermeiden wollen, hatte sich aber auf der Landstraße nach Kufstein schließlich so hoffnungslos verfahren, dass er in Kiefersfelden an der für den Durchgangsverkehr reichlich versteckt liegenden Pension von Moni in der Steilnerjochstraße vorbeigekommen war. Schon nach der ersten Nacht in diesem Haus, die er, nachdem er zum Abendessen beim Schaupenwirt seine ersten zwei Boisei genannten Weißbier getrunken hatte, schlaflos in dem Zimmer unterm Dach verbracht hatte, wusste er, dass die Altbier-Zeiten vorbei waren. Gleichzeitig hatte er Angst vor dem bayerischen Bier, dass er ihm verfallen würde, dass er nicht

Nein sagen könnte. Als er Moni fragte, ob er das Zimmer nicht drei Wochen lang haben könne, er würde seine Unterkunft in der Toskana dafür liebend gern absagen, erstens gebe es da nur Wein, und außerdem laufe er dort am Ende noch Nachbarn aus Düsseldorf über den Weg, was ihm hier, in Kiefersfelden, garantiert nicht passieren würde, und als Moni Ja gesagt hatte, sehr gern, da wusste Lollo, er musste das riskieren, mit dem bayerischen Bier. Und das hieß nichts anderes als: Er musste das mit Moni riskieren.

Lollo hatte es riskiert, und er hatte es fast nie bereut. Allenfalls, wenn sie sich mal stritten. Kiefersfelden war für ihn der Grund seines Lebens geworden, das Fundament. Der einzige Zweifel, den er seit seinem Zusammenleben mit Moni und Max noch hatte, war, ob er lieber ein Boisei trank oder ein Helles vom Flötzinger.

Geleitet von seinen Gefühlen, nahm Lollo schon die Ausfahrt Oberaudorf, fuhr durch den Ort, parkte am Altersheim und ging ein paar Meter zu der Bank, von der aus man einen wunderbar freien Blick auf die sich verschränkenden Bergketten des Kaisergebirges hatte. Hier hatte er Moni noch in jenem ersten Urlaub gefragt: »Willst du?«

»Freilich, Lollo«, hatte sie nur geantwortet und ihn umarmt. Er hatte damals, unmittelbar vor dem Moment, als er sie gefragt hatte, den oberen Teil vom Wilden Kaiser gesehen und den ganzen langen Zahmen Kaiser davor, er hatte genau beobachtet, wie der Wilde vom Zahmen verdeckt wurde. Es ist einfach immer etwas dahinter im Leben, etwas, das noch größer ist, aber eben auch weiter entfernt, hatte Lollo gedacht und Moni angesehen, gefragt und geküsst. Ihm war damals, als umarmte er das ganze Kaisergebirge. Und das Wunderbarste war, es umarmte ihn zurück.

Lollo putzte sich die Nase und blickte von seiner Bank auf die Berge, wie damals. Wäre sein Leben ein Roman, hätte es an dieser Stelle aufgehört. In einem Film wäre da der Abspann gekommen, denn das war der Höhepunkt gewesen. Da sein Leben aber weder ein Roman war noch ein Film, ging es einfach weiter, immer weiter, bis jetzt, bis er aufstand, sich in den Bus setzte und zum Dinzinger Albert fuhr.

10

Für Max war der Perser wie ein Autoteppich. Moni hatte ihm erlaubt, in seinem kleinen blauen Rucksack so viele Autos mitzunehmen, wie er wollte. Max hatte das ausgenutzt, und jetzt standen seine Autos in Zweierreihen auf einem breiten, autobahnähnlichen Streifen des Teppichs und bildeten einen langen orientalischen Stau.

»Wie auf der Inntalautobahn«, sagte Max mehr zu sich als zu seiner Mutter. Nein, Moni hätte ihn ganz sicher nicht noch einmal draußen im Auto sitzen lassen. Also hatte sie Max einfach mitgenommen. Sie fand es wichtig, Sibylles spontaner Einladung zu folgen. Damit sich da innerlich nichts staute am Haus Bippenwaldstraße 52. Das Qi, die Lebensenergie, musste fließen in Moni, in ihr und um sie herum.

»Danke, dass du gekommen bist«, sagte Sibylle. »Einmal mehr.« Sie sah müde aus, wie nach einem schweren Kampf. Und gleichzeitig ganz wie sie selbst, fand Moni. Da war immer etwas Trauriges, etwas Melancholisches an Sibylle gewesen, das sie durch ihr Aussehen, ihre Kleidung, ihre Lebhaftigkeit zu überspielen suchte. Moni war das manchmal fast zu viel gewesen, vor allem in Mariannes Samstagszirkel. Dass dieses Treffen im

Café Glück neuerdings *Ovarienzirkel* genannt wurde, daran hatte Moni sich noch nicht gewöhnt. So wie sie sich auch noch nicht an die neue Sibylle gewöhnt hatte.

»Du hast dich verändert«, stellte Moni fest. Sie saß in demselben Sessel im Wohnzimmer wie am Vorabend, und doch war alles anders bei Tageslicht. Das riesige Zimmer wirkte nicht mehr so trostlos. Die farbigen Fensterscheiben verzerrten die Außenwelt zwar, aber den Pendling konnte Moni durch das Fenster doch erkennen. Wie schön die Wanderung mit Max und Lollo letzten Sommer gewesen war, dort hinauf. Wie glücklich sie gewesen waren. Moni lächelte.

»Alles hat sich verändert«, begann Sibylle. »Alles ist anders jetzt. Es ist so unfassbar. Gestern um diese Zeit, da war noch alles wie immer. Der Luggi war bärbeißig wegen seiner Rückenschmerzen und ungeduldig, bis ich ihm die Spritze gab. ›Mach hi, Weibi‹, hat er gesagt. Er wollte wieder ins Wasser, er hatte es wärmer gedreht wegen der Schmerzen, und er wollte vor allem im Radio das Fußballspiel hören. Und ich musste mich schließlich auch beeilen, ich war eh schon zu spät zu unserem Zirkel. Ich hab mich nicht mal richtig verabschiedet. Er hat das Radio angemacht, und ich bin losgefahren. Und das war das Ende. Er wird nie wieder ›Weibi‹ zu mir sagen.«

»Ich kann dich verstehen«, sagte Moni mitfühlend. »Der Tod.«

»Der Tod, ich weiß gar nicht, ob der das Schlimmste ist«, erwiderte Sibylle. »Das Weiterleben, das ist es.«

»Mama!«, unterbrach Max das Gespräch. »Mama, früher, als ich noch vier war, da hatte ich auch schon Autos.«

»Ja, Max. Und du wirst immer noch Autos haben, wenn du so alt bist wie der Papa«, sagte Moni. »Aber jetzt möchte ich mich mit der Sibylle unterhalten. Und du spielst schön.«

»Immer soll ich nur spielen«, maulte Max.

»Ich kann dich auch zum Mittagsschlaf hinlegen«, drohte Moni sanft.

»Na gut«, gab Max nach. »Spiele ich eben Perserautobahn. Ganz allein.«

Sibylle war aufgestanden und kam mit zwei Tassen Yogi-Tee zurück an den Wohnzimmertisch. »Tautropfen der Freude«, sagte sie und versuchte zu lächeln.

»Ja, früher gab es einfach Hagebutte oder Kamille oder Pfefferminz«, erwiderte Moni. »Auch der Tee hat inzwischen eine Spiritualität entwickelt.«

»Frank war heute Vormittag da«, sagte Sibylle nach einer Weile, und es klang, als müsste sie all ihren Mut zusammennehmen, um das auszusprechen. »Luggis Sohn, ich hatte ihn angerufen. Er kam gerade, als das Bestattungsinstitut Ludwigs Leiche abgeholt hat. Sie wird ab morgen in der Aussegnungshalle auf dem Bergfriedhof aufgebahrt.«

»Der Frank hatte es nicht leicht mit seinem Vater«, meinte Moni.

»Wer hatte das schon. Obwohl der Luggi auch reizend sein konnte. Zu mir jedenfalls. Manchmal. Frank dagegen war ein rotes Tuch für ihn. Erst wollte der Luggi ihn auszahlen, dann wollte er ihn enterben, und zum Schluss, kurz vor seinem Tod, wollte er einen Vaterschaftstest machen lassen. ›Das kann nicht mein Sohn sein‹, sagte er immer wieder. ›Ein Waschlappen. Ein Muttersöhnchen. Der könnte längst sein eigenes Geld verdienen. Aber der Herr studiert immer noch, und zwar neuerdings auf Steuerzahlerkosten!‹ Frank studiert Biologie. Er macht gerade seinen Doktor. Er ist so gut, er hat sogar ein Stipendium bekommen.«

»Aber er hat eben nicht die Spedition übernommen«, sagte Moni.

»Er lebt in München, mit seiner Mutter, Karin. Deshalb war er für Luggi ein ›Muttersöhnchen‹. Sie hatte nach der

Scheidung das Sorgerecht bekommen. Das muss ein fürchterlicher Rosenkrieg gewesen sein damals. Der Luggi hat immer erzählt, Karin hätte ihn ins Irrenhaus bringen wollen. Dabei wollte sie nur, dass er eine Therapie macht. Das hat Frank mir erzählt. Der Luggi und eine Therapie, das war schon eine irre Idee von der Karin. Aber eben weit entfernt vom Irrenhaus. Nur konnte der Luggi das nicht verstehen.«

»Die Therapie hat dann vermutlich sein Sohn gemacht.« Moni sah zu Max hinüber, der auf der Seite lag und seine Autos im Profil betrachtete.

»Zumindest zu seiner Mutter muss Frank eine gute Beziehung haben«, sagte Sibylle.

»Was ist eine Beziehung, Mama?«, fragte Max, der plötzlich neben seiner Mutter stand.

»Na ja ...«, Moni überlegte. »Wer so gern mit seinen Autos spielt wie du, der hat auch eine Beziehung dazu. Eine Beziehung ist, wenn man etwas oder jemanden sehr lieb hat.«

»Ich möchte mich auch unterhalten, wie ihr«, nörgelte Max.

»Aber wir reden über sehr ernste Erwachsenendinge.«

»Ich möchte auch eine Beziehung haben, Mama.«

»Dann komm halt her«, gab Moni nach und zog Max auf ihren Schoß. »Was hast du denn da?«

»Eine Ente«, sagte Max und hielt sie beschützend in beiden Händen. »Die hab ich gefunden, gestern. Und dann hab ich sie mit meinen Autos in den Rucksack getan.«

»Ach, und wo hast du die gefunden?«, fragte Moni. Max antwortete nicht, und Moni betrachtete die Ente eingehend. »Die sieht ja lustig aus«, meinte sie. »Mit Trachtenhut und Lederhose.«

»Und dem Wappen der Münchner Löwen hat der Papa gesagt.« Max zeigte drauf.

»Gib sie mir, Max!« Sibylles Worte klangen scharf. Das war ein Befehl, und Max war so überrascht, dass er widerspruchslos folgte. »Wo hast du die her?«, fragte Sibylle fast im gleichen Ton. Max senkte den Kopf und antwortete nicht. »Jetzt sag schon, wo du die Ente herhast«, forderte auch Moni ihn auf.

»Verrat ich nicht, ist mein Geheimnis.« Max sprach ganz leise. Gleich würde er heulen. Druck brachte immer nur Tränen aus ihm heraus. »Ihr habt auch ganz viele Geheimnisse, und dann muss ich ins Bett, Mittagsschlaf machen. Oder Nachtschlaf. Immer muss ich ins Bett, wenn ihr Geheimnisse habt.«

Sibylle hielt die Ente in der Hand, als könnte sie von ihr gebissen werden. »Alles in Ordnung?«, fragte Moni. »Du bist ganz blass. Aber ich kann dich verstehen, das ist schon alles reichlich viel für dich.« Sie wandte sich wieder ihrem Sohn zu: »So, Maxl, und jetzt gehst wieder spielen.«

»Na gut, geh ich eben wieder spielen.« Missmutig kletterte Max vom Schoß seiner Mutter herunter und nahm Sibylle die Ente blitzschnell aus der Hand. »Komm, kleine Ente. Immer muss man spielen, nie darf man mal reden. Oder eine Beziehung haben. Ich ging gern mal heim.« Er legte sich mit dem Gesicht auf den Teppich.

»Wir können uns auch über etwas anderes unterhalten als über die Familiengeschichte der Sandmosers«, sagte Sibylle, die immer noch verwirrt zu sein schien und ihre leeren Hände betrachtete. »Magst einen Campari?«

»Warum nicht«, sagte Moni. »Tut dir sicher gut. Und mir kann's nicht schaden.«

Nachdem Sibylle mit zwei schweren, dickwandigen Gläsern zurückgekommen war, die beiden angestoßen und getrunken hatten, hatte sich Sibylle wieder so weit beruhigt, dass sie ihre Erzählung fortsetzen konnte.

»Zu seinem Vater hatte Frank jahrelang gar keinen Kontakt. Jetzt, die letzten Monate, ist er sporadisch immer mal wieder vorbeigekommen. Aber es gab immer nur Streit. Ich habe versucht zu vermitteln, aber ich saß nur zwischen allen Stühlen.

›Auf welcher Seite stehst du eigentlich?‹, hat Frank mich einmal gefragt. ›Auf meiner natürlich‹, hat der Luggi ihn angefaucht. ›Du kannst dir ja keine Freundin leisten!‹ Frank war wütend auf seinen Vater. Und auf mich natürlich auch. Aber was sollte ich denn machen? Weißt du, Moni: Mein Leben vor dem Luggi, das ist ein trauriges Kapitel. Ich geb zu, anfangs wollte ich ihn heiraten, nur um versorgt zu sein. Aber jetzt zum Schluss, da …« Sibylle geriet ins Stocken. »Sein Tod kam einfach zu früh.«

»Und jetzt?«, fragte Moni, »was wird jetzt aus dir? Hat er ein Testament gemacht? Bekommst du irgendwas?«

Sibylle schluckte. »Das hat Frank mich auch gefragt, aber anders als du.« Sie nippte an ihrem Campari. »Er glaubt, ich bin sein Feind und dass ich ihm was wegnehmen will. Aber was? Meines Wissens gibt es kein Testament, Luggi hat nie was erzählt. Morgen rufe ich beim Notar an. Ich glaube, ich stehe vor dem Nichts. Er hat mir zwar mal gesagt, dass er mich heiraten will. Aber ändert das jetzt was?«

»Und wenn es kein Testament gibt?«, fragte Moni nachdenklich.

»Dann tritt die gesetzliche Erbfolge in Kraft. Frank hat mir das sehr deutlich gemacht. Das heißt: Keine aktuelle Ehefrau, ich zähle nicht. Keine Geschwister, nur ein Sohn. Er kriegt alles, und ich kann gehen.«

»Was für eine Ironie!« Moni schüttelte den Kopf und trank ihr rot schimmerndes Glas aus. »Der Luggi wird sich im Grab rumdrehen, der wird Pirouetten tanzen, ausgerechnet sein Sohn, das wollte er am allerwenigsten, dass der ihn beerbt.«

»Und ich fange wieder bei null an«, stellte Sibylle tonlos fest und kippte den Rest aus ihrem Glas hinunter. »Unter null.«

11

Hätte Lollo nicht gewusst, dass Dinzinger in seinem früheren Leben Anästhesist gewesen war, er hätte ihn für einen Gewichtheber gehalten. Oder einen Metzger. Irgendwas Handfestes jedenfalls. Alles an ihm war grobschlächtig und von einer so unbändigen Kraft, dass Lollo sich gar nicht vorstellen konnte, wie Dinzinger mit etwas so Diffizilem wie einer Spritze umgehen konnte. Der machte nicht den Eindruck, als könnte er mit seinen Fingern eine Nadel aufheben. Auf seinem riesigen Schädel wuchsen kaum noch Haare, dafür umso mehr in seiner Nase, auf der Brust und auf den Unterarmen. Mehr konnte Lollo nicht sehen, nur erahnen.

Dinzinger war eine tragische Gestalt, wenn es so etwas außerhalb des Theaters gab. Er hatte jahrelang zwischen Kiefersfelden und München gependelt, musste zu den unmöglichsten Zeiten in die Klinik fahren und kam zu den unmöglichsten Zeiten heim. Er stammte zwar ursprünglich nicht aus Kiefersfelden, sondern aus Regensburg, wohnte aber schon so lange hier, dass eine Stadt von der Größe Münchens ihm Angst einjagte. Dort zu arbeiten, reichte ihm. Irgendwann hatten er und seine Frau genug gespart, um bauen zu können, wenn auch bescheiden. Dinzinger litt noch unter den finanziellen Altlasten aus einer früheren Beziehung. Das Häuschen lag am Ende des Egelseewegs, da, wo die Straße in einen Waldweg überging. Ein Grundstück, das die Sonne nur im Hochsommer für ein paar Wochen erreichte, so dicht lag es am Wald und am Buchberg. Immerhin floss der Kieferbach direkt am Haus vorbei.

Zwei Monate nachdem das Pendeln endlich aufgehört hatte, und Dinzinger als Rentner in seinem neuen Heim begann, erste Wurzeln zu schlagen, starb seine Frau. Ein Wohnwagen riss sie auf der Hauptstraße vom Rad, und der Bordstein brach ihr das Genick. Der Fahrer wurde freigesprochen, ihm konnte nicht nachgewiesen werden, dass er zu weit rechts gefahren war. Er hatte behauptet, die Frau sei mit ihrem Rad zu weit links gefahren und war damit durchgekommen. Albert Dinzinger war nicht der Typ, der Rachegedanken hegte. Er verkroch sich, und ein Haus in einer Sackgasse, das kaum je mal die Sonne besuchte, war für ihn der ideale Ort.

Lollo kannte ihn über Moni, deren Mutter mit der Frau vom Dinzinger, der Anni, in die Schule gegangen war. Lollo mochte ihn, weil er ihn so gar nicht verstand, weil er so ganz anders war.

»Eine leichte Weiße?«, fragte Dinzinger. Er wartete keine Antwort ab, sondern führte Lollo in die Küche, nahm eine Flasche aus dem Kühlschrank und ein Glas aus der Vitrine, stellte beides auf den Küchentisch und setzte sich. Er selbst trank nichts.

»Was macht die Familie?«, fragte Dinzinger und öffnete die Flasche mit einem Einmalfeuerzeug. Lollo durfte immerhin selbst eingießen.

»Ach, Dinzinger. Früher dachte ich, das Paradies ist, wenn du im Liegestuhl liegst und die gebratenen Tauben fliegen dir in den Mund.« Lollo hatte sich eine prachtvolle Schaumkrone auf sein Glas gezaubert und trank den ersten Schluck, als wäre er ein Teil dieses Paradieses. »Aber wenn du Frau und vor allem ein

Kind hast, dann weißt du: Das Paradies ist sehr anstrengend. Schon schön, aber halt anstrengend.«

»Wahrscheinlich ist es in der Hölle letztlich genauso anstrengend«, erwiderte Dinzinger und sah aus dem Fenster hinunter zum Kieferbach. »Der Unterschied ist nur, dass es da nicht so schön ist.«

»War es schwierig?«, fragte Lollo. Er spürte, dass er das Thema wechseln musste.

»War schon eine Aufgabe. Aber ich habe es herausbekommen. So viel war ja von Anfang an klar: Diclofenac ist das nicht.«

»Sondern?« Lollo stellte das Glas ab.

»Froschgift.«

»Froschgift?« Lollo zog die Augenbrauen hoch. »Was am Frosch ist denn giftig? Die Schenkel doch wohl kaum. Irgendwas dazwischen?«

»Es geht auch nicht um Frösche aus dem Kieferbach, sondern um den sogenannten Schrecklichen Pfeilgiftfrosch, genauer Phyllobates terribilis. Die Indios in Kolumbien haben mit dem Gift dieser Frösche früher ihre Pfeilspitzen präpariert. Heute haben die andere Waffen. Aber die Frösche tragen das Gift immer noch mit sich herum.«

»Unwahrscheinlich, dass der Sandmoser Ludwig von so einem Frosch gebissen worden ist«, sagte Lollo. »Von Kolumbien bis zur Bippenwaldstraße ist's schon ein schönes Stück für einen Frosch.«

»Schon mal was von Terrarien gehört?«, fragte Dinzinger. »So was gibt es auch südlich von Rosenheim. Das Gift ist in der Haut dieser Frösche. Und es ist nicht irgendein Gift. Wer immer Sandmoser das verabreicht hat, der wusste, was er tat. Der gönnte Sandmoser den schlimmstmöglichen Tod von Herzen.«

»Inwiefern?«, hakte Lollo nach und musste an seinen Chef denken und daran, dass er ihn vielleicht mit bestimmten Fröschen bekannt machen sollte.

»Das Gift wirkt auf das Nervensystem, es zerstört die Nervenmembranen. Krampfanfälle, Muskellähmungen, Herz- und Atemstillstand, so läuft das ab. Im konkreten Fall stelle ich mir das so vor: Der Sandmoser schwimmt in seinem Pool. Und so ganz allmählich merkt er, dass er seine Muskeln nicht mehr steuern kann. Seine Arme und Beine gehorchen nicht mehr. Er will zum Beckenrand schwimmen, um sich auszuruhen, aber er schafft es einfach nicht mehr. Sein Wille kann wollen, was er will, aber er bewirkt nichts mehr. Und das Schlimmste, er bekommt genau mit, was da passiert, wie die Lähmung sich langsam in seinem Körper ausbreitet. Er kann nicht mal mehr sprechen, geschweige denn rufen. Auch die Lunge ist gelähmt. Er merkt genau, wie er ertrinkt, er geht unter wie die Titanic, immer mehr Wasser dringt in ihn ein. Er weiß, dass er sterben wird, er kann nicht mehr entkommen, aber es dauert einfach. Er sehnt den Tod herbei, denn er kann nicht mal mehr strampeln oder schreien oder dem Tod irgendetwas entgegensetzen. Alles in Sandmosers Körper steht still, und der Tod hält langsam Einzug. Auf der Liste der qualvollsten Todesarten steht das Sterben durch dieses Froschgift ganz weit oben.«

Lollo lauschte ihm gebannt. Er fühlte sich allein vom Zuhören schuldig. Genau darum hatten seine Gedanken immer gekreist, einen solchen Tod hatte er sich für seinen Chef immer gewünscht: qualvoll, langsam, das Ende herbeisehnend. Aber wie oft hatte Lollo sich nicht die Frage gestellt: Wenn ihm wirklich die grausamste Todesart einfallen sollte, und wenn man ihm außerdem noch notariell zusicherte, dass er ganz sicher nicht ins Gefängnis kam für diesen Mord, würde er es tun? Und wenn ja, wie sollte er sich die Befriedigung nach der Tat vorstellen? Wie würde er weiter mit Max spielen, wie Moni weiter lieben können? Lollo hatte sich all das immer wieder gefragt, aber er hatte nie ernsthaft nach einer Antwort gesucht. Wohl weil er wusste, wie sie ausfallen würde. Aber wenn er es doch nicht tun würde, warum musste er es sich immer wieder vorstellen? Buchstäblich jeden Tag. Wen genau wollte Lollo eigentlich umbringen? Wirklich nur seinen Chef?

»Erstaunlich, der Tod von Sandmoser scheint dir ja reichlich nahezugehen«, bemerkte Dinzinger. »Du bist ganz blass. Trink! Weißbier ist gut für die Hautfarbe. Und für die Prostata.«

Lollo trank gehorsam. »Nun ist Sandmoser aber nicht der Typ, der stillhält, wenn ihm jemand eine Giftspritze verpasst«, sagte er wie zu sich selbst.

»Er wird geglaubt haben, es ist Diclofenac. Das, was draufstand auf der Ampulle«, dachte Dinzinger logisch weiter.

»Sibylle hat ihm nachmittags eine Spritze gegeben. Wegen seiner Rückenschmerzen. Hat sie in ihrem Eso-Klub erzählt, sagt Moni.«

»Nun ja, hat ja auch gewirkt. Rückenschmerzen hat der keine mehr.« Dinzinger strich sich über seinen kahlen Schädel und machte eine lange Pause. »Das könnte zunächst einmal heißen, dass Sibylle ihn umgebracht hat.«

»Das könnte es heißen«, bestätigte Lollo immer noch abwesend. »Aber ich war gestern Abend bei ihr, mit Moni. Der Jenner und der Danner waren auch da. Sibylle war fertig, alle, leer. So kaltblütig ist die nicht, Sandmoser die Spritze zu setzen, zum Eso-Zirkel ins Café Glück zu fahren, über die positive Affirmation für die nächste Mondphase zu debattieren und nebenbei noch zu erzählen, dass sie ihrem Luggi was in den Po gespritzt hat, dann heimzukehren, ihr Werk zu begutachten und abends noch ein paar Leute einzuladen, um auf die gelungene Aktion anzustoßen. Nein. Nein, ich kann mir das einfach nicht vorstellen.«

»Lollo, ich glaube, du könntest nie jemanden umbringen. Du denkst einfach zu positiv.« Die Bemerkung Dinzingers deprimierte Lollo, anstatt ihn aufzurichten.

»Wie lange hat das gedauert, bis das Gift wirkte?«, fragte Lollo, nicht zuletzt, um von sich abzulenken.

»Zwanzig Minuten, würde ich denken. Das passt schon. Da ist sie weggefahren, und er war im Wasser. Und erklären muss sie hinterher auch nichts, denn der Jenner, der Depp, diagnostiziert ja Herzinfarkt. Nur weil der Sandmoser wegen seines Herzens bei ihm in Behandlung war.«

Der hat gar kein Herz, erinnerte sich Lollo und musste an Helga Sandmoser denken. »Nein, ich glaube, dass Sibylle davon ausging, dass es Diclofenac war, was sie da spritzte. Und Sandmoser sowieso.«

Dinzinger nahm den Faden auf. »Meinetwegen, nehmen wir das mal an. Dann hätte jemand die Ampulle präparieren müssen. Nicht einfach, aber machbar für einen Fachmann. Einen Mediziner etwa. Oder jemand, der so einen Frosch in seinem Terrarium sitzen hat. Man wusste übrigens lange nicht genau, was die Frösche brauchen, um ihr Gift zu produzieren. Jetzt weiß man, es liegt am Futter. Sie fressen giftige Beutetiere sowie eine bestimmte Milbenart und produzieren daraus Gift und lagern das in der Haut ein. Irgendwann haben sie ein tödliches Giftreservoir, das konstant bleibt, solange ihnen geeignetes Futter zur Verfügung steht.«

»Quasi wie bei einem Spiegeltrinker«, sagte Lollo und war froh, dass er nur eine leichte Weiße trank. »Und jetzt, was machen wir jetzt?«, fragte Lollo.

»Weiterdenken«, sagte Dinzinger. »Erst mal weiterdenken. Auf keinen Fall zur Polizei, sonst verhilfst du dem Danner noch zu einem ungeahnten Karrieresprung. Nein, lass dir was einfallen, Lollo. Du bist doch Detektiv.«

12

»Ich will es gar nicht wissen.«

»Hast du's nun gemacht, oder nicht?«

»Ja, hab ich. Aber ich wollte das gar nicht. Und ich will auch gar nicht wissen, was er herausgefunden hat.«

»Wen hast du denn nun beauftragt, Mutter?«

»Na, den Baum aus Rosenheim. Jens Baum. Der hatte die größte Anzeige im Telefonbuch.«

»Das war das Kriterium?«

»Ach Frank, jetzt sei doch nicht so. Ich tu mich nun mal schwer mit so was. Ich hab ein ganz schlechtes Gewissen Ralf gegenüber. Fast schlimmer, als würde ich ihm selber hinterherspionieren.«

»Mutter, du bist einfach ein hoffnungsloser Fall. Jeder außer dir sieht dem Kerl sofort an, was das für einer ist. So viele Detektive kannst du gar nicht engagieren, damit die alle seine Weibergeschichten dokumentieren können. Letztlich gibt es da gar keinen Unterschied zu dem Alten. Du hast nichts dazugelernt. Manchmal glaube ich, du willst betrogen werden.«

»Frank, sag so was nicht. Wer ist schon gern unglücklich? Ich hab halt einfach Pech gehabt, damals mit dem Ludwig. Aber jetzt ist alles anders. Ralf ist so verständnisvoll, so lieb zu mir. Er gibt mir das Gefühl, wertvoll zu sein. Ich weiß, dass da früher was war bei ihm, mit anderen Frauen. Aber mit mir ist das ganz anders, hat er gesagt. Endlich meint es das Schicksal gut mit mir.«

»Für dein Schicksal bist du schon selbst verantwortlich, Mutter, so viel solltest du in deinem Leben kapiert haben. Aber was machst du stattdessen? Fängst nicht nur eine Beziehung mit einem staatlich geprüften Masseur und Frauenflüsterer an, sondern ziehst auch gleich noch zu ihm. Und komischerweise wohnt der nur zweihundert Meter Luftlinie entfernt von dem Mann, der dir vierzehn Jahre deines Lebens versaut hat, vielleicht noch mehr, vielleicht sogar dein ganzes Leben.«

»Frank, du redest von deinem Vater.«

»Traurig genug. Ich bin jedenfalls froh, dass der endlich tot ist.«

»Frank! Sag so was nicht. Von dem steckt genauso viel in dir wie von mir.«

»Ich weiß, ich weiß, jedem von euch habe ich exakt fünfzig Prozent Genmaterial zu verdanken. Vielleicht studiere ich auch nur deshalb Biologie, damit ich eines Tages ein Mittel erfinde, wie man die genetischen Spuren seines Vaters auslöschen kann. Tilgen. Vernichten.«

»Frank, sei nicht so hart. Der Luggi hat viel mitgemacht als Kind. Die harte Zeit nach dem Krieg und das alles. Der ist ganz ohne Vater aufgewachsen.«

»Was für ein Glück, ohne Vater aufzuwachsen. Ich hatte das Unglück, einen sogenannten *Vater* zu haben. Wie schön, jetzt endlich vaterlos zu sein.«

»Ohne deinen Vater wärst du gar nicht am Leben.«

»Vielleicht wäre das auch besser so, Mutter. Dann hätte ich dein Unglück nicht ständig vor Augen und meines auch nicht. Am schönsten wäre die Welt, wenn es sie gar nicht gäbe.«

13

Es war, als ob etwas auf seine Stirn drückte, wie ein Hut. Merkwürdigerweise drückte der Hut aber von innen gegen die Stirn. Das alles fühlte sich nicht gut an, da oben im Kopf. Lollo hätte doch früher den Dinzinger verlassen und nichts Härteres trinken sollen als die leichte Weiße, mit der alles angefangen hatte. Es waren dann noch ein paar Flötzinger dazu gekommen, und Lollo hatte den Dienst-Bus lieber im Egelseeweg stehen lassen und war zu Fuß heimgegangen.

Zwölf Stunden später stand er wieder am selben Ort. Lollo wäre gern weitergegangen, als er am Ende des Egelseewegs angekommen war. Er hätte am liebsten kein Ziel gehabt. Wenn er noch einen weiteren Wunsch frei gehabt hätte, er hätte an nichts denken wollen. Aber seine Wünsche blieben unerhört. Mit dem geparkten Bus sah Lollo sofort den Auftrag vor sich, noch einmal Fotos zu machen von Resi und ihrem *Innenarchitekten*. Kein Wunder, dass die Resi das den Frauen im *Ovarienzirkel* nicht erzählen mochte, dass der *Innenarchitekt* niemand anderes war als ein Masseur namens Ralf Wildenhaus. Der hatte eine Kassen-Praxis in Oberaudorf und eine Privat-Praxis in Kiefersfelden. In Oberaudorf massierte er für Geld und daheim im Nußlbergweg zum Spaß. Wildenhaus massierte, was ihm unter die Finger kam. Um die Wimmer Resi war es dabei nicht schade. Der war es wahrscheinlich sogar recht so. Aber was war mit Karin Sandmoser, die zu ahnen schien, dass da was nicht stimmte mit ihrem Masseur, schließlich hatte sie den Auftrag zur Observierung gegeben. Sich nach dem alten Sandmoser ausgerechnet den Wildenhaus auszusuchen, die war entweder zu gutmütig oder zu blöd für die Männerwelt. Ob Lollo zu ihr fahren sollte in den Nußlbergweg, um ihr die Wahrheit möglichst schonend beizubringen? Das wäre sicher nicht im Sinne seines Chefs gewesen. Was, wenn Karin Sandmoser danach den Auftrag zurückzog? Außer einem verlorenen Honorar hätte Baum noch auf einen seiner Auftritte verzichten müssen, was mindestens ebenso schlimm war für ihn, denn bei solchen Gelegenheiten ließ er gern mal den knallhart recherchierenden Detektiv raushängen, der sich darin gefällt, seine Klientinnen zu schocken. *Hard boiled in Rosenheim*, das war sein Selbstverständnis. Wahrscheinlich wartete er darauf, dass endlich jemand auf die Idee kam, einen Krimi zu schreiben, mit ihm als Helden.

Lollo setzte sich unentschlossen in den Bus, wendete, bog, nachdem er den Kieferbach überquert hatte, in die Thierseestraße ein, kreuzte die Schienen vom Wachtl-Express und fuhr schließlich rechts den Nußlbergweg hinauf. Der Weg war viel zu kurz, als dass Lollo in der Zwischenzeit seine Gedanken hätte ordnen können. Detektive in Städten hatten es einfach besser. Ein Golf mit Münchner Kennzeichen, vermutlich der von Karin Sandmoser, stand in der geöffneten Garage von Wildenhaus. Davor, auf der Straße, parkte ein alter, verrosteter Nissan Bluebird, ebenfalls mit Münchner Kennzeichen. Wahrscheinlich der Sohn, der wohnte doch in München, hatte Moni erzählt. Lollo bog rechts in die Bippenwaldstraße, wendete in einer Garageneinfahrt und stellte sich hinter dieselbe Fichte wie am Samstag. Er stieg aus und ging langsam auf das Haus am

Nußlbergweg zu. Wildenhaus war jetzt in seiner Massagepraxis in Oberaudorf und Resi daheim in der Steilnerjochstraße, wo sie ihren Schorschi schikanierte. Ein ganz normaler Montag, dachte Lollo. Und weil die beiden nicht da waren, war die zweite Besetzung da: Karin und ihr Sohn. Lollo nahm wieder das auf der Spitze stehende Quadrat von Nummer 15 ins Visier. Sollte er sich hineinwagen?

Plötzlich sprang die Tür drüben auf. Heraus stürmte ein junger Mann, groß, schlank, voller Energie, voller Wut. Das musste der Sohn aus München sein. Er stieg nicht in seine vor dem Haus geparkte Rostbeule ein, sondern überquerte die Straße und kam direkt auf Lollo zu. In dem Moment, als ein Zusammenstoß unvermeidlich schien und Lollo schon ausweichen wollte, schritt der andere haarscharf links an Lollo vorbei. Er berührte Lollo nicht, aber der Luftzug war geladen wie ein Gewitter. Ohne sich umzusehen, ging er die Bippenwaldstraße hinunter. Zu Sibylle? Kannten sich die beiden? Es hatte wenig Zweck, dieser geballten Abwehrhaltung nachzulaufen, entschied Lollo und klingelte stattdessen an der Tür von Haus Nummer 15, der Tür mit dem auf der Spitze stehenden Quadrat, die er schon so lange beobachtet hatte. Lollo war gespannt auf Karin Sandmoser, er hatte sie noch nie gesehen.

14

Es war nicht zuletzt dieses Bild, das ihn für sie einnahm. Auf den ersten Blick bloß eine Gipfellandschaft, in bayerischen Wohnungen so heimisch wie die Eckbank. Aber dieses Bild hier war anders. Es zeigte den Abgrund ganz versteckt, aber dafür umso wirkungsvoller. Da führte ein Weg durch die Bildmitte, und wenn Lollo diesem mäandernden Pfad mit den Augen folgte, hatte er das Gefühl, von einer rasenden Abwärtsbewegung erfasst zu werden, sich zu überschlagen, hinabgezogen zu werden in Schneefelder und Schluchten, aus denen es kein Entrinnen gab. Der Vordergrund wirkte lieblich, fast kitschig, aber dahinter tat sich ein fürchterliches Grauen auf. So fühlte er sich fast täglich.

Dieses Bild hing in einem altmodischen Barockrahmen an der einzigen fensterlosen Wand eines Raumes, den Karin Sandmoser beim Betreten als »ihr Zimmer« vorgestellt hatte. Ihr Zimmer im Hause Wildenhaus. Alles hier war weiß, ein kleines Sofa, ein Sessel, ein Bett mit einer Tagesdecke darüber. Es war ordentlich in dem Zimmer, ein Buch und ein Zeitschriftenstapel lagen rechtwinklig ausgerichtet auf einem weiß lackierten Beistelltischchen.

»Beeindruckend«, meinte Lollo mit Blick auf das Bild.

»Gefällt es Ihnen?« Karin Sandmoser lud ihn mit einer Handbewegung ein, sich auf das Sofa zu setzen. Sie selbst nahm im Sessel Platz. »Kann ich Ihnen wirklich nichts anbieten?«

»Nein, vielen Dank. Außer dem Bild vielleicht.«

Sie sah ihn mit großen Augen an.

»Wirklich beeindruckend«, wiederholte Lollo. »Was gefällt Ihnen daran?«

»Was gefällt Ihnen daran?«, gab Karin Sandmoser die Frage zurück.

Ihre Gegenfrage überraschte Lollo. Karin Sandmoser erschien ihm als eine souveräne Frau mit blauen, wachen, intelligenten Augen. Sie mochte ungefähr so alt sein wie er, etwas größer, perfekt geschminkt und gekleidet, ohne aber übertrieben gestylt zu sein. Sie hatte eine Figur, die Disziplin verriet. Außerdem schrieb ihr Lollo, ohne dass er hätte sagen können, warum genau, Verstand und Herz zu. Wie konnte so eine Frau sich mit einem Frauennagler wie Ralf Wildenhaus abgeben? Und vor allem: Wie hatte so eine Frau sich an einen Ludwig Sandmoser wegwerfen können? Und wie hatte sich Sandmoser, nachdem die Ehe mit dieser Frau beendet war, eine zweite Frau nehmen können, die in allem das Gegenteil von Karin Sandmoser war: hässlich, dick, alt?

»Seelenverwandtschaft«, sagte Lollo und versuchte, sich wieder auf das Bild zu konzentrieren. »So sieht es auch in mir aus.« Er betrachtete es noch einmal aufmerksam. »Und noch etwas: Das Bild wäre bestimmt was wert, wenn es signiert wäre. Ist es aber nicht. Also nehme ich an, Sie kennen den Maler, und das Bild ist ein Geschenk.«

»So ist es. Das Bild hat mein Großvater gemalt, Konrad Wachser, der als junger Mann noch die Maler der Münchner Secession gekannt hat. Er hat mir das Gemälde kurz vor seinem Tod geschenkt, zur Firmung. So also sieht es in Ihnen aus, Herr Uhl, habe ich das richtig verstanden?«

»Ja. Mir gefällt die Lust am Abgrund, die aus dem Werk spricht. Und die Lust an der Wahrheit. Haben Sie die auch geerbt?«

Wieder sah sie ihn mit großen Augen an. War ihre Ruhe nur gespielt?

»Selbst für einen Detektiv stellen Sie merkwürdige Fragen. Ich habe bisher nur einmal in meinem Leben mit einem Detektiv zu tun gehabt, das war vor etwa zwei Wochen. Und der hat ganz andere Fragen gestellt.«

»Das glaube ich, Frau Sandmoser. Das war mein Chef. Der stellt in der Tat ganz andere Fragen. In seinem, das heißt letztlich natürlich in Ihrem Auftrag habe ich die Observierung von Herrn Wildenhaus übernommen und durchgeführt. Zuletzt am Samstag, nachdem sie weg waren.«

»Ich wusste, dass Sie nichts herausfinden würden.« Karin Sandmoser sprach sich offensichtlich selbst Mut zu.

»Ich habe Fotos gemacht«, sagte Lollo nüchtern.

»Da wird nichts drauf zu sehen sein. Ich will sie auch gar nicht sehen, die Fotos. Ich habe Sie nur beauftragt, weil mein Sohn Frank das so wollte. Und ich wollte, dass nichts dabei herauskommt. Dass auch Frank sieht, dass nichts dabei herauskommt. Die Fotos interessieren mich nicht.«

Eine merkwürdige Wandlung war in ihr vorgegangen. Gerade noch war sie die souveräne Dame gewesen, die alles unter Kontrolle hat. Und jetzt wurde sie mit jedem Wort mehr zu einem trotzigen Kind.

»Auf den Fotos ist Herr Wildenhaus zu sehen«, machte Lollo unbeirrt weiter, »wie er am vergangenen Samstag hier in diesem Haus Besuch empfängt.«

»Samstags bin ich immer in München.« Jeder Satz von Karin Sandmoser klang, als würde sie sich an ihm festhalten, als brauchte sie einfache Sätze, die ihr Halt gaben. »Ich besuche meinen Sohn und bummle ein wenig durch die Geschäfte.«

»Mein Sohn ist noch nicht so weit, dass er allein leben könnte«, versuchte Lollo, die Situation zu entspannen. »Aber mit fünf hat er dafür noch schön viel Leben vor sich.«

War das jetzt ein Lächeln, oder würde sie gleich anfangen zu heulen? Lollo war sich nicht sicher, ob er seine Sache wirklich zum Ende bringen sollte.

»Und dieser Besuch«, fing sie leise an, bevor sie stockte, »dieser Besuch am Samstag …«

»… kam aus der Steilnerjochstraße. Die Wimmer Resi.«

»Die Resi!« Karin Sandmoser schrie auf, als wäre ihr jemand sehr Schweres auf den kleinen Zeh getreten. »Nein, ausgeschlossen, das kann nicht sein. Wenn Sie wüssten, wie der Ralf über die Resi herzieht, die alte Giftschlange mit den ausgezupften Augenbrauen, nein, das kann nicht sein, da haben Sie sich geirrt. Nicht die Resi.«

»Aber es gibt Fotos.« Lollo verschwieg, dass, selbst wenn er sie dabeigehabt hätte (was nicht der Fall war, weil ja sein Chef die Fotos hatte), nichts Eindeutiges darauf zu erkennen gewesen wäre. Und er verschwieg einen weiteren Zeugen, der Resi zweifelsfrei erkannt hatte: Max Uhl, von Beruf Kindergartenkind.

»Und wenn schon«, ging sie in die Offensive. »Was beweist das schon? Warum sollte die Resi ihn nicht besuchen? Vielleicht haben sie sich ja einfach nur unterhalten.«

»Oder sich den Gemeindebrief vorgelesen. Oder das *Oberbayerische Volksblatt.*« Lollo sagte das ganz sachlich.

»Aber, aber vielleicht gibt es auch eine ganz einfache Erklärung.« Sie gab nicht auf.

»Es gibt eine ganz einfache Erklärung«, beharrte Lollo, immer noch ganz sachlich.

Darauf wusste sie nichts mehr zu sagen. Für einen kurzen Moment war die Situation wie in Bernstein gegossen. Dann verlor Karin Sandmoser die Fassung. Lollo schaute ihr ins Gesicht, als es geschah. Nichts deutete darauf hin. Lollo war völlig überrascht. Er bekam den Einschlag erst mit ein, zwei Sekunden Verzögerung mit. Es sah auch gar nicht nach etwas Gewalttätigem aus, als sie ihre Hand ausfuhr, mehr nach einer fortgeschrittenen Übung aus dem Tai-Chi. Karin Sandmoser war mindestens ebenso überrascht wie Lollo.

»Die letzte Ohrfeige muss noch von meiner Mutter stammen«, sagte Lollo und rieb sich seine linke Wange. »Meine Eltern hatten sich scheiden lassen. Als meine Mutter mir meine letzte Ohrfeige verpasste, ich glaube, da war ich zehn, da gab es meinen Vater schon nicht mehr. Ich bin mir fast sicher, dass sie es war.«

»Das wollte ich nicht«, stammelte Karin Sandmoser. »Das wollte ich nicht.«

15

Lollo kam aus dem Haus am Nußlbergweg wie ein angeknockter Boxer, der einen schlimmen Wirkungstreffer hatte hinnehmen müssen. War einfach ein gefährlicher Beruf, Detektiv, das spürte er. Es war gar nicht so sehr das Brennen auf seiner Wange, das wehtat, es war mehr der seelische Schmerz, unter dem er litt. Diese Ohrfeige hatte sein Innerstes erreicht. Vielleicht war Detektiv einfach kein Job für einen harmoniebedürftigen Menschen wie ihn. Er wollte gemocht werden, aber wollten das nicht alle? Lollo war zutiefst verwirrt. Wo hatte er doch gleich sein Auto geparkt? Ach ja, da drüben. Nein, das war gar nicht der alte Mercedes, da stand der Bus, richtig, den musste er noch nach Rosenheim bringen. Aber dieser weiße BMW, der vor dem Bus parkte, dieses Cabrio mit heruntergelassenem Dach, diese Frau, die in dem Cabrio saß und die sich gerade ihre Sonnenbrille in die Haare steckte, das war doch, die kannte er doch. Reichte eine Ohrfeige nicht aus, warum hielt das Schicksal für ihn gleich eine Doppelschmach bereit?

»Hallo Herr Nachbar«, hörte Lollo eine nur zu bekannte Stimme. »Weiß deine Frau eigentlich, wo du deine Montagvormittage verbringst?« Resi Wimmer sah aus wie immer, die Kleidung schwarz, das Gesicht scharfkantig und die blondierte Frisur unerschütterlich gegen äußere Einflüsse.

Gegenangriff, schoss es Lollo durch den Kopf, und so sagte er: »Und weiß dein Mann, liebe Frau Nachbarin, wo du deine Samstagnachmittage verbringst?«

Lollo war neben ihr und ihrem Auto stehen geblieben und sah von oben auf sie herunter, ein Glück, das er so häufig nicht hatte. Sie musste zu ihm aufblicken.

»Was ist denn mit deinem Gesicht?«, fragte sie und hatte damit so zielsicher wie sonst nur Max den wunden Punkt getroffen. »Gefällt dir das, wenn sie dir eine runterhaut dabei?« Lollo war zu verblüfft, um sofort wieder in die Offensive zu gehen, deshalb hatte Resi Zeit nachzulegen: »Stimmt, du hast recht, solche Details sollte man nicht in der Öffentlichkeit besprechen. Komm rein.« Lollo folgte ihrer Kopfbewegung, ging um das Auto herum und setzte sich auf den Beifahrersitz. Gleichzeitig schloss Resi Wimmer mit einem Knopfdruck das Verdeck.

Dass ich ihr ausgerechnet meine linke Backe hinhalten muss, ärgerte Lollo sich. Er drehte sich etwas zur Seite auf dem Sitz und bog zusätzlich noch seinen Kopf nach links, damit sie sein Profil und damit seine schmerzende Wange nicht so deutlich sehen konnte. Der Nachteil war, so schaute er ihr voll ins Gesicht. Am Kinn, an den Lippen, an den Augenbrauen könnte er sich vermutlich wirklich schneiden, wenn er nicht aufpasste.

»Ich hatte da drinnen mit Karin Sandmoser sicher nicht halb so viel Spaß wie du am Samstag mit Wildenhaus«, begann Lollo in einem Versuch, die Gesprächsführung zu übernehmen. »Ich habe ihr die Wahrheit gesagt über das, was da zwischen euch passiert ist.«

»Ach, was ist denn da so zwischen uns passiert?«, fragte Resi, drehte sich zu Lollo und zog ihre messerscharfen Brauen hoch. Bevor Lollo etwas antworten konnte, fügte sie noch hinzu:

»Was du vor allem hast, ist keine Ahnung. Und zwar auf allen Ebenen. Erstens ahnst du nicht, dass ich sehr wohl bemerkt habe, dass du mit deinem Bus am Samstag hier gestanden bist. Du Meisterdetektiv hältst dich sicher für unsichtbar. Dabei bist du ungefähr so unsichtbar wie ein Kind, dass die Augen zumacht.« Das saß. Das war die zweite Ohrfeige für Lollo in kürzester Zeit.

Lollo schwieg. Aber nicht aus Taktik, um sie am Reden zu halten. Ihm fiel einfach nichts ein. Das war sein Glück, denn Resi redete tatsächlich weiter. »Und zweitens, weil du ja selber nicht drauf kommen würdest, und um dir einen kleinen Anreiz zu geben, den Schorschi mit der Geschichte in Ruhe zu lassen: Die Karin, die ist schon längst nicht mehr angesagt beim Herrn Wildenhaus. Die wohnt da zwar, die merkt aber trotzdem nichts. Und ob du's glaubst oder nicht, auch ich bin dem Herrn da drüben nicht mehr gut genug. Der hat sich eine Neue geangelt.«

»Nämlich?« Lollo hatte seine Stimme wiedergefunden. Dabei musste er die ganze Zeit auf den faltigen Hals der Wimmer Resi schauen. Wie bei einem Reptil verzog sich die Haut, wenn sie sprach oder kleine Bewegungen mit dem Kopf machte. Es sah fies aus, fand Lollo. Moni würde nie einen solchen Hals bekommen.

»Sibylle Salger«, sagte Resi mit aller Verachtung, die ihr möglich war.

»Sibylle? Die Sibylle, die mit dem Sandmoser …«

»Ja, genau diese Sibylle. Dass ihr der alte Sandmoser nicht reicht, meinetwegen. Wobei der eigentlich auch nichts anderes im Kopf hat als Sex.«

»Hatte«, korrigierte Lollo.

»Dann eben hatte, du Sprachgenie«, gab die Wimmer zurück.

»Und was hat der Wildenhaus so im Kopf?«, fragte Lollo. »Dass der *Kieferer Ovarienzirkel* Schlange steht vor seiner Haustür?«

»Den Ralf, den kannst du gar nicht vergleichen mit dem Luggi. Oder mit irgendeinem Kerl hier in Kiefersfelden. Der Ralf, der ist ganz anders. Der war ganz anders.«

»War? Ist der inzwischen auch tot?«, fragte Lollo. Langsam kamen das Leben und die Angriffslust zurück zu ihm.

»Für mich ist der gestorben.«

»Auch am Samstag?«

»Ja, auch am Samstag, wenn du es wissen willst. Aber du hast ja angeblich genau beobachtet, was da zwischen uns passiert ist.«

»Dann habt ihr also gar nicht …?« Lollo begann zu verstehen.

»Nein, haben wir nicht! Ich habe ihn zur Rede gestellt, und er hat nicht mehr raus können. Es blieb ihm nichts übrig, als das mit Sibylle einzugestehen. Ich bin doch nicht blind!«

»Dann führt Sibylle Salger also ein aufregendes Doppelleben«, sagte Lollo, aber Resi bekam die Ironie nicht mit.

»Die Schlange«, giftete Resi. »Da schnappt sie sich das Ralferl, und ein paar Wochen später ist der Luggi tot. Hast du dich schon mal gefragt, ob sie bei seinem *Herzinfarkt* vielleicht ein wenig nachgeholfen hat?« Das hatte Lollo in der Tat, aber das gab er nicht zu. Wenn Resi von dem Froschgift erführe, brächte sie Sibylle sofort um. Oder Wildenhaus. Oder beide. Das konnte Lollo nicht verantworten.

»Interessante Theorie«, sagte Lollo nur.

»Willst du etwa behaupten, dass das ein Zufall ist?«, fauchte Resi zurück. »Sie krallt sich einen Neuen. Da stört der Alte doch nur. Also hilft sie ein bisschen nach, einer ehemaligen Krankenschwester wird da sicher was einfallen, oder? Und dann braucht sie mit ihrem Handtäschchen nur ein paar Häuser weiter zu ziehen. Dieses Flitscherl.«

Ein Zimmer würde ja bald frei werden bei Wildenhaus, dachte Lollo. War es von Bedeutung, dass er vorhin Karin Sandmoser die falsche Geliebte präsentiert hatte? Es dachte noch weiter in ihm, und jetzt erst wunderte er sich, warum er Resi Wimmer im Hier und Jetzt begegnet war.

»Und du stehst hier ganz zufällig, nur für den Fall, dass Sibylle hier vorbeikommen könnte«, sagte Lollo mehr zu sich als zu Resi, »auf dem weiten Weg von der Bippenwaldstraße zum Nußlbergweg. Und die Sibylle ist so voller Vorfreude, dass sie dich in deinem offenen Auto gar nicht sehen würde. Was dir die Möglichkeit gäbe, sie und Wildenhaus auf frischer Tat zu ertappen. Und am Schluss würde es noch mehr Leben auf dem Bergfriedhof geben.«

»Schleich dich!«, brüllte Resi. »Raus aus meinem Auto. Von Frauen hast du noch weniger Ahnung als von allem anderen, und das will was heißen. Manchmal wissen wir Weiber gar nicht, warum wir da sind, wo wir sind. Wir wissen nur, dass wir genau richtig sind.«

Lollo stieg aus, recht zufrieden mit sich. Er fand gar nicht, dass er so wenig Ahnung hatte von Frauen.

16

Er hätte auch im Wald pinkeln gehen können. Oder vorher schon, im Zug. Hatte er aber nicht. Blasentraining nannte Moni das, und Lollo fragte sich, warum er das machte, wo Moni doch gar nicht da war. Und überhaupt: Wofür sollte er seine Blase trainieren? Kam da noch etwas auf ihn zu in seinem Leben, wofür er das brauchte? Was war so verwerflich daran, einfach aufs Klo zu gehen, wenn man musste? Vielleicht war es ja für Frauen wichtig, die Blase und überhaupt den ganzen Beckenbodenbereich konsequent zu trainieren, um einer Inkontinenz vorzubeugen. Aber Lollo fand, dass bei ihm alles in Ordnung war, jedenfalls da unten, im urologischen Bereich.

Das hier beim Schaupenwirt, das war noch ursprüngliches Pinkeln. Denn hier gab es noch keine Pinkelbecken, die Männer bei ihrer Entscheidung, wo sie hinpinkeln sollten, einschränkten. Hier gab es noch eine Mauer, eine mit gelblichen Kacheln versiegelte Mauer. Hier konnte Lollo in Freiheit Wasser lassen, wohin er wollte. Er stellte sich exakt vor die Mitte der Mauer und zielte genau auf die Fuge zwischen den zwei Kacheln vor ihm und versuchte, mit seinem Laserstrahl ein Loch hineinzubrennen. Die *Kunst der Fuge*, dachte Lollo und stellte sich schräg, damit die Kacheln nicht Rache nehmen und zurückspritzen konnten. Lollo bemühte sich, den Druck, der sich in ihm aufgebaut und seine Blase trainiert hatte, so lange wie möglich zu halten. Volle Kraft voraus. Es ging endlos, er fühlte sich stark. Als es vorbei war, atmete Lollo tief durch. Geschafft.

Lollo kehrte an seinen Tisch zurück, unter der Kastanie, neben dem Salettl, mit Blick aufs Kaisergebirge. Von hier aus sah man den Zahmen und auch eine hohe Zacke vom Wilden Kaiser. Moni war noch gar nicht da und Max auch nicht. Der Schaupenwirt war die einzige Gaststätte in der Umgebung, die noch ein altes Salettl hatte, eine Art Pavillon mit Fenstern drin und massenhaft Geweihen unterm Dach. Im Salettl war man gleichzeitig drinnen und draußen, es war offener als ein richtiges Haus, aber geschützter als ein Tisch unter freiem Himmel oder unter einer Kastanie. Wie ein Vorposten der Zivilisation in der wilden bayerischen Natur. So sehr Lollo das Salettl beim Schaupenwirt mochte, er setzte sich nur hinein, wenn er sich besonders schutzbedürftig fühlte oder das Wetter zu unsicher war. Beides war heute nicht der Fall, und deshalb war er vom Bahnhof kommend zielstrebig auf den Tisch unter der Kastanie zugegangen, den Tisch Nummer 37, seinen Lieblingsplatz an guten Tagen. Es war noch etwas früh für das Abendessen, die meisten Tische waren frei. Im Salettl saßen nur die Männer vom Stammtisch, die, wann immer es ging, dort tagten. Draußen, neben dem Salettl, unter der Kastanie, war außer Lollos Tisch nur einer besetzt. Ihre Wanderkleidung und ihre Fotoapparate wiesen das ältere Ehepaar drei Tische weiter eindeutig als Touristen aus. Lollo war sich sicher, dass ihnen das Auto mit dem Mannheimer Kennzeichen, das auf dem Parkplatz stand, gehörte.

Vor ihm, auf der rot karierten Tischdecke, stand Lollos Boisei. Er hatte schon einen Schluck davon getrunken. Was für ein Stillleben! Dieser Ort hier, das war das Paradies, daran gab es für Lollo keinen Zweifel. Die Vorfreude auf mehr Bier und ein Schnitzel, auf seine Frau und seinen Sohn, die Gewissheit, dass der Sommer noch vor ihm lag, die langen Tage, das späte Licht, die Frühlingswärme, der Duft der Wiesen, das erfüllte Lollo mit einem Glücksgefühl, das weit stärker war als alle Ohrfeigen, die er sich in letzter Zeit eingefangen hatte. Nicht mal das Zusammentreffen mit seinem Chef, dem er leider über den Weg gelaufen war, als er den Dienstbus nach Rosenheim zurückgebracht hatte, konnte ihn jetzt noch belasten.

Früher, bevor Lollo nach Kiefersfelden gezogen war, hatte er Angst gehabt vor der Zukunft, hatte von ihr nicht mehr erwartet als Schicksalsschläge, Krankheiten, Kündigungen, letztendlich den Tod. Dass Lollo sich auf die Zukunft so freuen konnte, dass die Gegenwart für ihn zu einem Fest wurde, das hatte er vor allem Moni und Max zu verdanken, aber auch Kiefersfelden, den Bergen, dem Bier, allem hier. Gut, es gab auch hier Bedrohungen. Baum fiel ihm sofort ein. Oder Karin Sandmoser. Unwillkürlich rieb sich Lollo die linke Wange. Er hatte ganz vergessen, sich sein Gesicht im Spiegel noch einmal anzusehen. War die Backe noch gerötet? Moni würde sich gleich neben ihn setzen, links neben ihn, sie saß immer links neben ihm, denn eine Frau muss immer auf der Herzensseite ihres Mannes sitzen, pflegte Moni zu sagen, und Lollo hatte das nie infrage gestellt. Ob sie was merken würde? Sollte er ihr das mit Karin Sandmoser verraten? Oder das, was er von der Resi erfahren hatte? Was sollte er überhaupt erzählen? Dass der alte Sandmoser vergiftet worden war, mit Froschgift? Dass sogar ihre Freundin Sibylle als Täterin in Betracht kam, diese Sibylle, der die erstaunliche Leistung gelungen war, eine Schnittmenge zwischen Sandmoser, dem *Ovarienzirkel* und Wildenhaus zu bilden. Sicher, Lollo hatte keine Geheimnisse vor seiner Frau, denn Moni tratschte nicht. Und doch war er im Zweifel, wie viel er ihr anvertrauen konnte. Und was war mit der Polizei?

Sollte er sich mit Moni beraten, ob er den Danner informieren musste? Ihm kam diese ganze Geschichte mit Ludwig Sandmoser mit einem Mal so unwirklich vor.

»Buh!«, machte es plötzlich hinter ihm, und Lollo zuckte zusammen.

»Der Papa hat sich erschreckt!«, jubelte Max und riss die Arme hoch wie ein Fußballer, der ein Tor geschossen hat. Er hatte sich in Lollos Rücken, hinter dem niedrigen Zaun, im Gras angeschlichen. Hocherfreut kletterte er jetzt über den Zaun, setzte sich Lollo gegenüber und begann sofort, mit den Bierdeckeln Häuser zu bauen.

»Krieg ich eine Zitronenlimo?«, fragte Max.

»Kriegst du doch immer«, sagte Lollo. »Und wo ist die Mama?«

»Keine Ahnung.« Max zuckte mit den Schultern. »Die hab ich abgehängt. Weg war ich.«

Als Lollo Ausschau nach ihr hielt, kam sie gerade den schmalen Weg vom Kanal herunter. Im Gegenlicht der untergehenden Sonne sah sie aus wie eine Göttin. Sie hatte ein rotes, langes Kleid an, das ihre Brüste und ihre Hüften betonte. Sie lächelte, als sie näher kam. Lollo war wie hypnotisiert.

»Du gefällst mir«, sagte Lollo. »Alles an dir.«

Moni setzte sich links neben ihn und wollte ihm gerade die Wange streicheln, als sie innehielt. »Was hast du denn gemacht?«, fragte sie und betastete vorsichtig sein Gesicht.

»Ach, das sind nur Spuren vom täglichen Überlebenskampf.«

»Ich höre«, beharrte Moni und zog die Augenbrauen hoch.

»Max, hinter dem Haus ist doch die Schaukel«, versuchte Lollo, seinen Sohn abzulenken. »Magst nicht? Und wenn du beim Wirt vorbeikommst, bestellst du für dich eine Zitronenlimo und für die Mama ein Helles.«

»Ich hab aber Hunger«, wandte Max ein.

»Dann, lieber Max, bestellst du nicht nur die Getränke, sondern auch das Essen. Zweimal Schnitzel mit Bratkartoffeln für Mama und Papa und für dich Reiberdatschi. Du isst doch auch immer das Gleiche, oder?«

»Au ja!« Max kletterte sofort vom Stuhl. »Weg war ich«, sagte er noch, dann schoss er los in Richtung Wirt.

Moni hatte ihre Frage nicht vergessen. »Also?«

»Mir hat … Karin Sandmoser hat mir eine runtergehauen.« Lollo sagte das wie ein Kind, das etwas beichten muss. Max hätte es nicht anders ausgedrückt. Und ebenso wie Max schaute auch Lollo bei seinem Geständnis betreten unter den Tisch.

»Kein Wunder, heute ist Leidenschaft, steht im Mondkalender«, meinte Moni, und es klang wie eine unumstößliche Wahrheit.

Lollo spürte wieder die Lust, die wie eine Flipperkugel durch seinen Körper jagte. Er blickte seiner Frau unauffällig in den Ausschnitt. Moni fing den Blick auf.

»Stimmt was nicht?«, fragte sie und blickte kritisch auf ihr Dekolleté hinab.

»Im Gegenteil«, sagte Lollo. »Ich finde, der Mondkalender hat recht. Leidenschaft.«

»Dann hat sie dir also eine geklebt, weil du ihr auch so unauffällig in den Ausschnitt geschaut hast?«

»Quatsch. Ich habe sie aufgeklärt. Aufklären müssen. Wen ihr Masseur so empfängt, wenn sie aus dem Haus ist. Aber das hat sie nicht glauben wollen.«

»Hättest es ihr ja auch nicht sagen müssen.« Und wie nebenbei fragte Moni noch: »Und mit wem macht der Wildenhaus so rum?«

»Moni, das glaubst du nicht«, sagte Lollo. »Ich glaube es ja selbst kaum. Also, beobachtet hab ich am Samstag wie …, ja, servus, Herr Gruber!« Lollo war gar nicht so unglücklich über die Unterbrechung, die das Erscheinen des Wirts mit sich brachte. »Schöner Tag heute, nicht?«

Der Wirt, ein würdiger alter Mann mit Vollbart, stellte ein Helles vor Moni hin und eine Flasche Zitronenlimonade und ein kleines kugeliges Glas Lollo gegenüber auf Max' Platz.

»Essen kommt gleich«, sagte der Wirt.

»Wunderbar«, erwiderte Lollo. »Und noch ein Boisei, bitte.« Wie so häufig spürte er in sich den Wunsch, sich mal so richtig mit dem Wirt zu unterhalten, ganz ausführlich. Er wusste nur nicht, worüber.

»A Boisei, gern.« Die Schritte des Wirts knirschten schwer auf den Kieselsteinen, die unter der Kastanie lagen wie auf dem Grund des Kieferbachs. Lollo hatte sofort ein schlechtes Gewissen, den Wirt mit noch einer Bestellung belastet zu haben.

»Und was hast jetzt mit der Karin gemacht, dass sie dir eine Ohrfeige gegeben hat?« Moni war unerbittlich.

»Moni, gar nichts, du kennst mich doch. Für mich gibt es nur eine Frau, die mich wirklich anmacht. Weißt du, gerade eben, als ich in deinen Ausschnitt sah …«

»Lenk jetzt nicht ab.« Moni trank die Schaumkrone weg.

»Sie wusste nur nicht weiter, die Karin«, sagte Lollo. »Und als sie gehört hat, dass die Resi mit ihrem …«

»Die Resi?«, entfuhr es Moni so laut, dass sie selbst merkte wie laut, und sich nachträglich die Hand vor den Mund hielt. Aber das Mannheimer Ehepaar gegenüber war so intensiv mit Kauen beschäftigt, dass es nichts zu hören schien. Sie kauten synchron, fiel Lollo auf. War das ein gutes oder ein schlechtes Zeichen für eine Ehe?

»Da hätte ich dir an Karins Stelle auch eine runtergehauen, wenn du mir gesagt hättest, dass es die Resi ist«, flüsterte Moni.

»Jetzt lass mich doch mal ausreden«, sagte Lollo. »Dass die Resi am Samstag beim Wildenhaus war, das war das, was ich gesehen habe. Und das habe ich der Karin Sandmoser auch mitgeteilt. Aber …« Lollo machte eine Pause, um vor der nächsten Enthüllung einen Schluck zu trinken. »Aber als ich die Resi heute Mittag in der Bippenwaldstraße getroffen habe, da hat sie mir eröffnet, dass der Wildenhaus jetzt eine Neue hat. Und rate mal, wen.«

Eine Stimme unterbrach Lollo. »Ich muss mal Kacki machen.«

Diesmal blickten die Mannheimer Touristen auf, hörten einen Moment auf zu kauen und lächelten stattdessen. Max war noch etwa zehn Meter Luftlinie entfernt und kam in Richtung seiner Zitronenlimo gelaufen.

»Nicht so laut Max«, flüsterte Lollo, nahm seinen heranstürmenden Sohn in Empfang und wollte mit ihm dorthin gehen, wo er selbst vor Kurzem so lustvoll losgelassen hatte.

»Erst noch einen Schluck trinken«, sagte Max. »So lang kann ich noch einhalten.«

17

Als Lollo zurückkam, hatte sein zwischenzeitlich gebrachtes Boisei die Schaumkrone schon eingebüßt. Max war sofort in Richtung Schaukel abgebogen. Lollo setzte sich wieder seiner Frau gegenüber, nahm einen tiefen Schluck und führte seinen Satz von vorhin fort, als wäre er gar nicht weg gewesen. »Sibylle Salger«, verkündete er mit bedeutungsschwerer Stimme.

Schweigen. Moni blieb der Mund offen stehen. »Das kann nicht sein«, widersprach sie schließlich heftig. »Das hätte sie mir erzählt.«

Moni schien jetzt ähnlich angeschlagen zu sein wie ein paar Stunden zuvor Lollo. Damit hatte sie offensichtlich nicht gerechnet.

»Und dann noch etwas«, sagte Lollo. »Der Sandmoser ist gar nicht an einem Herzinfarkt gestorben.«

»Sondern?« Monis Blick war jetzt so finster wie der Himmel, wenn von Wachtl ein Gewitter heraufzog.

»Vergiftet, mit Froschgift. Hat der Dinzinger analysiert.«

»Froschgift?«

»Ja, von irgendwelchen Indianerfröschen aus Südamerika. Da verreckst du ganz elend. Kannst dich nicht mehr bewegen, nicht mehr atmen, willst nur noch sterben, klappt aber nicht, jedenfalls nicht sofort. Du kriegst ganz genau mit, wie dein Leben zu Ende geht.«

Moni nahm einen Schluck Bier. Das heißt, sie nahm mehrere Schlucke mit einem Schluck, sie trank wie ein Bauarbeiter, fand Lollo, Mund auf und rein. Schließlich stellte sie ihr Glas ab und drehte es nachdenklich auf dem Bierdeckel. »Das ist jetzt ein bisschen viel. Erst das mit Sibylle und Wildenhaus und dann das Froschgift. Nicht, dass der Sandmoser das nicht verdient hätte. Aber wer soll das denn gemacht haben? Und woher weißt du das überhaupt, Lollo?«

»Moni, ich bin Detektiv.«

»Ja, aber doch nicht so einer.«

Lollo war sofort beleidigt, tief beleidigt. Da half es auch nichts, dass Moni ihm die Hand streichelte. Und das versöhnte ihn sonst immer.

»Das war doch nicht so gemeint, Schatz«, sagte Moni. »Ich meinte doch nur, dass du sonst ganz andere Fälle hast.«

»Schon klar«, entgegnete Lollo barsch. »Ich bin nur so ein Depp, der Resis und Wildenhäuser und andere Idioten observiert, damit sein Chef sie den Gerichten zum Fraß vorwerfen kann.«

»Lollo, sei doch nicht so. Magst mir nicht einfach erzählen, wie du das so gut rausbekommen hast?« Monis Stimme war süß wie Zuckerwatte.

Lollo wollte sie noch ein paar Sekunden zappeln lassen, um ihr dann seine Heldentaten ausführlich und anschaulich zu schildern. Doch genau in dem Moment, als er loslegen wollte, erschienen zwei riesige Schnitzel, die über einen viel zu kleinen Teller lappten, und ein großer Teller mit drei Reiberdatschi und einem Berg Apfelmus drauf.

»An Guadn«, wünschte der Wirt.

»Danke«, sagte Lollo, und Moni stand auf, um Max vom Spielplatz hinter dem Haus zu holen. Im Salettl hatten ein paar neue Gäste Platz genommen, aber hier draußen war jetzt außer ihnen niemand mehr, die Mannheimer waren gegangen, stellte Lollo fest.

Es dauerte, bis Moni mit Max zurückkam. Lollo hatte einen Riesenhunger, wollte aber nicht ohne die beiden anfangen. Stattdessen blickte er hinauf in die riesige Kastanie über ihm, in ihre Zweige und Verästelungen, und versuchte, sich vorzustellen, wie wohl ein Leben als Eichhörnchen so wäre. Als Lollo seinen Blick wieder senkte, sah er sein Schnitzel kalt und sein Bier warm werden und hatte plötzlich das Gefühl, den Höhepunkt des Abends schon hinter sich zu haben. Er musste sich unbemerkt an Lollo vorbeigeschlichen haben. Aus Vorfreude war mit einem Schlag Bedauern geworden, Bedauern darüber, dass dieses Abendessen in Kürze Vergangenheit sein würde.

18

Nachdem Max einen Trotzanfall hinter sich gebracht hatte – angeblich hatte er nicht Reiberdatschi bestellt, sondern einen Knödel mit Soße –; nachdem Lollo noch zwei Boisei und Moni ein Helles getrunken hatte; nachdem die ganze Familie auf dem Heimweg vom Schaupenwirt Schorsch und Resi Wimmer begegnet waren, ihren Nachbarn, die einträchtig, als wäre nichts gewesen, Arm in Arm in Richtung Hechtsee unterwegs waren; nachdem Max sich in den Schlaf geweint hatte, weil er nicht mehr als zehn Tiere mit ins Bett nehmen durfte, darunter eine Trachtenente; und nachdem Lollo und Moni sich einen Obstler eingeschenkt hatten und auf die Terrasse gegangen waren, um statt Fernsehprogramm Sterne zu gucken, hatten sie endlich Zeit, ihre Unterhaltung fortzusetzen.

»Ich hätte schon heute Mittag mit dir gesprochen, aber ich musste doch den Bus noch zurückbringen«, sagte Lollo.

»Das machst du doch gern«, erwiderte Moni, die wusste, dass Lollo dann immer kurz zum Flötzinger ging. Was sie nicht wusste, und Lollo sich auch nicht traute, ihr zu erzählen, war, dass er diesmal gar nicht beim Flötzinger gewesen war, sondern sich einen Gürtel gekauft hatte. Den für hundertsiebzig Euro, den er am Vortag gesehen hatte und der ihm nicht mehr aus dem Kopf gegangen war. Lollo würde ihn einfach unauffällig unter dem Hemd tragen. Schließlich trug er sein Hemd immer über der Hose. Warum sollte das auffallen? Moni würde es gar nicht merken. Und wenn, würde er von einem Sonderangebot sprechen. Ein paar kleine Geheimnisse würzten eine Ehe nur, fand Lollo.

»So, mein großer Detektiv für die schwierigen Fälle, und jetzt erzähl mal, was das mit dem Froschgift auf sich hat. Ich kann das so wenig glauben wie das mit Sibylle und Wildenhaus.«

Lollo erzählte, wie er Max gesucht und dabei die Ampulle in dem kleinen Abfalleimer unter dem Waschbecken gefunden hatte, und wie er sie zu Dinzinger gebracht hatte.

»Wir haben lange überlegt, der Dinzinger und ich: Wer konnte dem Sandmoser so eine Spritze geben, mit Froschgift statt mit Diclofenac?« Lollo schwieg. Moni hatte erwartet, dass er weitererzählte. Aber da kam nichts mehr. Lange, sehr lange. Je länger er schwieg, desto deutlicher vernahm sie, wie Lollos Schweigen einen Namen aussprach. Moni widersetzte sich energisch.

»Sibylle? Ausgeschlossen. Nein, Lollo, nicht Sibylle. So was spüre ich. Ich weiß, du verstehst das nicht, aber ich kann mich wirklich darauf verlassen. Meine innere Stimme hat mich noch nie belogen. Ich schaffe es nur manchmal nicht, ihr aufmerksam genug zuzuhören. Aber in dem Fall kannst du mir glauben, sicher nicht die Sibylle.«

»Aber das mit dem Wildenhaus hast du dir auch nicht vorstellen können«, ging Lollo zum Gegenangriff über. »Erst betrügt sie ihren Luggi mit dem Masseur Charmeur. Und schließlich will sie das alte Ekel los sein. Klingt doch irgendwie logisch, schließlich weiß Wildenhaus, was Frauen wollen. Sagt die Resi. Außerdem, nur von ihr ließ sich Sandmoser eine Spritze setzen.«

»Oder von Doktor Jenner«, warf Moni trotzig ein.

»Aber der war doch gar nicht da.« Lollo wusste, was Moni als Nächstes fragen würde, und deshalb beantwortete er ihre Frage, bevor sie diese gestellt hatte: »Nein. Natürlich weiß ich nicht, ob er nicht noch bei Sandmoser war, am Samstag. Er hat aber nichts davon erzählt.«

»Hättest du es rumposaunt, wenn du da gewesen wärst?« Moni konnte so entwaffnend sein.

»Moni, aber das ergibt doch gar keinen Sinn, dass der Jenner dem Sandmoser das Froschgift verabreicht. Warum sollte der seinen zahlungskräftigsten Privatpatienten wegspritzen? Aber gut, ich will mich kurz auf dich einlassen und positiv denken. Nehmen wir an, Sibylle wusste gar nicht, was sie da spritzt. Stand schließlich *Diclofenac* drauf, auf der Ampulle, und nicht *Vorsicht Froschgift!* Und außerdem hat der Alte ja auch stillgehalten. Das hieße dann, jemand anderes hätte die Ampulle manipuliert, und dieser jemand hat Sibylle nur als ausführendes Instrument benutzt.«

»Ich sage nur, es war nicht Sibylle«, beharrte Moni. »Überleg doch lieber, wer Sandmoser einen solch qualvollen Tod gewünscht haben könnte?«

»Wie viele Einwohner hat Kiefersfelden doch gleich?«, fragte Lollo ironisch. »Über sechstausend? Die kommen alle infrage.«

»Also ich war's nicht, mich kannst du von der Liste streichen«, sagte Moni.

»Würdest du das nicht auch behaupten, wenn du es gewesen wärst?«, fragte Lollo zurück.

»Gut, unentschieden«, akzeptierte Moni. »Aber so kommen wir nicht weiter.«

»Da hast du allerdings recht«, meinte Lollo. »Aber dass Sandmoser stirbt, kurz nachdem Sibylle was mit seinem Intimfeind Wildenhaus angefangen hat, das ist schon ein komischer Zufall, findest du nicht?«

»Wenn es stimmt, was Resi sagt«, entgegnete Moni trotzig.

Lollo blickte in den Himmel. Gleich würden die Sterne herauskommen. Sie kamen jeden Abend wieder zusammen, wenn es dunkel wurde. Wie der Stammtisch beim Schaupenwirt. Langsam ließ Lollo seinen Kopf sinken. Der Buchberg drüben war nur noch eine dunkle, einfarbige Fläche. Mit seinen zwei Hügeln und der Vertiefung dazwischen sah er aus wie ein Busen. Lollo bekam Lust, das heißt die Lust, die schon den ganzen Abend in ihm war und die er zwischendurch vergessen hatte, machte sich wieder bemerkbar. Wie hießen noch diese Affen, die, wenn sie nicht weiterwussten, erst mal Sex hatten? Das war doch sehr klug von diesen Affen. Er rückte seinen Gartensessel näher an Monis heran und nahm ihre Hand.

»Lenk nicht ab, Lollo.«

»Was denn, ich werde doch die Hand meiner Frau streicheln dürfen.«

»Aber nicht so und nicht jetzt. Ich weiß genau, was du willst, das spüre ich schon den ganzen Abend.«

»Und was ist so verwerflich daran?«, fragte Lollo mit gespielter Empörung. »Wir sind verheiratet, es ist völlig legal, es kostet nichts, und es macht Spaß. Mir fallen nur Vorteile ein.«

»Lollo, ich habe schon ganz am Anfang, als wir uns kennengelernt haben, gemerkt, dass du ein ganz normaler Mann bist. Einerseits. Und das ist mir auch recht. Aber du bist auch Detektiv.«

Lollo unterbrach Moni und ahmte ihre Stimme nach: »Aber doch nicht so einer.«

»Hör auf«, sagte Moni ernst. »Schluss mit den Albernheiten. Denk lieber nach, was zu tun ist. Müsstest du nicht zur Polizei gehen mit deinem Wissen?«

»Zum Danner, dem Deppen? Moni, das ist nicht dein Ernst. Selbst wenn ich ihm das alles sagte – was glaubst du, wen würde er zuerst verdächtigen? Und verhaften?«

»Sibylle.« Moni atmete resigniert aus. Fand aber sofort einen Ausweg: »Lollo, dann musst du das eben machen. Dann musst du rausfinden, wer sich da an Sandmoser abgearbeitet hat. Du bist doch eine Fachkraft.«

»Ach, auf einmal.« Lollo bemühte sich, beleidigt zu sein. Aber Moni ging gar nicht darauf ein.

»Oder machst du dich damit strafbar, Lollo, wenn du nichts sagst? Ist das ungesetzlich?«

»Es ist jedenfalls längst nicht so legal wie andere Sachen«, meinte Lollo und beugte sich zu seiner Frau hinüber, um sie zu küssen. »Und falls du gerade keinen Appetit haben solltest: Der kommt beim Essen, pflegte meine Mutter immer zu sagen«, flüsterte er Moni ins Ohr. »Der Sandmoser, der läuft uns nicht weg. Tod ist Tod, und Lust ist Lust. Alles zu seiner Zeit.«

19

»Und wenn …?« Sie sprach leise. Die Tür zum Büro hatte sie geöffnet, aber es war kaum etwas zu sehen in dem dunklen Zimmer. Da war niemand. Da konnte niemand sein. Sie wagte es, noch einmal zu sprechen: »Und wenn ich hier wirklich was finde?« Keine Antwort, Stille.

Sibylle bemühte sich, vernünftig zu sein. Es war keiner im Haus außer ihr. Ludwig Sandmoser war tot. Die Frage, die sie umtrieb, war: Hatte er ein Testament hinterlassen? Wenn er ein Testament aufgesetzt hatte, dann konnte er es nur in diesem Zimmer aufbewahrt haben, im Büro. Sandmoser war nicht der Mensch gewesen, der wichtige Papiere zwischen seinen Unterhemden versteckte. Allenfalls wäre er noch zum Notar gegangen. Am Nachmittag, als Sibylle Doktor Weinzierl endlich ans Telefon bekommen hatte, um ihn zu fragen, ob der Luggi denn ein Testament bei ihm hinterlegt habe, hatte der Notar geschäftsmäßig geantwortet: »Darüber darf ich Ihnen am Telefon keine Auskunft erteilen.«

»Gut, dann komme ich eben vorbei«, hatte Sibylle entschlossen geantwortet.

»Nun nehmen Sie doch nicht alles so wörtlich.« Doktor Weinzierl zog den geordneten Rückzug an, sprach aber weiter so, als würde er diktieren. »Also, lassen Sie es mich so ausdrücken: Sie können sich die Fahrt hierher sparen. Mein Mandant hat mir von Ihnen erzählt, mir ist bekannt, dass Sie seine letzte Lebenspartnerin waren. Vermutlich hat er mehrere Testamente verfasst in seinem Leben. Aber keines davon liegt bei mir, leider. Er hat sich bei mir nur ein paar Formulierungen abgeholt. Alles andere hat er selbst gemacht. Trotz meiner ausdrücklichen Warnungen. Wie leicht kann so ein Dokument in falsche Hände gelangen oder ganz verschwinden, wenn es nicht bei einem Notar hinterlegt ist.«

Sibylle war froh, dass sie nicht zu diesem Sprachdrechsler hinmusste. Sie hatte beschlossen, das Testament auf eigene Faust zu suchen, hier, in diesem Haus, in diesem Zimmer. Jetzt. Sie war allein, aber sie hatte die ganze Zeit das Gefühl, als wäre da jemand. Der Luggi? Beobachtete er sie? War er hinter ihr? Oder war es gar nicht der Luggi? Jedenfalls war da jemand, wo auch immer. Und weil da irgendwo jemand war, oder weil sie jemanden spürte, sprach sie, wenn auch leise. Außerdem beruhigte es sie.

Jetzt erst machte sie das Licht an im Büro, mit der linken Hand. In der rechten hatte sie eines dieser riesigen Rotweingläser, die ihr so gefielen. Sie mochte die Gläser fast lieber als den Wein. Unten, in der Küche, hatte sie schon was getrunken, bevor sie sich mit dem Glas in der Hand auf den Weg hinauf ins Büro gemacht hatte. Sibylle hob den Kopf. Diese Deckenlampe aus dickwandigem, erkaltetem Glas, die ein blendend helles, septisches Licht verbreitete und alle Schatten aus dem Zimmer vertrieb. Dieses Licht war so trostlos, wie sie sich fühlte. Sie hatte Angst, aber sie hatte auch die Kraft, noch ein Stück weiterzugehen.

Sibylles Blick fiel als Erstes auf den massiven Schreibtisch, der unter dem Fenster stand. Sie stellte ihr Glas ab. Rechts neben dem Fenster und damit immer noch über dem ausladenden Schreibtisch hing eine ältere Luftaufnahme von der Bippenwaldstraße mit Sandmosers Haus exakt in der Bildmitte. Das Foto war auf eine Spanplatte gezogen und so stark vergrößert, dass es dabei unscharf geworden war.

Sie entschied sich, nicht zuerst im Schreibtisch zu suchen, sondern in dem alten, polierten Schrank, der wuchtig die Wand zwischen Tür und Fenster ausfüllte. Als würde der Luggi selbst da noch stehen. Die Tür ließ sich kaum öffnen, Holz schabte auf Holz, ein lautes Quietschen durchfuhr Sibylle. Sie sah, wie sich die Härchen ihrer Unterarme aufrichteten. Sie hatte immer schon Angst gehabt vor diesem Büro und es gemieden. Was sie abgeschreckt hatte, war die Kälte gewesen. Luggi hatte das nichts ausgemacht, der hatte ohnehin die Hitze gehabt. Immer war es kalt gewesen im Büro, kalt und dunkel. Selbst tagsüber war das Rollo heruntergelassen. Nie kam hier Tageslicht herein. Immer nur war da diese Deckenlampe mit ihrem trostlosen Licht. Wieso hatte das den Luggi nicht gestört, fragte sie sich.

Aber das war nicht das Schlimmste an diesem Zimmer. Das Schlimmste war der Geruch. »Es riecht nach kaltem Papier«, stellte Sibylle fest. Sie bückte sich und steckte den Kopf in den Schrank. »So stelle ich mir vor, dass es in einem Sarg riecht, nach kaltem, totem Papier.« Sie drehte sich um, zog sich den Schreibtischstuhl heran und setzte sich vor den geöffneten Schrank. Sie stand wieder auf und holte sich das Glas Wein vom Schreibtisch. »Ich will nicht allein sein mit dieser Stille. Ich will das nicht. Aber ich halte es aus.«

Sie setzte sich wieder, trank einen Schluck und blickte in den offenen Schrank wie in einen Fernseher. Es lagerten Stapel von Kopierpapier darin, alte Faxrollen, riesige Pappschachteln mit Büroklammern, noch mehr Schachteln mit Kulis, Heftklammern, Lochern. Ganz oben, auf dem obersten Regalbrett, ein Spielzeuglaster, gelb, mit großen blauen Buchstaben auf der Seite: *Sandmoser*. Er hatte seine Spedition längst verkauft. Das hier in dem Schrank, die Büroartikel, das waren Restbestände. Aber so viele? Wofür hatte er sie aufgehoben? Glaubte er, noch einmal ins Geschäft zurückzukehren? Selbst wenn Sibylle Sandmoser noch hätte fragen können, sie hätte ohnehin keine Antwort bekommen. »Weibi, das verstehst du nicht«, hätte er entgegnet. »Und außerdem geht es dich nichts an.« Oh doch, das ging sie was an. Seine Zukunft betraf auch sie. Sie hätte noch viele Fragen an ihn gehabt. Viele und wichtige Fragen. »Er ist zu früh gestorben«, sagte Sibylle. »Du bist zu früh gestorben. Das wollte ich nicht, dass du so früh stirbst. Ich hatte noch was vor, dafür hatte ich mir den Ralf ausgesucht. Ich wusste noch nicht was, aber mit dem zusammen hatte ich noch was vor.«

Im untersten Fach des Schrankes befand sich ein Stapel brauner DIN-A4-Umschläge. Obenauf neue, noch verschweißte. Aber ganz unten lagen alte, wellig gewordene. Dazwischen entdeckte sie einen ganz dicken Umschlag. Sibylle stellte ihr Rotweinglas in das Regalfach darüber und zog ihn hervor. Sofort fielen mehrere Umschläge und ein kleines braunes Buch mit der Aufschrift *Gästebuch* zu Boden. Sibylle hob es auf. Die meisten Seiten waren leer. Nur am Anfang gab es ein paar Fotos, alle säuberlich eingeklebt. Die Handschrift unter den Bildern war nicht seine. Das musste die Schrift von Karin Sandmoser sein. Das waren Fotos von ihr, ihrem Sohn Frank und von Luggi. *In der Charlotte am Thiersee* stand unter einem Foto, auf dem Luggi seinen Sohn auf die Schultern genommen hatte. Da war Frank vielleicht fünf, und die Mutter hatte den stolzen Vater und den glücklichen Sohn im Restaurant geknipst. Auf einem anderen Foto war sie dann selbst zu sehen, die Karin, schmal, hübsch, mit einem halblangen Rock und Kniestrümpfen. »Eine Frau, die sich wie ein Kind kleidet«, sagte Sibylle in ihrem leisen Tonfall, an den sie sich jetzt schon gewöhnt hatte. Die Bilder waren durcheinander, eine zeitliche Abfolge gab es nicht, denn plötzlich kamen ganz alte Fotos, Urlaubsfotos: Luggi, deutlich jünger, schon damals aber voller Selbstbewusstsein, in kurzen Hosen vor dem Grand Canyon. *17. 6. 81* stand daneben. Luggi hatte ihr nie erzählt, dass er mal in Amerika gewesen war. 1981, da mussten Luggi und Karin sich gerade kennengelernt haben. Noch ein Foto aus Amerika, er in derselben kurzen Hose, nur diesmal vor dem Weißen Haus. Sibylle versuchte, in Luggis Augen zu lesen, aber das Foto war so aufgenommen, dass zwar die Kuppel des Weißen Hauses zu sehen war, auch Luggis Gestalt, nicht aber Luggis Gesicht, das einfach zu klein war, um Gemütsregungen darauf erkennen zu können.

Danach brach alles ab. Die folgenden Seiten waren leer, bis zum Ende. Nur ein einzelnes Foto fiel noch heraus, als Sibylle das Büchlein schon zuklappen wollte. Es lag auf dem Boden. Auf dem weißen Rücken des Bildes war nichts vermerkt. Sibylle hob das Foto auf und drehte es um. Mit offenem Mund starrte sie es an. Ohne die Lippen zu bewegen, flüsterte sie: »Harald.«

Ein Hochformat, kaum größer als ein Passfoto.

»Harald.«

Er stand auf dem Betriebshof Sandmosers vor seinem Silolaster. Der, den er immer fuhr. Für Harald war dieser Laster im Lauf der Berufsjahre wie sein eigener geworden. Was sagte ihr sein Gesicht? Sibylle versuchte, seinen Ausdruck zu ergründen, aber wie schon bei dem Urlaubsfoto von Ludwig Sandmoser war das Gesicht zu klein. »Ich weiß, dass du das bist Harald, auch wenn ich dich gar nicht richtig sehen kann«, sagte Sibylle. Sie fühlte sich gleichzeitig schuldig und wütend. Harald. Wie konnte der einfach so als Foto hier auftauchen und mit einem Schlag alles wieder lebendig machen? Das Foto musste aus dem Jahr 1991 sein. Oder 1992. Da trug Harald noch seine schwarzen Cordhosen. Zimmermannshosen waren das. Er hatte eigentlich Zimmermann werden wollen, doch dann war er für Sandmoser gefahren, schon bevor er Sibylle kennengelernt hatte. Er verdiente gutes Geld, das war ihnen beiden wichtig gewesen. Dafür war Harald fast nie zu Hause. Sandmoser setzte ihn rund um die Uhr ein, Harald war zuverlässig. Und zäh. Er fuhr, als wäre er in seinen Sattelzug eingebaut wie ein zweiter Motor. Machte ihm das was aus, ständig auf Achse zu sein? Immer war Sibylle allein, selbst nach Philipps Geburt war Harald nicht häufiger daheim gewesen. »Ich muss los, für die Familie«, war seine einzige Erklärung, und Sibylle kam sich vor wie eine alleinerziehende Mutter. Harald versorgte sie, aber er gab ihr auch das Gefühl, dass von ihm weiter nichts zu erwarten sei. Sie dachte an Scheidung, dann wäre sie wenigstens freiwillig allein gewesen. Und Unterhalt hätte er ja ohnehin zahlen müssen.

Harald. Jetzt auf einmal war er wieder da. Wenn das Foto wirklich von 1991 war, dann hatte er da noch vier Jahre zu leben gehabt. Wie bitter Sibylle am Tag seiner Beerdigung gewesen war. So viel weniger sehe ich dich jetzt auch nicht, hatte sie ihm stumm ins Grab gesagt. Den Jungen an ihrer Seite. Sie hatte sich innerlich schon von ihm getrennt gehabt, sie hatte sogar mit ihm schon über die Scheidung gesprochen, und dann war er gestorben. Einfach so. Ein Unfall auf der Inntalautobahn. Es hatte einen Stau gegeben wegen eines anderen Unfalls, kurz hinter Brannenburg, und Harald war in das Stauende hineingefahren. War es Übermüdung gewesen? Oder war sie, war Sibylle schuld an seinem Tod? Hatte er an den letzten Streit mit ihr gedacht, als er starb, einen Streit, der etwas Unheimliches gerade dadurch bekam, dass es der letzte war. Oder war doch Sandmoser schuld gewesen? Harald hatte zu dem Zeitpunkt zwölf Stunden hinter dem Steuer gesessen. Aber das hatte kein Fahrtenschreiber verzeichnet. Das hatte Sandmoser so gedreht. Er war damit durchgekommen, wie er immer mit allem durchkam. Er kannte die entscheidenden Leute. Keiner belangte ihn. Größer als ihre Trauer war ihre Wut gewesen. Sibylle war wütend auf sich, auf Harald, auf Sandmoser.

Sie hatte noch den Jungen. Philipp war vier, als Harald starb. Anfangs schien er gar nicht groß zu bemerken, dass sein Vater tot war. Der war ja auch vorher schon immer weg gewesen. Aber je älter Philipp wurde, desto mehr vermisste er seinen Vater. Als Jugendlicher wollte er jemanden, mit dem er sich anlegen, gegen den er sich auflehnen konnte. Mit einem Grabstein konnte er nicht kämpfen. Auch nicht mit seiner Mutter. So wie sein Vater bei Sandmoser hängen geblieben war, so hing Philipp an Harald. Philipp idealisierte seinen Vater. Je älter er wurde, desto mehr hasste er Sandmoser. Sandmoser war der Schuldige, davon war Philipp überzeugt. Und das gab ihm ein Ziel: Er wollte seinen Vater rächen. Er wusste zwar noch nicht wie, er hatte keinen Zeitplan, aber allein das Vorhaben verlieh seinem Leben eine Richtung. Und irgendwann hatte auch Sibylle diesen Weg eingeschlagen. Nach und nach kam sie zu der Überzeugung: Sandmoser war es gewesen, nicht sie. Er war der Feind.

Als sie nach Haralds Tod wieder anfing, als Krankenschwester zu arbeiten, in Rosenheim, in demselben Krankenhaus, in dem sie auch ihre Ausbildung gemacht hatte, hatte sie noch keine konkrete Vorstellung, was sie mit Sandmoser anstellen sollte. Sie arbeitete, und alle Tage schienen ihr gleich zu sein. Nachtdienst, Geldsorgen, Probleme mit Philipp. Sie durchlebte eine Ewigkeit. Schließlich, letztes Jahr, hatte sie Sandmoser plötzlich vor sich, einfach so, ohne Vorwarnung. Sandmoser lag vor ihr im Stufenbett, er hatte einen Bandscheibenvorfall gehabt. Er erkannte sie nicht, hatte er sie überhaupt je zu Gesicht bekommen? Nein, er konnte nicht wissen, wer sie war. Sie dagegen hatte ihn oft genug gesehen, nicht zuletzt in der Zeitung, wenn er sich mal wieder als großer Gönner inszenierte. Und jetzt lag er vor ihr, der Patient Sandmoser. Natürlich war er privat, Einzelzimmer. Sie gefiel ihm, das merkte sie gleich. Das war ihre Chance. Ihrem Sohn sagte sie nichts davon, dass Sandmoser sich auf ihrer Station befand. Der würde ihn umbringen und damit sein eigenes Leben verschleudern, dachte sie. Im Gefängnis wäre er für sie genauso unerreichbar wie ihr Mann auf dem Friedhof.

Kurz bevor Sandmoser entlassen werden sollte, kam sie noch einmal in sein Krankenzimmer. Es war früher Morgen. Angezogen lag er im Bett. Er hatte seine rechte Hand unter der Bettdecke. Die Hand bewegte sich. Er sah sie auf sich zukommen, aber er hörte nicht auf. Plötzlich stieg diese Wut wieder in ihr auf, diese alte, verlässliche Wut. »Sie Schwein«, sagte sie zu Sandmoser. Sie stellte sich neben das Bett, zog seine Hand heraus und schob stattdessen ihre kleine, muskulöse Hand unter die Decke. Sie hatte den festen Vorsatz, seinen Schwanz zu zerquetschen. Sie machte es ihm mit äußerster Brutalität. Sandmoser gefiel das. »Respekt. Das hat noch keine geschafft«, sagte er, während er sich die Hose wieder zumachte. Sie verabscheute ihn in diesem Moment, aber das tropfte an ihm ab. Gegen Härte war er immun, sie musste ihn anders besiegen.

Sie ließ sich mit ihm ein, sie wollte ihn kennenlernen, sie wollte herausfinden, wie sie sich rächen konnte. Sie hatte Angst, aber sie zog trotzdem bei ihm ein. Erst da hatte sie mit Philipp gesprochen. Philipp war außer sich gewesen. Er hatte das Gefühl, nicht nur von seinem Vater, sondern auch von seiner Mutter verlassen worden zu sein. Sibylle merkte das, und sie versuchte, sich ihrem Sohn wieder anzunähern, ohne sich aber von Sandmoser zu entfernen. »Der soll nicht ungeschoren davonkommen, der Sandmoser«, hatte sie ihren Sohn zu beruhigen versucht. Aber sie wusste selbst nicht, was sie machen sollte. Statt ihr Vorhaben weiter zu verfolgen, war sie an Wildenhaus geraten. Er sollte ihr helfen, sie hatte keine Ahnung, wobei.

Wie lange hatte sie so dagesessen? Wie lange hatte sie auf das Foto gestarrt und in den offenen Schrank? Sibylle stand auf, drehte sich um, ging zum Schreibtisch und riss Haralds Foto in winzig kleine Fetzen. So klein sie irgend konnte. Es kostete Kraft, das dicke Fotopapier zu zerreißen, aber sie spürte die gleiche Kraft in ihren Händen wie damals im Krankenzimmer mit Sandmoser. Sie hielt einen Moment inne. Dann holte sie ihr Weinglas aus dem Schrank, ging zurück zum Schreibtisch und warf die Papierfitzelchen in das Glas. Es war noch ein Rest Wein darin. Auf der Oberfläche schwamm ein Puzzle, das niemand mehr würde zusammensetzen können. Sibylle schwenkte das Glas, setzte an und versuchte, alles auf einmal herunterzuschlucken. Einen Moment fühlte sie sich befreit, doch dann bekam sie kaum noch Luft. Ihr Rachen brannte. Ein Pfropfen aus Fotopapierstückchen steckte darin und ließ sich weder runterschlucken noch rauswürgen. Ein Bild aus Kindertagen schoss ihr durch den Kopf. Eine Amsel, die im Laub lag, die nicht mehr fliegen konnte und die mit ihren Flügeln wild um sich schlug. Wenn Tiere leiden, soll man sie töten, hatte sie im Unterricht gelernt, und so fest sie konnte, trat sie mit ihrem Absatz auf den Vogel, aber er starb nicht, er schlug nur noch wilder mit den Flügeln, und sie trat und trat, aber der Vogel wollte nicht sterben.

Panik überfiel Sibylle. Sie stürzte die Treppe hinab, rannte ins Bad, setzte sich in die Wanne, hielt sich den Brausekopf vor den Mund und drehte den Hahn voll auf. Erst glaubte sie zu ersticken, dann zu ertrinken, schließlich kotzte sie den roten Pfropfen in hohem Bogen aus. Er landete mitten in dem kalten Wasser, in dem sie saß. Sie kniete sich hin, holte das Abflusssieb heraus und drückte die Fotomatsche in den Badewannenabfluss. Dann presste sie den Brausekopf auf die Öffnung wie zuvor auf ihren Mund. Der Wasserdruck schaffte es schließlich, den Pfropfen durch den Abfluss zu jagen. Zuletzt war aus dem Rohr noch eine Art Rülpsen zu hören. Sie hatte es geschafft, wenn auch um den Preis, dass ihr Wollkleid und ihre Strumpfhose nass und völlig versaut waren. Alles klebte ihr am Leib. Es war schwierig, die kalten, nassen Sachen auszuziehen. Ihre weiße Unterwäsche sah aus, als hätte sie Blutspritzer abbekommen.

Sie warf das triefende Zeug auf einen Haufen und duschte sich, so heiß, wie sie es aushalten konnte. Wer wohl noch einmal Interesse an ihrem Körper haben würde, fragte sie sich beim Abtrocknen. Sie zog ihren weißen Bademantel an und wickelte ihre feuchten Haare in ein rotes Handtuch zu einem Turban auf dem Kopf. Mit dicken Wollsocken und einem neuen Glas Rotwein ging sie noch einmal hinauf in das Büro. Sie hatte ihre Mission noch nicht beendet. Sie hatte Harald überlebt. Jetzt kam es darauf an, Sandmoser zu überleben. Ja, sie hatte Angst, immer noch. Aber sie war auch neugierig, was nach der Angst kam. Auf dem Boden verstreut lagen noch die alten, großformatigen Umschläge und das Gästebuch. Die meisten der Umschläge waren unbeschriftet, enthielten Grundbuchauszüge, Versicherungsunterlagen, Arbeits- und Mietverträge. Schließlich fand sie es. Auf einem hellbraunen DIN-A4-Umschlag stand in Sandmosers Handschrift *Testament*. Sibylle riss den Umschlag auf und überflog das Papier. *Ich … im Vollbesitz … vermache hiermit … Wertpapiere, Aktien, Immobilien … Haus in der Bippenwaldstraße … meiner Frau Helga … als Alleinerbin … Kiefersfelden, 1. August 1997.*

Das saß. Sibylle sank auf den Schreibtischstuhl. Sie kippte das ganze Glas in einem Zug hinunter. Aus den Mundwinkeln lief Rotwein auf den weißen Bademantel. Sie war fertig, sie hatte alles verloren mit diesem Stück Papier. Damit hatte sie nicht gerechnet. Helga. Sie hatte das nie verstanden, warum der Luggi nach der schönen Karin, die Umgangsformen hatte und Herz, die nach den Beschreibungen Sandmosers eine Traumfrau gewesen war, warum er so eine Karin eingetauscht hatte gegen eine Helga, die in allem das Gegenteil war, eine dicke, schwitzende Frau, die sich gern beklagte. So hatte Sandmoser sie beschrieben, und Sibylle hatte nie nach den Gründen gefragt. Warum hatte der Luggi die Mutter seines Sohns weggejagt und stattdessen seine Buchhalterin und Haushaltshilfe zu seiner Frau gemacht? Warum vererbte er ihr sein gesamtes, riesiges Vermögen?

Sibylle hob das Schriftstück auf. 1997. Das muss das Jahr ihrer Hochzeit gewesen sein. Da hatte Ludwig Helga zu einer Sandmoser gemacht. 1997. Da hieß Sibylle schon wieder Salger. Sie hatte ihren Mädchennamen nach Haralds Tod wieder angenommen. Sie wollte nicht heißen wie ein Toter. Sie wollte weiterleben. Und sie hatte es geschafft, sie wunderte sich selbst, wie viele Jahre das waren, die sie schon weitergelebt hatte. Und auch jetzt wollte sie weiterleben. »Die Zeiten, in denen Witwen verbrannt wurden, sind vorbei«, sprach Sibylle zu sich.

Sie merkte den Wein, aber sie spürte auf einmal auch eine Klarheit in sich. Niemand außer ihr wusste, dass es dieses Testament gab. Das hatte dieser Weinzierl gemeint, als er sagte, dass da immer ein Risiko bliebe bei Testamenten, die nicht bei einem Notar lagerten. Wenn Sibylle das hier verschwinden ließe, dann trat die gesetzliche Erbfolge in Kraft. Auch die hatte Weinzierl ihr erklärt. Kein Testament, dann kommen die Ehefrau und die Kinder dran. Da es keine aktuelle Ehefrau gab, blieben die Kinder. Das Kind. Frank. Frank konnte Alleinerbe werden. Sibylle konnte Frank zum Alleinerben machen. Frank war der Mann, mit dem sie zusammenarbeiten musste. Frank und nicht Ralf. Sie brauchte Wildenhaus nicht mehr, das wurde ihr klar in diesem Moment. War das wirklich nötig gewesen, sich einzulassen auf diesen Masseur, der sich für unwiderstehlich hielt?

»Schöne Muskelstruktur«, hatte er gleich bei der ersten Massage zu ihr gesagt. Und dabei ihren Hintern betastet, wie das noch nie ein Mann getan hatte. Für ihn war das wahrscheinlich die übliche Anmache, hatte sie sich gedacht. Sie wehrte sich nicht. Ohne etwas dabei zu empfinden, sah sie zu, was er mit ihr anstellte. Er gab sich Mühe, fand sie. Immerhin. Sie hatte, schon bevor sie sich auf die Massagebank gelegt hatte, gewusst, dass Wildenhaus der Einzige war, den Sandmoser als Feind ernst nahm. Der legte noch mehr Frauen flach als Sandmoser. Jetzt also auch sie. Aber es machte ihr nichts aus, es war Teil ihrer Rache an Sandmoser. Sie wusste noch nicht wie, aber irgendwie musste Wildenhaus zu einem Teil ihres Vorhabens werden, Gehilfe bei ihrem noch unfertigen Plan gegen Sandmoser. Aber jetzt, mit diesem Testament, war Wildenhaus quasi auch gestorben. Nur Frank zählte jetzt noch.

Ihm würde sie das Testament zeigen. Nur ihm. Ihm würde sie signalisieren, dass sie ihm entgegenkommen könnte. Wenn er sie beteiligte. Sonst gingen sie beide leer aus. Sie würde mit Frank sprechen. Aber wann? Am Donnerstag, nach der Beerdigung? Oder früher? Sibylle saß in dem kalten Büro, nur mit Bademantel, Handtuchturban und Socken bekleidet. Aber ihr war jetzt warm.

20

»Zack« machte es in Lollos Kopf. Was war das? Wo kam das her? Lollo drehte sich um, zum Fenster. Da war nur das tiefdunkle Grün der Schlafzimmervorhänge. Und ein schwaches Morgengrauen dahinter. Wieder kam dieses »Zack« von irgendwoher, und noch ein drittes Mal. Nein, dachte Lollo, nicht aufwachen. Auf keinen Fall aufwachen. Schließlich war Dienstag, und Dienstag bedeutete: Liegenbleibtag. Dienstags machte Moni das Frühstück für Max und begleitete ihn in den Kindergarten. Und wenn sie wieder heimkam, brachte sie Brötchen mit vom Bäcker und frühstückte mit Lollo. Jedenfalls wenn sie wie jetzt keine Pensionsgäste hatte. Also konnte er lange liegen bleiben. Wie aber sollte er liegen bleiben, wenn es in seinem Kopf ständig »zack« machte? Kam das Geräusch von außen oder von innen? Widerwillig nahm Lollo seine Ohrstöpsel heraus. Er liebte seine Ohrstöpsel, sie bewachten seinen Schlaf, und das war nötig, denn leider schnarchte Moni. Das heißt, es war nicht wirklich ein Schnarchen. Sie knackte. In ihrer Kehle knackte es, ein unschönes Geräusch, als würde jemand Moni erwürgen, und alles, was sie noch von sich geben konnte, waren diese letzten Knackgeräusche. Anfangs hatte Lollo sich ernsthaft Sorgen gemacht, aber er musste feststellen, dass es Moni sehr gut ging mit ihrem Knacken und dass daran nichts zu ändern war. Da ihn dieses Knacken aber am Schlafen hinderte, hatte er Ohrstöpsel in sein Leben eingeführt. Er benutzte sie jetzt seit Jahren Nacht für Nacht und hatte sich daran gewöhnt. Womöglich knackte Moni gar nicht mehr.

»Zack!« Jetzt hörte Lollo deutlich, dass dieses Geräusch von draußen kam. Beim nächsten »Zack« hörte er sogar noch mehr. Das Geräusch konnte sprechen. Es machte »zack«, und gleichzeitig sagte es »zack«. Schließlich, beim nächsten Schlag, wurde Lollo klar, dass das Geräusch nicht selber sprach, sondern, dass es der Wimmer Schorsch von nebenan war. Er hackte offensichtlich Holz, und immer, wenn das Beil auf den Hackklotz niederging, sagte er laut und deutlich »zack« dazu. Lollo drehte seinen Kopf ganz nach rechts und schaute auf den Wecker: 8:02 Uhr. Ab acht durfte er so einen Lärm machen, leider, also war er ab acht dabei, der Wimmer. Der wusste ja nicht, dass der Dienstag Lollos Liegenbleibtag war. Lollo versuchte es noch einmal und bohrte sich die Ohrstöpsel tief in den Gehörgang. Jetzt klang das »Zack« zwar dumpfer, als wäre der Hackklotz aus einer Art festem Schaumstoff und das Beil auch. Der begleitende »Zack«-Ruf klang ebenfalls gedämpft, wie durch eine dicke Decke. Laut war das Geräusch jetzt nicht mehr, aber Lollo wartete förmlich darauf, dass es kam. An Schlaf war unter diesen Umständen nicht mehr zu denken. Mit einem tiefen Seufzer stand Lollo auf. Seine Ohrstöpsel konnten ihn für heute nicht mehr beschützen, etwas in seinem Inneren war geweckt worden und wollte partout nicht mehr einschlafen.

Unter der Dusche dachte Lollo daran, sich an Schorsch zu rächen für den entgangenen Schlaf, indem er ihm erzählte, wen seine Frau Resi so besuchte in ihrem Cabrio. Doch mit dem Abtrocknen wischte er diesen Gedanken weg. Nein, so primitiv war er nicht, sagte sich Lollo, da war er sich fast sicher.

Als Lollo frisch geduscht von seiner Terrasse aus zusah, wie der Wimmer Schorsch Holz hackte, ließ er endgültig von seinem Rachegedanken ab. Zwischen 1933 und 1945 hätte er es mit der Haltung zu einer Bronzestatue bringen können, dachte Lollo, nur die Statur stimmte nicht ganz. Der Schorschi, das war kein Baum von einem Kerl, das war eher ein Bonsai. Und dieses »Zack«, das der Schorsch mit jedem Hieb ausstieß, passte merkwürdig gut zu ihm, denn trotz seiner Heldenpose machte ihn dieses »Zack« so klein und mickrig, wie er war, dachte Lollo. Als wolle er nicht weiter beobachtet werden, legte der Schorsch eine Pause ein und drehte sich um.

»Na, schon wach?«, rief er betont ausgeschlafen über den Zaun hinweg.

»Was bleibt mir übrig«, erwiderte Lollo, der noch nasse Haare hatte, und ging von der Terrasse durch den Garten bis zum braun lasierten Holzzaun seines Nachbarn. »So wie du das angehst, könnte man glauben, du willst das Holz nicht nur mit dem Beil zerteilen, sondern es noch zusätzlich demütigen, indem du ›zack‹ rufst.«

»Lollo, das verstehst du nicht, das ist Psychologie«, erklärte der Wimmer Schorsch wie ein Fachmann für solche Angelegenheiten.

»Preußen sind eben Deppen, Schorsch«, versuchte Lollo, sich kleiner zu machen, damit er sich mit seinem Gegenüber auf Augenhöhe befand. Tatsächlich war Schorsch einer der wenigen Männer, auf die Lollo eigentlich hätte herabblicken können. Aber merkwürdigerweise kam es nie dazu.

»Das verstehen sogar viele Bayern nicht, das mit der Psychologie«, bemerkte Schorsch. »Letztlich hat mir das meine Mutter beigebracht.«

»Ach«, sagte Lollo, »war das nicht die berühmte Irmi Wimmer-Freud, die Erfinderin der Kieferer Tiefenpsychologie?«

»Schmarrn«, entgegnete Schorsch, »meine Mutter kam von Raubling her, die Wimmer Afra. Die wusste vieles, aber eines wusste sie vor allem: Was immer die Zukunft dir als Nächstes bringt, selbst wenn es was Gutes ist, als Übernächstes kriegst du, zack, einen übergebraten. Eben war noch alles gut. Du hattest gerade eine Schweinshaxn. Oder Urlaub. Oder einfach Geld abgehoben. Und zack kommt ein Nackenschlag. Du wirst geblitzt. Verklagt. Ausgeraubt. Oder kommst ins Gefängnis und weißt gar nicht, warum. So geht das immer. Grauslich.«

»Grauslich«, wiederholte Lollo. »Da ist die arme Afra wohl nicht sehr alt geworden. Bei so vielen Nackenschlägen.«

»Zweiundachtzig immerhin«, sagte der Wimmer Schorsch anerkennend. »An Lungenkrebs gestorben. Dabei hat sie nie geraucht.«

»Tja, zack kommt der Tod um die Ecke, und man weiß gar nicht, um welche.« Lollo drehte sich um. Er hatte gehört, wie eine Autotür zugeschlagen wurde. »Und manchmal hat man auch Glück, und es ist gar nicht der Tod, der da um die Ecke kommt, sondern die eigene Frau.«

Moni lief die Einfahrt herauf, sie hatte das umwerfende rote Kleid vom Vorabend noch einmal angezogen. Was gibt es Schöneres als eine schöne Frau mit einer Brötchentüte, fragte sich Lollo im Stillen.

»Du bist ja schon auf«, grüßte Moni ihren Mann und den Nachbarn mit: »Servus Schorsch.«

»Hat sich aber gelohnt aufzustehen«, sagte Lollo. »Einführung in die Psychologie des Nackenschlags.«

»Dein Mann, Moni, muss noch viel lernen«, meinte Schorsch.

»Müssen das nicht alle Männer?«, fragte Moni und stolzierte mit der Brötchentüte ins Haus.

21

Als Lollo und Moni am Frühstückstisch saßen, hörten sie von Zeit zu Zeit immer noch die Zack-Rufe und Zack-Hiebe von nebenan. Lollo begann, in sein Honigbrötchen mit einem lauten »Zack« zu beißen, was durch das Brötchen allerdings stark gedämpft klang.

»Muss ich mir Sorgen machen?«, fragte Moni.

»Das ist Psychologie«, erwiderte Lollo. »Das verstehst du nicht. Nicht einmal ich habe es kapiert, bis der Schorsch mir das erklärt hat. Nimm einmal an, du hattest gerade Sex.«

Weil Moni Anstalten machte, ihn zu unterbrechen, korrigierte Lollo sich sofort: »Du hattest also gar keinen Sex, sondern warst vielmehr auf einem bewegenden Klangschalen-Workshop. Und jetzt denkst du dir, das Leben ist schon zu Lebzeiten paradiesisch. Prompt hast du auf der Rückfahrt von deinem Astralleben zurück in den Alltag einen Unfall. Oder einen Motorschaden. Oder einfach Zahnschmerzen. Zack, würde sich der Schorsch denken, hat dir das Schicksal wieder eins übergebraten. Denn nach jedem Höhepunkt kommt unweigerlich ein Nackenschlag. Diese Nackenschlags-Theorie hat der Schorsch von seiner Mutter.«

»Der Wimmer Afra«, sagte Moni.

»Richtig, aus Raubling, eine zugereiste Tiefenpsychologin.« Lollo genoss einen Moment lang Monis Erstaunen.

»Die Wimmer Afra, die war Kellnerin beim Mesnerwirt, als es den noch gegeben hat«, entgegnete Moni mit gekräuselter Stirn.

»Dann wird sie vom Wirt eben das ein oder andere abbekommen und direkt an ihren Schorsch weitergegeben haben, nach dem Motto: ›Obacht, der nächste Nackenschlag kommt bestimmt!‹« Lollo kaute, aber so richtig schmeckte ihm sein Brötchen gar nicht. Moni ging es ähnlich.

»Ich fürchte, so denken viele.« Lollo sprach mit vollem Mund und schluckte schließlich alles runter. »Dass ich, wenn ich mich in der Freude klein mache, dann auch vom Schmerz nur die halbe Portion abbekomme. Als würde weniger Spaß am Leben auch zu weniger Leid führen. Eine Art vorauseilende Niedergeschlagenheit, die schon den Höhepunkt zu einem Tiefpunkt machen soll, um die Götter milde zu stimmen.« Wieder biss Lollo mit einem »Zack« in sein Brötchen.

»Hör auf damit!«, ermahnte ihn Moni.

»Andererseits ist der Schorsch kein Depp«, meinte Lollo kauend. Er dachte nach. »Das ist ja fast schon wie eine Therapie, was er da macht. Denn wenn er selber ›Zack‹ sagt beim Holzhacken, dann spielt er sozusagen das Schicksal, das ihm die ganzen Kerben in den Nacken haut. Er verteilt die Nackenschläge, die er sich einfängt. Ob er das weiß?«

»Es gibt jedenfalls weit mehr zwischen Himmel und Erde, als wir erklären können«, stellte Moni fest.

»Deshalb machst du ja deine vielen Kurse, schon klar.« Lollo hatte sein Brötchen verspeist und spülte mit reichlich Kaffee nach.

»Wie du das sagst«, beschwerte sich Moni. »Als wäre das ein Wahn, sich fortzubilden. Dabei ist es eine Leidenschaft und wichtig für die Pension. Viele Gäste kommen, um das gute Qi in unserem Haus durch sich hindurchfließen zu lassen.«

»So fing es bei mir ja damals auch an«, sagte Lollo ironisch. »Aber wie viele Nackenschläge habe ich mir nicht eingefangen, seit du mir das Glück gezeigt hast. Je mehr Glück, desto mehr Nackenschläge. Vielleicht hätte ich mich nie auf dich einlassen sollen.«

»Lollo«, seufzte Moni, »manchmal ist es nicht einfach mit dir. Ach, übrigens: Beim Bäcker habe ich die Sibylle getroffen. Das Schwarz steht ihr gut. Aber die Augenringe! Die hat's auch nicht leicht im Moment.«

»Was heißt hier: *auch nicht leicht*? Du hast doch den Himmel auf Erden, Moni, dank deines Mannes.« Lollo machte eine Pause, um Moni Gelegenheit zur Zustimmung zu geben. Aber weder sagte sie etwas, noch machte sie eine dankbare oder bewundernde Geste. Sie trank einfach einen Schluck Kaffee. Gut, dachte Lollo, dann nicht. Manchmal fragte er sich, für wen er eigentlich ununterbrochen gute Laune produzierte. Aber Moni, das sah er ein, musste er jetzt anders ansprechen. »Und was hat Sibylle erzählt? Weiß sie jetzt, was der Sandmoser ihr hinterlassen hat?«

»Lollo, da redet man doch nicht beim Bäcker drüber. Um die Zeit gibt es da eine Schlange, und die Schlange hat tausend Ohren, sag ich dir. Aber wenn ich mir Sibylles Gesicht in Erinnerung rufe: Sie sah nicht so aus, als hätte sie am Vorabend ein Testament zu ihren Gunsten gefunden.«

»Vielleicht spiegelt sich in ihrem Gesicht ja einfach das schlechte Gewissen, den Sandmoser vergiftet und sich gleichzeitig mit dem Wildenhaus eingelassen zu haben. Vielleicht hat sie auch erfahren, dass der Sandmoser ihr nie was vermachen würde, und hat dann gedacht: Gut, dann können wir auch gleich Schluss machen. Einen Nachfolger hatte sie ja schon auf der Warmhalteplatte.«

»Lollo, das hatten wir doch schon gestern Abend. Noch einmal: Sie war es nicht!«

»Meinetwegen.« Lollo gab sich Mühe, die Situation zu befrieden. »Aber dann lass uns mal nachdenken: Wer konnte Sandmoser denn so hassen, dass er ihn mit Froschgift hingerichtet hat? Wer immer es war, er hat Sandmoser nicht nur vergiftet. Es war eine Bestrafung, mehr als das, es war grausame Rache. Für was?«

»Feinde hat der genug gehabt«, sagte Moni. »Immer schon. Die Kieferer hassten ihn. Und kuschten. Mit dem wollte sich niemand anlegen.«

Lollo goss sich noch einmal Kaffee nach, obwohl er schon längst zu viel getrunken hatte. Er kannte dieses Gefühl, wie ihm der Kaffee den Hals verengte. Es jagte ihm Angst ein, er musste dann jedes Mal an einen möglichen Herzinfarkt denken. Aber immer, wenn ihm das durch den Kopf ging, beruhigte er sich damit, dass Moni von einer Astrologin prophezeit bekommen hatte, dass sie und auch Lollo ein besonders langes Leben vor sich haben sollten. Also würde er von dieser letzten Tasse Kaffee jetzt auch keinen Herzinfarkt bekommen.

»Nehmen wir einfach mal an, dass Sibylle Sandmoser die Spritze gesetzt hat und die leere Ampulle, die der Mörder präpariert hatte, in den kleinen Eimer unter dem Waschbecken geworfen hat. Dann war der Mörder jedenfalls nicht noch mal im Schwimmbad, nachdem Sibylle weg war. Denn die Ampulle war noch da, die Ampulle mit dem Rest Froschgift drin. Die verrät ihn. Gut, er konnte nicht wissen, dass Max ausbüxt und ich beim Suchen die Ampulle finde. Das war auch recht unwahrscheinlich. Der Mörder hat einfach das Risiko in Kauf genommen, dass die Ampulle übrig bleibt. Wer hätte normalerweise Verdacht geschöpft und den Treteimer untersucht? Das verstehe ich noch. Was ich nicht verstehe ist, warum sich der Mörder den Todeskampf vom Sandmoser nicht live angeschaut hat. Wenn ich meinen Feind mit Froschgift umbringen will und er tatsächlich ganz langsam und grausam krepiert, dann möchte ich doch zusehen. Das lasse ich mir doch nicht entgehen.«

»Du hast ja ganz schön viel negative Energie in dir, dass du dir so was vorstellen kannst«, entgegnete Moni mit einer Mischung aus Abneigung und Bewunderung.

»Was ich meine, Moni, ist, da passt was nicht zusammen. Ich bereite nicht alles so minutiös vor, und dann erlebe ich das Gelingen meines Plans gar nicht mit. Weder sehe ich mir das Schauspiel an, noch beseitige ich gescheit meine Spuren. Ich bleibe einfach weg. Das ist doch wie ein Coitus interruptus.«

»Du bist irgendwie immer nur einen kleinen Gedanken vom Sex weg«, sagte Moni. »Wenn überhaupt. Aber woher willst du wissen, dass der Mörder sich den Todeskampf vom Sandmoser nicht doch angeschaut hat? Die Ampulle kann er ja einfach vergessen haben, weil ihn der Untergang Sandmosers so fasziniert hat.« Gedankenverloren schaute sie auf den Boden ihrer Kaffeetasse. Sie schüttelte die Thermoskanne. Auch da war nichts mehr drin. Lollo musste sich den ganzen restlichen Kaffee genommen haben. Also trank Moni jetzt seine Tasse leer. »Lollo, manchmal denke ich doch, wir sollten zur Polizei gehen. Wer weiß, was noch alles dahintersteckt.«

»Moni, wir drehen uns im Kreis. Das hatten wir doch schon. Wen verdächtigt der Danner als Erstes? Sibylle. Wobei … dieses gleichzeitig Rationale und Irrationale der Tat, ist das nicht typisch Frau? Und wenn es doch Sibylle war?«

»Mei Lollo, du hast so gar keine Menschenkenntnis. Du schaust dir die Leute immer ganz genau an, und dir fällt auch vieles auf, äußerlich. Aber die Seele, die doch bei allem das Wichtigste ist, die nimmst du nicht wahr.«

Lollo hielt sich in der Tat für einen begnadeten Beobachter. Und für einen gefühlvollen Menschen. Aber Seele? Er war weder Christ noch Esoteriker, er kam auch so klar. Er brauchte keine

Seele, um damit zu erklären, was nicht zu erklären war. Zwar kam er beim Fall Sandmoser in der Frage, ob es nun Sibylle gewesen sein konnte oder nicht und wenn nicht, wer dann, nicht recht weiter. Aber deshalb musste er sich doch nicht mit Sibylles Seele beschäftigen.

»Und wie sieht man die, die Seele?«, fragte Lollo in einem Tonfall, der auch von Max hätte sein können.

Moni stand von ihrem Stuhl auf und quetschte sich neben Lollo auf die eingebaute Eckbank. »Die sieht man nicht, die spürt man«, erklärte sie, nahm Lollos Hand in ihre und führte sie über ihre Stirn, ihre geschlossenen Augen, ihre Lippen und ihren Hals in den Ausschnitt ihres Kleides. »Auch da sitzt die Seele. Man kann sie fühlen. Es ist komisch, Lollo. Je mehr wir über den Tod sprechen …«

»… desto mehr kommt die Leidenschaft. Geht mir auch so. Was steht heute eigentlich im Mondkalender zu diesem Thema?«, fragte Lollo mit belegter Stimme.

»Weiß nicht«, sagte Moni, »das spürt man, wenn Leidenschaft ist. So wie die Seele.«

»Zack« kam es wieder von draußen.

Egal, dachte Lollo. Er spürte, wie seine Seele wuchs und wuchs. Wen interessierte, dass es danach wieder zack machen würde?

22

»Reicht«, sagte Frank knapp und machte eine abwehrende Handbewegung. Er hatte noch einen Rest Fleischkäse auf seinem Teller und einen Klecks süßen Senf. Sibylle stellte den Brotkorb, den sie ihm hingehalten hatte, wieder auf den Küchentisch. Sie wurde nicht schlau aus ihm. Er saß so bewegungslos, so schwerfällig da. Sibylle hatte das Gefühl, als laste ein enormer Druck auf ihm. Ein Druck, der bewirkte, dass ihm schon die kleinste Bewegung zur Anstrengung wurde, das Hantieren mit dem Besteck, das Heben der Arme, das Kauen. Das ganze Mittagessen über hatte er kaum ein Wort gesprochen, und auch das Weißbier hatte seine Zunge nicht lockern können. Und doch hatte sich im Verlauf der letzten halben Stunde etwas verändert. Frank wirkte so, als ob er vor lauter Druck gleich explodieren würde. Ging von ihm eine Gefahr für Sibylle aus?

Sie saß auf dem schmalen Stück der Eckbank, leicht nach vorne zur Tischplatte hin gebeugt, und betrachtete Frank aufmerksam. Sibylles Lider waren stark geschminkt, ihre Wimpern gebogen. Sie trug einen schwarzen, eng anliegenden Rollkragenpullover, eine figurbetonte Jeans und hohe Stiefel. Ihre Beine wippten leicht unter der Tischplatte. Sie hatte noch weniger gegessen als Frank, sie hatte genug damit zu tun, ihn zu beobachten. Als es schließlich aus ihm herausbrach, war sie vorbereitet.

»Hast du so mit ihm auf der Eckbank gesessen?« Franks Stimme war voller Wut. »So wie wir jetzt, du dort und er auf meinem Platz? Und war das euer übliches Essen, Fleischkäse und ein Bier dazu? Ist es das, was du mir zeigen willst?«

Sibylle war es gar nicht aufgefallen, aber sie saßen tatsächlich so, wie sie und Luggi früher. Er mit dem Rücken zur Wand und sie so, dass sie schnell aufstehen und ihn bedienen konnte. Und auch das mit dem Essen stimmte. Sie hatte sich gar keine Gedanken gemacht, nicht darüber.

»Hast du ihn geliebt?«, fragte Frank weiter. »Oder warst du nur wegen des Geldes mit ihm zusammen?« Er sprach immer schneller, wurde immer aggressiver. An Antworten war er gar nicht interessiert. »Wenn du ihn geliebt hast, dann musst du mich hassen. Er hat mich schließlich auch gehasst.«

»Frank.« Sibylle versuchte, ihn zu beruhigen, aber tatsächlich wurde sie ruhiger, je mehr er sich erregte. »Er hat dich nicht gehasst. Er hat dich nur nicht verstanden.«

»Du hast selbst gesagt, er wollte einen Vaterschaftstest machen lassen.« Frank redete sich weiter in Rage. »Einen Vaterschaftstest! Damit stellt er alles infrage, meine Existenz, meine Mutter und eigentlich auch seinen Geisteszustand. Wie sollte ich nicht sein Sohn sein? Sieh mich an, Sibylle, an wen erinnert dich mein Gesicht, an wen? Ich hasse mich, wenn ich mich im Spiegel anschaue.«

»Beruhige dich, Frank. Ich weiß selber, wie ähnlich ihr euch seid. Und nicht nur äußerlich. Dein Vater konnte genauso aufbrausend sein. Luggi konnte sich halt einfach nicht erklären, warum du so anders gewesen bist als er.« Ihre Geduld reichte noch. Ihre Ruhe und ihr Verständnis waren nicht gespielt. Sie sprach mit ihm nicht wie eine Mutter, eher wie eine große Schwester. Vor allem aber hatte sie ein Ziel, sie brauchte Frank.

»Und wie hättet ihr es angestellt?«, bohrte Frank weiter. »Hättet ihr mich zum Essen eingeladen, so wie jetzt, um vielleicht von meiner Gabel unauffällig eine DNA-Probe nehmen zu lassen? Nur um Gewissheit zu haben?«

»Frank, bitte. Es war eine Schnapsidee vom Luggi.« Sie überlegte kurz, ob sie nicht auch ein Bier trinken sollte, aber sie brauchte einen klaren Kopf. Sie schenkte sich noch ein Glas Mineralwasser ein.

»Und? Hast du sie ihm ausgeredet, diese Schnapsidee? Wie kannst du dich überhaupt mit mir an einen Tisch setzen? An wem übst du jetzt Verrat, an ihm oder an mir?«

»Frank, dein Vater ist tot. Übermorgen ist die Beerdigung. Jetzt ist die Zeit, dich mit ihm auszusöhnen.« Ihre Gelassenheit, ihre Überlegenheit reizte ihn.

»Aussöhnen, wie soll das gehen? Soll ich ans offene Grab treten und sagen: ›Vater, ich verzeihe dir.‹ Obwohl ich froh bin, dass er da unten liegt?«

Sibylle holte tief Luft: »Du könntest auch sagen: ›Vater, verzeih du mir.‹«

»Bitte, was sollte er mir denn verzeihen? Was sollte ich denn falsch gemacht haben? Dass ich nach der Scheidung bei meiner Mutter geblieben bin? Dass ich mich von seinen Geldgeschenken nicht habe erpressen lassen? Dass ich die Firma nicht übernommen habe, sondern stattdessen so frei war, etwas zu studieren, das ich will, ich, nur ich? Dafür soll ich um Verzeihung bitten?«

»Wie willst du mit der Einstellung je zur Ruhe kommen, Frank?« Sibylle trank einen Schluck Wasser und schloss für einen Moment die Augen. »Nur du kannst dich noch ändern. Er kann das noch weniger als vorher. Er ist tot.«

»Jetzt sag nicht, dass du nur mein Bestes willst. Du bist nicht meine Mutter.« Das Wort *Mutter* schrie Frank aus sich heraus, mit äußerster Wut. Und dieses Wort brachte mit einem Schlag auch Sibylle an ihre Grenze.

»Und du bist nicht dein Vater«, brüllte sie zurück. Sie war mit ihrer Geduld am Ende. Aber obwohl sie plötzlich laut geworden war, hatte sie nichts von ihrer Souveränität verloren. »Schluss jetzt mit deinem Selbstmitleid. Benimm dich wie ein erwachsener Mann und nicht wie ein pubertierender Junge. Weißt du, was dein Problem ist? Du willst in allem anderes sein als dein Vater, aber je mehr du dich abmühst, desto mehr bist du wie er. Deinen eigenen Weg findest du nicht, indem du immer nur in die entgegengesetzte Richtung gehst. Da läufst du in die Irre.« Sie hatte sich das gar nicht vorgenommen, ihm so deutlich seine Grenzen aufzuzeigen. Es war ein Risiko, aber sie hatte nicht das Gefühl, eine Wahl zu haben. Sie stand auf, nahm ihn bei den Schultern und schüttelte ihn mit aller Kraft. Sie war kaum größer, obwohl er saß.

War es diese eher rührende Art der Gewaltanwendung, diese Hilflosigkeit Sibylles, die Frank wahrnahm? Oder hatten ihre Worte Wirkung gehabt? Was war da gerade passiert? Franks Wut war von einem Moment auf den anderen verflogen. Statt der Wut war da nichts mehr. Doch – die Wut hatte einer Angst Platz gemacht. Er spürte mit einem Mal etwas, das er nur zu gut kannte, eine altbekannte Angst. Die Angst nicht zu genügen, nicht gut genug zu sein, es nicht zu schaffen. Er wäre dankbar gewesen, wenn sie ihm jetzt endlich eine runtergehauen hätte. Vielleicht wäre es eine Befreiung.

Frank wartete, dass sie etwas unternahm. Aber sie stand nur da und sah ihn von oben herab an. Er öffnete den Mund, atmete ein, um etwas zu sagen. Aber ihm fehlten die Worte. Er blickte zu ihr auf. Er sah die Widerspenstigkeit ihrer blonden, gelockten Haare, die Wachheit ihrer grünen Augen, die perfekten Rundungen ihrer Brüste unter dem engen weichen Pullover. Frank brachte nicht mehr die Kraft auf, grob zu ihr zu sein. Er betrachtete sie jetzt wie mit anderen Augen, er bemerkte, wie schön sie war. Sie war älter als er, vielleicht zehn Jahre, er wusste es nicht genau. Aber das Alter spielte keine Rolle, er mochte Frauen, die älter waren als er. Er sah ihre schmalen Fältchen in den Augenwinkeln, um den Mund herum. Das Leben hatte Spuren in ihrem Gesicht hinterlassen. Er musste sich zwingen zu denken: Sie ist die Geliebte meines Vaters gewesen. War sie das immer noch? Es zählte nicht mehr. Da war eine Stärke in ihrem Blick, die ihn anzog. Sie gefiel ihm. Er war sich sicher: Sie würde ihm auch gefallen, wenn sie nicht zuvor die Geliebte seines Vaters gewesen wäre.

Auch Sibylle hatte ihn die ganze Zeit aufmerksam angeblickt. Sie kam noch ein paar Zentimeter näher auf ihn zu, stand jetzt ganz dicht vor ihm. Ihre zarten, festen Finger schoben sich in sein Haar. Sie sagte nichts. Sanft drückte sie seinen Kopf zwischen ihre Brüste. Er leistete keinen Widerstand. Seine Hände, als führten sie ein Eigenleben, strichen über ihre enge Hose, ihren Pullover. Er umarmte sie, als suchte er Halt. Sie hielt ihn.

23

War es Bequemlichkeit? Hatte Moni ihn so geschafft? Oder wurde er allmählich doch ein Einheimischer? Jedenfalls hatte er den Wagen genommen, für eine Strecke, die er sonst immer zu Fuß gegangen war. Lollo sagte sich, ein Detektiv, der observiert, braucht eben ein Auto, basta. Und wenn er Glück hatte, war Karin Sandmoser eine der Wenigen in Kiefersfelden, die den alten W124 nicht kannte. Und selbst wenn, Lollo hatte vor dem Haus am Nußlbergweg wieder so geparkt, dass ihn niemand sehen konnte, während er alles überblickte. Die perfekte Tarnung, beruhigte Lollo sich. Drüben im Nußlbergweg 15 war alles wie immer, mit einem Unterschied: Vor dem Haus stand ein Möbelwagen.

Karin Sandmoser zog also aus. Da brauchte Lollo nicht einzuschreiten, das war völlig in Ordnung. Sich von einem Ralf Wildenhaus zu trennen, konnte nie falsch sein. Lollo hätte Karin Sandmoser zwar gern noch gesagt, dass es nicht Resi Wimmer war, mit der Wildenhaus sie aktuell betrog, sondern Sibylle Salger, aber das ging jetzt nicht mehr. Karin Sandmoser war konsequent. Sie zog aus. Am Vormittag musste sie den Auftrag, Wildenhaus zu observieren, storniert haben, denn Baum hatte Lollo eine SMS geschickt: *attention uhl, rückruf. die sandmoser zieht den auftrag zurück. warum, frage ich sie. wann bekomme ich eine antwort?* Immerhin hatte er seine Nachricht diesmal nicht mit der Schlussformel *have fun* garniert. Das war üblicherweise die letzte Spitze seiner Mitteilungen.

Nein, Lollo hatte keine Zeit, jetzt zurückzurufen, er musste den Möbelwagen beobachten, der vor dem Haus Nußlbergweg 15 stand. Viel konnte es nicht sein, was Karin Sandmoser abzutransportieren hatte. Das war nur ein kleiner Umzugswagen. Das Bild fiel Lollo ein, das Bild vom Abgrund, vom unwiderstehlichen Abgrund, das ihm so gefallen hatte, kurz bevor Karin Sandmoser ihm eine runtergehauen hatte. Wer so ein Bild zu schätzen weiß, der lässt sich auch mit einem Ralf Wildenhaus ein, dachte Lollo. Oder mit einem Ludwig Sandmoser. Das ist einfach die Lust am Abgrund, obwohl doch Karin Sandmoser auf ihn so einen klugen, vernünftigen Eindruck gemacht hatte. Aber Lust ist immer stärker als Vernunft.

Und warum gefiel ihm das Bild, fragte Lollo sich. Die gleiche Lust am Abgrund? Wäre er sonst in diesen Beruf hineingerutscht? In die Detektei von Baum, Jens Baum? Nur gut, dass er Moni hatte und Max, die zogen ihn wieder heraus, wenn er unterzugehen drohte vor lauter Abgrund.

Während zwei Packer sich mit dem großen weißen Sofa abmühten, sah Lollo, wie Karin Sandmoser und Ralf Wildenhaus sich im Hauseingang stritten. Wildenhaus gab sich zumindest den Anschein, dass er um sie kämpfte. Vielleicht hatte er ja gehofft, dass Karin Sandmoser ihn retten könnte, versuchte Lollo einen Moment lang Verständnis für Wildenhaus aufzubringen. Wer weiß, vielleicht kannte auch Wildenhaus diese Lust am Abgrund, der feine Frauenversteher, von dem die Damen so begeistert waren, dass Lollo ihn allein aus diesem Grund verabscheute. Und sein Aussehen: Wildenhaus war groß, gebräunt, schon grau an den Schläfen, was ihn für die Frauen aber nur attraktiver machte. Außerdem konnte er massieren, so kriegte er die Weiber weich. Wildenhaus schien einfach das komplette Gegenteil von Lollo zu sein. Wie sollte er so einen gut finden?

So versunken war Lollo in seine Gedanken, dass er die Abfahrt des Möbeltransporters fast verpasst hätte. Der Kastenwagen fuhr den Nußlbergweg ein paar Meter hinauf, wendete dort und kreuzte noch einmal Lollos Blickfeld. Karin Sandmoser fuhr in ihrem Golf hinterher. Sollte Lollo jetzt hineingehen? So wie Wildenhaus vorhin gestikuliert hatte, war ihm das nicht gleichgültig, was gerade passiert war. Er war sicher innerlich aufgewühlt. War das ein Vorteil für Lollo? Oder war Lollo in Gefahr, sich ein weiteres Mal in diesem Haus eine zu fangen? Gerade als Lollo sich zum Angriff entschieden hatte, kam Wildenhaus heraus. Er schloss die Haustür ab und ging direkt auf Lollos Mercedes zu. Entschlossen wirkte er, aber gleichzeitig hatte er etwas Trauriges, Nachdenkliches an sich, fand Lollo. Wildenhaus näherte sich ihm. Würde er die Tür von Lollos Auto aufreißen? Hatte Karin Sandmoser ihm erzählt, von wem sie ihre Informationen hatte? Würde er sich rächen wollen? Lollo lehnte sich zum Beifahrersitz hinüber und tat so, als würde er etwas im Handschuhfach suchen, um jeden Blickkontakt mit Wildenhaus zu vermeiden. Unwillkürlich hielt Lollo den Atem an, gleich würde es geschehen, gleich würde Wildenhaus ihn zur Rede stellen. Lollo legte sich ein paar Sätze zurecht, aber es geschah nichts. Lollo richtete sich wieder auf. Im Rückspiegel sah er, dass Wildenhaus die Bippenwaldstraße weiter entlanggegangen war. Je länger er ihn im Rückspiegel beobachtete, desto klarer wurde Lollo, wohin Wildenhaus steuerte, zum Haus von Ludwig Sandmoser, zu Sibylle Salger.

24

Sibylle hatte Decken geholt, Kissen, eine Flasche Rotwein. Sie hatten aus dem riesigen weichen Teppich im Wohnzimmer eine Art Bett gemacht. Die Nachmittagssonne schien durch die bleiverglasten Fenster und wärmte ihre nackte Haut. Frank lag auf dem Boden neben Sibylle, beide auf dem Rücken. Sie blickten an die hohe Zimmerdecke und spürten die Wärme in ihren Körpern. Vor ein paar Tagen noch war sein Vater über diesen Teppich gegangen, dachte Frank, und es war für ihn unvorstellbar gewesen, dieses Haus, dieses Zimmer oder diesen Teppich überhaupt zu betreten. Und diese Frau neben ihm war die Lebensgefährtin seines Vaters gewesen, das hatte immer genügt, um sie zu brandmarken.

Sibylle stützte sich auf und griff nach ihrem Rotweinglas hinter Franks Kopf. Fast berührte ihre Brust dabei sein Gesicht, und er atmete ihren Duft ein. Sie setzte sich aufrecht mit dem Glas, trank einen Schluck und blickte Frank an.

»Tut es dir leid?«

Auch Frank setzte sich, nahm sein Glas und trank ebenfalls einen Schluck Rotwein.

»Was soll mir leidtun?«

»Dass du mit mir geschlafen hast. Im Haus deines Vaters. Mit der ehemaligen Geliebten deines Vaters. Bereust du es?« Sie behielt ihr Glas in der Hand und zog sich eine der auf dem Boden liegenden leichten Baumwolldecken über die Schulter.

»Vor einer Woche hast du noch mit ihm hier gelebt«, sagte Frank. »Noch vor ein paar Tagen. Bereust du es?«

Sibylle trank einen weiteren Schluck und blickte auf den Wandteppich hinter Frank. Sie hatte das Gefühl, durch alles hindurchzusehen.

»Was sollen wir spielen auf der Beerdigung?«, fragte sie mehr sich selbst als Frank. Und nach einer Weile meinte sie: »Pavarotti. Wir sollten Pavarotti spielen, *Nessun dorma,* die Arie hat er geliebt, die hat er immer im Auto gehört.« Frank stellte sein Glas ab.

»Vater und Pavarotti? Das kann nicht sein. Musik war ihm mindestens so fremd wie ich.«

»Schon«, sagte Sibylle. »Aber was für ihn zählte, war Leistung. Leistung und nichts als Leistung. Luggi konnte anerkennen, wenn einer was leistete. Und Pavarotti leistete was in seinen Augen. Der verkaufte Platten, der machte Geld.«

»Und warum konnte er dann meine Leistungen nicht anerkennen? Ich war gut auf dem Gymnasium, ich war sogar der Beste. Und jetzt an der Uni bekomme ich ein Stipendium wegen meiner Leistungen.«

Sie küsste ihn auf die Stirn. Wieder atmete er den Duft ihrer Haut ein. War das ein Parfum? Oder war das der Geruch ihres Körpers?

»Du warst ihm zu nah und doch so anders als er«, sagte Sibylle. »Das konnte er nicht ertragen.« Lange sprachen sie nichts.

»Nein, ich bereue es nicht. Um auf deine Frage zu antworten.« Frank sprach langsam. »Und ich hoffe, du auch nicht. Du bist schön. Ich kann nachvollziehen, was mein Vater an dir gefunden hat. Und es erschreckt mich, dass ich meinen Vater zumindest in diesem einen Punkt wirklich verstehen kann. Wahrscheinlich habe ich mehr von ihm geerbt, als ich wahrhaben will.«

Sibylle rutschte die Decke ein wenig von der Schulter. »Was ich nicht verstehe, Frank, interessiert es dich gar nicht, ob es ein Testament gibt?« Sie stand auf, Frank folgte ihr mit den Augen. Er war fast stolz auf sich, wenn er sie so sah, nackt und schön. Es war das erste Mal, dass er mit einer wirklich schönen Frau geschlafen hatte. Sie zog sich etwas über, das entweder ein langes T-Shirt war oder ein kurzes Kleid. Es verhüllte zwar ihre Nacktheit, aber es machte sie nicht weniger attraktiv.

»Wenn es kein Testament gäbe, dann wärst du dran«, sagte Sibylle und setzte sich wieder zu ihm.

»Gibt es denn ein Testament?«, fragte Frank. Er überlegte, ob er sich auch etwas anziehen sollte.

»Nicht beim Notar, mit dem habe ich gesprochen. Aber …«

»Aber?«

»Ich habe gestern Abend ein Testament gefunden, drüben, im Büro. Ein Testament von 1997.«

Hinter Franks Stirn arbeitete es. 1997. »Wer?«, fragte er.

Sibylle zögerte einen Moment, bevor sie antwortete: »Helga.«

»Helga?« Frank konnte es nicht glauben. Sofort kam die Wut wieder in ihm hoch, er stand auf, er explodierte. Was ihn noch wütender machte, war, dass er nackt war. Wie konnte er nur? Hastig zog er sich Unterhose und Hose an. Das Hemd ließ er offen. Sofort war er wieder so gereizt und aggressiv wie beim Mittagessen. »Helga?« Es brauchte eine Weile, bis er genug Luft hatte, mehr zu sagen. »Was war das nur für ein Kerl! Dieses Dreckschwein! Wenn schon, dann doch wohl meine Mutter. Und nicht diese undankbare, nörgelnde, schwitzende, unwürdige Frau. Das darf doch nicht wahr sein.«

»Es muss ja niemand wissen, dass es dieses Testament gibt.« Sibylle lächelte. Sie nahm die beiden Rotweingläser und ging langsam zum Sofa hinüber. »Komm«, sagte sie, nahm mit beiden Gläsern in ihren Händen Platz und schlug die Beine übereinander. »Wenn es nicht mehr da ist, das Testament, dann bist du der Alleinerbe.« Sie schwieg für einen Moment. »Setz dich. Lass uns anstoßen.«

Frank stand viel zu sehr unter Druck, um sich setzen zu können. Er ging im Zimmer hin und her, als würde sein Ziel ständig die Richtung wechseln. Schließlich blieb er vor Sibylle stehen und fixierte sie.

»Und du?«, fragte er. »Was willst du eigentlich? Auf welcher Seite stehst du?«

»Ich bin natürlich auf deiner Seite, Frank«, sagte Sibylle und lehnte sich zurück. »Ich kann das Testament ja verschwinden lassen. Niemand weiß, dass es existiert. Nur ich. Ich würde das tun, wenn du dich ein wenig um mich kümmerst und mir etwas unter die Arme greifst.«

Immer noch hatte sie die beiden Gläser in der Hand, groß wie Pokale. Sie stellte sie auf das Beistelltischchen neben dem Sofa.

»Setz dich«, forderte sie ihn noch einmal lächelnd auf. Diesmal folgte er und nahm neben ihr Platz. Sie legte ihm ihre Hände auf die Knie, ließ ihn aber nicht aus den Augen. »Der Luggi hat oft gesagt: ›Vogel friss oder stirb‹. Man muss sich entscheiden im Leben, das hat mir nicht erst dein Vater beigebracht. Wenn du dich für mich entscheidest, Frank, dann entscheide auch ich mich für dich. Was meinst du?«

25

Lollo erlebte das wie in einem Film. Er fuhr im Schritttempo die Bippenwaldstraße entlang, irgendwo da vorne war Wildenhaus, Lollo brauchte ihn gar nicht zu verfolgen, er kannte ja das Ziel. Als Lollo zu Sandmosers Haus kam, drosselte er das Tempo seines Wagens noch weiter, und es war, als hielte er damit die Zeit endgültig an. Ein junger Mann stürmte wutentbrannt aus dem Haus und blickte Lollo wild ins Gesicht. Den kannte Lollo seit Neuestem auch: Frank Sandmoser. Gestern erst, fast zur gleichen Zeit, war Frank Sandmoser auf genau die gleiche Art aus dem Haus von Ralf Wildenhaus am Nußlbergweg gekommen und hätte Lollo fast umgerannt. Diesmal saß Lollo im Auto, ihm konnte nichts passieren. Ob der immer solche Abgänge hinlegte, fragte sich Lollo. Er wunderte sich über die leichte Erregbarkeit von Frank Sandmoser. Dann sah Lollo Wildenhaus. Der stand hinter Frank Sandmoser, vor der linken der drei Garagen. Wildenhaus beobachtete Frank, der umgekehrt Wildenhaus nicht sehen konnte, dafür aber Lollo. Aber es war nur ein kurzer Blick, Lollo war für ihn nicht von Bedeutung. Frank ließ sich in seinen verrosteten alten Nissan fallen, knallte die Tür zu und brauste mit aufheulendem Motor davon.

Lollo hätte um ein Haar angehalten, um mitzubekommen, wie Wildenhaus zu Sibylle ins Haus ging, besann sich aber rechtzeitig und fuhr mit Tempo zwanzig weiter die Bippenwaldstraße entlang. Was sollte er tun? Er hätte schon gern gehört, was die beiden sich jetzt zu sagen hatten. An der Stelle, wo es links zum Bauernhaus abging, parkte Lollo den Mercedes und ging den Weg durch das Bippenwäldchen, den er am Samstag genommen hatte, um Max zu suchen. Bei Tageslicht war es ungleich leichter, den Hintereingang zu Sandmosers Grundstück zu finden. Lollo sah das schiefe Holztörchen. Sogar der Stock, den Max sich geschnitzt hatte, als er ausgebüxt war, lag noch da.

Er vernahm Stimmen von drinnen, konnte aber im Garten nicht verstehen, was gesprochen wurde. Das Schwimmbad, dachte Lollo, wenn er Glück hatte, war die Tür zum Schwimmbad noch nicht wieder abgeschlossen. Es gelang ihm, die Schiebetür zum Pool geräuschlos zu öffnen. Wenn Sibylle ihn erwischen würde, könnte er einfach behaupten, er suche etwas, das Max vergessen hätte. Seinen Bruno zum Beispiel, den Plüscheisbär. Lollo umrundete das Becken. Der Hocker mit dem Kofferradio befand sich immer noch an derselben Stelle. Lollo öffnete die schwere Tür, die auf den Flur des Hauses ging. Die Stimmen wurden lauter, aber hier im Flur konnte er nicht bleiben, hier hatte er keinen Sichtschutz. Etwas weiter vorne, im Eingangsbereich des Hauses, stand ein alter, wuchtiger Bauernschrank. Er war nicht sehr hoch, aber er reichte, um Lollo Deckung zu geben. Nur, wenn sie von oben herunterkommen sollten und zur Haustür gingen, dann wäre er geliefert.

»Wofür soll ich das denn halten?«, hörte er die Stimme von Wildenhaus fragen. »Das ist ja ein regelrechtes Bettenlager.«

»Dann glaubst du es mir eben nicht, wie oft soll ich es denn noch sagen. Ich habe es mir nur gemütlich gemacht mit Frank«, entgegnete Sibylle kalt. »Und warum auch nicht?«

Die beiden mussten sich in dem riesigen offenen Wohnzimmer im oberen Stockwerk gegenüberstehen. Und auch das Bettenlager hatte Lollo vor Augen. Was spricht dagegen, sich abzulenken und sich ein paar schöne Stunden zu machen, fragte er sich ironisch. Wo das Leben so hart zu ihnen war. Schließlich war Frank gerade der Vater gestorben und Sibylle der Lebensunterhalt weggebrochen. Sibylle war Lollo ein Rätsel. Der junge Sandmoser, der alte Sandmoser, Wildenhaus – hatte sie wirklich so viel Lust, oder steckte Kalkül dahinter? Lollo traute ihr beides zu.

»Aber du hast mir doch gesagt, dass das Kapitel Sandmoser für dich abgeschlossen ist.« Wildenhaus klang verzweifelt, fand Lollo. Er hatte den alten Sandmoser, seinen Intimfeind, gehörnt, was für sich genommen schon ein großes Vergnügen für Wildenhaus gewesen sein musste. Aber jetzt hatte ihm der junge Sandmoser die Hörner aufgesetzt. Wildenhaus schien richtig sauer zu sein. Aber so wütend er auch war, er wollte Sibylle behalten, so viel verriet seine Stimme.

»Du bist so schön«, flüsterte er zärtlich.

»Ihr Kerle seid doch alle nur geil«, erwiderte Sibylle. »Für euch sind wir nur Putzen und Ärsche!«

»Ich will dich nicht verlieren«, sagte Wildenhaus. »Ein Leben ohne dich, das kann ich mir gar nicht mehr vorstellen.« Offensichtlich waren das die Sätze, die bei Frauen so gut ankamen, dachte Lollo. Schade nur, dass er nichts zu schreiben dabeihatte, vielleicht konnte er solchen Schmalz mal brauchen. »Und weil ich dich nicht verlieren will«, Wildenhaus konnte kaum noch sprechen vor Rührung, »deshalb habe ich das gemacht. Für dich, für uns.«

»Was hast du gemacht?«, fragte Sibylle, und Lollo war so gespannt auf die Antwort, dass er plötzlich einen starken Hustenreiz unterdrücken musste.

»Dass der Luggi jetzt tot ist«, antwortete Wildenhaus.

»Der Luggi ist an einem Herzinfarkt gestorben«, sagte Sibylle sachlich.

»Das glaubst du. Das glaubt der Jenner. Aber in Wirklichkeit hab ich das gemacht, ich, für dich.«

Sibylle sagte etwas, aber so leise, dass Lollo es nicht verstehen konnte. In seinem Kopf ging es zu wie in einem Ameisenhügel. Wenn es wirklich Wildenhaus gewesen sein sollte, wie ist er an das Froschgift gekommen? Obwohl, wenn er Sandmoser wirklich umgebracht haben sollte, hätte er Sibylle damit gut an sich gebunden. Denn wenn er es hingekriegt hatte, die Ampulle zu manipulieren, und wenn Sibylle ihrem Luggi die Spritze gesetzt hatte, selbst wenn sie von dem Gift darin nichts wusste, dann waren die beiden ein Team und ab jetzt richtig aneinandergekettet. Einer war in der Hand des anderen. Beste Voraussetzungen für eine Ehe.

»Wo du so gelitten hast unter ihm, da musste ich doch etwas unternehmen«, verkündete Wildenhaus beinahe heroisch. »Also bin ich am Samstagnachmittag hergekommen und hab ihm einen Elektroschocker in den Nacken gedrückt. Im Wasser und bei seiner Konstitution reichte das. Für den Jenner ein klarer Herzinfarkt. Saubere Sache, so hatte ich mir das gedacht.«

Der spinnt, wollte Lollo sich schon einmischen. Erstens hat der ein lupenreines Alibi, hab ich ihm selbst verschafft. Der war daheim mit der Resi, das hab ich fotografiert. Der Wildenhaus jedenfalls war scharf auf den Fotos. Außerdem hat der gar keine Ahnung, woran Sandmoser wirklich gestorben ist. Der war das gar nicht, dachte Lollo, der will es nur sein, um sie zu beeindrucken.

»Du Idiot«, sagte Sibylle leise, mit gepresster Stimme.

»Glaub mir, Bille, bitte, glaub mir«. Wildenhaus klang, als hätte er sich auf die Knie geworfen. »Lass uns zu mir gehen, ich hab was vorbereitet für uns.« Zumindest den Auszug von Karin Sandmoser hat er ja schnell verarbeitet, dachte Lollo hinter seinem Bauernschrank im Flur. Es war höchste Zeit für ihn, zu verschwinden. Wenn die beiden jetzt herunterkamen, dann stand er in der Tat ziemlich dumm da. So leise, wie er gekommen war, schlich Lollo sich wieder hinaus, durch den Flur, um den Pool herum, in den Garten. Als er draußen war, hörte Lollo, wie auf der anderen Seite des Hauses die Eingangstür zuschlug. Hatte er das richtig verstanden, und sie hatte »Verschwinde!« zu ihm gesagt? Lollo konnte Wildenhaus vom Garten aus nicht sehen, aber er hörte seine Schritte. Es waren nur seine Schritte, Sibylle war nicht mit ihm gekommen.

Vor dem Gartentor, das zum Bippenwäldchen führte, drehte Lollo sich noch einmal um. Sein Blick fiel auf die Rückseite der Garagen. Richtig, das war ihm schon am Samstag komisch vorgekommen, dass der Sandmoser drei Garagen hatte. Er hatte sich nicht erklären können, wofür die dritte Garage gewesen sein sollte. »Warum nicht?«, sagte Lollo zu sich selbst, vergewisserte sich, dass die Rückseite der Garagen vom Haus nicht zu sehen war, und beschloss, es zu probieren. Er ging auf die erste, die rechte der Eisentüren zu und tatsächlich, sie war nicht abgeschlossen. Heute war Tag der offenen Tür bei Sandmosers. In der Garage stand erwartungsgemäß Sandmosers S-Klasse. In der daneben Sibylles Fiesta. Die Tür der dritten Garage war abgeschlossen. Lollo erinnerte sich, dass in der ersten Garage der Schlüssel von innen gesteckt hatte. Er zog ihn ab, und tatsächlich, er passte auch zwei Türen weiter. Lollo öffnete und traute seinen Augen nicht: Krippen. Dutzende von Krippen. Krippen unter Palmen, umgeben von Kamelen, Elefanten und Minaretten; und urbayerische Krippen, mit Engeln, die aus dem Heuboden aufflogen, und Sternen, die einen hart gewordenen Schweif hinter sich her in Richtung Jesuskind zogen. Es gab Fachwerkkrippen, die noch im Zustand des Rohbaus waren; Backsteinkrippen, Südseekrippen, afrikanische Krippen; und Krippen, an denen Kabel herunterhingen, weil der Stern

Strom brauchte, um zu leuchten, oder weil die ganze Krippe auf einer Drehbühne befestigt war.

Das hätte Lollo nun wirklich nicht erwartet, Krippen bei Ludwig Sandmoser. Ähnlich hätte es ihn überrascht, wenn er bei Mutter Teresa nach ihrem Tod ein geheimes Waffenlager gefunden hätte. Hatte er am Ende doch ein Herz gehabt, der Sandmoser, ein Herz, an dem er sterben konnte?

Als Lollo genug von den Krippen gesehen hatte und gehen wollte, entdeckte er auf dem Boden etwas Weißes, eine Art Visitenkarte. Er bückte sich. Die eine Seite war unbedruckt, auf der anderen stand wie von Hand, aber in Computerschrift geschrieben: *Diese Krippe wurde uns freundlicherweise zur Verfügung gestellt von Sepp Mayrhofer.* Lollo schloss wieder ab.

26

»Als käme der Frühling später in diesem Jahr«, murmelte Karin Sandmoser und schaute aus dem Panoramafenster ihrer Münchner Eigentumswohnung in den Garten. Obwohl es schon Anfang Mai war, wirkten die Bäume auf dem Grundstück des Mehrfamilienhauses noch recht kahl. Als würde der Garten auf etwas warten, als könnte er sich noch nicht entscheiden, in eine neue Runde zu gehen. Merkwürdig unfertig sah das Gelände da draußen in der blassen, späten Nachmittagssonne aus, fiel Karin Sandmoser auf, dabei war der Garten schon vor Jahren angelegt worden. Nach der Scheidung hatte sie von Sandmosers Abfindung diese Wohnung in einem Neubau am Rande von Trudering gekauft und mit Frank seitdem hier gelebt. Die meiste Zeit jedenfalls.

»Sonst ziehen die Kinder aus und kommen nach gescheiterten Beziehungen nach Hause zurück«, sagte Karin Sandmoser mehr zu sich als zu ihrem Sohn. »Bei Sandmosers ist einfach alles anders.«

Sie drehte sich um, blieb aber zunächst am Fenster stehen. Das riesige Wohnzimmer wirkte wie ein Schlachtfeld, überall standen Umzugskisten herum, Topfpflanzen, Plastiksäcke mit Bettzeug darin, Hocker, Regalteile. Nur das weiße Sofa befand sich schon an seinem Platz. Mit seinen tiefen Polstern und weiten Lehnen sah es sehr bequem aus. Aber Frank saß darauf zusammengekauert in der äußersten Ecke, vor sich eine Flasche Bier auf einer zum Tisch umfunktionierten Umzugskiste. Er machte den Eindruck, als wolle er etwas sagen, traute sich aber nicht. Karin Sandmoser setzte sich neben Frank auf das Sofa, weit genug entfernt, um ihn nicht zu bedrängen, nah genug, um Interesse zu signalisieren. Sie hatte Durst, aber Bier, noch dazu aus der Flasche, nein, das war nichts für sie. Sie sah Frank an.

»Ich weiß, ich weiß, du hast mich immer vor Ralf gewarnt. Aber er war so liebevoll, so zärtlich zu mir. So wie dein Vater es nie gewesen ist. Ich dachte, das ist ein ganz anderer Mann, und er war ja auch gut zu mir bis zum Schluss. Wäre er nur zu mir so gut gewesen, wäre auch alles in Ordnung gewesen. Aber erstens überhaupt eine Frau neben mir zu haben und dann auch noch die Wimmer Resi, da bin ich einfach fassungslos. Aber ich hätte ihn auch verlassen, wenn es nicht die gezupfte Wimmer gewesen wäre, sondern eine andere.«

»Ich muss dir was sagen.« Frank versuchte, den Blick seiner Mutter zu erwidern, aber er schaffte es nicht. Er schaute an ihr vorbei aus dem Fenster, ins Leere. »Ich weiß auch nicht, ich würde dich eigentlich nicht damit behelligen, aber ich habe … ich habe mit einer Frau geschlafen, vorhin.« Allein wie er das vorgebracht hatte, machte die Angelegenheit für Frank noch peinlicher. Als wäre er ein Teenie, der seiner Mutter das erste Mal beichtete.

Karin Sandmoser sah ihren Sohn mit großen Augen an und erwiderte sanft: »Frank, du bist sechsundzwanzig.« Sie war ehrlich erstaunt. Zwar hatte sie ihren Sohn nie explizit aufgeklärt, aber sie hatte das Gefühl, dass er als Autodidakt ganz gut klarkam.

»Mutter, bitte. Nicht in diesem verständnisvollen Ton. Ich muss dich weder um Erlaubnis fragen noch dir davon erzählen. Nur in diesem Fall, ich weiß auch nicht, warum ich es dir sagen muss. Es war mit Sibylle. Und es war in der Bippenwaldstraße. Bei ihm.«

»Wann?«

»Heute Mittag. Wahrscheinlich sogar zur selben Zeit, als du ausgezogen bist. Aber warum hast du auch nichts gesagt, ich hätte dir doch beim Umzug geholfen. Und dann wäre es dazu gar nicht gekommen.«

Karin Sandmoser war sprachlos. »Ja, wolltest du das denn? Oder hat sie dich …?«

Jetzt erst blickte Frank ihr in die Augen. »Ich weiß es nicht. Je länger ich drüber nachdenke, ich weiß es nicht. Erst dachte ich, dass ich angefangen hätte und wollte. Aber hinterher, hinterher hat sie mir erzählt, dass es ein Testament gibt, ein altes. Dass sie es aber verschwinden lassen kann, damit die gesetzliche Erbfolge eintritt, damit ich erbe, und wenn ich erbe, dann hat sie …«

»… auch was davon.« Karin Sandmoser wurde eindeutig. »Du hast natürlich abgelehnt.«

»Du weißt nicht, wen der Alte als Alleinerbin eingesetzt hat.« Frank holte tief Luft. »Helga.«

Vielleicht, weil ihre Augen sich nicht weiter öffnen ließen, schloss sie sie einfach vor lauter Unverständnis. »Ich gebe ja zu, dass ich keine Ahnung habe von Männern. Das hat sich gerade wieder gezeigt. Ich verstehe wirklich weder deinen Vater noch dich.«

»Ich kann dir auch nicht erklären, wie das mit Sibylle passieren konnte. Ich weiß es nicht, es kam einfach über mich. Und den Alten, den habe ich noch nie verstanden. Weder das mit uns und der Helga, noch das mit Sibylle. Wie kommt so ein riesenhaftes Biest wie der Alte an so eine kleine, zarte, gut aussehende Frau? Nachdem er sich zuvor mit einer putzenden Buchhalterin vergnügt hatte.« Frank redete sich in Rage.

»Frank, bitte! Der Helga kann man gar keinen Vorwurf machen, die ist, wie sie ist. Es war ja alles von ihm ausgegangen. Er hat uns an die Luft gesetzt, er hat Helga zur Frau, ja, man muss schon sagen ernannt. Er hat sie gar nicht gefragt, er hat ihr einfach seine Entscheidung mitgeteilt. Warum sollte sie Nein sagen? Durch ihn war sie doch versorgt. Aber zum Schluss hat selbst sie es einfach nicht mehr ausgehalten mit ihm.« Karin Sandmoser griff jetzt doch nach der Bierflasche auf der Umzugskiste und trank einen Schluck. »Was das Testament angeht, Frank, du kannst dich auf keinen Fall auf so einen Kuhhandel einlassen.«

»Soll etwa die Dicke alles kriegen? Findest du nicht, dass uns auch etwas zusteht?«

»Frank, ich verstehe dich nicht. Du, der du immer so moralisch warst gegenüber deinem Vater. Der immer so hohe Prinzipien hatte. Du willst dich auf so eine Erpressung einlassen?«

»Aber der Alte hat doch immer gesagt: ›Moral ist was für Leute, die nichts auf dem Konto haben‹. Vielleicht ist es ja ein Zeichen von Erwachsenwerden, unmoralische Angebote anzunehmen.« Frank versuchte, sich Mut zu machen.

»Seit wann handelst du nach den Maximen deines Vaters?« Karin Sandmoser trank einen zweiten Schluck Bier.

Es dauerte eine Weile, bis Frank antwortete. »Gehst du morgen zur Beerdigung?« Seine Frage klang, als wäre sie eher an einen entfernten Teil seines Selbst gerichtet als an seine Mutter.

»Ehrlich, ich weiß es nicht.« Karin Sandmoser, die schon aufgestanden war, um weiter einzuräumen, setzte sich wieder. »Er war dein Vater. Er war einmal mein Mann. Ich weiß es nicht. Ich sollte.« Sie blieb eine Weile schweigend sitzen. »Und diese Frau?«, fragte sie. »Was ist jetzt mit dieser Frau? Ist da was, oder war das nur Rache?«

27

Die Krümel vom Abendbrot lagen noch auf dem Tisch. Moni hatte den Jungen ins Bett gebracht, Lollo den Tisch abgeräumt und die Küche in Ordnung gebracht. Aber auf dem Esstisch war noch was übrig geblieben. Ein Brettchen stand noch da, mit einem Streifen Fett, den Moni von einer Scheibe Schinken abgeschnitten hatte. Der Fettrand glänzte, er schien zu schwitzen. Und Monis benutztes Messer lag noch auf dem Brettchen, auch das glänzte fettig von der Butter. Was für ein fieses Stillleben, dachte Lollo. Wenn ich Moni jetzt vorwerfe, dass sie die Butter nie richtig vom Messer abstreift, hält sie mir entgegen, dass ich den Tisch nie vollständig abräume. Als Moni sich wieder an den Tisch setzte, sagte sie »Du hast den Tisch ja gar nicht richtig abgewischt.« Sie trug das Brettchen mit dem Messer darauf in die Küche, kam mit einem Spüllappen zurück, wischte den Tisch ab, brachte den Lappen zurück in die Küche und nahm endlich wieder am Tisch Platz. Lollo hatte ein schlechtes Gewissen.

»Ich muss dir dringend was erzählen«, begann Moni. »Was ganz Wichtiges, ich wollt's dir nur nicht vorm Maxl sagen.« Lollo hätte ihr umgekehrt auch was Interessantes berichten können von Sibylle und ihrem Umfeld, aber er konnte warten.

Er sah, dass da noch ein paar Krümel auf dem Tisch vor ihm zurückgeblieben waren. Lollo feuchtete seinen Mittelfinger an, nahm damit die Krümel auf und führte den Finger zum Mund.

»Schieß los.«

»Also, ich kann's selber kaum glauben«, sagte Moni. »Aber, der Wildenhaus hat den Sandmoser umgebracht.« Lollo verstand die Welt nicht mehr, die Verblüffung stand ihm ins Gesicht geschrieben. »Da staunst du, was?«, sagte Moni und konnte nicht ahnen, über was genau er sich so wunderte.

»Woher weißt du das denn?«

»Na, sicher nicht vom Wildenhaus. Von Sibylle natürlich, die hat mich angerufen, kurz bevor du nach Hause gekommen bist.« Moni machte eine Pause, bevor sie ganz leise und vertraulich fortfuhr. »Er hat ihr gestanden, dass er es war. Unter vier Augen. Das ist der Nachteil, meint Sibylle, dass niemand dabei war, der es bezeugen könnte. Wenn sie jetzt damit zur Polizei geht, kann der das Gegenteil behaupten, und am Ende war es doch ein Herzinfarkt, weil ihm niemand was beweisen kann.«

»Und das Froschgift?«

»Davon habe ich natürlich nichts erzählt«, sagte Moni. »Gott sei Dank, das ist ja jetzt auch hinfällig, wo der Wildenhaus gestanden hat. Lollo, du musst dringend zum Danner und ihm das erklären.«

»Zum Danner?« Lollo war fassungslos. »Wieso denn das?«

»Na, wenn der Wildenhaus alles zugibt, dann ist der Fall doch klar.« Moni klang ganz aufgeräumt. »Sibylle sagt, vermutlich hat sich der Wildenhaus rächen wollen am Luggi, die haben sich ja wegen aller möglichen Sachen bekriegt.«

»Die haben sich vor allem gegenseitig die Frauen ausgespannt«, entgegnete Lollo. »Aber deswegen bringt man doch keinen um.«

»Wegen uns sind schon Kriege geführt worden«, erwiderte Moni fast beleidigt. »Denk an Helena, denk an Troja.«

»Und wie will der Wildenhaus das so gemacht haben mit dem Sandmoser, hat dir Sibylle das auch verraten?« Lollo versuchte, ruhig zu bleiben, aber er spürte, gleich würde er explodieren. Wie konnte seine Frau so naiv sein? Sie redete wie eine Zwölfjährige.

»Ganz raffiniert, mit einem Elektroschocker. Der Wildenhaus hat sich zum Pool geschlichen, den Elektroschocker ins Wasser gehalten und dann muss der Sandmoser einen Herzinfarkt bekommen haben.«

»Und diesen Blödsinn glaubst du, Moni? Ich bin fassungslos. Es ist nicht so leicht, jemanden mit einem Elektroschocker nicht nur zu schocken, sondern gleich umzubringen. Vor allem aber hat der Wildenhaus ein lupenreines Alibi. Der war mit der Resi zusammen, als Sandmoser gestorben ist, das hab ich selbst beobachtet, der hatte gar keine Zeit, mal kurz einen Elektroschocker ins Wasser zu halten.«

»Wenn er es der Sibylle doch gestanden hat«, beharrte Moni.

»Ja, sag mal, kapierst du das denn nicht?« Lollo wurde immer wütender auf seine Frau. »Der spielt sich auf. Der will die Frau beeindrucken, deshalb lügt er ihr vor, dass er das nur für sie getan hätte. Aber so dumm kann deine Freundin Sibylle eigentlich nicht sein, dass sie ihm den Quatsch abnimmt. Nein, die will die Dämlichkeit dieses Trottels nur für ihre Zwecke ausnutzen. Denn wenn sie an der Giftgeschichte irgendwie beteiligt war, dann ist dieser Depp von Wildenhaus wie ein Sechser im Lotto für sie. Einer, der alles zugibt, ein Traum!«

»Also, du bist ja völlig aus dem Gleichgewicht«, fuhr Moni ihren Mann an. »Kannst du bitte respektvoll mit mir reden. Außerdem weißt du genau, dass Sibylle für mich nicht irgendjemand ist. Ich will nicht, dass du so über sie sprichst.«

»Ich weiß, dass du einen Narren gefressen hast an ihr. Aber diese Frau hat erst den alten Sandmoser mit Wildenhaus betrogen, und jetzt, weißt du, mit wem sie jetzt Wildenhaus betrügt? Mit dem jungen Sandmoser, mit Frank.«

»Woher willst du das wissen?«

»Ich habe es gesehen, ich war da, in der Bippenwaldstraße, wenn du es genau wissen willst.« Gut, direkt hatte er es nicht gesehen, dachte Lollo. Aber er hatte es gehört. Jedenfalls hinterher. Aber das konnte er jetzt nicht sagen, da stünde die ganze Front schief.

»Du bist wohl unter die Spanner gegangen.« Moni war entsetzt.

»Ich bin kein Spanner, ich bin Detektiv. Und in dieser Eigenschaft habe ich auch mitangehört, wie Wildenhaus sein angebliches Geständnis gemacht hat. Ich hatte mich eingeschlichen in das Haus in der Bippenwaldstraße, weil ich das Gefühl hatte, da passiert gleich was. Und so war es dann auch. Meine Intuition ist nämlich nicht so schlecht, wie du immer behauptest. Also habe ich mir dieses Märchen angehört. Dummerweise hat sich der Herr Wildenhaus in allem geirrt, auch in der Todesursache. Nix Elektroschocker, Froschgift.

»Nur weil der Dinzinger das behauptet.« Moni wurde immer trotziger. »Nur weil du so eine Ampulle im Müll gefunden hast. Das kann doch alles uralt sein, was da drin liegt in dem Eimer, wer weiß. Wenn's der Wildenhaus doch zugibt, dann wird doch wohl was dran sein, das sagt doch niemand nur so. Und wenn du es sogar gehört hast, dass er es zugegeben hat, umso besser. Dann kannst du selbst bezeugen, dass Sibylle es nicht war. Was meine Achtsamkeit mir schon immer gesagt hat.«

»Lebst du eigentlich hinter dem Mond? Du kannst das doch nicht alles einfach so glauben. Männer erzählen schon mal Geschichten, wenn sie Frauen beeindrucken wollen. Und Wildenhaus will Sibylle beeindrucken, die ist seine kostbarste Trophäe, besser als Karin Sandmoser und Resi Wimmer zusammen. Jedenfalls wenn man Sex will, und der will Sex. Aber Sibylle wird der Typ langsam lästig, und da kommt ihr dieses *Geständnis* gerade recht.«

»Soso, Männer erzählen also Geschichten. Glaubst du wirklich, Frauen wie Sibylle oder ich würden nicht merken, was Wahrheit ist und was nicht? Als würden wir alles schlucken. Wer sagt mir denn, dass deine Geschichte mit dem Froschgift stimmt? Vielleicht willst du mich ja auch nur *beeindrucken*.«

»Du weißt natürlich immer alles besser«, blaffte Lollo zurück. »Deine innere Klangschale tönt ja ständig vor Mitgefühl. Aber immer nur mit anderen. Keine Ahnung, warum du dich für diese Sibylle so ins Zeug legst. Ich würde mir nur wünschen, du würdest mich mal so verteidigen wie die. Du störrischer bayerischer Esel!«

Was kam, war eine Lawine. Eine Lawine, die auf dem Wilden Kaiser in über zweitausend Meter Höhe Anlauf genommen hatte, mit voller Wucht in die Steilnerjochstraße gestürzt war und die Gestalt von Moni angenommen hatte. Moni war aufgestanden und trat vor Wut auf den Teppichboden ein. Vermutlich waren die Tritte für Lollo bestimmt. Sicher, sie stritten sich manchmal, aber so heftig hatte er Moni noch nie erlebt. Sie stellte sich vor ihn, bückte sich demonstrativ zu ihm hinunter, wie um ihm seine Winzigkeit vor Augen zu führen und schrie: »Um den Fluss des Lebens zu erfahren, braucht es ein Herz und eine Seele. Aber dir fehlt wirklich beides! Und noch viel mehr! Du ewiger Vorgestriger und Zugereister!«

Das traf Lollo mehr als jeder ihrer Tritte, so etwas hatte Moni noch nie zu ihm gesagt. Er wollte schon zurückschreien, als er hörte, dass einer noch lauter schrie, Max. Wenn Max das alles mitbekommen hatte, dann sicher auch Steinbergers in der Doppelhaushälfte nebenan. Das musste ein prima Hörspiel gewesen sein für die Nachbarn, ärgerte sich Lollo. Moni war zu Max ins Kinderzimmer gegangen.

»Armer Maxl, armer Bub, beruhig dich. Die Mama ist ja da, mein Kleiner.«

Wie zärtlich sie auf einmal sein konnte, sicher nur, um Lollo noch mehr zu bestrafen. Das könntest du auch haben, schien sie mit der übertriebenen Fürsorge für ihren Sohn ausdrücken zu wollen, aber nein, der Herr zieht es ja vor, Unschuldige, Heilige zu verdächtigen, um ihnen etwas nachzuweisen, was sie gar nicht gemacht haben konnten. Kampf oder Flucht, das war jetzt die Frage für Lollo. Wenn so eine Lawine kam, sollte man Schwimmbewegungen machen, das hatte er mal gehört. Aber mitschwimmen mit der Lawine hieße nur, sich noch weiter zu streiten. Sollte er nicht besser abhauen?

Er würde Moni eine Lektion erteilen, entschied Lollo, er würde radikal über alles nachdenken. Aber dazu brauchte er Ruhe. Abstand. Nichts wie raus. Lollo nahm in der Diele lautlos seine Lederjacke vom Haken. Die Schuhe aus dem Regal zog er erst draußen im Hausflur an, nachdem er ohne jegliches Geräusch die Wohnungstür geöffnet und wieder geschlossen hatte. Er ging extra nicht den üblichen Weg, weil er dann am Wohnzimmerfenster vorbeigekommen wäre, und da hätte Moni ihn sehen können. Und wenn Moni ihn nicht bemerkt hätte, dann sicher Wimmers auf der anderen Seite des Zauns. Um das zu verhindern, hätte er unter dem Fenster durchrobben und erst hinter der Hecke wieder aus der Deckung kommen müssen. Aber Lollo wollte sich jetzt nicht erniedrigen. Er nahm stattdessen die Gegenrichtung, stieg bei den Nachbarn auf der anderen Seite, bei Steinbergers, über den niedrigen Bretterzaun und verschwand, ohne von jemandem gesehen zu werden.

28

Wohin sollte er gehen? Zum Schaupenwirt? Waren nicht Gaststätten wie diese gerade für Männer in einer verzweifelten Lage wie seiner geschaffen worden? Männer, die keinen Trost fanden, nirgends, außer dort?

Nach dem wunderbaren Sonnenschein am Vortag war dies ein durch und durch grauer Maitag gewesen. Jetzt war fast alle Helligkeit verschwunden. Lollo blickte die Thierseestraße entlang zum Zahmen Kaiser hinauf. Da hatte sich das letzte Tageslicht gesammelt. Lollo hatte keine Ahnung, wie spät es war, weder seine Uhr noch sein Handy hatte er bei der überstürzten Flucht mitnehmen können. Und dann, er war schon beim Wehr, wo ein Kanal abzweigte vom Kieferbach, fiel ihm ein, dass Dienstag war. Ruhetag beim Schaupenwirt. Seine letzte Zuflucht hatte geschlossen. Er könnte sich in den Kieferbach stürzen. Zumindest hier am Wehr hatte der Bach so viel Fahrt aufgenommen, so wild stürzte er hinunter, dass es vielleicht reichen würde für den Tod. Der Tag starb, warum nicht auch Lollo? Und wenn er weiterlebte, zu wem sollte er gehen? Lollo kannte zwar viele in Kiefersfelden, aber er hatte keinen Freund. Keinen, an den er sich jetzt wenden könnte, der ihn anhören würde, der ihm zu trinken geben würde, mit dem er gemeinsam vergessen konnte. Er hatte nie geglaubt, dass er einmal in eine Situation geraten würde, in der er einen Freund brauchte. Er war schließlich verheiratet. Und nun?

Lollo lief einfach weiter, den schmalen Fußweg am Kanal entlang, der zum Schaupenwirt führte. Ein Ruhetag in der Woche, das war ja an sich auch in Ordnung. Aber musste es ausgerechnet heute sein?

Hatte er seine Hände bisher in den großen Taschen seiner schwarzen Cordhose gehabt, steckte er sie jetzt in die nicht weniger großen Taschen seiner Lederjacke. Augenblicklich zog er seine rechte Hand wieder heraus: Bello. Es war der kleine Bello, der Sohn des großen Bello, den Lollo in der Hand hatte. Der große Bello, der war jetzt zu Hause bei Max im Bett, der kleine Bello musste immer mal wieder mit in die Welt, wie Max das nannte. Der kleine Bello war Max' Ausgehhund geworden, denn der große Bello war gar nicht so viel kleiner als Max selbst. Lollo überlegte. Der kleine Bello, der musste seit Samstag in seiner Lederjacke hausen, seit der Observation von Resi und Wildenhaus. Max hatte darauf bestanden, ihn mitzunehmen, ihn dann aber vergessen.

»Du kommst genau richtig«, sagte er zu dem kleinen Hund mit Frotteeohren und Frotteepfoten, der nicht größer war als Lollos Hand. »Weißt du, ich habe nämlich keinen richtigen Freund, keinen, mit dem ich mich jetzt so unterhalten könnte wie mit dir. Der mir auch so zuhören könnte wie du. Wir gehen einfach zusammen zum Schaupenwirt und stören uns gar nicht daran, dass der zu hat.«

Nun, da Lollo einen Gesprächspartner hatte, fehlte ihm nur noch ein leichtes Betäubungsmittel. War es Glück, war es Erfahrung, war es das, was Lollos Lieblingslyriker Hölderlin *das Rettende* nennt, das überall dort wächst, wo Gefahr ist? Er war einfach schon zu oft den Pfad zum Schaupenwirt entlanggegangen, um nicht zu wissen, dass es drüben, auf der anderen Seite des schmalen Kanals, ein neu gebautes Häuschen gab, auf dessen Terrasse immer ein Kasten Bier stand. Immer, Sommer wie Winter, außer es fror. Gut, nach einem warmen Maitag würde das Bier jetzt nicht gerade gekühlt sein, aber immerhin gab es eins.

Lollo war froh, dass es jetzt fast ganz dunkel war. Er schlich über die kleine Brücke, die den Kanal kurz vor dem Schaupenwirt überquerte und hielt sich nah am Ufer. Es war kein Licht in dem Haus. Lollo wusste gar nicht, wer darin wohnte. Wichtig aber war jetzt nur, dass niemand da war. Er stieg über einen niedrigen Bretterzaun, haargenau der gleiche wie bei Steinbergers, duckte sich, schlich zur Terrasse und sah es. Es war das richtige Bier. Auch im Halbdunkel erkannte Lollo die rot-gelben Etiketten. Das war ein Kasten Flötzinger, in einer Situation wie dieser vielleicht noch besser als ein Boisei, einfach weil ein Helles heller war als ein dunkles Weißbier. Und Helligkeit und Klarheit, die wollte Lollo sich schließlich verschaffen. Wie sollte es weitergehen mit seinem Leben, um nichts Geringeres ging es.

Fast alle Flaschen in dem Kasten waren leer, nur zwei hatten noch einen Kronkorken drauf. Lollo nahm sie und versprach dem Kasten, die Flaschen ganz sicher wieder zurückzubringen, und zwar voll, nicht nur als Leergut. Als er am Ufer zurückschlich und die Brücke in die andere Richtung überquerte, zwickte ihn sein Gewissen. Dass es ausgerechnet die letzten beiden Flaschen waren. Was, wenn nachher jemand nach Hause kam und sie so dringend brauchte wie jetzt er? Aber er würde sie ja ersetzen, beruhigte Lollo sich.

Sollte er sich dahin setzen, wo er immer saß, an Tisch Nummer 37, unter die Kastanie, im äußersten Winkel des Biergartens? Wie oft war er hier glücklich gewesen, mit Moni und mit Max. Ob es je wieder so sein würde? Nein, entschied Lollo, Tisch Nummer 37 passte heute nicht, er ging ins Salettl, an einen Tisch, an dem er noch nie gesessen hatte. Schließlich wollte er sein Leben aus einer völlig neuen Perspektive betrachten. Mit der Handkante schlug er den Kronkorken des ersten Flötzinger an der Tischkante ab. Neben der Bierflasche platzierte Lollo den kleinen Bello. Der Hund saß vor ihm in einer Haltung, als würde er aufmerksam zuhören. Lollo konnte dem kleinen Bello sogar in die Augen sehen, da war noch ein wenig Restlicht. Lollo wusste, wo es herkam, dieses Restlicht, er hatte diese Lampe oft genug bewundert: Am Giebel des Salettls hing außen eine Energiesparlampe zwischen einem Hirschgeweih. Nie war sie wertvoller als jetzt, dachte Lollo und begann seine Klage.

»Warum nur, kleiner Bello?«

Lollo nahm einen ersten Schluck aus der Flasche. So also schmeckte warmes Flötzinger. Er konnte sich nicht erinnern, jemals warmes Flötzinger getrunken zu haben. Er nahm einen zweiten Schluck. Er wollte nicht undankbar sein, aber es fiel ihm schwer.

»Meine Frau beschimpft mich als Zugereisten, Bello. Kann es einen härter treffen? Wie soll man da keinen Krebs kriegen? Oder später mal Alzheimer, um das alles vergessen zu können. Kein Wunder, dass so viele Menschen Alzheimer bekommen, es gibt einfach zu viel zu vergessen.«

Der nächste Schluck ging schon besser runter. Und beim übernächsten hatte Lollo sich an das warme Bier gewöhnt. Warum nur hatte er so oft das Gefühl, dass sein Leben ihm nicht richtig passte? Wie eine schlecht sitzende Hose, mal rutschte ihm sein Leben über die Hüften, dann wieder kam er gar nicht erst in die Hosenbeine, so eng war alles. Und zu lang waren ihm Hosen ja ohnehin immer.

»Ach Bello«, seufzte Lollo auf, war aber sofort wieder still. Er hörte Schritte, die die Kaiser-Franz-Josef-Allee heraufkamen, Männerschritte, schwere Männerschritte, da ging es einem wie ihm. Ob Lollo ihn an den Tisch bitten sollte? Er müsste ihm dann aber die zweite Flasche Bier abgeben. Also blieb Lollo in der hintersten Ecke des Salettls sitzen. Diese Ecke war von außen kaum einsehbar, da hätte sich der vorbeigehende Mann schon umdrehen müssen. Tat er aber nicht. Die große, kräftige, gleichwohl gebückte Gestalt schritt an ihm vorüber, ohne etwas zu vermuten von dem, was sich hier im Salettl an einem Ruhetag abspielte. Lollo verfolgte den Mann mit den Augen. Er atmete aus, hielt den Atem aber sofort wieder an. Der Mann überquerte die Brücke, über die auch er vorhin gegangen war. Wenn das nun der Mann war, der sich auf seine letzten beiden Flaschen freute? Am Ende lebte er ganz allein in seinem Häuschen, weil es auch bei ihm Probleme gegeben hatte mit der Frau. Nein, Lollo weigerte sich, den Gedanken zu Ende zu denken.

»Weißt du, Bello, manchmal überlege ich, ob ich mich scheiden lassen soll. Vielleicht sind Moni und ich einfach zu verschieden. Moni hat für mich viel weniger Verständnis als für ihre Freundinnen. Sogar um ihre Pensionsgäste kümmert sie sich mehr als um mich. Falsch verstandene Achtsamkeit, wenn du mich fragst. Sie muss lernen, sich abzugrenzen, sagt sie immer. Aber warum muss sie denn ausgerechnet bei mir anfangen, Bello, kannst du mir das erklären? Alle anderen scheißt sie mit Liebe zu, nur mich nicht. Geht einfach zu ihren Wochenendkursen oder zu ihrem *Ovarienzirkel.* Und ich, wo bleibe ich?«

Lollo hatte die erste Flasche fast leer getrunken. Er hielt sie vor seine Augen und schüttelte sie. Eine kleine Neige war noch darin. Wie wenig Licht es doch brauchte, wenn man sich einmal an die Dunkelheit gewöhnt hatte. Lollo würde sein bisschen Restleben im Dämmer verbringen.

»Aber wie wird das Leben für mich sein, nach der Scheidung? Ich schätze, ich nehme mir dann eine Dachmansarde in

Rosenheim. Oder in München. Ich trinke schon am Vormittag Bier zum Frühstück. Dabei habe ich schon die ganze Nacht getrunken. Vielleicht fange ich auch wieder an zu rauchen. Schwarzer Krauser. Ich werde nur noch Haut und Knochen sein. Das kann sie sich dann anschauen und das Heulen und Zähneklappern kriegen, was sie da mit mir angestellt hat. Alles deine Schuld, Moni, werde ich sagen. Du hast mich fertiggemacht, wegen dir kann ich nicht mehr arbeiten, ich bin am Ende. So soll mich der Max gar nicht sehen, er soll seinen Vater in guter Erinnerung behalten. Eines Tages wird er groß und verständig genug sein, dass er versteht, wie übel seine Mutter mir mitgespielt hat. Aber vielleicht ist er auch ganz froh, mich los zu sein. Vielleicht kämpft er gar nicht um seinen Vater, weil er so seinen ärgsten Rivalen um die Gunst der Mutter ganz locker loswird. Der will mich doch eh nur umbringen. Dann hat er die Alte ganz für sich allein. Dann braucht er auch dich nicht mehr, mein kleiner Bello, dann braucht er nämlich kein Kuscheltier mehr, dann hat er ja die Mama. So werden wir beide gleich nutzlos sein.«

Lollo öffnete die zweite Flasche an der Tischkante. Mittlerweile schmeckte ihm das warme Bier sogar. Vielleicht würde er sich ja auch daran gewöhnen, wieder als Alleinstehender zu leben. »Dabei, ich bin jetzt schon ein Alleinstehender, Bello«, fuhr Lollo fort. »Oder genauer, ein Alleinsitzender. Nur gut, dass du da bist, kleiner Bello. Vielen Dank für deine Gesellschaft. Ich weiß das zu schätzen.«

Lollo kraulte den kleinen Hund hinter seinen Frotteeohren. »Wahre Liebe gibt es wahrscheinlich nur im Verhältnis zwischen Mensch und Tier«, sagte er. »Ich beneide dich. Du hast gar keine Probleme. Jedenfalls keine Figurprobleme. Bei mir kommt das noch obendrauf, zu allem anderen. Kennst du das Gefühl, wenn du im Auto den Sicherheitsgurt aufmachst, und der Gurt hat sich so in die Falte unter dem Bauch eingegraben, dass du ihn kaum rauskriegst? Nein? Sei froh!«

Zügig trank Lollo die zweite Flasche aus. Es ging Lollo jetzt eindeutig besser, was nicht am Bier lag, sondern an Bello. Bello hatte ihm so gut zugehört, dass die Quelle seiner Klage versiegt war. Und auch das Flötzinger war leer. Alles alle. Was direkt zum nächsten Problem führte: Was sollte er mit den beiden Flaschen machen? Zurückbringen? Am Ende war das da vorhin wirklich der Hausbesitzer gewesen. Außerdem war fraglich, ob es Lollo noch einmal gelänge, sich so leise anzuschleichen. Aber hier stehen lassen konnte er die beiden Flaschen auch schlecht.

»Komm Bello, wir gehen«, sagte Lollo, stand auf und bettete den kleinen Hund behutsam in seine Jackentasche. Die beiden leeren Flaschen nahm er in die rechte Hand. Beim Verlassen des Salettls fielen ihm die Geweihe auf, die über dem Eingang hingen. »Du bist betrunken«, sagte er zu sich, nahm einen Stuhl und stellte sich darauf. Einmal mehr verfluchte Lollo seine mangelnde Körpergröße. Er musste sich auf die Zehenspitzen stellen, um die beiden Bierflaschen umgedreht auf die Enden eines besonders großen Geweihs zu stecken. In einer Flasche war noch was drin, und das spritzte Lollo ins Gesicht.

Lollo ging wie von selbst, ohne dass er seine Schritte lenkte. Einfach so. Was war das Schönste am Leben mit Max und Moni gewesen, fragte er sich. Was von allem würde er am meisten vermissen? Was genau? Max' kleine warme Hand in seiner großen kalten, wenn sie zusammen spazieren gingen, das würde ihm fehlen. Oder wie Moni ihn im Nacken kraulte, wenn er frisch vom Friseur kam. Eine solche Frau würde er nie wieder finden. Und wie konnte man einen solchen Jungen im Stich lassen? Das größte Geschenk, das er je im Leben bekommen hatte. Lollo kam sich vor wie ein Esel. Ein Esel, der seinen Heimweg kannte. Der Sportplatz, der Kanal, das Wehr, die Häuser in der Marblingstraße, die Häuser in der Thierseestraße, die Häuser in der Steilnerjochstraße. Was erwartete ihn? Das Allerschlimmste? Das Ende?

Als Lollo die Einfahrt hinaufschlich, ging das Licht an der Garage an. Der Bewegungsmelder. Lollo war geblendet. Er blieb kurz stehen, um sich an die Helligkeit zu gewöhnen. Mit zusammengekniffenen Augen bog er um die Ecke, zog den Schlüssel aus der Tasche und wollte aufschließen. Die Haustür war aber schon offen. Moni stand in der Tür und sah ihn an mit einer Mischung aus Angst und Erleichterung.

»Lollo, es tut mir leid.« Sie schob ihre Unterlippe hoch, ihr Kinn zitterte. Er senkte den Kopf wie ein Kind, das sich schämt.

»Moni, ich bin ein Depp.«

Mit ihren wunderbar weichen Händen berührte sie Lollos Wangen, richtete seinen Kopf etwas auf und küsste ihn zärtlich auf die Lippen. Lollo küsste zurück und umarmte seine Frau ganz vorsichtig. Sie küssten sich so lange, bis die Zeitschaltuhr das Licht im Hausflur löschte. Die Dunkelheit ließ sie flüstern.

»Vielleicht hattest du recht«, sagte Moni. »Mit der Sibylle und dem Wildenhaus.« Ihre Bestätigung machte Lollo sofort unsicher.

»Ich kann mich ja auch mal irren«, erwiderte er. »Nur, der Wildenhaus, der kann es einfach nicht gewesen sein. Ich bin sein Alibi. Aber ich hab noch eine Idee, wen ich morgen besuchen werde. Und dann sehen wir weiter.«

Arm in Arm gingen sie in ihre Wohnung. Das heißt, sie wollten, aber nebeneinander passten sie nicht durch die Tür. Dabei wäre das so ein schöner Schluss gewesen, dachte Lollo, schloss die Haustür und küsste seine Frau auf den Hinterkopf.

29

Er war in die Hocke gegangen, um möglichst dicht an der Wasseroberfläche zu sein. Das Wasser kam ihm vor wie eine sich sanft bewegende Hügellandschaft. Wie gleichmäßig sich das Wasser hob und senkte. Er versuchte, nichts anderes zu sehen als dieses Auf und Ab, versuchte zu erkennen, ob das Auf genauso hoch war wie das Ab tief. Ob alles sich ausglich am Ende?

Seine Hand fuhr in die Jackentasche und zog eine Plastikente heraus. Mit Trachtenhut, Lederhose und der Zahl 1860 unter dem Löwenwappen auf jedem Flügel. Behutsam setzte er die Ente auf das Wasser. Sie schaukelte, sie nickte, sie drehte sich im Kreis. Langsam, sehr langsam begab sie sich auf die Reise durch das Schwimmbecken. Waren diese Bewegungen zu berechnen, oder war alles Zufall?

Er sah den dreibeinigen Hocker. Und das schwarze Kofferradio mit den Farbsprengseln. Er schob die Antenne zusammen, klappte sie um und stellte das Kofferradio auf die braun gemusterten Bodenfliesen. Dann setzte er sich auf den Hocker und wartete. Der Chlorgeruch stieg ihm in die Nase. Er liebte diesen Geruch nach chemischer Sauberkeit. Bis vor Kurzem hatte er regelmäßig in der Olympia-Schwimmhalle seine Bahnen gezogen. Er war kein Wettkampfschwimmer, aber er konnte Tempo machen. Wobei, es ihm gar nicht um die Schnelligkeit ging, sondern um den Widerstand, den er im Wasser spürte. Wie sein Körper sich gegen das Wasser durchsetzen musste. Einmal hatte er sich mit dem Rasierapparat die Haare an Brust und Beinen wegrasiert. Er hatte gelesen, dass die Rasur das Gespür fürs Wasser bei Schwimmern steigere. Dass die aufgeraute, ungeschützte Haut das Wasser noch näher an den Körper herankommen lasse, dass jeder Schwimmzug mit einem leichten Schmerz verbunden sei, der den Sportler zu Höchstleistungen antreibe. Als er ins Becken gesprungen war, hatte er das Gefühl gehabt, dass das Wasser auf seiner Haut brannte wie Feuer. Vielleicht war es auch das Chlor gewesen, vielleicht hatte er den Rasierapparat vorher zu hart über seine Haut gezogen. Er hatte es nie wieder gemacht.

Sein Magen knurrte. Er hatte noch nicht gefrühstückt. Vielleicht kaufte sie ja gerade Brötchen. Er blickte auf seine Armbanduhr. Wieder hatte er das Gefühl, dass die Zeit stillstand. Seit Sandmoser tot war, stand die Zeit still. Überhaupt alles stand still. Nichts rührte sich mehr in ihm. Als wäre ein Sturm zur Ruhe gekommen. Er war nicht mehr so aufbrausend, aber auch nicht mehr so voller Tatendrang. Er war apathisch geworden. Seine regelmäßigste Aktivität war noch der Blick auf die Uhr. Aber immer wieder hatte er den Eindruck, dass sich die Zeiger nicht mehr bewegten. Das beunruhigte ihn: Er konnte das Fortschreiten der Zeit nicht mehr erkennen, so genau er die Zeiger auch beobachtete. Dass die Zeiger sich bewegten, war nur ein Wissen und kein Empfinden mehr.

Das hatte er auch als Kind getan, so intensiv auf die Uhr geschaut. Damals wartete er darauf, dass sein Vater zurückkäme. Deshalb sah er auf die Uhr. Aber sein Vater kam nicht zurück, so ausdauernd er auch wartete. Nur seine Mutter, aber das war nicht das Gleiche. Er ging noch gar nicht zur Schule, aber die Uhr konnte er schon lesen. Er hatte sich den roten Wecker seines Vaters von dessen Nachttisch genommen. Der Vater brauchte ihn ja nicht mehr. Der Wecker hatte sogar einen Sekundenzeiger. Daran konnte er das Fortschreiten der Zeit erkennen. Und er hörte es. Dieses Ticken der Uhr, das war das Geräusch seiner Kindheit gewesen. Wenn er das Ticken der Uhr hörte, fühlte er sich seinem Vater nah. Als würde sein Vater dieses Geräusch machen, um mit ihm in Verbindung zu bleiben. Als wäre er es, der heimlich und sacht die Zeiger voranschob.

Eine Autotür schlug zu. War sie das? Sollte er ihr entgegengehen? Würde sie ihn hier finden? Sie musste sein Auto vor der Tür gesehen haben. Er vernahm ihre schnellen Schritte, hörte, wie sie die Haustür aufschloss.

»Philipp!«, rief sie ins Haus.

Er antwortete nicht. Aber er hatte auch nicht mehr die Ruhe, weiter auf dem Hocker zu sitzen. Er stand auf und ging am Beckenrand entlang. Seine Schritte mussten zu hören sein. Ihre kamen schnell näher. Sie riss die schwere Holztür auf.

»Philipp!« Sie war völlig außer Atem. Sie hatte ihren Mantel und ihre Schuhe noch an, nur die Handtasche hatte sie abgelegt. Ihre Augen waren weit aufgerissen vor Schreck, als hätte sie einen Einbrecher mit einer Pistole vor sich. Als wäre ihr Leben von ihm bedroht.

»Wie bist du hier hereingekommen?« Sie hatte kaum genug Luft, um zu sprechen.

»So wie du«, erwiderte Philipp ruhig. »Ich habe aufgeschlossen und bin reingegangen.« Er war groß, schlank, trug seinen Vollbart immer gleich kurz. Als würden die Barthaare gar nicht wachsen. Vor allem aber, und das versetzte Sibylle einen Stich, war er Harald so unglaublich ähnlich. Die tiefliegenden Augen, der spöttische Zug um den Mund, die Verachtung, die aus seinem ganzen Gesicht sprach. Harald. Sie wurde ihn einfach nicht los.

»Seit wann hast du einen Schlüssel? Bist du wahnsinnig, das Auto vor der Tür abzustellen? Fahr das sofort weg. Was ist das für ein Schlüssel, den du da hast?«

Philipp stand da, als könnte ihn nichts erschüttern. Er hatte seine Hände in die Taschen seines Lederblousons gesteckt und musterte seine Mutter, sagte aber nichts. Erst als er sich zum Schwimmbecken umdrehte, begann er zu sprechen.

»Wie war das, als du ihn gefunden hast? Warst du zufrieden?«

Sie ging einen Schritt auf ihn zu. Es war ihr gelungen, sich zu beruhigen. Sie hatte das gelernt, ihre Gefühle zu beherrschen, es hatte lange gedauert, aber irgendwann hatte sie es geschafft. Ein Bild half ihr. Wenn Sibylle sich zur Herrscherin über ihre Gefühle machen wollte, dann stellte sie sich vor, tot zu sein. Kalt. Starr. Als würde sie jetzt tot im Wasser treiben. Wer tot ist, regt sich nicht auf. Sibylle blickte auf die schaukelnde Wasseroberfläche, aber ihr Blick war wie beschlagen, als würde sie eine Brille tragen. Sie versuchte, ihren Sohn nicht als Bedrohung zu empfinden. Er war so ruhig, das kannte sie gar nicht an ihm. Aber gerade das beunruhigte sie noch mehr als sein übliches Aufbrausen. Sie hätte jetzt gern eine Zigarette geraucht, so tot war sie noch nicht.

»Er lag im Wasser. Der Jenner sagt, es war ein Herzanfall, ein Stillstand.«

»Hast du ihm vorher was gespritzt?«, fragte Philipp, ohne sie anzusehen. Sibylle erschrak. Im Gegenlicht, das durch die große helle Fensterfront fiel, erkannte sie nur seine Umrisse.

»Woher weißt du das?«

»Diclofenac?«

»Ja, wie immer, gegen seine Rückenschmerzen. Woher weißt du das alles?«

»In großen Zeitabständen telefonieren wir miteinander, du meine abwesende Mutter. Und ich erinnere mich, dass wir uns sogar schon einmal getroffen haben. Ich habe ein gutes

Gedächtnis. Ich weiß noch, was du mir alles erzählt hast. Außerdem, dass so einer wie Sandmoser Rückenschmerzen hatte, kann man sich denken. Er war einfach zu fett. So viel Fett kann kein Rücken tragen.«

»Er hatte einen Bandscheibenvorfall.«

»Ich weiß, auch das hast du mir erzählt. Aber anstatt ihm seine restlichen Lendenwirbel so zu verdrehen, dass er wenigstens querschnittgelähmt war, hast du ihm zur Feier seiner Genesung noch einen runtergeholt.«

»Philipp!« Sie packte ihn bei den Armen und drehte ihn zu sich herum. Sie war viel kleiner als er und schaute zu ihm auf wie zu einem Mast. Da er aber immer noch im Gegenlicht stand, konnte sie in seinem Gesicht, in seinen Augen zu wenig lesen.

»Und morgen steigt wohl die große Beerdigungsparty«, sagte Philipp schneidend.

»Und ich will nicht, dass du kommst. Ist das klar, Philipp? Ich will nicht, dass du kommst!« Sie wurde laut.

»Pech für dich. Ich komme. Ganz sicher, todsicher.«

Er war wie eine Mauer, dagegen kam sie nicht an. Sie musste um die Mauer herum. Sie musste auf einem anderen Weg versuchen, dass er Vernunft annahm. Ihr würde schon etwas einfallen. Sie musste nur Zeit gewinnen.

»Du fährst jetzt den Duster sofort in die Garage«, befahl sie. »Ich habe auf der Straße geparkt. Die mittlere Garage ist offen. Fahr rein, und mach sie gut wieder zu. Dann kommst du zurück, und wir reden weiter.«

Sie hatte auf einmal in einem ganz anderen Ton mit ihrem Sohn gesprochen, klar, kalt, befehlend. Philipp gefiel das, er mochte das, wenn sie so bestimmt war, da spürte er einen Widerstand, und das tat ihm gut.

»Wo kommt die Ente her, wo kommt diese verfluchte Ente her?«, schrie Sibylle plötzlich. Sie hatte schon ein paar Schritte in Richtung Tür gemacht, sich aber dann noch einmal zu Philipp umgewandt. Da erst war ihr etwas im Wasser aufgefallen. Philipp wunderte sich, dass seine Mutter die Ente nicht früher bemerkt hatte. Er hatte sie die ganze Zeit verfolgt, wie sie ganz dem Zufall überlassen, ohne eigenes Wollen durch das Schwimmbecken getrieben war. Diese Enten waren fast schon ein Teil von ihm geworden.

»Hol sie da raus! Sofort! Immer diese verfluchten Enten!« Sibylle war außer sich. Mit Stakkatoschritten kam sie wieder näher.

»Die ist mitten im Pool«, antwortete Philipp, ohne sich zu bewegen. »Da müssen wir schon warten, bis sie näher kommt. So kommen wir da nicht dran. Aber was regst du dich so auf? Die Enten kennst du doch, das sind unsere Werbegeschenke.«

»Eben weil ich sie kenne. Am Samstag, als ich nach Hause kam, da trieb nicht nur der tote Luggi im Pool, sondern auch eine von deinen Scheißenten. Wie kam die da rein, frag ich dich? Der Luggi nimmt sicher keine Sechziger-Ente mit ins Becken. Und dann ist sie auf einmal weg, die Ente, und ich zweifle schon an meinem Verstand, und einen Tag später hat der Bub von den Uhls genauso eine Ente in der Hand, mit 1860 auf den Flügeln. Ich hab mich zu Tode erschrocken.«

»Na und? Das ist ein Massenartikel. Weiß der Himmel, wo der Junge die herhat.«

»Diese Enten sind mir noch nie woanders begegnet als bei dir.«

»Du kriegst sie überall, auch übers Internet. Zuerst dachte ich ja auch, der Haderer spinnt, als er uns gesagt hat, jeder Kunde bekommt so eine Ente geschenkt, wenn er was kauft. Und dabei steht da nicht mal *Zoo Haderer* drauf, da ist nur das Löwen-Logo auf den Flügeln. Jedenfalls glaubt der Alte, dass er so was für seine geliebten Sechziger tut und für seinen Laden. Der ist total überzeugt von dem Werbeeffekt. Ich hab mich mittlerweile so an die Viecher gewöhnt, dass ich immer eins dabei habe.«

»Schluss jetzt mit diesen Scheißenten. Was soll das? Die gehören alle auf den Müll. Jedes Mal, wenn wir uns sehen, bringst du diesen Mist mit. Schau mich an, Philipp. Warst du am Samstag hier? Seit wann hast du einen Schlüssel? Wie bist du da drangekommen? Was hast du getan?«

Philipp verschränkte seine Arme vor der Brust. »Das sind jetzt sehr viele Fragen auf einmal. Aber ich erzähl dir, wie's war: Ich hab dem Sandmoser so eine Sechziger-Ente vor die Nase gehalten, und da hat sich der alte Bayern-Fan so aufgeregt, dass er einen Herzanfall bekommen hat. Sagtest du das nicht, Herzstillstand? Da war's aus mit ihm, und ich war zufrieden. Wie im Märchen war das, der Böse stirbt, und Schluss ist.«

»Hör auf damit, hör auf! Du bist genauso zynisch wie dein Vater.« Ihre Hände umklammerten seine Schultern. Er blieb ungerührt stehen.

»Kann eben nicht jeder so ein umgänglicher, verständnisvoller Typ sein wie der Sandmoser, der so gut auf dich eingegangen ist«, sagte Philipp mit aller Verachtung, zu der er fähig war.

»Philipp, bitte, hör auf, bitte!« In ihrer Verzweiflung umarmte Sibylle jetzt ihren Sohn. Sie wusste nicht weiter. Sie machte sich noch kleiner, als sie war, und blickte zu ihm auf. »Sag mir, wo warst du am Samstag? Hier?«

»Und noch mehr Fragen.« Philipp sah auf seine Mutter herab. »Dass du dich so für mich interessierst, das ist neu. Dabei vergisst du doch gern mal was. Oder jemanden. Deinen Mann hattest du ja auch ganz schnell vergessen, deinen richtigen Mann.«

»Das stimmt nicht, woher willst du das wissen? Du warst erst vier, als Harald gestorben ist. Du hast keine Ahnung, wie das war damals für mich.« Sibylle löste ihre Umarmung, es war am Schluss mehr ein Festhalten gewesen. Ohne Halt stand sie da am Beckenrand, war ratlos, zu keiner Bewegung fähig. Schließlich zog sie ihren Mantel aus, den sie die ganze Zeit über trotz der Wärme im Schwimmbad anbehalten hatte, und legte ihn auf den Boden wie eine Decke. Sie setzte sich darauf, machte sich ganz klein, presste ihre Oberschenkel an die Brust und umfasste ihre Beine mit den Armen. Wie ein trauriges Kind wirkte sie. Sie blickte aus der Glasfront ins Unendliche. Philipp kam einen Schritt näher. Er wartete lange, dass sie etwas sagte. Aber sie schwieg beharrlich. Schließlich hörte er sich selber sprechen.

»Hast du eine Ahnung, wie das *für mich* war? Du hast nicht mal den Mut gehabt, mir die Wahrheit zu erzählen. Du hast immer nur gesagt, der Papa, der macht eine große Tour. Eine ganz große. Da werden wir lange warten müssen. Das hast du zu mir gesagt. Tausend Mal. Du hast gelogen, du hast mich jahrelang angelogen. Wenn ich heute daran zurückdenke, habe ich das Gefühl, dass ich meine ganze Kindheit lang gewartet habe, auf ihn.«

Während er sprach, hatte Sibylle Philipps Blick im Nacken gespürt. Sie löste die Umklammerung ihrer Beine, tastete mit einer Hand nach ihrem Sohn und zog ihn zu sich hinunter auf den ausgebreiteten Mantel. Sein Gesicht hatte sich verändert. Sein Spott war weg. Sein Spiel. Seine Maske. Sie sah ihm in die Augen.

»Philipp, wie sollte ich dir denn erzählen, was wirklich geschehen war? Du warst ein Kind, und ich habe es doch selbst kaum ausgehalten. Wir hatten uns fast schon getrennt, Harald und ich. Er war doch nie da, ich war immer allein mit dir. Ich bin nicht gemacht fürs Alleinsein, ich konnte nicht länger, ich wollte das nicht länger. Wir hatten uns gestritten vor seiner letzten Fahrt, schrecklich gestritten. Ich habe ihm gesagt, ich wünschte, dass ich ihn nie getroffen hätte, dass ich ihn nie geheiratet hätte. Und, ich gebe es zu, Philipp, ich habe ihm gesagt, ich wünschte, dass ich nie ein Kind von ihm bekommen hätte. Das waren meine letzten Worte. Dann fährt er und kommt nicht mehr zurück. Das war das Letzte, was ich zu ihm gesagt habe, bevor er gestorben ist: Ich wünschte, ich hätte nie ein Kind von ihm bekommen. Im ersten Moment, als mich die Polizei anrief und mir mitteilte, dass er tot ist, da dachte ich, das war gar kein Unfall, der ist mit Absicht da reingefahren, ungebremst, mit voller Wucht auf den Sattelschlepper vor ihm. Sie haben mir nicht einmal erspart, ihn zu identifizieren. Ich habe im Krankenhaus vieles erlebt, aber so einen Haufen Fleisch mit lauter gebrochenen Knochen drin, habe ich noch nie gesehen. Wenn ich ehrlich bin, hatte ich sofort das Gefühl, dass das seine Rache war an mir. Dass er sich umgebracht hat, um mich zu bestrafen. Dafür, dass ich ihn verlassen wollte. Dafür, dass ich das gesagt hatte. Du hast so oft nach deinem Vater gefragt, Philipp. Und jedes Mal, wenn du gefragt hast, stand mir dieses Bild von ihm vor Augen, diese unförmige Masse aus Fleisch und Knochen. Harald hatte gar kein Gesicht mehr. Auch später, wenn ich versuchte, mich an ihn zu erinnern, schaffte ich es nicht mehr, mir sein Gesicht vorzustellen. Da war kein Gesicht mehr, da war nur noch Schmerz. Jedes Mal, wenn ich an ihn denken musste, jedes Mal, wenn du gefragt hast, war es, als würde ein Messer aufklappen in meinem Körper. Es tat so weh. Ich musste dich belügen, Philipp, versteh mich, ich hätte es nicht ausgehalten sonst.«

Philipp hatte die Augen geschlossen. Seine Mutter sollte nicht in ihn hineinsehen können. Er sprach ganz ruhig und doch voller Erregung. »Mein Vater war kein Selbstmörder. Niemals. Wie kann er sich umbringen, wenn er einen Sohn hat?«

Philipp öffnete die Augen wieder. Sein Blick war eine Anklage: »Nein, der Sandmoser war's, der Sandmoser, kein anderer! Der hat ihn in den Tod geschickt. Der Mann, zu dem du dich ins Bett gelegt hast. Er wusste, wer du warst, stimmt's? Ich wette, es war ein Triumph für ihn, dich zu ficken.«

Philipp sah seine Mutter hasserfüllt an. Er hatte alles ausgesprochen, was in ihm war, er war auf dem Boden seiner Überzeugungen angekommen. Philipp war nicht mehr in der Lage, etwas oder jemanden zu spielen. Das jetzt war er. Länger hielt er es kaum aus.

»Wir sehen uns morgen bei der Beerdigung«, sagte Philipp. »Ich will zuschauen, wie er unter die Erde kommt.«

Er stand langsam auf und ging, ohne ein weiteres Wort zu verlieren.

Sibylle hörte die sich entfernenden Schritte, die durch das Haus hallten. Starr vor Angst begann sie zu flüstern, wie an dem Abend, an dem sie das Testament gefunden hatte. »Das verstehst du nicht, Philipp.« Es machte ihr Mut, ihre eigene Stimme zu hören. Es spielte keine Rolle, dass niemand anderes sie hören konnte. So wie Philipp war auch sie ganz unten angekommen, am Fundament ihres Lebens. »Das war meine Chance, Philipp, das mit dem Sandmoser. Glaub mir, das war meine Chance, ins Leben zurückzufinden. Meine letzte Chance, auf die andere Seite zu kommen. Auf die Seite, wo die Lebendigen leben. Und jetzt sind alle tot, der Harald und der Luggi – und ich auch. Alle gleich tot.«

30

Der Leitner Siegi sah aus wie ein Riese, groß, mächtig, mit einem karierten Hemd und Hosenträgern, die er vielleicht einst in seiner Autowerkstatt als Hebebühnenersatz eingesetzt hatte, damals, als der Siegi noch Autos reparierte, bevor er in Rente gegangen war. Er lebte immer noch im selben Haus, über der Werkstatt. In der standen aber keine Autos mehr, sondern nur seine fachmännisch restaurierten Motorräder. Nachkriegsmodelle, mit Beiwagen und ohne, Maschinen von BMW, von Horex, sogar eine Regina. Manchmal, im Sommer, fuhr er sie noch aus. So um die achtzig musste er sein, der Leitner Siegi, schätzte Lollo. Er wirkte noch so kräftig, als könne er mit der Linken ein Motorrad stemmen, und so feinfühlig, als könne er gleichzeitig mit der Rechten eine winzig kleine Schraube in den Motor hineindrehen.

»Magst a leichte Weiße?«, fragte er Lollo.

Es war zwar erst Mittag, aber Lollo fühlte sich nach dem Drama mit Moni vom Vorabend noch ein wenig wackelig im Gemüt, und so nickte er. War ja nur eine leichte Weiße. Erst vor ein paar Tagen hatte er am Egelseeweg, ein paar Häuser weiter, beim Dinzinger Albert, seine letzte leichte Weiße getrunken.

Der Egelseeweg schien das Zentrum dieser Art von Getränk zu sein.

Sie saßen in einem kleinen Raum hinter der Werkstatt. Das heißt, so klein war der Raum gar nicht, aber so vollgestopft mit Schränken, Kisten und anderem Zeugs, dass gerade noch ein Kasten Bier, zwei Stühle und ein Bierkrug hineinpassten, aber kein Tisch.

Was aber den meisten Platz beanspruchte, das waren Krippen. Und deshalb war Lollo hier. Der Leitner Siegi war in Kiefersfelden bekannt als Krippenbauer, der seine Werke zur Weihnachtszeit ausstellte, wenn es wieder Zeit war für den Kieferer Krippenweg und die Geschäfte im Ort ihre Schaufenster freiräumten. Auch die große Krippe oben in der Kapelle auf dem Bergfriedhof war nicht zuletzt sein Werk. Hier jedoch, in einem Nebenraum seiner Autowerkstatt, an einem grauen, aber warmen Maitag, sahen die Krippen weit weniger heilig aus. Dicht an dicht standen sie, wie bei Sandmoser in der Garage. Und einige der Krippen ähnelten sogar denen vom Sandmoser. Die riesige orientalische Krippe, in der unter Palmen das Jesuskind lag, hatte Lollo die nicht gestern schon gesehen? Oder die mit dem Elefanten neben dem Stall. Da war leibhaftig ein Elefant, aber keine der anderen Figuren beachtete ihn, alle blickten auf das Kindlein. An der Wand darüber hing in einem breiten Holzrahmen eine Krippe, die aussah wie ein Gemälde, wie ein lebendiges Bild, aus dem Stall, Tiere und Menschen herauswuchsen. Der einzige Unterschied zu Sandmosers Sammlung war, dass es bayerische Krippen hier nicht gab.

»Wahnsinn«, sagte Lollo nur. Etwas Besseres fiel ihm nicht ein.

Siegi schien das nicht zu hören. Er beklagte sich, dass er nur einen kleinen Krug, aber kein Weißbierglas habe hier unten. Während Siegi sorgfältig einschenkte, bewunderte Lollo die Lichtkonstruktion über ihm. Eine Latte lag oben auf einem

Kleiderschrank und ragte schräg in den Raum. Daran waren zwei bewegliche Halogenspots angebracht, die auf zwei der Krippen gerichtet waren. Das Kunstlicht der beiden Lampen focht einen stillen Kampf mit dem grauen Tageslicht, das durch ein vergittertes Fenster kam. Der Leitner war nicht gerade gesprächig, Lollo musste auf den richtigen Zeitpunkt warten, um nach Sandmosers Krippen zu fragen. Er betrachtete noch einmal Siegis Sammlung.

Diese vielen, nebeneinander, übereinander, durcheinander stehenden Krippen, so kunstvoll sie im Einzelnen gearbeitet waren, ließen in Lollo Zweifel aufkommen. Wie war es denn nun wirklich gewesen, damals in Bethlehem? Welche Details stimmten? War damals ein Elefant dabei, oder nicht? Letztlich war die Geschichte, die die Krippen erzählten, immer die gleiche, die Geschichte einer von Anfang bis Ende recht ungewöhnlichen Geburt. Aber was war die Wahrheit, die ursprüngliche Wahrheit, und was war dazu erfunden, ausgeschmückt oder als Krippe gut gebaut? Kann man die eine Ur-Wahrheit überhaupt herausbekommen, fragte sich Lollo, ob nun bei Christi Geburt oder bei Sandmosers Tod?

»Prost«, sagte Siegi, als er endlich mit Einschenken fertig war. Er selbst trank nichts. Das scheint so üblich zu sein im Egelseeweg, dachte Lollo, dass man bei einer leichten Weißen nicht mittrinkt, denn auch der Dinzinger hatte nicht mitgetrunken. Das heißt, wenn Lollo sich genau erinnerte, hatte er nur keine leichte Weiße mitgetrunken, die gehaltvolleren Sachen hinterher schon.

»Kennst du eigentlich den Dinzinger Albert?«, fragte Lollo.

»Wohnt da drüben«, sagte Siegi und nickte hinüber. »Ist aber auch nicht von hier.«

»Aus Regensburg kommt er«, entgegnete Lollo. »Der ist weniger weit zugereist als ich.«

»Da siehst du, wie tolerant ich zu dir bin«, meinte Siegi. »Keine Spur von Fremdenfeindlichkeit. Aber aus dir hat die Moni ja auch halbwegs einen Menschen gemacht.«

»Ich werd's weitergeben, das Kompliment«, erwiderte Lollo und nahm einen Schluck. Wahrscheinlich hatte Siegi sogar recht. Wie hatte er nur am Vorabend daran denken können, diese Frau zu verlassen? Wie schön es gewesen war, sich wieder zu versöhnen. Schade, dachte Lollo, dass man sich erst streiten muss, wenn man sich versöhnen will.

»Was anderes«, sagte Lollo. »Du baust doch Krippen.«

»Einem Detektiv kann man einfach nichts vormachen.« Siegi blickte bewundernd auf seine gesammelten Werke. Wie ein Maler in seinem Atelier. Lollo bemühte sich, den Faden wiederaufzunehmen.

»Und der Sandmoser, der hatte doch auch Krippen.«

»Woher weißt du das?«, fragte Siegi und legte seine mächtige Stirn in Falten. So müssen sich seinerzeit die Alpen aufgefaltet haben, dachte Lollo, sagte aber nur knapp: »Detektiv eben. Aber selbst Detektive wissen nicht alles. Wie gut kanntest du den Sandmoser?«

»Was geht dich das an?«, sagte der Leitner, und die Alpen auf seiner Stirn wurden noch höher. Lollo trank erst mal einen Schluck, um Zeit zu gewinnen. Das war jetzt ein kritischer Punkt, er brauchte eine Idee. Lollos Blick fiel auf eine Mauer der großen orientalischen Krippe. Sie war aufgeschichtet aus flachen Kieselsteinen. Genau diese Krippe, genau diese Art Mauer hatte er gestern Nachmittag auch in Sandmosers Garage gesehen.

»Du hast dem Sandmoser das beigebracht mit den Krippen, stimmt's?« Lollo war sicher, ins Schwarze getroffen zu haben, aber der Leitner verschränkte nur die Arme vor seinem mächtigen Körper. Lollo musste ihn ans Erzählen kriegen. Lob ihn, sagte er sich.

»Einen besseren Lehrmeister als dich konnte er ja auch nicht haben«, meinte Lollo. Siegi entspannte sich.

»Aber das bleibt unter uns«, sagte der Leitner, »das weiß niemand.« Lollo nickte, und Siegi schlug mit der rechten Hand auf seinen Oberschenkel wie auf einen Amboss. »Das war ein harter Hund, der Luggi. So was von unbegabt. Ich hab gesagt: ›Luggi, lass es, das packst du nicht‹, aber er wollte nicht aufgeben, er wollte es unbedingt. Und nach Ewigkeiten, vielleicht nach einem Jahr, ich weiß nicht mehr, ich hätte längst alles zusammengehauen, irgendwann hatte er die erste geschafft. Die erste, die einem nicht die Tränen in die Augen trieb.«

»Aber warum? Warum wollte er das unbedingt? Wenn es ihm so schwergefallen ist? Er hätte sich doch einfach welche kaufen können, Geld war doch nicht sein Problem.«

Siegi sagte lange nichts. Er schien zu überlegen, ob er antworten sollte.

»Siegi, der Sandmoser ist tot«, ermutigte ihn Lollo. »Morgen ist seine Beerdigung. Niemand erfährt, was du mir anvertraust, Ehrenwort. Offensichtlich gibt es ja sogar was Gutes über ihn zu sagen. Und das hätten wohl die wenigsten hier im Ort gedacht.«

»Ah, die Leute haben keine Ahnung. Die haben ihn doch gar nicht gekannt.« Siegi saß da wie ein Buddha. Ein bayerischer Buddha. Mächtig und fast schon mit einem Lächeln. Und von seiner Lampenkonstruktion auf dem Schrank fiel sogar eine Spur Erleuchtung auf ihn.

»Wegen der Helga«, stieß Siegi schließlich hervor.

»Die Helga hat ihn dazu gebracht, Krippen zu machen?«, fragte Lollo nach.

»Ja, aber nicht so, wie du glaubst«, sagte Siegi unwirsch. »Der Sandmoser, der wollte sich bestrafen. Richtig bestrafen. Deshalb hat er ja überhaupt erst die Helga genommen. Das hat keiner verstanden, warum er die Karin hat sausen lassen und auch den Jungen für eine solche Frau. Aber er hatte sich das einfach in den Kopf gesetzt, das war sein Wille: Mit der Helga wollte er sich auf die schlimmstmögliche Weise bestrafen. Das war ihm wichtig. Dass es eine schwere Strafe war, aber vor allem, dass er es war, der sich bestrafte, niemand anderer als er selber. Aber weil der Luggi immer schon etwas extrem war, wollte er noch einen draufsetzen auf die Heirat mit der Helga, etwas, das noch schlimmer war. Deshalb ist er zu mir gekommen und hat angefangen, Krippen zu bauen. Er wusste, das wird die Hölle für ihn.«

»Strafe wofür?«, fragte Lollo. »Ich weiß nicht, was für mich schlimmer wäre, die Helga oder die Krippen.«

Der Leitner Siegi beugte sich jetzt weit nach vorne, die Ellenbogen waren fast auf den Knien. Er saß da wie ein Fußballtrainer auf der Bank und starrte auf den Boden, als gäbe es da etwas Interessantes zu entdecken.

»Auch das darfst du keinem weitererzählen«, sagte Siegi leise.

»Versprochen«, erwiderte Lollo und nahm eine ähnliche Haltung ein. Er sah nichts da unten, aber es half beim Zuhören.

»Der Sandmoser, der hat mal einen Fahrer in den Tod geschickt. Mitte der Neunziger muss das gewesen sein. Der Luggi, der hat seine Leute brutal hergenommen, die mussten zehn, zwölf, sechzehn Stunden hinterm Steuer sitzen. ›Dann löffelt's halt Nescafé‹, hat er seinen Fahrern immer gesagt. Und einer, der Ziegler Harald, der Harry, den hat's erwischt. Der war schon fast wieder daheim nach so einer Endlostour irgendwo durchs Ruhrgebiet, der hat das Kaisergebirge schon gesehen, der war schon hinterm Inntaldreieck, und da ist er einfach eingeschlafen auf seinem Bock und ist in einen anderen Laster reingefahren. Ein Riesenunfall, die beiden Laster, dann noch Pkws, viele Verletzte, Feuerwehren aus dem ganzen Kreis. Und der Harry war tot. Der war verheiratet gewesen, der hatte ein Kind, einen Jungen, glaube ich. Der Luggi hat denen nichts gegeben, weder der Frau noch dem Buben, der hat nach außen dichtgemacht, um nicht belangt zu werden. Aber in den Wochen und Monaten danach, da hat er dann gemerkt, dass er doch so was wie ein Gewissen hat.«

Unvermittelt stand Siegi auf. »Jetzt brauch ich auch was«, meinte er, machte noch eine leichte Weiße auf und trank widerwillig aus der Flasche, weil er kein Glas mehr hier unten hatte.

»Eins muss man noch wissen über den Sandmoser«, sagte Siegi und wischte sich mit dem linken Handrücken über den Mund. »Der ging zwar über Leichen, aber er hatte Angst vor Gott. Oder besser, er hatte Angst vor der Hölle. Der hatte zeitlebens noch so einen Kinderglauben in sich. Er hat auch immer gebeichtet, und da hat ihn der Pfarrer dann auf die Idee gebracht, Buße zu tun. Und der Luggi hat sich was einfallen lassen. ›Womit kann ich mich am meisten bestrafen?‹, hat er sich gefragt. Er hätte auch was für seine Fahrer tun können oder für die Familie vom Harry, aber er wollte seine Buße für sich selber haben. Und da ist ihm dann der Gedanke gekommen, sich von seiner Frau und seinem Sohn zu trennen. Aber nun wäre der Sandmoser nicht der Sandmoser gewesen, wenn seine Strafe ihm nicht auch was gebracht hätte. Und deshalb hat er die Faller Helga geheiratet. Die war als Frau, verglichen mit der Karin, so unattraktiv wie ein Mofa gemessen an einer Regina. Aber sie war fleißig, die Helga. Sie konnte putzen, kochen und vor allem rechnen. Die konnte so rechnen, dass unten genau die Zahlen rauskamen, die der Sandmoser haben wollte. Und gleichzeitig schaffte sie es, dass kein Finanzamt was beanstanden konnte. So eine brauchte der Sandmoser.«

Wie wunderbar zweckmäßig doch so eine Ehe sein konnte, dachte Lollo und nahm noch einen Schluck.

»Wer weiß«, fuhr der Leitner Siegi nach einer kurzen Pause fort. »Vielleicht hat der Sandmoser ja Angst gehabt, dass der Herrgott dahinterkommt, dass sein Frauentausch nicht so eine ganz hundertprozentige Bußaktion ist. Und ihm das eines Tages an der Himmelspforte vorhält und ihn doch in die Hölle schickt. Vielleicht wollte der Luggi das verhindern, als er zu mir kam. Denn Krippen hasste er wirklich. Die brachten ihm nichts. Das war eine schreckliche Strafe für ihn.«

»Da war der Sandmoser auf eine ganz andere Art ein Schwein, als man annahm«, sagte Lollo und drehte seinen Kopf ein wenig. Er blickte in die Krippe neben sich. Ein Josef sah ihm direkt in die Augen. Was für ein fantastisch geschnitztes Gesicht, dachte Lollo. Dieser Josef drückt alles aus, den Stolz auf seinen Sohn und gleichzeitig den Zweifel bezüglich dessen Herkunft. Die Wahrheit war doch immer ein Widerspruch.

»Nein, ein Schwein war der Sandmoser nicht«, widersprach Siegi. »Einem Schwein hätte ich das nicht beigebracht. Ich habe ihm alles gezeigt, was ich konnte. Ich wollte, dass er wenigstens die Krippen nicht mehr hasst. Auf die Helga hatte ich ja keinen Einfluss. Wir sind sogar zusammen zum Kieferbach gegangen, um flache Steine zu sammeln, um sie mit der Zange in die richtige Form zu bringen, schön gerade, damit du damit Mauern ziehen kannst. Hat der Schwielen an den Händen gehabt. Eine Zeit lang konnte der gar nicht mehr mit Messer und Gabel essen, so haben ihm seine Hände wehgetan. Er hat bei mir gelernt, wie man orientalische Krippen baut, richtige Krippen, worauf man achten muss, und ich dachte schon, er versteht es. Aber am Ende war alles umsonst. Plötzlich fing er an, Heimatkrippen zu bauen, wie die Tiroler drüben, mit Bauernhäusern und Schnee, so ein Schmarrn! Und das Schlimmste, er ließ sie dann auch noch auf dem Krippenweg ausstellen, aber nicht unter seinem Namen, sondern als *Sepp Mayrhofer*. Ludwig Sandmoser, das traute er sich nicht. ›Verräter‹, hab ich gesagt und ›Feigling‹ hab ich gesagt und ›Heimatkrippenbastler‹ und noch mehr solche Verwünschungen ausgestoßen. Aber er hat das ignoriert. Damit war Schluss für mich. Und für ihn auch. Seitdem, das ist jetzt auch schon ein paar Jahre her, war er nicht mehr hier.«

Lollo schaute aus dem vergitterten Fenster. Es war still in dem Raum. Lollo und Siegi saßen genauso steif wie die Krippenfiguren.

»Und weißt du was über seine neue Lebenspartnerin, die Sibylle?«, fragte er in die Stille hinein.

»Ich kann mich nicht um jedes Frauenzimmer kümmern«, entgegnete Siegi schroff. »Aber wahrscheinlich brauchte er jemanden, um ab und zu mal was abzulassen. Das Problem hatte er schon, als er noch mit der Helga zusammen war. Aber er hat sich immer zu helfen gewusst. Nein, der Luggi, das war kein Typ für die ewige Buße.« Siegi hatte seine Flasche schon ausgetrunken. In seiner riesigen Pranke sah sie wie geschrumpft aus. Lollo dagegen hatte noch die Hälfte in seinem Krug. Die angestaute Kohlensäure stieg in Siegi hoch und entwich lautstark aus seinem Inneren. Schließlich kam aber noch ein Satz aus seinem Mund: »So eine Strafe, das ist schon was Herrliches. Da hat das Leben einen Sinn. Jedenfalls, wenn man dran glaubt.«

31

Das Kaisergebirge gab es nicht mehr, da war sich Lollo sicher. Nichts zu sehen, nur Dunst und Regen und noch mehr Regen. Alles weggespült. Wenn da überhaupt mal was gewesen sein sollte. Vielleicht waren die Berge immer nur eine Art Kulisse gewesen, eine gigantische Leinwand, die die Tiroler aufgestellt hatten, um die Oberbayern zu foppen. Jetzt hatten sie hinter der Grenze die Leinwand eingerollt, und alles, was blieb, war dieser Regen, dieser undurchdringliche Regen. Es regnete nicht aus einzelnen Wolken, der gesamte Himmel hatte seine Schleusen geöffnet. Wenn überhaupt, existierte nur noch Kiefersfelden in diesem Regenreich, und nicht mal das war sicher.

Moni wollte den alten W124 eigentlich am Fuß des Mesnerhangs geparkt haben, direkt vor dem Kindergarten und damit unmittelbar vor dem Bergfriedhof. Lollo dagegen wollte trotz des Regens ein paar Schritte gehen und hatte durchgesetzt, dass sie den Mercedes unten auf der Dorfstraße parkten, da, wo früher mal die Drogerie gewesen war. Lollo hatte seinen Winteranorak an. Er hatte nichts anderes gefunden, was gleichzeitig wasserdicht und schwarz war. Das Futter hatte er herausgenommen, weil ja nicht Winter war, sondern Mai. Kaum war er draußen und stand im kalten Regen, bereute er es.

Moni dagegen hatte sich so warm angezogen, dass Lollo sich darüber lustig gemacht hatte. Da ihre diversen Allwetterjacken orange, weiß oder hellgrau waren, allesamt völlig ungeeignet für eine Beerdigung, musste sie ihren gefütterten schwarzen Wildledermantel anziehen. »Damit siehst du aus wie mitten im Winter«, hatte Lollo spitz bemerkt, als sie losgefahren waren. Jetzt beneidete Lollo Monis Weitsicht und sehnte sich nach seinem daheimgebliebenen Innenfutter. Hoffentlich hielten wenigstens seine Schuhe durch. Ob sie wirklich so wasserdicht waren, wie die Werbung versprochen hatte? In dem Schuhladen in Rosenheim, wo er sie gekauft hatte, hatten sie in das Schaufenster neben die Schuhe einen Hut gestellt, umgedreht, mit Wasser gefüllt und eine Badeente hineingesetzt. Das sollte beweisen, wie dicht die Schuhe waren, und Lollo hatte das überzeugt. Was ihn jetzt brennend interessierte: War das damals in dem Hut eine Trachtenente gewesen? Er konnte sich nicht erinnern.

Gerade als sie ihre Schirme aufgespannt hatten und den schmalen Weg an der Schule vorbei zum Friedhof hinaufgehen wollten, blieb Lollo plötzlich stehen, und Moni stieß mit ihm zusammen.

»Was ist?«, fragte sie unwirsch.

»Schau mal«, sagte Lollo. »Da hinten beim Baumayr. Der Duster, der da einparkt. Ich glaube, das ist derselbe, der letzten Samstag wie wahnsinnig an uns vorbeigerast ist, als Max und ich im Nußlbergweg bestimmte Dinge beobachtet haben, auf die ich jetzt nicht weiter eingehen möchte.«

Statt den Fußweg hinauf, gingen sie weiter die Dorfstraße entlang in Richtung Duster. Lollo und Moni mussten aufpassen, dass ihre Schirme sich nicht ins Gehege kamen. Sie hatten auch über einen gemeinsamen Schirm nachgedacht. Aber keiner von denen, die sie besaßen, wäre bei diesem Wetter groß genug gewesen, sie beide zu schützen, hatte Lollo argumentiert. In

Wirklichkeit rechnete Lollo damit, dass Moni so viele Bekannte treffen würde, dass es ihm unter einem Schirm bald zu viel werden würde. Und wer weiß, vielleicht ereignete sich ja bei Sandmosers Beerdigung etwas, das Lollos Eingreifen und damit einen eigenen Schirm erforderlich machte. Fing das jetzt schon an? Nachdem der Duster geparkt hatte, war ein junger Mann aus dem Wagen gestiegen. Er ging die Buchbergstraße zum Friedhof hinauf, die Hände in einer schwarzen Kapuzenjacke vergraben.

Lollo merkte sich das Autokennzeichen. Es war völlig verdreckt wie am Samstag, aber aus der Nähe war es zu erkennen. Das würde er nachher schon rausbekommen, wem der Wagen gehörte. In einigem Abstand gingen Lollo und Moni dem Mann nach. Die Kapuze seiner Jacke hatte er sich gegen den Regen über den Kopf gezogen. Außerdem trug er noch einen schwarzen Lederblouson darunter. Er war schon verschwunden, als Lollo und Moni den Kindergarten, der am Fuß des Bergfriedhofs lag, erreichten. »Als ich heute Morgen den Max gebracht hab, da hat es angefangen so zu schütten«, sagte Moni. Die Glocken der Kapelle begannen zu läuten. Der Klang der Glocken schien durch den Wind und den Regen merkwürdig geschärft, kam näher, entfernte sich wieder, um beim nächsten Mal noch näher zu kommen. Lollo schaute nach oben, so gut das mit dem Regenschirm ging. Der Turm der Friedhofskapelle war eingehüllt in Nebel und Regen. Als hingen die Glocken in den Wolken.

Obwohl der Regen sicher manche abhielt, ihre Neugier zu befriedigen, waren viele Kieferer heraufgekommen zum Friedhof. Die, die schon da waren, standen in kleinen Gruppen beieinander. Immer wieder gerieten Schirme aneinander und hinderten Menschen daran, sich zu umarmen.

»Kennst du die tatsächlich alle?«, fragte Lollo Moni, die aus dem Händeschütteln und den Umarmungen gar nicht herauskam.

»Zweiundvierzig Jahre in Kiefersfelden gehen nicht spurlos an einem vorbei«, sagte Moni. Sie schien zufrieden. »Gerade an einem Tag wie heute ist es doch schön zu spüren, dass man nicht allein ist auf der Welt und achtgibt aufeinander, findest du nicht?«

Lollo erwiderte nichts, aber Monis Bemerkung traf ihn. Zwölf Jahre wohnte er jetzt schon in Kiefersfelden, aber er würde immer ein Zugereister bleiben. Moni gaben sie alle die Hand, ihm die allerwenigsten. Für das ganze Dorf war er bestenfalls das exotische Anhängsel von Moni.

Pfarrer Oberlechner wies die Gemeinde nach oben. »Direkt ans Grab bitte!«, forderte er auf. Groß und würdevoll stand er da, sodass erst gar keine Nachfragen aufkamen. Ob außer Hochwürden noch jemand eine Rede halten würde, überlegte Lollo. Es erstaunte ihn, dass die Feier nicht wie üblich in der Aussegnungshalle neben der Kapelle stattfand. Gerade an einem Tag wie heute hätte die Halle mit ihren heruntergezogenen Arkaden und den kleinen Säulen gut Schutz geboten. Diese Arkaden mochte Lollo besonders, mit ihren Rundbögen und den untersetzten Pfeilern. Irgendwie menschlich, dachte Lollo, bescheiden, als wolle dieses Gebäude einen kleinen architektonischen Trost spenden. Die gedrungenen Säulen erinnerten ihn ein wenig an sich selbst. Klein konnte doch genau richtig sein.

Die Wimmers gingen an Lollo vorbei, die große Resi und der kleine Schorsch. So ein Größenunterschied ist bei Regen doch sehr praktisch, dachte Lollo. Da bleiben die Schirme auf unterschiedlichen Stockwerken und kommen sich nicht ins Gehege. Lollo nickte den beiden zu. Sofort spürte er eine Art Nackenschlag. Wenn er neuerdings den Schorsch sah, musste er immer an das Zack denken, und die Ahnung einer schlimmen

Zukunft durchzuckte ihn. Und wirklich: Augenblicklich hatte Lollo das Gefühl, dass es noch heftiger regnete. Aber war das überhaupt möglich? Wer hier auch nur zwei Minuten stand, wurde eins mit dem Element Wasser. Es war wie unter einem Wasserfall. Dabei hatte die eigentliche Trauerfeier noch gar nicht angefangen.

Zusammen mit unzähligen anderen Schirmen wanderten die beiden dunkelblauen von Lollo und Moni die Stufen hinauf zum oberen Teil des Friedhofs. *Ehrt unsere Verstorbenen durch würdiges Benehmen* forderte ein Schild an der Treppe Lollo stumm auf. Was das wohl konkret bedeutete? Kein Anzünden von Zigaretten an den vielen kleinen Grablichtern, die da rumstanden? Und hinterher keine Kippen in die Weihwasserschalen?

»Ich bin Nichtraucher«, sagte Lollo zu dem Schild.

»Ich weiß«, meinte Moni nur und schien nicht weiter erstaunt über seine Worte. »Der Sandmoser hat sein Grab neben dem Mausoleum, ein gutes Feng-Shui übrigens, so am Hang.«

»Interessant«, meinte Lollo. »Fühlt sich das irgendwie schöner an, in einem Sarg mit unverbaubarer Hanglage zu liegen?«

»Es geht nicht um die Toten«, erklärte Moni, »es geht um die Hinterbliebenen. Hanglage ist gut für die Erben.«

»Verstehe«, sagte Lollo. »Aber wäre nicht auch ein ebenerdiger Sandmoser ein Glück für Sibylle, solange er nur tot ist?«

Statt einer Antwort drehte Moni sich zur Seite, um einmal mehr Hände zu schütteln. Lollo ging weiter den steilen Weg zur Grabstelle hinauf. Die getrennten Schirme hatten sich schon jetzt bezahlt gemacht. Das, was Moni das Mausoleum nannte, war ein quadratischer, dicht von Efeu umrankter Bau, in dessen Innenwände Urnen eingelassen waren. Sieben Stufen, gesäumt von zwei Geländern, führten hinauf. Zu beiden Seiten des Eingangs, hinter den Geländern, standen zwei große, mit blauen Müllsäcken überzogene Lautsprecher. Wahrscheinlich würde Oberlechner sich gleich dazwischen stellen und seine Grabrede halten, vermutete Lollo. Der breite Weg zum Mausoleum war schon zugestellt mit lauter tropfenden Schirmen. Lollo konnte kaum die Menschen darunter erkennen. Auch auf den schmalen Wegen zu den Gräbern, die terrassenförmig angelegt waren, standen die Leute dicht gedrängt und sanken langsam in das Gras und den Matsch ein.

Lollo hielt Ausschau nach dem jungen Mann mit dem Duster, aber er hatte ihn noch nicht wieder gesehen. Ebenso wenig wie Sibylle. Sicher war sie irgendwo da oben mittendrin und schüttelte so wie Moni Hände. Lollo dagegen stand unterhalb der Trauergemeinde, etwas abseits. So eine Beerdigung war schon ein schönes Gemeinschaftserlebnis, fand er. Fast wie beim Fußball. Da musste man einen Verein haben, den man bejubelte. Hier einen Toten, den man betrauerte. Aber man war zusammen. Lollo hatte so viele grauschwarze Rücken vor sich, dass sie wie ein einziges Gebilde wirkten. Nur ein paar Farbtupfer aus bunten Regenschirmen stachen heraus. Kannte er da jemanden? Ja, einen! Eher noch als Albert Dinzinger selbst sah Lollo seinen Schirm. Blütenweiß mit einem roten Aufdruck: *Beloc-Zok*. Lollo arbeitete sich zu Dinzinger vor.

»Für wen läufst du denn Reklame?«, fragte Lollo, noch bevor er Dinzinger begrüßt hatte.

»Schön, dich auch mal wieder zu sehen«, sagte Dinzinger. »Hättest dich gern mal wieder melden können. Aber um deine Frage zu beantworten: Der Schirm ist das Werbegeschenk einer Pharmafirma. Den habe ich noch aus Krankenhauszeiten. Beloc-Zok ist ein Herzmittel, ein Betablocker, etwas gegen Bluthochdruck. Ich dachte, das wäre passend für den heutigen Tag. Denn war es nicht das Herz, das in Sandmoser zum Stillstand kam?«

Dinzinger durchbohrte Lollo mit einem Blick, der bei Lollo sofort Schuldgefühle auslöste. Er schaffte es nicht mehr, Dinzinger in die Augen zu sehen. Von Wildenhaus' angeblicher

Aktion mit dem Elektroschocker wusste Dinzinger noch gar nichts. Gut, das war auch nicht nötig, mit Sandmosers Tod hatte Wildenhaus ohnehin nichts zu tun. Aber war Lollo der Spur mit dem Froschgift weiter nachgegangen? Wer konnte das Gift wie in die Ampulle gebracht haben? Und hatte Sibylle gewusst, was in der Spritze war? Lollo jedenfalls hatte noch nichts in Erfahrung gebracht. Er fühlte sich, wie mit der Erbsünde beladen.

»Der Frosch jedenfalls freut sich über das Wetter«, sagte er resigniert.

»Frösche sind eben ganz anders als wir«, erwiderte Dinzinger. »Denen sieht man ihr Gift förmlich an.«

Lollo verabschiedete sich und ging ein paar Schritte auf Distanz. Das war ihm einfach sicherer, abseits zu stehen, am Rand. Dabei hatte Moni ihm immer wieder eingeschärft: »Lollo, du musst versuchen, deine Mitte zu finden.« Meine Mitte ist am Rand, dachte Lollo jetzt. Und da, am Rand, nicht weit von ihm, stand noch jemand. Der einzige Mensch auf der Beerdigung, der mit bloßen Armen erschienen war. Sie trug ein ärmelloses schwarzes Kleid. Immerhin hielt sie einen Regenschirm in der Hand, sicher damit ihr Zweithaar nicht nass wurde. Helga Sandmoser wurde von der Trauergemeinde bestaunt wie ein aus der Kreidezeit zurückgekehrter Dinosaurier. Damit hatte niemand gerechnet, dass sie auftauchen würde. Niemand wusste, wo sie hergekommen war, niemand, wo sie nach der Beisetzung hingehen würde. Man redete über sie, steckte die Köpfe zusammen, tuschelte, aber niemand redete mit ihr. Alle machten einen großen Bogen um sie, fast alle. Nur zwei Menschen gingen auf sie zu: Karin Sandmoser und Pfarrer Oberlechner. Der Pfarrer, unter einem riesigen schwarzen Schirm, der aussah, als hätte ihn schon Don Camillo benutzt, gab ihr die Hand und beglückwünschte sie, dass sie den Mut gefunden habe, hierherzukommen.

»Frau Sandmoser, ich freue mich, Sie zu sehen. Auch wenn das kein schöner Anlass ist.«

»Für mich schon, Herr Pfarrer.«

Wenig später erschien Karin Sandmoser, und sie sah aus wie die schöne Seite einer Trauerfeier. Sie trug einen schwarzen figurbetonten Samtmantel, und ihre Frisur saß ebenso perfekt wie ihr Make-up. Formvollendet ging sie mit einem Knirps in der linken Hand auf die ärmellose Helga Sandmoser zu, gab ihr die freie Hand und sagte »Guten Tag« in einem Ton, als wäre selbst die ewige Rivalität zwischen Oberbayern und Tirolern nicht mehr als ein läppisches Missverständnis, das sie, Karin Sandmoser, in der Lage wäre, mit nur einem Gruß aus der Welt zu schaffen.

»Sie kommen sich wohl sehr großherzig vor«, gab Helga Sandmoser statt einer Begrüßung zur Antwort. Damit war sie wieder allein.

Auf einmal kam ein lautes Knacken aus den beiden großen Müllsäcken. Es rauschte eine Weile hörbar, dann sang einer die Worte *Nessun dorma*. Und sicherheitshalber gleich noch mal. Jetzt wird es ernst, dachte Lollo. Pavarotti. Der Sandmoser hatte eine ähnliche Statur gehabt, und seit Samstag war er auch genauso tot wie der Startenor. Wenn auch anders gestorben. Ob das einen Unterschied machte für den Toten, wie er gestorben war?

Sogar Ralf Wildenhaus war da. Er hatte einen dunkelgrauen Filzhut auf dem Kopf, dafür aber keinen Schirm dabei. Ebenso wie Lollo stand er abseits am Rand, nur auf der gegenüberliegenden Seite. Der war wegen Sibylle gekommen, da war sich Lollo sicher, nicht wegen Sandmoser. Die Nummer mit dem Geständnis hatte offensichtlich nicht gezogen bei Sibylle. Ob Wildenhaus noch einen Versuch machen würde? Konnte Lollo an seinem Gesicht etwas ablesen? Sicher keine Trauer. Er wirkte eher so, als suchte er schon nach einer Nachfolgerin für Sibylle.

Mit Karin Sandmoser hatte er sich schließlich auch nicht lange aufgehalten. Dann verschob sich ein schwarzer Schirm nach rechts, und Wildenhaus war weg. Nein, um den brauchte Lollo sich nicht mehr zu kümmern.

Die Arie steuerte langsam ihrem Höhepunkt entgegen. Lollo hatte das Gefühl, die Pavarotti-Fassung schon zu oft gehört zu haben, als dass sie ihn noch berührte. Doch allmählich spürte er, wie die Musik ihn gefangen nahm. Er schaffte es nicht mehr, sich lustig zu machen über den pathetischen Gesang. Die Musik packte ihn, die Töne strichen über seinen Körper wie ein eiskalter, scharfer Luftzug und stellten seine sämtlichen Nacken- und Körperhaare einzeln auf. Die Wucht dieser Musik entfaltete sich in ihm, weder der Starkult um den berühmten Tenor noch die tausendfache Wiederholung dieser Arie schmälerten ihre Wirkung. Lollo fror. Er war ergriffen und gleichzeitig erstaunt darüber. Er fühlte sich fast geläutert, er wäre imstande, zu Karin Sandmoser zu gehen und sie um Verzeihung zu bitten, dafür, dass sie ihm eine hatte runterhauen müssen.

Mit einem lauten Knacken wurde Lollo wieder in die Wirklichkeit zurückgeholt. Jemand hatte die Musik abgestellt. Lollo versuchte, näher an das Mausoleum heranzukommen. Oberlechner stand jetzt tatsächlich zwischen den beiden Müllsäcken, unter dem Rundbogen, dem Eingang des Mausoleums. So war er vor dem Regen etwas geschützt. Seinen Schirm hatte er zusammengefaltet an die von Efeu umrankte Mauer hinter sich gelehnt. Jetzt entdeckte Lollo auch Sibylle. Sie stand neben der obersten Stufe des Mausoleums und hielt sich mit der rechten Hand am Metallgeländer fest. Sie trug Schuhe mit hohen Absätzen, das konnte Lollo erkennen. Hätte sie unten, auf dem aufgeweichten Boden gestanden, wären die Absätze wahrscheinlich einfach eingesunken. Sibylle machte den Eindruck, als wäre sie eben noch in dieser Oper, aus der die Arie stammte, aufgetreten. Sie wirkte wie eine Künstlerin, schwarz und aufrecht und ernst und blond. Jemand neben ihr, den Lollo nicht kannte, hielt einen Schirm über sie, aber Lollo hatte das Gefühl, der Regen könne sie ohnehin nicht erreichen. Sie schien unnahbar, wie einzementiert in ihr Make-up, immun gegen den Regen, die Kälte, die Blicke der anderen. Es war ihr Auftritt, sie war das, was übrig geblieben war von Sandmoser, sie war seine letzte Eroberung. So sahen sie die anderen, und sie schien stark genug, das auszuhalten.

Wieder knackte es. Oberlechner hatte das Mikrofon, das er in der Hand hielt, eingeschaltet. Er klopfte zwei Mal mit dem Zeigefinger dagegen. Es funktionierte. Lollo fiel auf, dass er auch ohne seinen Don-Camillo-Schirm aussah wie Don Camillo, das Pferdegesicht, die Augen – da war er dicht an Fernandel.

Als Oberlechner dann anfing zu sprechen, konnte Lollo es kaum glauben. Hochwürden hatte also auch *Das Wort zum Sonntag* gehört. Wahrscheinlich war er, so wie jeder andere Pfarrer auch, ohnehin dienstverpflichtet, jeden Samstagabend vor dem Fernseher zu sitzen. Um letzte, allerletzte Anregungen für die Sonntagspredigt zu bekommen. Oder um ein paar Textbausteine parat zu haben, wenn es zur nächsten Beerdigung ging. Lollo fühlte sich, als würde jeder Regentropfen, der auf seinen Schirm fiel, ihn ein kleines Stückchen tiefer ins Erdreich hämmern. Oberlechner sprach genau die Stelle an, die ihn schon mehrfach aus dem Gleichgewicht gebracht hatte: Wie an der Himmelspforte die Vordrängler reingelassen werden, die ein ganzes Leben lang *gefehlt* hatten, die aber jetzt *umgekehrt* sind und da oben mit offenen Armen empfangen werden. Pfarrer Oberlechner sprach die Trauergemeinde direkt an:

»Was würden Sie sagen, wenn sich der Sandmoser Ludwig vor Ihnen reindrängt? Würden Sie ihn reinlassen? Würden Sie ihn gern reinlassen? Das aber ist die Probe, auf die Gott uns stellt.«

Lollo hatte den Verdacht, der Oberlechner hatte das nur gesagt, um ihn, Lollo, zu ärgern, um ihm noch mal vor Augen zu führen, wie weit er davon entfernt war, selig dem Paradies entgegenträumen zu dürfen. Lollo war immerhin so großherzig, dem Herrn Pfarrer zu verzeihen. Denn an sich war das ganz geschickt, was der Oberlechner da abzog. Der richtete nämlich an alle hier unter den Schirmen die Frage, die Lollo sich schon lange gestellt hatte, und vor allem: Der Pfarrer schien sogar Verständnis zu haben für Lollos Position. So menschlich hatte er den Oberlechner noch gar nicht erlebt. Der Pfarrer schien tatsächlich bemerkt zu haben, dass viele Menschen mit dem Sandmoser ein Problem hatten. Mit Sandmoser, aber auch mit all den anderen Vordränglern.

»Ludwig Sandmoser hat es uns nicht immer leicht gemacht, ihn zu lieben. Das Leben hatte ihn hart gemacht. Die Zeiten hatten ihn hart gemacht. Er kam zur Welt mitten im Krieg. Ein Krieg, aus dem sein Vater nicht mehr zurückkehrte. Er hat es zu etwas gebracht, durch seinen Willen, seine Fähigkeiten, aber auch durch seine Härte. Manche kannten vielleicht nur diese Seite von ihm. Aber er war auch anders. Er gab viel für die Kirchengemeinde, nicht nur mit dem Scheckheft, er nahm Anteil, er wollte mitgestalten mit seinen Zuwendungen.«

Sicher wusste der Oberlechner auch von den Krippen, die Ludwig Sandmoser unter Pseudonym ausgestellt hatte. Und natürlich hatte er nicht nur Krippen zur Verfügung gestellt, sondern auch Geld gespendet. Um ein Schaf, das spendet, bemüht sich der Hirte sicher besonders, dachte Lollo und beobachtete gleichzeitig einen Mann, der halb verdeckt hinter Sibylle stand. War das der mit dem Duster? Er musste es sein, so viele junge Männer mit einer Kapuze über dem Kopf und einem kurz geschnittenen Vollbart konnte es bei einer solchen Beerdigung kaum geben. Um ihn besser sehen zu können, versuchte Lollo, einen großen Bogen um die Trauergemeinde herum zu machen, indem er einen Terrassenweg tiefer an allen vorbeiging. Als Lollo einen Platz erreicht hatte, von dem aus er alles bestens einsehen konnte, war der Mann verschwunden. Dafür sah Lollo jetzt Sibylle aus einem anderen Blickwinkel, mehr im Profil. Sie stand da, am Geländer, als würde ein Urteil über sie gesprochen, aufrecht zwar und schön, aber innerlich gebrochen. Sibylle war wie geschaffen für eine Beerdigung. Aber auch für eine Hinrichtung. Von sehr weit her erreichten Lollo die Worte Oberlechners:

»Die, die Ludwig Sandmoser gut kannten, wissen: Er hatte das Herz auf dem rechten Fleck. Dieses Herz, das am vergangenen Samstag aufhörte zu schlagen. Plötzlich und unerwartet. Hier stehen wir heute und müssen Abschied nehmen von Ludwig Sandmoser. Möge er in Frieden ruhen.«

Oberlechner knipste das Mikrofon aus. Ein Messdiener kam, nahm es ihm ab und gab ihm dafür den Schirm wieder in die Hand. Oberlechner stieg die Stufen vom Mausoleum herab, und die Menschenmenge teile sich vor ihm wie einst das Rote Meer vor Moses. Er ging ein paar Schritte auf das offene Grab zu. Nicht nur die Trauernden standen ihm im Weg, sondern auch die vielen Kränze und die üppigen Blumengestecke. Die Kieferer hatten sich nicht lumpen lassen. Als Oberlechner endlich an der Stirnseite des Grabes angekommen war, zogen die vier Totengräber die Bohlen unter dem Sarg weg und ließen Sandmoser langsam in die Grube hinab. Es dauerte ewig, bis der Sarg unten angekommen war. Lollo hatte das Gefühl, Sandmoser würde direkt in die Hölle abgeseilt. Die ganze Zeit, während er das Abseilen beobachtete, dachte Lollo daran, dass er jetzt noch eingreifen könnte. Wenn, dann jetzt. Wie bei einer Hochzeit, wenn der Pfarrer mahnt: »Wenn jemand der Anwesenden noch Einwände hat, möge er jetzt sprechen oder auf ewig schweigen.« Jetzt könnte Lollo noch einen Eklat provozieren und das weitere Absenken der Leiche verhindern.

»Halt, da war Froschgift am Werk, nicht beerdigen, wir müssen ihn zuerst obduzieren, der Sandmoser ist umgebracht worden!« Das könnte er jetzt rufen. Oder müsste er es sogar rufen? Müsste Lollo sich nicht spätestens jetzt an Danner wenden, der da vorne stand in seiner dunkelblauen Polizeiuniform? Ein Polizist war einfach immer passend für eine Beerdigung gekleidet, kam Lollo noch in den Sinn. Dann beobachtete er nicht mehr Danner, sondern sich selbst. Er blickte auf seine Schuhe. Sie waren tatsächlich wasserdicht. Vor allem aber bemerkte Lollo, dass er nichts tat. Er hörte, dass er nichts sagte. Er stand einfach da unter seinem dunkelblauen Schirm und verfolgte, wie Sandmoser in die Grube gelassen wurde. Je tiefer der Sarg, desto tiefer auch meine Schuld, dachte Lollo. Aber ich schaffe es einfach nicht, diesen Ablauf zu unterbrechen.

Die ersten Schaufeln mit Erde gingen auf den Sarg nieder. Zuerst Oberlechner. Dann Sibylle, Frank Sandmoser, Karin Sandmoser. Es folgte eine lange Pause, weil alle spürten, dass jetzt Helga Sandmoser an der Reihe wäre. Sie spürte das auch, aber es dauerte, bis sie sich zur Grube vorgekämpft hatte. Sie quetschte ihren Schirm und ihren Körper zwischen den Menschen durch, ihre nackten massigen Oberarme waren ganz nass. Als sie endlich vorne angekommen war, drückte sie Oberlechner ihren Schirm in die Hand und nahm mit beiden Händen die kleine Schaufel in die Hand, wie ein Bauarbeiter. Kraftvoll fuhr sie mit der Schaufel in den Erdhaufen, der übersät war von vielen kleinen Mulden voller Regenwasser. Die Schaufel war zwar klein, aber mit der Erde doch so schwer, dass Helga Sandmoser sie nur mit Mühe wieder herausbekam. Gut, dass sie ein ärmelloses Kleid trägt, dachte Lollo, sie würde sicher schwitzen vor lauter Anstrengung. Die Erde fiel schließlich nicht nur einfach herab von der Schaufel, Helga Sandmoser gab ihr noch richtig Schwung mit. Sie knallte mit einem Geräusch auf den Sarg, als würde sie das Eichenholz durchschlagen. Helga Sandmoser holte sich von Oberlechner ihren Schirm zurück und drückte ihm dafür die Schaufel in die Hand.

Alle nach Helga Sandmoser erledigten unauffällig ihre Pflicht. Lollo zog es vor, weiter zu beobachten, anstatt selbst zur Schaufel zu greifen. Er stellte sich auf eine der Stufen des Mausoleums, um besser sehen zu können. Danner erledigte seine Aufgabe ebenso routiniert wie Doktor Jenner. Die hatten offensichtlich Übung. Die große Wimmer Resi gab ihrem kleinen Schorsch den Schirm und nahm die Schaufel ebenfalls in beide Hände, aber sie pfefferte die Erde nicht so auf den Sarg wie Helga Sandmoser. Als der Leitner Siegi an der Reihe war, ließ er die Schaufel links liegen. Er griff einfach mit seiner riesigen Pranke in den aufgeweichten Erdhaufen, riss eine Handvoll heraus und warf sie auf den Sarg hinunter. Es gelang ihm anscheinend nur mit Mühe, keine Verwünschungen hinterherzubrüllen. Dann zog der Leitner Siegi ein gebügeltes, weißes Taschentuch heraus, faltete es auf und wischte sich so gut es ging seine Hand damit sauber.

32

Moni hätte gesagt: »Das war eine Botschaft deiner Seele.« Daran glaubte er nicht, aber Lollo hatte auch keine Erklärung dafür, warum er seinen Kopf auf einmal nach links drehte und sah, wie der Kapuzenmann mit dem Vollbart die Treppe hinunter verschwand. Dranbleiben, beschloss Lollo, unbedingt dranbleiben. Er hatte Glück, dass er Moni auf dem Weg hinunter im Vorbeigehen noch zuraunen konnte: »Brauche dringend das Auto.« Moni verstand sofort und fragte nicht weiter nach. Sie warf ihm den Autoschlüssel zu. Kurz fragte Lollo sich, wie Moni jetzt nach Hause kam. Zu Fuß gehen kam für sie nicht infrage, selbst wenn es weniger geregnet hätte. Aber sie konnte ja mit Wimmers heimfahren. Oder mit wahrscheinlich allen anderen, dachte Lollo. Wozu kannte sie ganz Kiefersfelden? Nein, da brauchte er sich keine Gedanken zu machen.

Schnell wie selten trippelte er unter seinem Schirm die Treppenstufen hinunter, ließ die immer noch turmlose Kapelle rechts im Dunst liegen, machte sich beim Öffnen des schweren, schmiedeeisernen Tores die Hand nass, nahm, während der Kapuzenmann auf der Straße mit gesenktem Kopf zu seinem Duster ging, den versteckten Fußweg an der Schule entlang, lief das letzte Stück zu seinem Auto, warf den Schirm hinein, ließ keuchend den Motor an und fuhr langsam die Dorfstraße hinunter, Richtung Baumayr. Als er rechts in die Buchbergstraße abbog, sah er, wie der junge Mann gerade in seinen Duster stieg. Der fährt die Dorfstraße entlang, vermutete Lollo, und tatsächlich, als Lollo am anderen Ende des Mesnerwegs, direkt an der Bank, wieder links auf die Dorfstraße einbog, brauste der Duster an ihm vorbei. Der schien nur ein Tempo zu kennen: Vollgas. Lollo folgte dem Duster mit seinem alten Mercedes mit ebenso hoher Geschwindigkeit. Er bog unten beim Bergwirt links in die Kufsteiner Straße, überquerte die Kieferbachbrücke, fuhr dann rauf Richtung Ortsausgang, aber weder rechts auf die Autobahn noch geradeaus nach Oberaudorf, sondern scharf links in die Bippenwaldstraße. Der Duster hielt abrupt vor Sandmosers Haus. Lollo fuhr weiter, wendete am Ende der Straße und stellte sich dann in der Gegenrichtung der Bippenwaldstraße so auf, dass er den Duster sehen konnte, ohne aber selbst gesehen zu werden. Der Mann war ausgestiegen, ging auf Sandmosers Haus zu, schloss auf und war verschwunden.

»Er hat einen Schlüssel«, sagte Lollo überrascht zu sich und versuchte, sich genau zu erinnern, wie das gewesen war am Samstag. Er hatte mit Max zusammen im Bus gesessen und Wildenhaus' Treiben im Nußlbergweg observiert. Der Bus hatte gar nicht weit entfernt von seinem jetzigen Standort gestanden, nur war Lollos Blick am Samstag in die andere Richtung gegangen. Und dann war der Duster an ihnen vorbeigerast, vom Sandmoser her war er gekommen und dann, fast ohne abzubremsen, in den Nußlbergweg eingebogen. Ein Wunder, dass es den nicht aus der Kurve geschleudert hatte. Wenn dieser Mann mit der Kapuze sogar einen Schlüssel hatte, dann war es nicht unwahrscheinlich, dass er auch am Samstag nicht einfach einen Frühlingsausflug durch die Bippenwaldstraße gemacht hatte, sondern in Sandmosers Haus gewesen war. Sollte er dem Alten die Spritze gesetzt haben? Aber er sah nicht gerade wie ein

Krankenpfleger aus, eher wie das Gegenteil. Und selbst wenn der mit einer Spritze umgehen konnte, hätte der Sandmoser den rangelassen an seinen Arsch? Unwahrscheinlich, dachte Lollo, der ließ sich doch nur von Sibylle oder dem Jenner spritzen. Andererseits würde Lollo einem SUV-Fahrer, der viel zu schnell fuhr und noch dazu eine Kapuze übergezogen hatte, alles zutrauen. Das waren keine Vorurteile, das war Lebenserfahrung, rechtfertigte Lollo sich vor sich selbst.

Langsam lösten sich Geräusche aus der Stille, die Lollo im Auto umgab. Der Regen klopfte leise auf das Blech. Dann ein leises Knacken, das von außen kam. Der Motor kühlte ab. Lollos Magen war auch zu hören. Mittagszeit, kein Wunder. Und eine Beerdigung in den Knochen. Und den ganzen Regen in der Kleidung. Die Scheiben waren beschlagen. Lollo ließ den Motor an und stellte die Lüftung auf volles Rohr. Das Warten hier, das konnte noch dauern.

Ein paar Sekunden später spürte Lollo etwas, das er nur zu gut kannte. Immer, wenn er sich aufs Warten einrichtete, musste er aufs Klo. Das war jetzt kein leichtes Problem, denn wo sollte er hin? Wenn er ins Bippenwäldchen da drüben verschwand, verpasste er am Ende etwas. Genauso, wenn er irgendwo klingelte und nach einer Toilette fragte. Ganz zu schweigen von den blöden Bemerkungen, die er sich einhandeln würde. Und einfach in einen Vorgarten zu pinkeln, war auch bei Nebel und Regen nicht ungefährlich, hier hatten die Fenster tausend Augen. Also einhalten. Wieder mal Blasentraining. Danke Moni, dachte Lollo. Er kannte sogar Kollegen, die Windeln mitnahmen in den Dienst, Seniorenwindeln. Das war praktisch und bereitete nebenbei auf den Lebensabend vor. Aber Lollo kam von einer Beerdigung. Er hatte weder Windeln noch Verpflegung bei sich. Wenigstens waren die Scheiben jetzt wieder halbwegs durchsichtig. Lollo machte Motor und Lüftung aus. Augenblicklich verstärkte sich der Druck auf seine Blase, weil ihm das ablenkende

Geräusch fehlte. Lollo konnte an gar nichts anderes mehr denken. Er musste sich auf andere Gedanken bringen.

Wozu ist man versichert, sagte sich Lollo, holte aus der Jackentasche sein Handy heraus und tippte eine Nummer ein. Er hatte sie schon zu oft gewählt, um sie nicht im Kopf zu haben. Der Gruber Ingrid, der Versicherungsfrau, hatte Lollo im Lauf der Jahre schon viele wertvolle Informationen entlockt. Und dafür massenhaft Versicherungen abgeschlossen. Das ist es, was man eine Win-win-Situation nennt, dachte Lollo und wartete.

»Lollo, du?« Ingrid klang original wie die wiedergeborene Marilyn Monroe. Sie musste seine Nummer erkannt haben.

»Du solltest mit deiner Stimme was anderes machen, als bei einer Versicherung zu arbeiten, liebe Ingrid«, sagte Lollo zur Begrüßung. »Warum gehst du nicht zum Film?«

»Und welche Art von Filmen hast du da so im Sinn?«, fragte Ingrid lasziv. »Etwas mit Altersbeschränkung?«

»Wie wäre es mit einer Karriere als Synchronsprecherin?«, schlug Lollo vor.

»Du bist gemein.« Ingrid tat beleidigt. »So schlimm seh ich gar nicht aus.«

»War doch nur ein Scherz«, sagte Lollo. »Ein dummer Scherz, Ingrid, obwohl, ich brauche deine Hilfe, und da sollte man keine dummen Witze machen. Ich ziehe also alles, was ich gesagt habe, als ungesagt zurück und fange von vorne an. Hallo, liebe Ingrid, es ist wirklich wichtig. Zum Glück ist ja praktisch jeder in Kiefersfelden bei euch versichert, vielleicht auch ein Fahrzeug mit dem Kennzeichen RO DX 441?«

»Ach Lollo, du nutzt mich aus. Traurig. Aber du bist nicht der Erste.« Lollo hörte wie sie gleichzeitig etwas in ihren Computer tippte.

»Glück gehabt«, meinte Ingrid. »Haben wir. Ein Duster, richtig?«

»Richtig«, bestätigte Lollo.

»Salger, Sibylle«, sagte Ingrid. »Geboren 21. 8. 71.«

»Damit hätte ich nicht gerechnet.« Lollo atmete hörbar aus. »Aber im Moment passieren laufend Sachen, mit denen ich nicht rechne. Hat die vielleicht noch andere Versicherungen bei euch?«

»Also Lollo, darüber darf ich dir nun wirklich keine Auskunft geben. Wenn nicht gerade Mittagszeit wäre und alle anderen zu Tisch ...«

Sie machte eine Pause. Lollo hörte aber weiter ihr Tippen auf der Tastatur. Er sagte nichts, er freute sich einfach auf ihre Stimme.

»Haftpflicht, Rechtsschutz, Leben. Fast das volle Programm. Was hättest du denn gern?«

»Wer ist der Begünstigte der Lebensversicherung?«

»Einen Moment. Das ist ein Philipp Ziegler, 91 geboren. Der wohnt allerdings nicht hier, der wohnt in München, Eugen-Sänger-Ring 60. Das ist, warte kurz, ich google das gerade mal für dich, das ist, du glaubst es nicht, in Brunnthal. Der wohnt mitten im Industriegebiet!«

»Ich Depp«, sagte Lollo ohne jede Ironie. »Da hätte ich doch draufkommen müssen. Natürlich. Leider durchschaut nur Moni so was und nicht ich. Ich Depp.«

»Du bist zu hart zu dir, Lollo«, erwiderte Ingrid Gruber beinahe zärtlich. »Da gibt es ganz andere Deppen.«

»Ingrid, du hast mir sehr geholfen. Wieder mal. Wenn ich noch eine Versicherung bei dir abschließen kann, dann lass es mich wissen.«

»Lollo, mehr Versicherung als du hast, geht nicht. Du bist derzeit gegen praktisch alles versichert, was denkbar ist. Aber keine Sorge, eines Tages werden wir schon noch was finden, um dir das Geld aus der Tasche zu ziehen.«

»Du bist so gut zu mir, Ingrid. Servus.«

»Servus Lollo.« Ihre Stimme hörte sich fast traurig an, fand Lollo. Aber er war es ja auch, traurig und wütend auf sich selbst. Außerdem würde er sich gleich in die Hose machen. Andererseits, jetzt, wo er die Adresse hatte, konnte er auch pinkeln gehen. Der Regen schien noch heftiger geworden zu sein, der Schirm war unverzichtbar. Lollo verschwand auf dem schmalen Fußweg in das Bippenwäldchen. Vor dem erstbesten Gebüsch öffnete er seine Hose. Lollo klemmte eilig die kalte Metallstange des Schirms zwischen Schulter und Kinn und knickte mit seinem Strahl die Blümchen um. Baum war gerade keiner da.

Als Lollo wieder im Wagen saß, hatte er das gute Gefühl, etwas zu Ende gebracht zu haben. Er atmete hörbar aus. Und mit dem nächsten Einatmen wusste er, jetzt ging es eigentlich erst richtig los. Dummerweise waren die Scheiben sofort wieder beschlagen. Mit dem Jackenärmel wischte er sich ein Guckloch frei. Der Duster stand noch immer vor Sandmosers Haus. Lollo holte sein Smartphone aus dem nassen Anorak und tippte mit wenig Hoffnung *Philipp Ziegler München* ein. Nachdem er ein paar Pfaden im Internet gefolgt war, fand Lollo einen Artikel aus dem *Merkur*. In der Serie *Reptilien unter uns* gab es eine Folge über Warane. Der Experte, der zu diesem Thema befragt wurde, war ein gewisser Philipp Ziegler, Terrarienexperte bei Zoo Haderer in München. Das passte doch. Und wo war diese Zoohandlung zu finden? Lollo tippte, die Seite baute sich auf, und das erstaunte ihn dann schon nicht mehr: Eugen-Sänger-Ring 60. Philipp Ziegler arbeitete nicht nur in der Zoohandlung Haderer, er wohnte dort auch. Da hatte er sicher viel Zeit, um sich mit den Terrarien zu beschäftigen.

33

Nachdem alles vorbei gewesen war, hatte er sich einfach in die Kapelle gesetzt. Keiner war ihm gefolgt. Seit Kindertagen hatte er das nicht mehr so dringend gebraucht: ein Versteck, in dem er unerreichbar war. Er war selbst erstaunt, dass es ausgerechnet die Kapelle auf dem Bergfriedhof war, in der er Zuflucht suchte. Schließlich war er schon vor langer Zeit ausgetreten aus der Kirche. Die Kommunion hatte er noch in Kiefersfelden über sich ergehen lassen, die Firmung hatte dann nach der Scheidung seiner Eltern in München stattgefunden. Beide Male hatte er keine Wahl gehabt, aber damals hatte er auch noch nicht aufbegehrt. Als er im Studium zum ersten Mal Geld verdiente, als Möbelpacker in den Semesterferien, war er sofort ausgetreten. Nicht nur wegen der Kirchensteuer.

Es roch nach feuchtem Putz in der Kapelle, an einigen Stellen war die Farbe an den Wänden abgeblättert. Frank hatte in der letzten Reihe Platz genommen, so weit wie möglich weg vom Altar. Die Holzbank, auf der er saß, war von der Zeit ebenso abgenutzt wie der Boden zu seinen Füßen. Aber er sah das alles nur verschwommen. Frank hatte das Gefühl, so randvoll mit Tränen zu sein wie ein Stausee. Das verwirrte ihn. Zwar war sein Vater gerade beerdigt worden, aber er trauerte doch nicht etwa um ihn? Das konnte nicht sein. Wie konnte er um jemanden trauern, den er gar nicht geliebt hatte? Den er abgelehnt, vielleicht sogar gehasst hatte. Der auch ihn abgelehnt und vielleicht sogar gehasst hatte. Nein, das konnte nicht sein Vater sein, um den er trauerte. Er drückte sich die Tränen weg.

»Herzliches Beileid«, wie oft hatte er das hören müssen in den Stunden zuvor. Einige Männer hatten ihm zudem noch eine Hand auf die Schulter gelegt. Für die meisten war das wohl nur eine Floskel gewesen: »Herzliches Beileid.« Vielleicht aber hatten manche das wirklich so empfunden. Für Frank war beides falsch. Er konnte dieses Beileid nicht annehmen, er musste sich schützen, sich dagegen wehren. Das Schlimmste war gewesen, dass er nicht wusste, was er auf diese Beileidsbekundungen antworten sollte. Weder denen, die ihr »herzliches Beileid« nur geheuchelt hatten, noch denen, die wirklich trauerten um Ludwig Sandmoser. Er hatte tonlos »Danke« gesagt oder einfach nur genickt. Aber jedes »herzliche Beileid« hatte ihm einen Stich versetzt. Er hatte dieses Beileid nicht verdient, spürte Frank Sandmoser. Er war nicht der richtige Adressat. Er hatte gar nichts verdient, das hatte ihm sein Vater schließlich sein Leben lang beigebracht. »Mach mal die Augen zu, was du dann siehst, das gehört dir«, hatte er mehr als einmal gesagt, und jedes Mal hatte er verlangt, dass Frank seinem Vater zuerst in die Augen sah, bevor er sie schloss. Wenn Frank die Augen dann geschlossen hatte, sah er immer noch den Blick seines Vaters, und dieser Blick sagte ihm: »Du bist gar nichts wert. Wenn überhaupt, dann bist du nur durch mich, deinen Vater, etwas wert. Wenn überhaupt.«

Da war ein Eichenblatt auf dem Fußboden neben dem tropfenden Schirm, den Frank dort abgelegt hatte. Er hob das Blatt auf. Die meisten Bäume draußen hatten noch gar keine Blätter. Sollte dieses Blatt einen ganzen Winter überstanden haben, hier drinnen, in der Kapelle? Vom Wind im letzten

Herbst hier hereingeweht? Die Tür ging auf hinter Frank. Er drehte sich um. Oberlechner. Groß, schwarz, grobschlächtig und doch aufreizend sanft. Bei Oberlechner war Frank schon zur Kommunion gegangen, hatte Religionsunterricht bei ihm gehabt.

Der Pfarrer schloss die Tür und setzte sich zu Frank in die Reihe, hielt aber Abstand. Seine Soutane tropfte vom Regen. Oberlechner blickte aufmerksam zum Altar und sagte nichts. Sie saßen nebeneinander, sie sahen sich nicht an, sie schwiegen. Es war wie Armdrücken. Frank spürte von Anfang an, dass er verlieren würde, und das hieß, dass er, Frank, es irgendwann nicht länger aushalten und anfangen würde. Als es dann so weit war, dass er zu reden begann, sprach er zu dem Eichenblatt zwischen seinen Fingern.

»Was mich wirklich erstaunt, Herr Pfarrer: Mein Vater ist tot, und ich bin traurig. Es gab Tage, da habe ich seinen Tod förmlich herbeigesehnt. Und es gab Tage, da habe ich darüber nachgedacht, ob ich nicht selbst Hand anlegen sollte. An ihn, nicht an mich. Dieses ganze Beileid, das da draußen über mir ausgeschüttet wurde, das habe ich nicht verdient.« Frank musste lächeln, und dieses Lächeln tat ihm weh in den Mundwinkeln. »Das heißt, ich habe es doch verdient, aber nicht dafür, dass mein Vater gestorben ist, sondern dafür, dass ich ihn fünfundzwanzig Jahre lang ertragen habe.«

Oberlechner blickte immer noch zum Altar, und immer noch schwieg er. Frank hatte sich zu ihm hingedreht und betrachtete sein Profil. Der Pfarrer hatte sich geschnitten beim Rasieren, am Hals. Ein paar Bartstoppeln in der Umgebung des Schnitts hatten überlebt.

»Ich leide nicht, Herr Pfarrer«, fuhr Frank fort. »Nicht, dass Sie das glauben. Mein Vater ist seit langer Zeit tot. Als er meine Mutter und mich rausgeschmissen hat, ohne jede Begründung. Da ist er für mich gestorben.«

»Das ist eine Beschwörungsformel«, brach Oberlechner überraschend sein Schweigen, blickte aber weiter nach vorne zum Altar: »›Der ist für mich gestorben‹. Das sagt sich so leicht, aber so ist es nicht. Ein Vater stirbt nie für einen Sohn. Der ist nicht mal tot für dich, wenn er beerdigt ist. Der lebt ewig in dir fort, ob du willst oder nicht. Der bleibt, wie eine Zahnlücke oder ein Überbein oder wie Farbenblindheit. Deinen Vater wirst du nicht los.«

Frank drehte das Eichenblatt, das er immer noch in der Hand hatte, zwischen Daumen und Zeigefinger hin und her.

»Vielleicht hätte ich doch eine Rede halten sollen«, sagte er nachdenklich. »Eine Rede gegen ihn. Eine Art frohe Botschaft: Wie schön, dass er unter der Erde ist. Ich hatte darüber nachgedacht. Aber ich war zu feige. Ich bin zu feige. Mein Vater hatte recht mit dem, was er gesagt hat. Ich bin es nicht wert, sein Sohn zu sein. Ich bin es nicht wert.«

Jetzt drehte Oberlechner sich zu Frank und sah ihm in die Augen: »Dein Vater war kein einfacher Mensch. Er hat es uns schwergemacht, ihn zu mögen. Er hatte viel Selbsthass in sich. Und wenn ich dir zuhöre, dann hat er dir vor allem diesen Selbsthass vererbt. Es gibt nur einen Ausweg aus dieser Selbsthass-Falle, Frank. Versöhne dich mit deinem Leben, sag Ja zu dir, liebe dich, sei du selbst. Dann wirst du auch deinen Vater nicht mehr hassen.«

»Das klang damals bei Ihnen im Religionsunterricht aber ganz anders. Da sollte ich Gott lieben und ehren. Und Jesus. Und meine Eltern. Von mir war da nie die Rede.«

»Wie alt warst du damals, Frank? Neun? Zehn? Glaubst du nicht, du kannst heute mehr verstehen als damals und auch mehr aushalten? Willst du dich immer noch weiter verstecken hinter deinem Vater? Oder willst du endlich als Frank Sandmoser offen der Welt gegenübertreten?«

Oberlechner hatte sich weit vorgewagt, mit dem was er sagte. Er wusste, wie schnell Frank in Rage geriet. Und tatsächlich reagierte Frank so heftig, wie er das erwartet hatte: »Sie haben doch gar keine Kinder, Sie können mich doch gar nicht verstehen.«

»Liebe kann jeder verstehen.« Oberlechner blieb ganz ruhig. »Auch ich. Auch du.«

Frank stand abrupt auf und entgegnete von oben herab: »Sie haben wohl auf alles eine Antwort.« Langsam erhob sich auch Oberlechner. Er hielt Franks Blick stand. Dann trat er aus der Bank, kniete nieder, bekreuzigte sich und verließ die Friedhofskapelle. Das nachdenkliche Einrasten des Türschlosses hallte durch den Raum. Frank war ratlos. Er setzte sich wieder. Eigentlich brauchte er jemanden wie Oberlechner, jemanden, mit dem er reden konnte, jemand, der ihm Widerstand bot. Worüber er gar nicht mit ihm gesprochen hatte, war Sibylle. Frank hatte sie gemieden während der Beerdigung. Er hatte Angst vor ihr, er hatte Angst vor sich. Er wusste einfach nicht, was er für sie empfand. Was an dieser Frau zog ihn an? Wenn da Gefühle waren für sie, wie konnte er dann eine Art Geschäftsbeziehung mit ihr eingehen, in das Zug-um-Zug-Geschäft einwilligen, das sie vorgeschlagen hatte? Darum hatte Frank sein Leben lang gekämpft, das aussprechen zu dürfen, was er dachte. Trotz seines Vaters. Das zu empfinden, was er empfand, keine Kompromisse einzugehen, keine Diplomatie, keine Berechnung, keine Heuchelei. Dann war es doch ganz einfach, er musste nur Nein sagen zu Sibylles Angebot. Und zu Sibylle.

Aber da war ihr Körper. Diese Haut, dieser Duft, diese perfekte Figur. Allein der Gedanke an sie erregte, elektrisierte ihn. Nie hatte er solche Lust empfunden wie mit ihr in der Bippenwaldstraße. Mit einer solchen Vehemenz hatte er sonst nur Hass empfunden, den Hass auf seinen Vater und sich selbst. Was war das mit Sibylle? Wenn Frank an sie dachte, war alles in ihm ein Fragezeichen.

34

Sie hielt das nicht aus, dieser Leichenschmaus ging über ihre Kräfte. Sibylle hatte ihr Essen kaum angerührt, als es wieder abgetragen wurde. Im Gegensatz zu den anderen am Tisch, die hatten es sich schmecken lassen. Der Leiter der Bank war dabei und Doktor Jenner, Danner, dann noch ein paar Männer, die sich zwar vorgestellt hatten, deren Namen Sibylle jedoch sofort wieder vergessen hatte, irgendwelche alten Geschäftskontakte von Luggi, es war ihr auch egal. Die gingen sie nichts an. Ob die immer so fressen und saufen, fragte sich Sibylle, als sie in die Runde sah. Sie redeten und lachten und tranken ein Bier nach dem anderen und fanden gleichzeitig noch Gelegenheit, sich den Mund vollzustopfen.

Sibylle saß am Kopfende eines viel zu großen Tisches und fror. Dabei war es gut geheizt in der Gaststätte Zur Post, und sie hatte einen schwarzen Tee getrunken und etwas Tomatensuppe gegessen. Aber die Feuchtigkeit und die Kälte vom Friedhof waren immer noch in ihr. Sibylle hatte mit mehr Gästen gerechnet. Erschreckend wenig Leute waren der Einladung zum Leichenschmaus gefolgt, dafür dass der Luggi so viele gekannt hatte, fand sie. Und abgesehen von ihr war das hier eine reine Männergesellschaft. Sie wäre neugierig gewesen auf die beiden

Exfrauen Sandmosers. Sibylle hatte sie bei der Beerdigung gesehen, der Pfarrer hatte ihr die beiden gezeigt, aber sie hatte keine Gelegenheit gefunden, Karin und Helga Sandmoser einzuladen, sie waren sofort gegangen. Gerade auf die ärmellose Helga war Sibylle gespannt gewesen. Diese Helga, zu deren Gunsten es ein Testament gab. Das Sibylle verwahrte.

Auffallend war für Sibylle gewesen, wie sehr Frank sie gemieden hatte. Er hatte ihr nur zu Beginn der Beerdigung kurz die Hand geschüttelt, und das ohne sie anzuschauen. Weder hatte er sich zu ihrem Angebot geäußert, noch hatte er überhaupt so etwas wie Gefühle gezeigt. Dabei waren sie sich erst vor zwei Tagen sehr nahegekommen. Und dann war Frank sofort nach der Beerdigung verschwunden gewesen. Oben auf dem Friedhof war sie sich schon allein vorgekommen. Aber hier an diesem Tisch, in diesem Raum, der abgetrennt war von der Gaststube, dazu unter lauter Männern und ausgestellt am Kopfende, kam Sibylle sich noch einsamer vor. Als wären alle auf der anderen Seite. »Es geht mir schlecht«, murmelte sie leise vor sich hin. Die Männer am Tisch hörten es nicht, obgleich sie wohl verstanden hätten, dass es ihr schlecht ging, am Tag der Beerdigung von Ludwig Sandmoser. Aber sie selbst verstand es nicht. Warum ging es ihr denn schlecht, fragte sie sich. Wirklich wegen Ludwig? Sie nannte ihn jetzt Ludwig, fiel ihr auf, nicht mehr Luggi. Entfernte sie sich langsam von ihm?

Ein Mann starrte sie an. Sibylle konnte sich an seinen Namen nicht erinnern. Deutlich jünger als Ludwig, aber fast so breit, der konnte eine Halbe mit zwei Schlucken in sich hineinschütten. Er saß etwa in der Mitte der Tafel und hatte wohl auch schon einige Halbe hinter sich. Nach einer Weile bemerkte Sibylle, dass er nicht sie anstarrte, sondern jemand anderen. Vielleicht eine Erinnerung. Oder eine Sehnsucht. Er hatte glasige Augen. Oder war er den Tränen nahe?

Ich könnte auch gehen, das fiele gar nicht auf, dachte Sibylle, weder dem noch den anderen. Sie war selbst erstaunt, dass sie es dann einfach tatsächlich machte. Alle hatten Verständnis, an einem Tag wie heute, aber natürlich, sie blökten ihr Einverständnis wie Schafe, und ja, sie nahmen ihre Einladung gern an, noch länger zu bleiben und auf Sandmosers Kosten weiter auf sein Wohl zu trinken. Sie besprach sich kurz mit dem Wirt der Post wegen der Rechnung, dann trat sie hinaus in den Regen und wusste nicht wohin. Nur nicht zum Friedhof! Also nach Hause? Aber wo war das? In der Bippenwaldstraße? Sibylle wusste keine Antwort. Sie ging an den Biergartentischen vorbei, an denen vornübergeneigt Klappstühle lehnten, die dem Regen trotzten. Sie nahm den Weg hinüber zu den Parkplätzen am Bahnhof, wo auch ihr Fiesta stand, schloss aber nicht auf, sondern ging vorbei und noch ein paar Meter weiter, in das Bahnhofsgebäude hinein. Da hatte sie wenigstens ein Dach über dem Kopf. Schon diese kurze Strecke vom Wirtshaus hierher hatte dem Regen gereicht, den schwarzen Stoff ihres Mantels zu durchtränken. Noch spürte sie die Feuchtigkeit nicht auf ihrer Haut. Es war niemand im Bahnhof, sie war allein mit einem kleinen Fahrplan und einem blinkenden Fahrkartenautomaten.

Sibylle trat hinaus auf den überdachten Bahnsteig. Auch hier niemand, weder in Richtung Kufstein, noch drüben auf dem zweiten Gleis in Richtung Rosenheim. Philipp kam ihr in den Sinn. Sie war nicht erstaunt gewesen, als sie ihn auf dem Friedhof gesehen hatte. Er hatte sich ihrem Wunsch widersetzt, natürlich, alles andere hätte sie gewundert. Wo er jetzt wohl war? Er hatte einen Schlüssel zum Haus in der Bippenwaldstraße. Wo er den herhatte, das hatte er nicht verraten. Ob er jetzt in dem Haus war? Sollte Sibylle auch dorthin fahren? Heimfahren? War das noch ihr Zuhause? Oder sollte sie am Ende zu Wildenhaus? Mit dem hatte sie sich eigentlich nur eingelassen, weil sie glaubte, er könne ihr irgendwie helfen. Er war gegen Sandmoser, er wollte ihn sogar umgebracht haben. Sie hatte ihm das nicht geglaubt, nein, so viel Hass konnte der gar nicht aufbringen. Und ihn anzeigen, was hätte sie davon gehabt? Sandmoser war tot. Schluss, aus, vorbei. Wildenhaus brachte ihr nichts mehr, wenn überhaupt, musste sie sich an Frank halten. Aber wo war der?

Nein, sie wollte jetzt nirgendwohin. Sibylle hatte das Gefühl, kein Ziel mehr zu haben. Sie wollte nichts, sie spürte nichts. Sie war ruhig.

Irgendwo da hinten im Dunst, auf der anderen Seite vom Zementwerk, schien ein Zug Fahrt aufzunehmen. Zu sehen war er noch nicht, aber durch den wehenden Regen hindurch war er zu hören. Abschiede, dachte Sibylle. Immer wieder Abschiede. Immer wieder verlassen werden. Harald hatte sie verlassen, Ludwig auch. Jeder auf seine Weise, aber beide hatten sie einfach im Leben zurückgelassen. Und Sibylle hatte das Gefühl, dass ihr auch eine Trennung von Philipp bevorstand. Er war schon jetzt so weit weg, sie kam gar nicht mehr an ihn ran.

Und wenn sie nun ganz weg wäre? Würde jemand sie vermissen? Beim Leichenschmaus vermisste sie auch niemand. Für die meisten im Ort war sie ohnehin ein Fremdkörper. Eine, die sich an den Sandmoser rangemacht hatte, um im Luxus zu leben. Als ob man mit Sandmoser im Luxus lebte. Außer seinen Geschäften und seinem FC Bayern hatte der nur Sex im Kopf gehabt. Manchmal hatte sie geglaubt, Sandmoser habe das alles durchgerechnet und sei zu dem Ergebnis gekommen, Sibylle komme ihn unter dem Strich billiger als der Puff.

Sie trat näher an die Bahnsteigkante heran und blickte auf die nass glänzenden Gleise. Hier vorne hatte sie kein Dach mehr über dem Kopf. Das musste ein Güterzug sein, der da kam, mit einem so gewaltigen Geräusch. Aber Sibylle sah nicht hin. Sie starrte weiter auf die Gleise. Sie fühlte sich ganz ruhig, ganz leer. Kein unangenehmes Gefühl. Sie machte sich keine Illusionen mehr. Es gab nichts, was sie noch erreichen wollte, was sie werden, was sie sein wollte. Um sie herum, dieser Bahnhof, dieser Regen, dieser Güterzug, das war alles. Mehr würde es nicht werden in ihrem Leben. Das musste reichen.

Sie merkte, wie der Regen durch ihre Kleidung drang. Sonst spürte sie nichts. Nur diese Feuchtigkeit kam durch zu ihr und das ohrenbetäubende Donnern des Zuges. Dann war da etwas wie ein Schlag. Sibylle verstand erst gar nicht, was das gewesen war, es war wie das Aufwachen aus einem Albtraum. Jemand umklammerte ihren Arm so fest, dass es ihr wehtat, so weh, dass sie schreien musste, laut schreien, aber dieser nicht enden wollende Schrei ging unter in dem höllischen Lärm und in der Gischt des vorbeifahrenden Güterzuges.

35

Er fror. Die nasse Hose klebte an seinen Beinen. Seine Kleidung, sein Körper, alles war kalt. Warum war er hergekommen? Hatte er von ihr noch etwas zu erwarten? Änderte das noch etwas, wenn er ihr alles erzählte? Nein, sie war nicht in der Lage, das zu verstehen, geschweige denn, ihn zu unterstützen. Warum also wartete er?

Je länger er hier war, desto mehr fühlte er sich eingesperrt. Voller Unruhe lief er durch das Haus, kam sich vor wie in einem Gefängnis. Alles stieß ihn ab, die Bleiglasfenster im Wohnzimmer, die Wandteppiche, das Eichendekor in der Küche, der ganze schmiedeeiserne Prunk in der Diele. Am Vortag war er so ruhig gewesen, hier, in diesem Haus, so cool. Er hatte schon gedacht, er hätte es geschafft, er hätte eine Art Frieden gefunden und könnte gelassen auf das alles herabblicken. Aber jetzt, wo Sandmoser unter der Erde war, brach alles in ihm auf, schlimmer als zuvor. Warum nur wartete er auf sie? Was versprach er sich davon? Warum ging er nicht einfach?

Alles hier war kalt, die Einrichtung, die weißen, roh verputzten Wände, die Teppiche, die ganze Atmosphäre. Das Haus wirkte, als wäre es schon seit Langem verlassen. So sauber, so ordentlich, so steril, als hätte hier nie jemand gewohnt. Oder war diese Kälte der Preis, den man zahlen musste, wenn man so lebte wie Sandmoser? Die Leblosigkeit in diesem Haus, die Leere der Räume, das war ihm am Vortag gar nicht aufgefallen. Da war noch alles gut gewesen.

Auf den Bodenkacheln hinterließen seine nassen Schuhe Abdrücke. Das Licht, das durch die Fenster des Hauses hereindrang, war bedrohlich dunkelgrau. Er fühlte sich ausgeliefert. Er bewegte sich, er gab der Unruhe seines Körpers nach. Er hatte ein Ziel, das Schwimmbad. Er ging hinunter. Egal, wie lange er sich in diesem Haus aufhielt, er kam unweigerlich immer im Schwimmbad an. Er öffnete die schwere Holztür, Eiche massiv, wie die Haustür. Sofort roch er das Wasser, er stellte fest, dass es jetzt kalt war. Sie musste nach seinem Besuch gestern alle Heizungen ausgeschaltet haben. Auch das Wasser im Pool wurde nicht mehr gewärmt. In diesem Raum war es so kalt wie in Sandmosers totem Körper. Philipp betrat das kleine Bad. Er öffnete den mittleren Spiegelschrank und sah auf dem unteren Glasboden mehrere steril verpackte Einmalspritzen. Und die Großpackung Diclofenac.

Philipp öffnete die Packung. Er suchte etwas, fand es aber nicht, schloss den Spiegelschrank wieder, ging in die Hocke und schaute in den kleinen Abfalleimer unter dem Waschbecken. Leer. Als er nach oben in die Küche ging, um im Mülleimer unter der Spüle nachzusehen, ließ ihn in der Diele das Ding-Dong der Türglocke zusammenfahren. Sie hatte doch einen Schlüssel. Geräuschlos ging er zur Tür. Der Türspion war so weit oben, dass da sicher nur Sandmoser hatte hindurchsehen können. Sibylle nicht, ganz sicher nicht. Philipp sah vorsichtig hindurch. Wer immer da vor der Tür stand, war klein. Nur ein dunkelbrauner Haarschopf war zu erkennen. Eindeutig der eines Mannes. Vorhin auf dem Friedhof hatte ihn einer so merkwürdig angesehen. Ob der das war? Jedenfalls stand jemand sehr dicht vor der Tür.

Vorsichtig legte Philipp seine linke Hand auf den Türgriff. In der rechten hatte er bereits den Autoschlüssel. Der Gong ertönte ein zweites Mal. Philipp ließ ihn verklingen. Er zwang sich zur Ruhe, hielt die Luft an und zählte. Bei drei explodierte er und riss die Tür auf. Einen Sekundenbruchteil blickte er in das erstaunte Gesicht eines kleinen, etwas untersetzten Mannes in einem schwarzen Anorak. Philipp setzte seine Unterarme wie eine Stoßstange ein und rannte den verdutzten Kerl einfach über den Haufen. Der jaulte auf, als er mit der Hüfte auf einen Schuhabstreifer in Form eines in der Mitte leicht durchhängenden Dackels krachte, der neben der Eingangstür montiert war. Wer immer das war, Philipp trat ihm noch einmal mit voller Wucht gegen das Schienbein. Der Mann im Anorak jaulte ein zweites Mal auf, während Philipp sofort losrannte, über das Gartentor sprang wie ein Hindernisläufer, die Autotür aufriss und seinen Duster startete. Der Wagen schoss los wie eine Kugel. Als Lollo mühsam wieder auf den Beinen stand und zwei schmerzvolle Schritte gegangen war, knickte er ein. Ihm wurde schwarz vor Augen.

36

»Ich bleib zu Hause wohnen, bis Papa und Mama gestorben sind, Oma.« Max nippte an seinem Kakao und sah über den Tassenrand seiner Lieblingsoma, die seine einzige Oma war, zu, wie sie am Küchentisch Kartoffeln schälte.

»Na, das mag hoffentlich noch viele Jahre dauern, Maxl«, sagte Ursula Riederer und ließ eine glänzende geschälte Kartoffel in einen Topf mit Wasser plumpsen. »Mein Mann, dein Opa Franz, also der Papa von der Mama, der war sechsundsiebzig, als er starb. Dann würdest du noch gut dreißig Jahre daheim wohnen bleiben. Ist das nicht ein wenig lang?«

»Ich hab Zeit«, erwiderte Max und pustete, um seinen Kakao weiter abzukühlen. »Und danach werd ich dann Bauarbeiter.«

»Soso.« Unwillkürlich zog sich die Stirn von Ursula Riederer zusammen. »Und was machst du in den dreißig Jahren, bevor du Bauarbeiter wirst?«

»Na, da wohne ich zu Hause, hab ich doch gesagt, mit Mama und Papa.«

»Verstehe, Maxl. Wenn du daheim wohnst, brauchst du natürlich nicht zu arbeiten.«

»Muss ich ja jetzt auch nicht.«

»Genau. Und warum willst du ausgerechnet Bauarbeiter werden?«

»Dann kann ich Bagger fahren, Oma. Den ganzen Tag. Ich hab schon eine Jacke, da steht hinten drauf: *Baggerlizenz Nr. 1.*«

»Du kannst wohl schon lesen«, stellte Oma Riederer erstaunt fest und ließ die nächste Kartoffel ins Wasserbad gleiten.

»Hat mir der Papa vorgelesen, was auf meiner Jacke steht.«

»Hoffentlich passt die Jacke noch, wenn du auf den Bau gehst.«

»Klar. ›Da ist noch Luft drin‹, sagt der Papa immer, wenn ich die anhab.« Max umkurvte mit seinem Spielzeugkäfer samt Wohnwagen seine Kakaotasse. »Oma, warum hast du mich abgeholt vom Kindergarten und nicht die Mama oder der Papa?«

»Weil deine Mama mich angerufen und mich darum gebeten hat. Die Mama hat überraschend Besuch bekommen, und dein Papa ist noch arbeiten, hat sie gesagt. Und deshalb bist du hier bei mir.«

»Der Papa sitzt bestimmt wieder im Auto und beobachtet andere Leute«, sagte Max und parkte mit seinem Wohnwagengespann rückwärts zwischen zwei ungeschälten Kartoffeln ein.

»Das ist freilich ein komischer Beruf, den dein Papa da hat, Maxl.«

»Ich find's spannend«, entgegnete Max. »Außer, wenn es langweilig ist. Aber neulich, da haben wir sogar die Resi beobachtet, wie die aus einem Haus rausgekommen ist.«

»Die Wimmer Resi?« Ursula Riederer hielt mit dem Kartoffelschälen inne. »Ja, wo war denn die?«

»Da oben am Nußlbergweg. Ich weiß nicht mehr, wie der Mann heißt, wo die drin war.«

»Am Nußlbergweg?« Ohne den Kartoffelschäler beiseitezulegen, wischte sich Ursula Riederer mit dem Handrücken eine graue Haarsträhne aus der Stirn. »Interessant. War die etwa beim Masseur, beim Wildenhaus?«

»Weiß nicht. Aber ich hatte meinen Unimog dabei. Ich durfte nur ein Auto mitnehmen, und ich wollte halt den Unimog. Und dann ist ganz schnell ein Duster vorbeigefahren. So, wusch!«, sagte Max und fuhr mit seinem Käfer so schnell über den Küchentisch, dass der Wohnwagen in den Kartoffelschalen landete.

»Da hast ja schön was erlebt, Maxl«, meinte Monis Mutter und schälte weiter. »Und die Resi auch. Ist doch ein interessanter Beruf, den dein Papa da hat.«

37

Sibylle schlief. Neben dem Sofa, auf einem Hocker, stand eine Tasse Tee, die sie kaum angerührt hatte. Etwas wie eine sehr dünne Haut hatte sich darauf gebildet. Sibylle lag auf der Seite, ihre blond gelockten Haare waren noch feucht. Moni traute sich nicht, ihr beim Schlafen zuzusehen. Das schien ihr zu intim. Dabei hatte sie Sibylle wie ein Kind heiß abgeduscht, ihr einen Bademantel von sich gegeben und sie auf das Sofa gelegt. Sibylle hatte alles willenlos über sich ergehen lassen.

Moni hatte Sibylle einfach mit zu sich in die Steilnerjochstraße genommen, damit sie sich um die völlig durchnässte Frau kümmern konnte. Aber jetzt, wo Sibylle schlief, was sollte Moni tun? Sie ging in die Küche, öffnete die Terrassentür und sah hinaus in den Regen. Allmählich ließ er nach. Drüben, am Buchberg, hatten tiefziehende Wolken sich in den Baumwipfeln verfangen. Schon als Kind hatte Moni den Regen gemocht. Wenn sie im Bett lag und durch ihr Fenster den Wolken nachsah, kamen sie ihr vor wie eine Zudecke. Sie mochte auch das Geräusch. Am besten schlief sie ein, wenn es regnete. Und in Kiefersfelden regnete es nicht wenig.

Moni schloss die Terrassentür wieder. Komisch, dass sie sich nach der Beerdigung nicht von jemandem hatte nach Hause bringen lassen, sondern noch mal hinunter zur Trauerfeier gegangen war. Lollo hätte von Zufall gesprochen, dass sie im Bahnhofsgebäude nachgeschaut hatte, nachdem sie Sibylle in der Post nicht gefunden hatte. Für Moni war das eine innere Weisheit, die ihre Schritte in solchen Momenten lenkte. Es war ihr schon häufiger passiert, dass sie genau im richtigen Augenblick am richtigen Ort war. Spätestens seit sie Marianne und ihrer Spiritualität begegnet war, konnte sie solche Situationen richtig einordnen. Das gab Moni zusätzlich Sicherheit.

Dass ihr Sibylle seit Sandmosers Tod so nah war. Davor hätte Moni Sibylle nicht einmal als Freundin bezeichnet. Warum hatte sie sich in den letzten Tagen so für Sibylle eingesetzt, vor allem Lollo gegenüber? Hatte sie Sibylle auf dem Bahnhof vorhin wirklich das Leben gerettet? Sibylle schien ihre ganze Verzweiflung auf dem Bahnsteig aus sich herausgeschrien zu haben. Nach ihrem Ausbruch war sie wie erloschen. Sibylle hatte nichts gesagt, als Moni ihre Mutter angerufen hatte, um sie zu bitten, Max vom Kindergarten abzuholen und mit zu sich zu nehmen. Und Sibylle hatte sich auch nicht gewehrt, als Moni ihr den Autoschlüssel abgenommen und sie in die Steilnerjochstraße gefahren hatte.

Auf Socken ging Moni zurück ins Wohnzimmer. Zu ihrer Überraschung lag Sibylle mit weit offenen Augen da. Moni setzte sich zu ihr auf die Sofakante. Sibylle sah sie an, als würde sie sie nicht kennen. Als wären Sibylles Augen nur Oberfläche und hätten keinerlei Verbindung nach innen.

»Sibylle?«, fragte Moni fürsorglich. »Wie geht es dir? Kann ich was für dich tun?«

Statt einer Antwort richtete Sibylle sich auf. Mit der rechten Hand hielt sie den Bademantel zusammen. Sie rückte etwas weg von Moni, ließ sie aber nicht aus den Augen.

»Soll ich dir was zu essen machen? Oder willst du lieber heim und deine Ruhe haben?«

Immer noch sagte Sibylle nichts, aber langsam schien sie zurück in die Gegenwart zu finden.

»Heim?«, fragte sie schließlich und löste ihren Blick von Moni. Sie schien etwas entdeckt zu haben im Zimmer.

»Ja, in die Bippenwaldstraße«, sagte Moni. »Ich kann dich fahren, wenn du willst.«

»Diese verfluchte Ente«, murmelte Sibylle. Max hatte die Trachtenente in das Regalfach unter dem Fernseher gestellt. Im Gegensatz zu der Ente lächelte Sibylle nicht. Moni hatte den Eindruck, das Leben komme zurück zu ihr, das Leben in Form von Hass.

»Wo ist die her?«, fragte Sibylle scharf.

»Das weißt du doch«, sagte Moni überrascht. »Das ist dieselbe Ente, die Max neulich mit bei dir hatte. Erst wollte er ja nicht damit rausrücken, woher sie stammt. Der Maxl war doch plötzlich verschwunden am Samstag, als wir alle bei dir waren. Der hat sich versteckt und muss unten bei euch im Schwimmbad gewesen sein. Da schwamm die Ente im Wasser, hat er gesagt. Er hat sie einfach mitgenommen und sich dann wieder ins Auto gesetzt. Willst du sie wiederhaben?«

Sibylle antwortete nicht. Moni war sich nicht sicher. Sollte sie Sibylle nach Wildenhaus fragen? Oder nach Frank Sandmoser? Oder sollte sie es wagen, sich nach dem Froschgift zu erkundigen?

»Da ist noch etwas.« Moni zögerte. »Der Lollo hat etwas gefunden an diesem Abend, als er den Max gesucht hat. In dem kleinen Bad unten, neben dem Pool, da hat der Lollo eine Ampulle gefunden. Da hat Diclofenac draufgestanden.«

»Und?« Sibylle runzelte die Augenbrauen. »In das Eimerchen unter dem Waschbecken, da hab ich die leeren Ampullen immer reingetan, wenn ich dem Luggi was gespritzt hab.«

»Es gibt sicher eine einfache Erklärung dafür«, tastete Moni sich voran. »Der Lollo hat dran gerochen, an der Ampulle, wie er halt so ist, und er fand den Geruch sehr eigenartig. Ein Bekannter vom Lollo, der Dinzinger Albert, ein Mediziner, der hat das dann analysiert, und angeblich, sagt der Dinzinger, war in der Ampulle Froschgift.«

»Froschgift?« Sibylles Augen verengten sich.

»Ja, von irgendwelchen exotischen Fröschen, aus Südamerika glaub ich.« Moni versuchte, sich an Lollos Worte zu erinnern. »Ein ganz starkes Nervengift, hat der Dinzinger gesagt. Da wird nach und nach der ganze Körper gelähmt, die Beine, die Arme, die Atmung, alles.« Aber Sibylle hörte gar nicht mehr richtig zu, sie wirkte eine Weile abwesend, bevor sie sich wieder in Monis Erzählung einklinkte.

»Aber der Luggi, der war doch ganz lebendig, als ich losgefahren bin.« Sibylle wurde lauter.

»Der Dinzinger meinte, das braucht zwanzig Minuten, bis das Gift zu wirken anfängt«, erklärte Moni ruhig weiter. »Der Luggi, der muss erst mal einfach seine Bahnen geschwommen sein.«

»Das würde ja bedeuten, dass ich ihn umgebracht habe.« Sibylle blickte ins Leere. »Willst du das damit sagen?«

»Sibylle, ich sage gar nichts.« Moni fühlte sich hilflos. »Du hast sicher gar nicht gewusst, was da drin war, in der Ampulle, also, du hast sicher gedacht, dass da Diclofenac drin war, und wer weiß, vielleicht hat sich der Dinzinger ja auch geirrt, und da war gar kein Gift drin. Ich habe mich mit dem Lollo schon drüber gestritten,.«

»Aber ich habe ihm die Spritze gesetzt«, erwiderte Sibylle.

»Aber du dachtest doch, du hast Diclofenac gespritzt.«

»Warum verteidigst du mich eigentlich?«, fragte Sibylle kalt. »Ist doch egal. Ich habe es gespritzt, ich.« Mit einem Mal schien Sibylle gedankenversunken. Moni beobachtete sie und fragte schließlich langsam, Wort für Wort abwägend: »Ich will dich nicht drängen, aber hast du eine Ahnung, wer das Gift in die Ampulle getan haben könnte?«

»Nein«, entgegnete Sibylle schroff. »Nein, woher denn. Keine Ahnung. Der halbe Ort hat den Luggi gehasst, eher der ganze Ort. Da hätten einige in Kiefersfelden Spaß dran gehabt, den umzubringen. Aber wer kann das schon?«

»Ist ja gut, Sibylle, vielleicht ist das alles nur Zufall. Beruhige dich.« Was jetzt kam, kostete Moni Überwindung. Sie holte noch einmal Luft. »Ich hab das Gefühl, dass du mir was verschweigst, aber es ist deine Entscheidung, was du mir sagst. Und was nicht.«

»Ich verschweige gar nichts. Du hast mir etwas verschwiegen, das mit dem Froschgift. Wenn ihr der Meinung seid, ich hätte den Luggi umgebracht, warum seid ihr dann nicht längst zur Polizei gegangen?«

»Niemand verdächtigt dich, Sibylle. Ich meine nur zu spüren, dass du wissen könntest, wer da dahintersteckt.«

»Du und dein Spüren. Hast du auch gespürt, dass ich auf dem Bahnhof war, ja? Warum spürst du nicht einfach, dass ich allein sein will, dass ich am Ende bin, dass ich niemanden brauche und von niemandem was wissen will! Von niemandem, auch von dir nicht!«

»Sibylle, ich weiß, es ist hart für dich«, sagte Moni gefühlvoll.

»Du? Gar nichts weißt du. Dein schönes Leben hier hat dich blind gemacht, blind und stumpf. Mann, Kind, Haus, Heimat, du hast doch alles. Du hast keine Ahnung, wie es jemandem geht, der das alles nicht hat. Ich will das auch gar nicht mehr. Ich habe keine Lust mehr, Männern ihre dreckigen Fantasien zu erfüllen. Die ziehen einen ja sogar auf dem Friedhof aus, mit ihren Blicken. Ich habe auch nicht mehr das Bedürfnis, dazugehören zu wollen, zum Luggi, zu den Kieferern, zu eurem

Eso-Geplapper. Ich bin allein, und ich werde immer allein sein, da hilft mir nicht mal mein eigener Sohn.«

Sibylle hielt inne. Ihr Blick verriet: Das hatte sie auf keinen Fall sagen wollen, nie. Aber jetzt war es raus. Und im gleichen Moment erinnerte sich Moni an den jungen Mann mit dem Vollbart, den sie vor der Beerdigung gesehen hatte, unten beim Baumayr.

»Ich meine«, versuchte Sibylle sich herauszureden, »nicht mal, wenn ich einen Sohn hätte, wäre ich weniger allein.«

»Lass gut sein, Sibylle. Ich verstehe ja, dass du ihn schützen willst. Er war heute auf der Beerdigung, stimmt's?«

Sibylle fühlte sich hilflos wie ein Käfer auf dem Rücken. Sie kam nicht raus aus dieser Situation, spürte aber gleichzeitig den mächtigen Impuls, sich zu wehren. Da war auf einmal eine ungeheure Kraft in ihr, sie hätte schreien und alles zerstören können, auch sich selbst. Es zerriss sie förmlich. Mit der geballten rechten Hand schlug sie auf die Teetasse, die immer noch auf dem Hocker neben dem Sofa stand. Die dünnwandige Tasse zersplitterte, der kalt gewordene Tee spritzte auf den Teppich. Sibylle schrie, wie sie ein paar Stunden zuvor auf dem Bahnhof geschrien hatte. Plötzlich riss ihr Schrei ab, sie hielt sich den Arm. Dicke rote Tropfen kamen aus ihrer Hand und zerplatzten auf der Untertasse.

38

Das funktioniert so nicht!

Was war das für ein hinterhältiges Leben! Da holte es Lollo freundlicherweise zurück aus dem Schwarz der Bewusstlosigkeit, gab ihm aber sofort eins drüber, zack, indem es Lollo mit dem Standardspruch seines Chefs aufwachen ließ. »Das funktioniert so nicht«, sagte Baum, Jens Baum immer, wenn er zu einer Fundamentalkritik an Lollos Arbeit ansetzte. Da nahm er sich dann Zeit, vergaß auch nicht, allerkleinste Korinthen zu kacken, und fuhr mit seinem verbalen Rasenmäher immer wieder über Stellen, die er schon längst gemäht hatte. Eine Stunde war da nichts. Ausgerechnet mit diesem Satz kehrte Lollo wieder unter die Lebenden zurück: *Das funktioniert so nicht.* Das Schlimmste war, es stimmte! Sein Chef hatte ja recht! Wie konnte Lollo sich nur so dämlich anstellen? Was hatte er sich nur dabei gedacht, einfach mal zu klingeln, ohne Vorsichtsmaßnahmen zu treffen? Wenn er aber schon so gnadenlos versagt hatte, hätte das Leben Lollo dann nicht wenigstens zu einem romantischen Tod verhelfen können? Gestorben für die Sache der Guten, bei einem unentgeltlichen Einsatz im Dienste der Wahrheit. Das hätte auf seinem Grabstein stehen können oder zumindest in seiner Todesanzeige. Aber auch einen dreispaltigen Nachruf hätte ihm das *Oberbayerische Volksblatt* als jahrelangem Abonnenten widmen können: *Er hinterlässt eine Frau und einen fünfjährigen Sohn*, das wäre der letzte Satz von der Nachricht über seinen Tod gewesen. Sein Tod hätte Lollos ganzes Leben rückblickend in tiefgoldenes Sonnenlicht getaucht. Er wäre als Held gestorben.

Stattdessen musste er als Dummkopf weiterleben. Wie lange schon, fragte er sich, lag er hier auf dieser Türschwelle. Seine linke Gesichtshälfte klebte auf einem großen Fußabtreter aus Sisal, und es kam Lollo so vor, als hätten sich sämtliche Hautschichten mittlerweile aufgelöst. Er glaubte, das rohe Fleisch seiner Wange zu spüren. Aber das war noch das Wenigste. Lollos rechte Hüfte fühlte sich an wie gebrochen, ebenso sein linkes Schienbein. *Das funktioniert so nicht.* Ja wirklich, das hatte Lollo am eigenen Leib erfahren, dass es so nicht funktionierte.

Lollo versuchte aufzustehen, sackte aber sofort auf die rechte Seite, die, mit der er auf den eisernen Dackel gekracht war. Er stöhnte, aber er rappelte sich erneut auf. Eine Weile verbrachte er als Vierfüßler auf dem Fußabtreter. Mühsam richtete er sich auf, stand schließlich auf zwei Beinen, schwankte, als suche er Halt auf sehr hohen Stelzen. Sein Körper war eine Zusammenballung von Schmerz auf Füßen.

Wohin jetzt? Lollo nutzte die offen stehende Tür und ging ins Haus. Er suchte nach einer Sitzgelegenheit. Sein Blick fiel auf einen Hocker in der Küche. Lollo setzte sich vorsichtig. Wie lange hatte er da draußen gelegen? Er blickte an sich hinab. Sein Anorak, seine Hose, seine Schuhe waren zwar noch feucht, aber nicht allzu verdreckt. Er war sauber umgerannt worden. Lollo schaute in die andere Richtung, zur Spüle. Vor der Spüle waren Abdrücke von einer groben Sohle. Die mussten von Philipp Ziegler stammen. Warum war er in der Küche gewesen, fragte sich Lollo. Unwahrscheinlich, dass er schnell den Abwasch gemacht hatte für seine Mutter. Ebenso vorsichtig, wie Lollo sich gesetzt hatte, erhob er sich wieder. Wenn er gehen konnte, dann hatte er sich nichts gebrochen. Diese Einsicht verlieh ihm Kraft. Lollo folgte den Fußspuren. Sie führten ihn erwartungsgemäß ins Schwimmbad, vor den kleinen Abfalleimer unter dem curryfarbenen Waschbecken. Hier war er gewesen. Hatte er bemerkt, dass in dem Eimerchen keine Ampulle mehr war? War er dann hochgegangen in die Küche, um dort im Müll nachzusehen? Hatte ihn das überhaupt interessiert?

Lollo machte die mittlere Tür des Allibert auf. Er sah die in Plastik eingeschweißten Einmalspritzen und die Packung mit den Diclofenac-Ampullen. Alles war unverändert, wie beim ersten Mal, als er Max gesucht hatte. Lollo nahm die Großpackung Diclofenac heraus und schaute hinein. Wie Soldaten standen die Ampullen in Reih und Glied, nur in der Mitte fehlten welche. Außen rum waren noch alle da, nur in der Mitte, da war nichts. Lollo schloss die Verpackung wieder und stellte sie zurück. Dann fiel es ihm auf. Warum hatte er bei seinem ersten Besuch nicht daran gedacht? Irgendwo musste doch die benutzte Spritze sein, in dem kleinen Treteimerchen unter dem Waschbecken war schließlich nur die Ampulle gewesen. Lollo öffnete die rechte Tür des Spiegelschranks. In einem großen Glas mit Schraubverschluss steckte, auf der Spitze stehend, eine der Einmalspritzen.

Lollo nahm das Glas heraus. Als er die Schranktür wieder schloss, sah er sein Gesicht im Spiegel des Allibert. Er hätte es besser nicht gesehen. Bei anderen mochten Schürfwunden und verschmiertes Blut heldenhaft wirken. Gerade Fernsehdetektive schmückten sich mit so etwas gern. Lollo dagegen sah aus wie ein täppischer Heimwerker, dem die Lampe, die er aufhängen wollte, gerade ins Gesicht gefallen war.

Langsam, aber stetig schlich Lollo wieder zurück nach oben. Jede Treppenstufe tat weh, aber er begann, sich an den Schmerz zu gewöhnen. Es war leer und kalt in diesem Haus. Lollo kam sich vor wie in einem begehbaren Sarg. Hier war alles Leben verschwunden. Möglich, dass ein Teil von Sandmoser schon vor seinem Tod gestorben war. Lollo ging an dem Bauernschrank vorbei, hinter dem er vorgestern noch Sibylle und Wildenhaus belauscht hatte. Schon da hätte er an die Spritze denken können. Irgendwo musste sie ja sein. Manchmal passierten ihm einfach kleine Fehler. Manchmal auch große.

Lollo zog die Haustür hinter sich zu und ging über die Steinplatten wie ein tattriger Greis. Als er sich bückte, um das niedrige Gartentor zu öffnen, durchfuhr seine rechte Körperhälfte ein höllischer Schmerz. Im Schneckentempo kroch Lollo zu seinem Auto. Es hatte aufgehört zu regnen, aber das Wasser tropfte noch von den Bäumen und Sträuchern. Lollo setzte sich ins Auto, als wäre er ein rohes Ei. Er sah zum Handschuhfach hinüber. Nein, das schaffte er nicht, sich über seine rechte Seite so weit vorzubeugen. Er stieg also wieder aus, ging um den Mercedes herum, öffnete erst die Beifahrertür, dann das Handschuhfach und langte einen Kuli und einen verknitterten Briefumschlag mit Fenster heraus. Auch das ging nicht ohne Schmerzen, aber Lollo bemühte sich, tapfer zu sein. Wieder auf dem Fahrersitz angelangt, schrieb er auf die Rückseite des Umschlags: *Vorsicht, Froschgift! Da ist schon der Sandmoser dran gestorben.* Er schraubte das Glas auf und legte den beschriebenen Umschlag auf die Spritze, bevor er die Kufsteiner Straße hinunter zurück in den Ort fuhr. Er parkte an der Sparkasse, ging so unauffällig sein Zustand es erlaubte auf dem Bürgersteig in Richtung Polizei.

Das Polizeigebäude war durch eine Überwachungskamera gesichert. Die war genau auf den Eingang gerichtet und damit auch auf den Briefkasten, der neben dem Eingang hing. Lollo wollte nicht gefilmt werden, Danner würde auch so richtig vermuten, wem er das Einmachglas samt gebrauchter Spritze zu verdanken hatte. Wohin damit? Lollo fiel das Zeitungsfach unter dem Polizeischild auf, gleich vorne an der Straße. Da drin, in dem blauen Plastikteil, würde morgen früh nicht nur das *Oberbayerische Volksblatt* liegen. Oder hatten die Sparmaßnahmen bei der Polizei dazu geführt, dass sie das Abo hatten kündigen müssen? Es würde schon jemand nachschauen, beruhigte sich Lollo. Er stellte das Glas quasi im Vorbeigehen auf das Zeitungsfach und bemühte sich, wie ein Tourist weiterzuschlendern, scheinbar ohne Ziel und ohne Verpflichtung. An der Bahnhofstraße bog er rechts ab und am Lindenweg wieder, sodass er in einem Kreis zurück zu seinem Auto ging. Er wusste, dass diese Vorsichtsmaßnahme unnötig gewesen war. Aber noch schöner als das Gefühl der Sicherheit war für ihn, dass er jetzt wieder besser laufen konnte. Überhaupt ging es ihm den Umständen entsprechend großartig. Er hatte, ohne groß darüber nachzudenken, das Richtige getan und der Polizei endlich einen Hinweis gegeben. Was für eine Befreiung. Lollo beschloss, jetzt nicht nach Hause, sondern noch mal zum Friedhof zu fahren. Als er das Auto vor dem Kindergarten geparkt hatte und zum zweiten Mal an diesem Tag die Treppen hinaufstieg, kam er sich vor wie auf einem Kreuzweg.

Lollo öffnete das schmiedeeiserne Tor. Es war schon fast dunkel, aber es war ja den ganzen Tag über nicht richtig hell gewesen. Aus der Entfernung sah Sandmosers Grab aus, als hätte da jemand einen Haufen Federbetten aufgeworfen. Damit der Tote da drunten nicht frieren möge. Dicke Schichten aus Blumen und Kränzen und Heuchelei. Lollo kam näher und blieb schließlich stehen. Nach dem Aufstieg und lädiert wie er war, brauchte er eine Zeit, um wieder zu Atem zu kommen und sich aufzurichten. In die Dämmerung mischte sich der Dunst des Regentages, der wie eine Erinnerung über den Gräbern lag. Lollo fielen die roten Grablichter überall auf. Wie kleine Laternen, die den Weg in die Ewigkeit markierten. Lollo war überwältigt von der Schönheit des Anblicks. Im Weitergehen hatte er den Eindruck, er schwebe, wie ein Flugzeug kurz vor der Landung. Wie die Lichter einer Stadt aus großer Höhe, so kamen ihm die Grablichter jetzt vor. Lollo drehte sich um und sah auf Kiefersfelden hinab. Der Ort da unten, die Lichter und die dunklen Stellen dazwischen, das sah den Gräbern und den Grablichtern hier oben erstaunlich ähnlich. Vielleicht war es auf dem Friedhof nicht so viel anders als im Leben, dachte Lollo. Vielleicht war das Sterben doch nur eine Art Umbetten. Vielleicht würde Sandmoser in seinem Grab jetzt genau diese Erfahrung machen.

39

Sie spürte, sie war an einer Grenze angelangt, so wie nachmittags am Bahnhof. Aber das jetzt war eine andere Grenze. Sie würde innerhalb der Grenzen des Lebens bleiben. Nur wohin? Sie kannte diese Frage, ihr ganzes Leben hatte diese Frage sie begleitet: wohin? Wohin als Nächstes, wohin als Übernächstes? Wütend hatte sie Monis Bademantel in eine Ecke des Badezimmers geworfen und ihre schwarze Trauerkleidung vom Vormittag wieder angezogen. Die Sachen waren inzwischen halbwegs getrocknet, sie hatten im Bad auf der Heizung gelegen. Sollte sie trotzdem zuerst in die Bippenwaldstraße fahren, sich umziehen?

Sibylle war völlig orientierungslos. Sie hatte zwar ein Ziel, aber sie wusste nicht, wo es sich befand. Ihr Ziel hieß Philipp. Wo immer ihr Ziel sich gerade aufhalten sollte, sie wollte schnell dahin. Mit achtzig jagte sie die Thierseestraße in den Ort hinein, bremste erst im letzten Moment, fuhr die Dorfstraße hinauf zum Café Glück, bog beim Gruberhof wieder ab in Richtung Bahnhof, vorbei an der Gaststätte Zur Post, am Bahnhofsgebäude, wieder auf die Hauptstraße. Und wenn er in der Bippenwaldstraße auf sie wartete? Sie fuhr die Thierseestraße in Gegenrichtung zurück, bog rechts ab in den

Nußlbergweg und wieder rechts in die Bippenwaldstraße. Nichts. Sein Duster war nirgends zu sehen.

Sollte sie sich nicht doch umziehen, wo sie schon mal hier war? Nein, sie war in diesem Haus inzwischen so wenig zu Hause, dass sie es am liebsten gar nicht mehr betreten hätte. Sie kramte in ihrer Handtasche, die auf dem Beifahrersitz lag, nach dem Handy, fand es auch und wählte seine Nummer. »... ist vorübergehend nicht zu erreichen, versuchen sie es später noch einm...« Sibylle pfefferte ihr Handy wieder in die Handtasche. »Scheiße!«, schrie sie, umklammerte das Lenkrad und rüttelte daran, als wollte sie es abbrechen. »Scheiße, Scheiße, Scheiße, Scheiße!«

Dann eben nach München, es war ewig her, dass sie ihn in seiner Dachkammer über der Zoohandlung besucht hatte. Sie wusste die Hausnummer nicht mehr, aber sie würde sich an den Laden erinnern, wenn sie das Industriegebiet, in dem er wohnte, einmal gefunden hatte. Mit quietschenden Reifen fuhr sie los, die Bippenwaldstraße bis zum Ende, bog dann rechts ab und gleich darauf wieder links auf den Autobahnzubringer. Auf den Verkehr achtete sie erst, als sie am Kreisverkehr vor der Auffahrt zwei überhelle Scheinwerfer im Rückspiegel sah. Da hatte ein Idiot das Fernlicht an, obwohl er nur ein paar Meter hinter ihr war. Sibylle drückte das Gaspedal durch wie bei einem Automatikwagen, und auch wenn ihr Fiesta längst nicht so viel Schub entwickelte, wie sie sich das gewünscht hätte, hatte sie doch Mühe, gegenzulenken, um nicht aus der Kurve getragen zu werden. Als sie auf die Autobahn einbog, waren die Scheinwerfer immer noch dicht hinter ihr. Vielleicht waren sie sogar näher gekommen. »Dann überhol mich doch, du Arsch«, brüllte Sibylle den Rückspiegel an. Aber wer immer das da war hinter ihr, er überholte nicht. Sie trat das Gaspedal durch bis zum Anschlag, aber mehr als hundertfünfzig ließ sich aus ihrem Auto nicht herausholen, und das schaffte der hinter ihr offensichtlich locker. Sie konnte weder erkennen, was für ein Auto das war, noch wer darin saß, dafür war es schon zu dunkel und die aufgeblendeten Scheinwerfer machten sie nahezu blind.

Auch für sie überraschend scherte Sibylle nach rechts aus und nahm die erste Ausfahrt, Oberaudorf. Sie bremste erst im letzten Moment, bog dann, ohne auf den Querverkehr zu achten, rechts ab in Richtung Niederndorf, fuhr mit völlig überhöhter Geschwindigkeit an den ehemaligen Grenzhäuschen vorbei über den Inn auf die österreichische Seite, setzte im Kreisverkehr den Blinker so, als würde sie zum Tanken abbiegen, was sie aber nicht tat. Stattdessen beschleunigte sie und fuhr in Gegenrichtung wieder über den Inn, bevor sie die zweite Auffahrt links nahm, zurück nach Kiefersfelden. Sie blickte in den Rückspiegel. Die Scheinwerfer waren genau da, wo sie vorher auch gewesen waren. Der fuhr so dicht hinter ihr, wenn sie auf die Bremse stieg, würde er ihr ins Heck krachen. Also versuchte sie eine neue Taktik. Sie bremste zwar nicht, gab aber auch kein Gas mehr. Ihr Auto wurde allmählich langsamer, hundertzwanzig, hundert, achtzig. Sibylles Augen wechselten von der Tachonadel zum Rückspiegel: Das blendende Scheinwerferpaar war immer noch da. Und immer noch im gleichen Abstand. Zwei, drei Autos überholten Sibylles Fiesta, es war wenig Verkehr. Bald schien es ihr wieder, als gäbe es nur sie und den Irren hinter ihr.

Die Raststätte fiel ihr ein, die vor Kufstein. Sie nahm die Ausfahrt Kiefersfelden, bog aber nicht nach rechts in den Ort ab, sondern steuerte so langsam wie irgend möglich auf die Rastanlage zu. Wie ein Riegel lag eine Tankstelle davor. Sibylle fuhr zwischen den Zapfsäulen hindurch und rollte rechts auf dem ersten Parkplatz aus. Der Wagen war immer noch hinter ihr, ein Albtraum. Sie hielt an, stieß ihre Tür auf, stieg aus und ging wütend auf das Auto hinter ihr los. Sie blickte durch die spiegelnde Windschutzscheibe auf den Mann, der in dem Auto saß. Jetzt erkannte sie ihn.

»Philipp!«, schrie sie. »Philipp, was soll das! Du hast mich zu Tode erschreckt.«

Der Lärm der auf der Autobahn vorbeirasenden Autos schluckte ihre Wutschreie. Sibylle trommelte mit ihren Fäusten auf das Dach seines Duster: »Komm raus, sofort!«

Gemächlich öffnete Philipp die Tür seines Autos und stieg langsam aus. Sibylle trat einen Schritt zurück.

»Was soll das, spinnst du?«, fuhr sie ihn an. »Das ist saugefährlich, was du da machst. Willst du mich umbringen?«

»Ich denk mal drüber nach«, sagte Philipp, als würde er es tatsächlich in Betracht ziehen und musterte Sibylle dabei von oben bis unten. »Immer noch in Trauer? Muss dich ja mächtig mitgenommen haben, sein Tod. Oder willst du jetzt immer Schwarz tragen? Steht dir nämlich echt gut. Für eine Mutter siehst du schon geil aus.«

»Hör auf, so zu reden«, herrschte Sibylle ihn an. »Es wäre schön, wenn zumindest mein Sohn mich nicht als Sexobjekt sehen würde.«

»Du hast mir noch nicht oft die Chance gegeben, dich als Mutter zu bewundern«, entgegnete Philipp zynisch.

»Wir gehen jetzt da rein und reden«, sagte Sibylle mit Blick auf die Raststätte. »Aber vorher fährst du dein Auto da hinter mir weg. Du stehst ja mitten im Weg.«

»Was du nur immer mit meinem Auto hast. Ständig soll ich umparken. Hatten wir das nicht schon? Aber gut, ich will dir deinen Herzenswunsch erfüllen, auch wenn heute kein Muttertag ist.«

Philipp stieg in seinen Duster, setzte mit aufheulendem Motor zurück und parkte nur wenige Zentimeter neben Sibylles Auto. Hätte sie nicht einen Schritt zurück gemacht, wäre er ihr über die Zehen gefahren. Sie holte ihre Handtasche aus dem

Auto, schloss ab und ging mit ihrem Sohn schweigend in die Raststätte.

Kaum jemand saß an den spärlich beleuchteten Tischen. Ein paar Spielautomaten links vom Eingang dudelten ihre monotonen Melodien.

»Setz dich ganz nach hinten!«, befahl sie ihrem Sohn, während sie zur Selbstbedienungstheke ging und mit einem Tablett zurückkam, auf dem zwei kleine Tassen Espresso standen und zwei Gläser Wasser. Philipp hatte am letzten Tisch am Fenster Platz genommen, mit dem Rücken zum Gastraum. Weit und breit war kein anderer Gast in der Nähe. Der Tisch war eingerahmt von einer niedrigen Buchsbaumhecke aus Plastik. Sibylle setzte sich über Eck. Das Tablett stand zwischen ihnen.

»Ich kann mich gar nicht erinnern, dass du mich gefragt hättest, ob ich einen Espresso will«, sagte Philipp.

»Warum auch? Du trinkst immer Espresso, wenn wir uns sehen.«

»Was daran liegt, dass du immer Espresso anschleppst. Vielleicht mag ich gar keinen Espresso. Darüber schon mal nachgedacht?«

»Dann trink eben das Wasser«, erwiderte Sibylle. »Könnten wir jetzt aufhören, uns über Kaffee zu unterhalten?«

»Wie du willst. Wir können uns auch über die Modefarbe Schwarz unterhalten, die du so gern trägst. Passt einfach zu deinem Typ.«

»Philipp«, entgegnete Sibylle scharf. »Zum letzten Mal: So sprichst du nicht mit deiner Mutter.«

»Meine Mutter.« Philipp bemühte sich, die Worte so klingen zu lassen, als sagte er sie zum ersten Mal. »Wahrscheinlich habe ich nie eine gehabt. Deshalb weiß ich nicht, wie man korrekt mit seiner Mutter spricht.«

Sibylle fixierte Philipp mit den Augen, als wollte sie ihn festnageln. Er hielt ihr sein schmales Gesicht entgegen, seinen kurz geschnittenen Vollbart, seine blauen Augen, die müde wirkten und gleichzeitig fiebrig funkelten.

»Gib's zu, du hast das Froschgift in die Ampulle getan«, sagte sie und konzentrierte sich vollkommen darauf, jede seiner Regungen zu erfassen.

»Wird das ein Verhör?«, gab er spöttisch zurück. »Sollen wir an der Kasse fragen, ob sie dir eine Schreibtischlampe leihen können, damit du die Wahrheit in meinem Gesicht besser erkennen kannst?«

»Hör auf, Philipp!«, sagte Sibylle, und es klang wie ein unterdrückter Schrei. »Das kannst nur du gewesen sein, gib es zu.«

»Ändert das was, wenn ich es zugebe?«, fragte Philipp überlegen. »Dein Sandmoser ist heute unter die Erde gekommen. Da liegt er nun. Hauptsache tot, würde ich sagen.«

»In der Ampulle mit Diclofenac, die ich gespritzt habe, ist Froschgift entdeckt worden.«

»Ach.« Philipp zog die Augenbrauen hoch. »Von wem hast du das?«

»Von Lollo, dem kleinen Detektiv, dem Mann von der Moni Riederer, die in der Steilnerjochstraße eine Pension hat. Der hat, als er seinen kleinen Sohn gesucht hat, die Ampulle gefunden und analysieren lassen. Froschgift.«

»Der Kleine in dem schwarzen Anorak, der heute auch auf der Beerdigung war, das ist Lollo? Der scheint gar nicht so harmlos zu sein, wie er aussieht. Deshalb steht er schon mal im Weg.«

»Philipp!«, sagte Sibylle laut, wurde aber sofort wieder leiser. »Ich will endlich wissen, was los ist. Wo kommt das Froschgift her? Du kannst dich nicht als Herr über Leben und Tod aufspielen.«

»Ach, und du bestimmst das wohl, wer hier welche Rolle spielt?« Philipp stützte sich mit den Ellenbogen auf und beugte sich leicht über den Tisch. Mit äußerster Schärfe sagte er: »Du hast hier wohl die Hauptrolle. Und die erlaubt es dir, mit dem Mörder meines Vaters, dem Mörder deines Mannes, in die Kiste zu steigen.«

Ein Schmerz durchzuckte Sibylle, als sie ihre flache Hand auf die Tischplatte knallte. Es war die Hand, mit der sie die Teetasse zertrümmert hatte. Die Wunde, die Moni mit zwei großen Pflastern versorgt hatte, blutete wieder. Sibylle presste den Daumen ihrer linken Hand auf den Handballen der rechten, um die Blutung zu stoppen.

»Philipp, das war anders, das verstehst du nicht.« Sibylle nippte kurz an ihrem Wasserglas. Dann versuchte sie wieder, durch Druck die Blutung zu stillen. »Als ich den Sandmoser im Krankenhaus gesehen habe, da war ich zuerst völlig perplex. Wie er da lag, da war er mir ausgeliefert. Ich hätte ihn ganz leicht umbringen können.«

»Und warum hast du's nicht getan?«

»Ich weiß es nicht.« Für einen Moment schloss Sibylle die Augen. »Ich weiß es wirklich nicht. Ich kann mich erinnern, dass ich am ersten Abend, als er auf meiner Station lag, nach Hause bin und überlegt habe, wie ich es machen soll. Mit einem Messer bei der Visite, so, dass jeder es mitbekommt? Oder mit einer Überdosis Schmerzmittel, dass es wie ein Versehen aussieht? Gleichzeitig habe ich gemerkt, dass ich ihm gefalle. Ich dachte, dass das eine Chance sein könnte, dass ich ihn so kriegen könnte, dass ich ihn so noch viel mehr verletzen könnte, statt ihn einfach nur umzubringen. Ich wollte sein Ende rauszögern, ich wollte noch was rausholen aus ihm, vor allem finanziell. Und zum Schluss, da hätte ich schon noch was mit ihm gemacht. Aber es war noch nicht zu Ende.«

»Du«, höhnte Philipp. »Du wärst doch zu feige gewesen dazu. Das hättest du nie geschafft, du hättest dich arrangiert, wie du dich immer mit allem arrangiert hast. Du bist einfach faul und feige.« Philipp machte eine Pause. »Für mich bist du eine Hure. Eine Frau, die ihren Körper einsetzt, um ein bequemes Leben zu haben und zu kassieren.«

Sibylle blieb gelassen. Sie sah ihrem Sohn jetzt anders ins Gesicht als zu Beginn ihres Gesprächs. Sie ließ ihn ganz nah an sich heran. Es war eine Einladung.

»Du bist zwar unverschämt, Philipp«, sagte sie, »aber vielleicht hast du recht. Ich tauge nicht viel. Und, ja, ich bin bequem. Aber ich kann mir das leisten, ich bin schön. Eine schöne Frau bekommt, was sie will. Ich habe viele Geschenke erhalten über die Jahre. Und ich habe auch die Abhängigkeit der Kerle gespürt, wie sie mich brauchten, um sich zu befriedigen. Ja, das hat mir gefallen. Aber am Schluss, in der Bippenwaldstraße, mit dem Sandmoser, da habe ich endgültig gemerkt, das reicht mir nicht, das macht mich nicht glücklich, was ich von den Männern kriege. Da fehlt noch was.«

»Und was?« Auch Philipp hatte sich im Laufe ihrer Unterhaltung verändert. Er war nicht mehr so zynisch, so distanziert. Er schien jetzt wirklich zuzuhören. Auch er war offener geworden. Umso mehr verletzte ihn, was Sibylle jetzt sagte: »Was ich mir immer gewünscht habe und auch heute noch wünsche, Philipp, das ist ein Kind. Ein Kind, das mich liebt und das ich liebe. Entschuldige, Philipp, wenn ich es ausspreche, aber die Wahrheit tut manchmal weh, mir auch. Natürlich bist du mein Sohn. Aber du warst immer schon so weit weg. Ich weiß auch nicht, schon als Baby hast du mich so angeschaut, als wäre ich eine Fremde, als würdest du mich nur widerwillig an dich heranlassen. Ich hatte immer das Gefühl, dass du nur deinem Vater wirklich nah bist. Und mit Haralds Tod hatte ich nicht nur ihn, sondern auch dich verloren. Du warst erst vier, und ich hatte dich schon verloren. Du hast immer nur auf deinen Vater gewartet. Ich hatte einen Sohn und war doch allein.«

»Ja, du hast dir immer schon gern leidgetan«, bemerkte Philipp nüchtern. »Du hast immer schon die schöne Einsame gespielt. Von allen begehrt und doch unerreichbar im Turm ihrer Schönheit.«

»Warst du's?«, fragte Sibylle plötzlich hart. Sie war wieder weggerückt von Philipp, war wieder sachlich und fordernd. »Hast du Sandmoser …?«

»Aber du hast ihm die finale Spritze gesetzt, oder nicht?« Auch Philipp war wieder in Abwehrhaltung gegangen. Sibylle legte nach: »Du hattest einen Schlüssel. Du wusstest, dass ich ihm Diclofenac spritze. Du kommst bestimmt an Froschgift ran, in eurem Zoogeschäft. Und bei euch im Laden gibt es auch diese verfluchten Trachtenenten, von denen eine im Pool war. So. Und jetzt? Bist du jetzt zufrieden? War das die Rache, die du dir erträumt hast?«

»Dein Kaffee wird kalt«, sagte Philipp schneidend. Und mit dem ganzen Hass, zu dem er fähig war, fügte er noch ein Wort hinzu: »Mutter.«

40

Wenn überhaupt, dann ging es nur auf dem Rücken. Auf der rechten Seite zu liegen, war unmöglich. Links schmerzte das Schienbein. Auf dem Bauch bekam er keine Luft. Blieb also nur der Rücken für Lollo. Aber so würde er unmöglich einschlafen können.

»Du bist ein Held«, sagte Moni zärtlich und rückte näher an ihn heran.

»Ich bin ein Trottel«, erwiderte Lollo und drehte ihr den Kopf zu. »Immerhin ein glücklicher Trottel, denn ich habe dich.«

»Was du alles herausgefunden hast, alle Achtung!« Sie sagte das wirklich ohne jede Ironie. Im Gegensatz zu Lollo hatte sie sich nicht zugedeckt. Sie lag neben ihm im Bett, auf der Bettdecke, sah ihn von der Seite an und streichelte ihm langsam und regelmäßig die Wange.

»Moni, was ich herausgefunden habe, ist genau das, was du auch herausgefunden hast, dass Sibylle einen Sohn hat. Gut, im Gegensatz zu dir, habe ich ihn flüchtig kennengelernt. Aber erstens bin ich vom Fach, und zweitens hatte diese Begegnung ihren Preis.« Lollo konnte jetzt nicht länger auf dem Rücken liegen bleiben, er musste sich mit schmerzverzerrtem Gesicht auf die linke Seite drehen, zu Moni hin.

»Warum hat sie ihren Sohn verheimlicht, die ganze Zeit über?«, fragte Moni sich und Lollo.

»Na ja, er steht unter ›dringendem Tatverdacht‹, wie Danner das ausdrücken würde, wenn er schon in das Zeitungsfach fürs *OVB* geschaut hätte«, erwiderte Lollo. »Das heißt, von wem das Froschgift ist, das weiß der Danner vorerst immer noch nicht. Und wenn wir ehrlich sind, so genau wissen wir das auch nicht. Vielleicht hat Philipp auch nur mitgemacht und irgendwie das Gift beschafft, weil er da drankam, und es steckt noch was ganz anderes dahinter. Jedenfalls werde ich nicht länger drum herumkommen, Danner morgen zu eröffnen, was ich weiß. Und auch das Grab werden sie wieder aufmachen müssen, um Sandmoser zu exhumieren.«

»Und auch, dass sie schon mal verheiratet war, hat sie verschwiegen.« Moni schien Lollo gar nicht zugehört zu haben. »Und dann hat sie gesagt, dass sie ihren Sohn unbedingt sehen will.«

»Ihr Sohn heißt Ziegler, wie ihr erster Mann«, sagte Lollo. »Harald Ziegler ist vor Jahren bei einem Verkehrsunfall ums Leben gekommen. Er saß in einem Laster, in einem Laster vom Sandmoser. Vermutlich war dieser Harald Ziegler am Steuer eingeschlafen, Übermüdung. Der Sandmoser war immer schon rücksichtslos seinen Leuten gegenüber. Aber der hat nach dem Unfall nie etwas für die Familie Ziegler getan, hat mir der Leitner Siegi erzählt. Stattdessen hat er angefangen, Krippen zu bauen. Und, was für ihn noch schlimmer war, er hat seine Buchhalterin Helga zu seiner Frau gemacht.«

»Ich konnte ja vorher schon kaum verstehen«, meinte Moni nachdenklich, »warum Sibylle sich mit Sandmoser eingelassen hat. Aber jetzt, mit der Vorgeschichte, ist es mir völlig unverständlich. Wie kann ich mich zu jemandem legen, der meinen Mann auf dem Gewissen hat?«

»Nehmen wir an, es war Philipp Ziegler, der die Ampulle manipuliert hat.« Lollo dachte angestrengt nach. »Nur, selbst wenn er es war, warum er es getan hat, werden wir das je erfahren? Gut, ja, es wird etwas mit Rache zu tun haben, vielleicht wollte Philipp seinen Vater rächen. Sicher glaubte er, Sandmoser sei schuld gewesen. Aber was heißt das schon? Erklärt *Rache* etwas? Es gäbe genug Gründe für mich, mich an Baum, Jens Baum zu rächen. Warum tue ich es nicht? Und wenn Philipp den Sandmoser tatsächlich aus Rache getötet haben sollte, warum dann gerade jetzt und nicht schon viel früher?«

»Du hast es nicht nötig zu töten«, stellte Moni sachlich fest. »Du bist zu klug.«

»Oder zu schwach.«

»Eher zu stark«, widersprach Moni und wiegte den Kopf. »Ich finde, Gewalt ist ein Zeichen von Schwäche. Wer jemanden umbringt, der ist hilflos. So jemand hat sein Gleichgewicht verloren.«

»Die einen sind hilflos und die anderen tot«, entgegnete Lollo. Er drehte sich wieder auf den Rücken und stöhnte dabei auf vor Schmerzen. »So gesehen, geht's mir richtig gut.«

»Dass es dir hier gut geht«, sagte Moni, »und dass der Sandmoser da oben in seinem Sarg liegt, das ist nur gerecht.«

»Das sagst ausgerechnet du«, wunderte sich Lollo. »Gibt es denn einen gerechten Tod? Das muss doch spirituell ein Unterschied sein wie Tag und Nacht, ob einer umgebracht wurde oder ob ihn sein Herz im Stich gelassen hat.«

»Tag und Nacht, mein lieber Lollo, sind keine Gegensätze, sondern eine Einheit, so wie Yin und Yang. Die brauchen sich gegenseitig.«

»Verstehe«, sagte Lollo.

»Glaub ich nicht«, erwiderte Moni.

»Tu ich auch nicht«, gab Lollo zu. »Brauchen Tag und Nacht sich wirklich gegenseitig und in der gleichen Weise? Braucht nicht immer einer den anderen mehr? Schau dir uns an, Moni, auch wir sind Gegensätze, du lebendiger Tag, ich schwarze Nacht. Dass ich dich brauche, das ist leicht einzusehen. Aber warum solltest du mich brauchen?«

»In Wirklichkeit ist es genau andersherum«, erklärte Moni, »Für die Chinesen bist du als Mann Yang und damit Tag, und ich als Frau bin Yin und damit Nacht. Aber das verstehst du nicht. Das Leben ist einfach voller Geheimnisse, und alles hängt miteinander zusammen.« Sie beugte sich zu Lollo hinüber und gab ihm einen Kuss. »Mein Held.«

41

Im ersten Moment dachte er, der Wecker klingelte. Er hörte es durch seine Ohrenstöpsel hindurch. Aber es klingelte nicht nur, es vibrierte auch etwas auf der kleinen Marmorplatte des Nachttischchens. Dabei war Lollo sicher gewesen, dass er das Handy am Vorabend ausgeschaltet hatte. Genau das wollte er nämlich verhindern, dass Danner ihn in aller Herrgottsfrühe aus dem Schlaf riss. Da war Lollo noch optimistisch gewesen, dass der Schlaf über ihn herfallen würde wie er sonst über Moni. Tatsächlich aber war da nicht viel gelaufen mit dem Schlaf. Jedes Mal, wenn Lollo sich in der Nacht umgedreht hatte, war er aufgewacht. Seine rechte Körperhälfte schmerzte so sehr, dass er sie kaum spürte. Als fehlte ihm da rechts was, als wären Schulter und Hüfte direkt zusammengewachsen. Merkwürdigerweise aber tat gerade das weh, was fehlte.

Das Klingeln und das Vibrieren hörten nicht auf. Lollo lag auf dem Rücken. Ohne hinzusehen – denn dann hätte er sich umdrehen müssen, was zu einer neuen Schmerzattacke geführt hätte – tastete Lollo mit seiner rechten Hand nach seinem Handy und schob es sich unter den Hintern. Mein Gott, wie lange das vibrierte. Und mit jedem Vibrieren steigerte sich der Schmerz in seinem Körper. In einer einzigen Bewegung, die Kraft, Mut und Konzentration erforderte, nahm sich Lollo zuerst die Ohrstöpsel heraus und warf sie auf den Boden, bevor er sich nach rechts drehte, sich die Bettdecke über den Kopf zog und das Handy unter seiner Pobacke hervorholte. Das alles hatte höllisch wehgetan, aber es gelang ihm, einen Schmerzensschrei zu unterdrücken. Er wollte Moni nicht aufwecken.

»Hallo«, flüsterte er und presste das Handy gegen sein Ohr. Jetzt hätte er doch fast aufgeschrien, aber aus anderen Gründen. Das war gar nicht Danner, der da sprach.

»Wollen Sie mich verarschen?«, fragte eine Stimme, die Lollo nur zu gut kannte. »Heute ist Freitag, Uhl. Freitag. Am Montag hatte ich Ihnen geschrieben, Sie sollen zurückrufen. Und das war keine Bitte, das war eine Dienstanweisung.«

Der keuchte ja. Baum, Jens Baum lag entweder auf einer Frau und telefonierte, oder er hatte sein Rennrad im Schlafzimmer auf einem Rollentrainer installiert und schrubbte schon am frühen Morgen Kilometer, um für seinen nächsten Triathlon zu trainieren. Verwerflich fand Lollo beides.

»Ich bin krank«, sagte Lollo. »An mehreren Stellen. Außerdem habe ich innere Verletzungen davongetragen.«

»Ich glaube Ihnen kein Wort«, sagte Baum, »Sie machen doch einfach blau. Aber was viel schlimmer wiegt: Die alte Sandmoser hat ihren Auftrag zurückgezogen. Sie erinnern sich vielleicht dunkel an die SMS, die ich Ihnen geschickt habe.« Es wiegt nicht schlimmer, es wiegt schwerer, wollte Lollo entgegnen, schaffte es aber, die Verbesserung runterzuschlucken. Das gelang ihm nicht immer, dafür waren die Fehler seines Chefs zu häufig.

»Ich lese Ihre Mitteilungen immer mit großer Anteilnahme«, erwiderte Lollo mit so viel Anteilnahme in der Stimme, wie ihm möglich war. »Und dass Frau Sandmoser den Auftrag zurückgezogen hat, ist natürlich traurig.«

»Es ist umso trauriger, als Sie nicht mal in der Lage waren, brauchbare Fotos zu schießen, Uhl. Ich hätte der Sandmoser gern richtig Kohle aus der Tasche gezogen. Aber so kann ich kaum was in Rechnung stellen.« Lollo schwieg. Unter der Bettdecke bekam er auf Dauer schlecht Luft. Und das bei so einem Gespräch. »Die schreibt einfach, die Beziehung zu Herrn Wildenhaus habe sich erledigt und damit auch der Auftrag. Können Sie mir das vielleicht erklären, Uhl?«

»Kaum«, sagte Lollo. »So ist das halt mit der Liebe, erst ist sie überraschend da und dann ebenso überraschend wieder weg.«

»Vielleicht sollten Sie nicht für eine Detektei arbeiten, sondern als Wanderprediger«, sagte Baum. »So rumschwadronieren ist auch das Einzigste, was Sie können.«

»Das Einzige«, verbesserte Lollo. Diesmal hatte er es nicht geschafft, es für sich zu behalten. Ich hätte ihn nicht verbessern sollen, dachte Lollo sofort. Aber wie soll man morgens um sechs schon alle seine Sinne beisammenhaben, noch dazu unter der Bettdecke? Seinen Chef korrigierte man einfach nicht, der war immer fehlerfrei. Was mochte jetzt kommen?

»Lassen wir das«, sagte Baum. Er schien es gar nicht mitbekommen zu haben. Lollo versuchte einmal mehr, seinem Keuchen zu entnehmen, auf was er da ritt. Es konnte wirklich beides sein. »Wenn der Herr Uhl sich so weit wieder gut fühlt und seine inneren Verletzungen abgeschwollen sind, dann gäbe es hier durchaus noch einiges zu tun. Das hier ist nämlich kein Sanatorium.«

»Ich reiche die Krankmeldung natürlich nach«, sagte Lollo betont sachlich. »Und hoffe, schon am Montag wieder meinen Mann stehen zu können. Bis dahin, have fun.«

Baum hatte schon aufgelegt. Ob er Lollos letzte Worte noch mitbekommen hatte? Es war zu befürchten, dass Baum gerade wirklich Spaß hatte. Schon als Kind hatte Lollo bei den Märchen am meisten geärgert, wie viel Spaß die Bösen haben, wenn sie böse sind. Und wie spät sie erst bestraft werden. Aber immerhin wurden sie im Märchen bestraft, und zwar noch zu Lebzeiten. Es waren eben Märchen.

Lollo wollte das Handy gerade endgültig ausmachen und weiterschlafen, als es erneut klingelte. 6:09 Uhr. Das war der Anruf, den er erwartet hatte. In der Hoffnung, dass Moni noch schlief, ging er ran.

»Willst du mich verarschen?!«, brüllte Danner. Der Satz kam Lollo bekannt vor.

»Nicht so laut«, flüsterte Lollo. »Moni schläft noch.«

»Na und, dann geh halt ins Nebenzimmer. Was soll die Nummer mit der Spritze in dem Glas? Willst du damit andeuten, dass da Froschgift drin ist, und dass dieses Froschgift auch im Sandmoser drin ist?«

»So hatte ich das geschrieben«, bestätigte Lollo. Wie wach er doch war, obwohl er so wenig geschlafen hatte. Vielleicht sollte er insgesamt weniger schlafen, um wacher zu sein im Leben. Aber, war das wirklich erstrebenswert, so wach zu sein?

»Und woher weiß der Herr das mit dem Froschgift?«, fragte Danner. Auch er keuchte. Sicher aus anderen Gründen als Lollos Chef. Aber zwei keuchende Anrufer morgens um sechs, dieser Freitag verlangte Lollo schon früh viel ab.

»Zufall, reiner Zufall, mein lieber Danner. Als ich meinen Sohn gesucht habe, oben in der Bippenwaldstraße, du weißt schon, beim Sandmoser, da habe ich auch im Schwimmbad nachgeschaut, und statt Max eine Ampulle gefunden.«

»Eine Ampulle ist was anderes als eine Spritze«, stellte Danner klar.

»Wohl wahr«, sagte Lollo. »Und doch ist in beidem Froschgift drin gewesen.«

»Woher willst du das wissen?« Danners Keuchen wurde heftiger.

»Der Dinzinger Albert war so freundlich, den Inhalt zu analysieren«, erklärte Lollo nicht ohne Stolz.

»Und wann war das so, dass der alte Dinzinger so freundlich war, das zu analysieren? Wie lange hast du das zurückgehalten?«

»Danner, ich musste mir erst über alles klar werden, ich wollte dich schließlich nicht in ein unlösbares Rätsel stürzen«, versuchte Lollo, den Polizisten zu beschwichtigen.

»Das kann dich noch teuer zu stehen kommen. Das hättest du uns zumindest vor der Beerdigung mitteilen können. Weißt du, was das für eine Arbeit macht? Zuerst das Exhumieren, das ist schon aufwendig genug. Und dann muss ja wohl irgendjemand das Froschgift in den Sandmoser gepumpt haben. Den müssen wir erst mal finden. Als hätten wir nicht schon genug zu tun.«

»Machen das denn nicht die Kollegen aus Rosenheim?«, fragte Lollo scheinheilig. »Damit musst du dich doch nicht herumärgern.«

»Uhl, es reicht! Wo hast du die Spritze her?«

»Gefunden«, antwortete Lollo wahrheitsgemäß. »Ich schlage eine Arbeitsteilung vor. Solange ihr den Sandmoser wieder hochwuchtet und seine Todesursache offiziell feststellt, solange bemühe ich mich, euch den Täter zu präsentieren.«

»Lass das, du hast uns schon Beweismaterial vorenthalten.« Danner war jetzt endgültig außer Atem. »So kannst du mit der Polizei nicht umgehen.«

»Ach«, sagte Lollo, »hätte nicht die Polizei selbst etwas genauer ermitteln können, mein lieber Danner? Ich meine, am Samstag, hättest du da nicht schon nach der wahren Todesursache forschen können, statt dir ein Gläschen zu genehmigen?«

»Was soll das heißen?« Lollo sah förmlich vor sich, wie offen Danners Mund stand, und wie sehr es hinter der Stirn darüber arbeitete. »Willst du damit andeuten, ich hätte einem Doktor Jenner misstrauen sollen, einem Fachmann?

»Nein«, entgegnete Lollo, »dafür bist du nicht der Typ.«

»Wir sprechen uns noch«, sagte Danner in einer letzten Aufwallung und beendete das Gespräch.

Ob das an mir liegt, dass die heute Morgen alle auflegen, fragte sich Lollo. Er fand, er war höflich geblieben. Gleichzeitig stellte er fest, dass er kaum noch Luft bekam unter der Decke. Die Telefongespräche hatten doch viel Sauerstoff verbraucht. Aber gerade, als er sich davon befreien wollte, hob sich die Decke von allein. Moni stand neben ihm, über ihm.

»Ich dachte, du schläfst«, sagte Lollo. Für einen Moment betrachtete er sich mit Monis Augen, in der Halbfötalen, verschwitzt, keuchend, mit ausgeschaltetem Handy in der Hand. Als hätte er gerade Telefonsex gehabt.

»Du denkst wohl, so eine Bettdecke ist schalldicht«, sagte Moni leicht knurrig und setzte sich auf die Bettkante.

»Na ja, Max glaubt auch, dass er weg ist, wenn er die Augen zumacht«, erwiderte Lollo entschuldigend. »Ich will damit nur sagen, die subjektive Wahrnehmung erfüllt uns manchmal unsere sehnlichsten Wünsche. Ich wollte dich nicht wecken.«

»Das war sehr nett von dir, aber nun sind wir beide wach. Und das, wo wir heute ein wenig länger schlafen könnten, weil Max immer noch bei meiner Mutter ist.«

»Nun«, sagte Lollo, der in Sekundenschnelle Lust bekam, »da könnten wir doch prima …«

»Du in deinem Zustand kannst ja kaum schmerzfrei liegen«, meinte Moni mit gespielter Strenge. »Vergiss es!«

»Immer bist du so vernünftig, Moni, Gott sei Dank.« Lollo versuchte, an seine Worte zu glauben. »Es ist sicher besser so. Ich hab übrigens neulich in einer Zeitschrift gelesen, dass Sex überschätzt wird. Ganz meine Meinung. Eine Studie hat nämlich gezeigt, Sex braucht nur, wer sich unsicher ist. Stabile Beziehungen haben das gar nicht nötig. Und da stand übrigens auch, dass die stablisten Beziehungen von *maßvoll unglücklichen Paaren* geführt werden. Deren Ehen halten statistisch gesehen am längsten.«

»Was du für Sachen liest«, wunderte sich Moni. »Was soll denn *maßvoll unglücklich* sein?«

»Na, ich denke, maßlos unglückliche Paare vergiften oder zerstückeln sich oder lassen sich zumindest scheiden. Und maßvoll unglückliche Paare nehmen ihren Ehepartner einfach hin und denken sich: Es hätte schlimmer kommen können.«

»Soso«, sagte Moni. Sie hatte die Haare noch ganz wirr und schob sich eine Strähne aus der Stirn. »Und wie würdest du unsere Ehe einordnen?«

»Maßlos glücklich«, antwortete Lollo sofort. »Das kommt aber so selten vor, dass die Statistiker vor solchen wie uns kapitulieren.« Lollo hielt Moni seinen Mund zum Kuss entgegen. Und er bekam, was er wollte.

»Jedenfalls hast du im Lauf deiner diversen Telefonate nicht nur mit Danner gesprochen, sondern auch mit deinem Chef«, stellte Moni fest. »Was wollte der denn?«

»Spürst du so etwas nicht intuitiv?«, fragte Lollo mit leisem Spott. Moni stand ohne ein weiteres Wort zu sagen auf und machte demonstrativ ihr Bett.

»Moni, jetzt sei doch nicht eingeschnappt, war doch nur ein Scherz«, versuchte Lollo, sie zu besänftigen.

»Nur weil ich Sachen spüre, von denen du keine Ahnung hast, du Holzklotz.« Moni war sauer. »Manchmal glaube ich, du würdest doch lieber eine *maßvoll unglückliche Ehe* führen.«

»Moni!« Lollo legte allen Schmalz in seine Stimme. »Mit dir kann man leider nur glücklich sein.«

»Das werden wir ja sehen, wie glücklich du heute wirst.« Sie warf ihm ihr Kissen an den Kopf. »Und jetzt steh auf.«

»Meinst du nicht, ich sollte eine Schmerztablette nehmen?«, fragte Lollo vorsichtig, weil er wusste, dass Moni Schmerztabletten nur im Notfall genehmigte. »Einfach um auf die Beine zu kommen?«

»Ich glaube, die Tablette, die dich weiterbringt, die muss erst noch erfunden werden.« Sie stampfte aus dem Schlafzimmer.

»Unsere Ehe wird einfach immer stabiler«, sagte Lollo. Stöhnend stand er auf.

42

Frank kannte diesen Weg, diesen Laden, diesen Geruch. Die Zoohandlung befand sich am äußersten Rand des Industriegebiets Brunnthal, in einem schmucklosen Zweckbau, zwischen Fitnessstudios, Baumärkten und Bürogebäuden. Dahinter kam nur noch Wald. Frank versuchte, sich abzulenken, er bemühte sich, nicht an sie zu denken, aber Sibylle war für ihn zu einem Denkzwang geworden. Sie beunruhigte ihn bis ins Innerste. Deshalb kam ihm dieser Geruch hier vor wie eine Wohltat. Vogelsand roch er, ein Geruch nach Anis, der ihn an die Weihnachtsmärkte seiner Kindheit denken ließ. Und an die Pernods, die er während eines Sprachkurses in Toulouse immer zum Aperitif getrunken hatte. Heu, nass gewordenes Heu, war auch dabei, dann noch etwas Metallisches, das er nicht identifizieren konnte, vielleicht von den Käfigen. Aber da war noch mehr, was er in der Nase hatte, viel mehr, wofür er keinen Begriff fand. Es war nicht leicht, sich zu konzentrieren bei dem Lärm, den die Tiere machten, Sittiche, Kanarienvögel, Papageien. Es dauerte nur ein paar Momente, dann wurde die Geräuschkulisse genauso ein Mischmasch wie der Geruch. So war das eben beim Haderer.

Es war noch früh am Vormittag, Frank sah nur eine Mutter mit einem kleinen Mädchen in der Ecke bei den Meerschweinchen und ein älteres Paar, das am Käfig eines Nymphensittichs stand. Was der als Schnabel hatte, hatten die beiden als Nasen. Frank stellte sich vor die Ladentheke. In einem riesigen Plastikbottich daneben: Trachtenenten, und alle waren sie Sechziger-Fans, die Enten. Der Haderer stammte aus Giesing und war zeitlebens Anhänger der Münchner Löwen gewesen. Auf dieses Thema durfte man ihn auf keinen Fall bringen, das war ihm noch wichtiger als seine Tiere, da verlor man leicht mal eine Stunde im Gespräch über die glanzvolle Vergangenheit der Sechziger und die deprimierende Gegenwart. Aber der Haderer war nicht zu sehen. Stattdessen kam ein junger Mann mit kurz geschnittenem Vollbart auf Frank zu und begrüßte ihn: »Hi Frank, was machen die Frösche?«

»Philipp«, sagte er nur als Begrüßung. Frank und Philipp kannten sich schon lange. Frank hatte mehrere Terrarien bei Philipp gekauft, außerdem Geckos, Warane, schließlich exotische Frösche. Und Frank kam regelmäßig, um Futtertiere für seine Reptilien zu besorgen. Philipp war der Experte, er hatte das praktische Wissen um die Tiere, das Frank in seinem Biologiestudium vermisste. Aber auch wenn sie sich kannten, etwas machte Frank heute stutzig, etwas hatte sich verändert. Aber was? Bisher hatte Philipp immer dazugehört, zu dem Zooladen, wie ein Terrarium oder ein Hamsterkäfig oder die Ladenkasse. Jetzt schien Philipp gleichsam herausgefallen zu sein aus seiner Umgebung. Frank brauchte eine Weile, bis er sich wieder auf das konzentrieren konnte, was er ursprünglich wollte: »Ich brauche mal wieder eine Lage Heimchen. Und Heuschrecken. Futter für die Frösche habe ich noch. Außerdem hat meine Wärmelampe den Geist aufgegeben.«

»Du hast diese Flachstrahler, nicht wahr«, sagte Philipp. »War da noch Garantie drauf?«

Es war diese Jacke, diese schwarze Kapuzenjacke. Hatte er die nicht bei der Beerdigung gesehen? »Sag mal, bist du gestern in Kiefersfelden gewesen?«, fragte Frank stockend.

Philipp sah ihn an. Er sagte nichts. Er machte zwar den Mund auf, aber es kam nichts heraus.

»Lass uns nach hinten gehen«, brachte er schließlich hervor und führte Frank aus dem Laden hinunter in einen engen, vollgestellten Lagerraum, in dem Trocken-, aber auch Lebendfutter bis unter die Decke gestapelt waren. Die Grillen zirpten hier wie im Süden. Und auch das Krabbeln der Insekten in ihren Plastikschalen war zu hören. Philipp und Frank gingen bis zum Ende eines grün gestrichenen Metallregals. Sie stellten sich über Eck und sahen sich an.

»Ich hab mich also nicht getäuscht«, sagte Frank. »Du warst gestern tatsächlich bei der Beerdigung meines Vaters. Woher wusstest du davon? Du bist doch nicht meinetwegen dahin gegangen?«

Philipp sah ihn weiter nur an. Schließlich fragte er Frank: »Mochtest du deinen Vater?«

»Spielt das eine Rolle?«, fragte Frank zurück. »Ist doch egal, er ist tot.«

»Mein Vater ist auch tot.« Philipp legte den Kopf einen Moment lang in den Nacken. Dann schaute er Frank wieder an. »Schon lange. Ich kann mich kaum an ihn erinnern. Er ist gestorben, als ich vier war.«

»Das tut mir leid«, sagte Frank. »Das wusste ich nicht. Ist dein Vater auch in Kiefersfelden begraben? Warst du deshalb gestern zufällig auf dem Friedhof? Oder kanntest du meinen Vater?«

»Ich …« Philipp suchte nach Worten, »ich wollte sehen, wie er unter die Erde kommt, dein Vater.«

Franks Gedanken schweiften ab. Er erinnerte sich an das Gespräch mit Oberlechner in der Kapelle, an den Regen, an seine Schaufel voller Matsch und wie sie auf den Sarg fiel. »Ich wollte ursprünglich sogar eine Rede halten«, bekannte Frank. »Wie froh ich bin, dass er tot ist.«

»Hast du ihn gehasst?«, fragte Philipp.

»Hast du deinen Vater geliebt?«, fragte Frank zurück.

»Ja«, antwortete Philipp, »ich glaube schon. Früher jedenfalls. Mit vier liebt man seinen Vater. Die Jahre danach waren das Problem.«

»Meiner wollte zum Schluss einen Vaterschaftstest machen lassen«, sagte Frank. »Er glaubte nicht, dass ein Sohn so verschieden sein kann von seinem Vater. Mein Vater …« Frank machte eine Pause. Er wusste nicht, was er sagen sollte.

»Dein Vater war ein Schwein«, ergänzte Philipp und blickte Frank hart ins Gesicht. Was Frank erstaunte, war nicht so sehr, dass Philipp so etwas sagte. Sondern, dass er plötzlich das Bedürfnis empfand, seinen Vater zu verteidigen, obwohl er ihn die meiste Zeit seines Lebens selbst für ein Schwein gehalten hatte.

»Wie kommst du darauf?«, fragte Frank. »Kanntest du ihn denn nun?«

»Dein Vater hat meinen Vater umgebracht«, erwiderte Philipp und schaute auf den grün gestrichenen Betonboden. Wieder kam in Frank das völlig neue Gefühl auf, seinen Vater verteidigen zu müssen: »Woher willst du das wissen? Auch wenn ich keine besonders hohe Meinung von ihm hatte, für einen Mörder hatte ich ihn bisher nicht gehalten.«

»Mein Vater war Fahrer, Kraftfahrer in der Spedition Sandmoser«, sagte Philipp. »Der wurde von deinem Alten ausgequetscht wie eine Zitrone. Der musste rund um die Uhr fahren. Der war nie da, nie zu Hause. Und dann hat er einen tödlichen Unfall gehabt, einfach, weil er zu wenig geschlafen hatte. Volle Kanne in einen anderen Laster rein. Er war sofort tot.«

»Wann war das?«, fragte Frank nach einer Weile.

»1995«, antwortete Philipp. »4. Juni 95.« Frank hielt sich an dem Metallregal fest. Er dachte nach. »1995, das war das Jahr, in dem mein Vater uns vor die Tür gesetzt hat. Meine Mutter und mich. Einfach so, ohne Grund. Rausgeworfen hat er uns wie Sperrmüll. Herbst 95.«

»War eben ein Schwein«, sagte Philipp. »Aber jetzt ist er ja tot. Wenigstens das.«

»Deshalb warst du bei der Beerdigung.« Frank betrachtete Philipp nachdenklich. Er suchte etwas in seinen Augen. »Und du wusstest, dass ich sein Sohn war?«

»Dein Name steht auf deiner EC-Karte, die habe ich oft genug gesehen«, entgegnete Philipp kalt. Er hatte sich verändert in den letzten Minuten. War er zu Beginn des Gesprächs noch zaghaft gewesen, war er nun überlegen, hart, arrogant. »So viele Sandmoser gibt es nicht, war leicht, das rauszukriegen.«

»Warum hast du nicht früher etwas gesagt?« Frank war angeschlagen wie ein Boxer. »Ich bin oft hier. Wir haben immer nur über Terrarien gesprochen, nie über unsere Väter.«

»Dafür über Pfeilgiftfrösche und Trachtenenten«, sagte Philipp.

»Warum hast du mich nie was gefragt über meinen Vater, wenn du so unter ihm zu leiden hattest?«

»Ich weiß auch so alles über dich.« Philipp lächelte kalt. »Sogar das mit dem Vaterschaftstest, den du vorhin erwähnt hast.«

»Was?« Wut stieg auf in Frank. Eine altbekannte Wut. Er schlug mit der flachen Hand gegen das Metallregal, das durch diesen Schlag mächtig ins Schwanken geriet. »Woher weißt du das? Von wem?«, brüllte Frank.

Für eine Sekunde verlor auch Philipp seine Beherrschung. »Scheiße, warum erzähl ich dir das alles?« Er schloss die Augen, öffnete sie aber gleich wieder, atmete aus und stieß bitter hervor:

»Die letzte Frau, die das Schwein Ludwig Sandmoser in sein Bett gekriegt hat, war meine Mutter.«

»Sibylle? Sibylle ist deine Mutter?« Frank war fassungslos.

»Leider«, sagte Philipp. »Das ging viel zu lange mit ihr und deinem Vater. Aber jetzt ist er ja tot, der Sandmoser. Zum Glück.« Frank fehlten die Worte. Er war unwesentlich älter als Philipp und hatte mit Sibylle geschlafen. Er hatte mit ihr geschlafen. Und seitdem fragte er sich unablässig, ob er sie liebte.

»Phil, bist da hinten?« Es war die Stimme des alten Haderer, die wie aus einer anderen Welt kam. Hinter den ganzen Regalen war er nur zu hören, aber nicht zu sehen. »Hier ist Kundschaft für dich.«

»Komme, Chef!«, rief Philipp laut zurück. Und zu Frank sagte er von oben herab: »Unser Gespräch ist doch beendet, oder? Mehr gibt es eh nicht zu sagen.«

43

Sie hatte die ganze Nacht kein Auge zugetan. So kam es ihr zumindest vor. Als sie im Bad vor dem Waschtisch stand und weit nach vorne gebeugt ihr Gesicht im Spiegel betrachtete, sehr genau betrachtete, bedauerte sie es fast, das, was sie da sah, zu überschminken. Sie sah so schlecht aus, dass man sie ungeschminkt ohne Weiteres für eine Trauernde hielt. Wollte sie das nicht, ihre Trauer sichtbar machen, sich endlich nicht mehr verstecken? Aber für eine Witwe, für die Witwe vom Sandmoser, wollte sie nicht gehalten werden.

Sibylle ging noch näher an den Spiegel heran. Dieses feine Netz von Fältchen um die Augen schien fast wie das Gewebe eines schwarzen Schleiers. Schließlich blickte sie prüfend in ihre Augen, und sie erkannte, ja, sie trauerte wirklich. Um Sandmoser? Sicher nicht. Sie hatte sich an das Zusammenleben mit ihm im Lauf der Zeit schlichtweg gewöhnt. Irgendwann hatte sie sich kaum noch Gedanken gemacht über die Vergangenheit, ihr altes Leben, über Harald. Die Tage waren gekommen und über sie hinweggegangen, ohne sie wirklich zu berühren, wie Wolken. Sie hatte nicht mehr im Krankenhaus arbeiten, keine Nachtschichten mehr durchstehen müssen. Sie hatte sich nur noch um Sandmoser kümmern müssen. Alles, was noch an ihren Beruf erinnert hatte, war hier und da eine Spritze gewesen, die sie ihm gegen seine chronischen Rückenschmerzen gegeben hatte. Sie hatte es als erstaunlich erträglich empfunden, ihr Leben mit Sandmoser, sie war nicht glücklich, aber auch nicht unglücklich gewesen.

Gut, ein wenig unglücklich musste sie wohl gewesen sein, sonst hätte sie nichts mit dem Wildenhaus angefangen. Aber das war mehr ein Spiel für sie, eine Abwechslung, eine Bestätigung auch, dass sie immer noch gut aussah. Und die Vorstellung, dass sie es mit dem Intimfeind vom Luggi trieb, verlieh der Geschichte für sie einen zusätzlichen Reiz. Für Wildenhaus wahrscheinlich auch, sie hatte nie darüber nachgedacht. Warum sonst hätte er ihr vorgemacht, den Luggi umgebracht zu haben. Das hatte sie ihm nicht geglaubt, keine Sekunde, dafür war er zu weich. Für sie dagegen war mit Sandmoser auch Wildenhaus gestorben.

Philipp hatte recht, sie war faul geworden, faul und bequem. Nicht erst jetzt. Sie hatte sich eingerichtet mit Sandmoser, sie hatte sich keine Gedanken mehr gemacht, welche Rechnung sie ihm zum Schluss präsentieren sollte, sie hatte es einfach laufen lassen.

Sibylle und ihr Spiegelbild standen sich gegenüber wie Feinde, fast Stirn an Stirn. War da noch mehr zu sehen in ihren Augen als Trauer und Stillstand? Und wenn schon Trauer, wem galt sie? Philipp? Den hatte sie doch schon lange verloren, wenn sie ihn überhaupt je gehabt hatte. Er war nicht das Kind gewesen, das sie sich gewünscht hatte, anhänglich, liebevoll, voller Überschwang und Zärtlichkeit für sie. Keine blumenumrankten Briefe zum Muttertag, keine kleinen Aufmerksamkeiten zwischendurch, auch keine Hilfeschreie, wenn er hingefallen war. Schon im Krankenhaus, direkt nach der Geburt, war da dieser Graben gewesen zwischen ihnen. Sie hatte lange geduldig versucht, ihm die Brust zu geben, aber er hatte sich vom ersten

Tag an geweigert, er stemmte seine Ärmchen gegen ihre Brust und brüllte sie an. Schließlich ließ sie ihm seinen Willen, und er durfte seine Milch aus dem Fläschchen trinken. Immer, von Anfang an, hatte er sie mit seinem Blick auf Abstand gehalten. Manchmal hatte sie fast gezweifelt, dass das überhaupt ihr Sohn war. Aber das Kind sah Harald so ähnlich. Es war sein Sohn, nicht ihr Sohn.

Spätestens seit gestern, seit ihrem Zusammentreffen in der Autobahnraststätte, hatte sie sich nichts inniger gewünscht, als dass er nicht ihr Sohn wäre. Er hatte es zwar nicht offen zugegeben, war ihr ausgewichen. Aber sie war davon überzeugt davon, dass er Sandmoser umgebracht hatte. Er musste es gewesen sein. Er hatte sich einen Nachschlüssel besorgt, wie immer er das auch angestellt hatte. Vor wenigen Tagen, als niemand im Haus gewesen war, musste er in die Bippenwaldstraße eingedrungen sein und nach der Spritze, nach den Krankenhausampullen gesucht haben. Philipp wusste, dass sie im Krankenhaus eine Packung Diclofenac entwendet hatte. Das hatte sie ihm erzählt. Und auch, dass sie eine Batterie Einwegspritzen hatte mitgehen lassen. Sandmoser brauchte regelmäßig eine Spritze, deshalb war nicht mehr viel Diclofenac in der Packung. Irgendwie musste Philipp es geschafft haben, eine der Ampullen im Spiegelschrank zu manipulieren. Genau diese Ampulle musste sie am Samstag aufgezogen haben. Sie selbst hatte dem Luggi die Todesspritze gesetzt, ihn faktisch umgebracht. Er hatte das arrangiert, ihr Sohn. Aber wer wusste schon davon? Sibylle klammerte sich an den Gedanken. Bis jetzt hatten nur Lollo und Dinzinger herausbekommen, dass da Froschgift im Spiel war. Und Moni war eingeweiht. Diese drei hatten aber darüber offenkundig mit niemandem gesprochen, denn die Polizei hatte bislang wohl keine Ahnung. Sollte sie mit Lollo reden? Vielleicht sähe er ja ein, dass der Luggi leicht eine Woche später an einem Herzinfarkt hätte sterben können, ganz natürlich. Er war der Typ dafür, sagte Doktor Jenner. Wenn er aber ohnehin gestorben wäre, dann fiele das, was Philipp getan hat, gar nicht ins Gewicht. Vielleicht könnte sie Lollo überzeugen, zumal, wenn sie das Testament nicht durch zwei, sondern durch drei teilen würde, wenn sie nicht nur Frank, sondern auch Lollo mit ins Boot holen würde.

Der Spiegel beschlug von ihrem Atem. Sie war noch einmal ganz nah herangegangen, um aus ihrem Gesicht eine Antwort abzulesen auf die vielen Fragen, die in ihr waren. Gab es noch einen Ausweg für sie? Oder war sie am Ende angekommen? Vielleicht hatte sie schneller gelebt als andere und war mit vierzig einfach fertig mit diesem Leben. Es hatte das Leben vor Harald gegeben, das Leben mit Harald, das Leben nach Harald. Dann das Leben mit Sandmoser. Und jetzt alles noch mal von vorne? Mit Frank Sandmoser? Sie wollte ihn gar nicht, sie hatte ihm dieses Angebot nur gemacht, um versorgt zu sein und nicht wieder im Krankenhaus arbeiten zu müssen.

Was das Testament anging, sollte sie hart bleiben gegen Frank und auf dem Zug-um-Zug-Geschäft bestehen? Was aber, wenn Frank darauf nicht einging? Sollte sie das Testament dann trotzdem vernichten? Oder sollte sie das Testament einfach Frank Sandmoser zum Geschenk machen, ohne etwas von ihm zu fordern? In der Hoffnung, dass er das Testament dann selbst vernichtete und sie freiwillig unterstützte, wegen ihres Großmuts? Wie sie so einen Blödsinn auch nur denken konnte, ärgerte sie sich, sie begann schon wieder zu träumen. War sie schon so weit, dass sie auf Mitleid angewiesen war?

Sie trat vom Spiegel zurück. Äußerlich war sie perfekt, ihre Haut, ihre Haare, ihre Augen, makellos, auch ihre Figur. Schön fanden sie die anderen, sie fand sich nur fehlerfrei. Sie untersuchte noch einmal ihr Gesicht. War wirklich nichts zu sehen von ihrer Seele? Zum ersten Mal fiel ihr auf, dass inmitten ihrer grünen Augen ein kleines schwarzes Loch war. Hatte das jeder?

44

»Ich kaufe eine Trachtenente«, sagte ein kleiner, etwas untersetzter Mann, der merkwürdig schief an der Ladentheke stand und sich aus dem Bottich bedient hatte. Mit dem hatte Philipp nicht gerechnet. Woher wusste der, wo er arbeitete? Der war offenbar nicht so harmlos, wie er aussah. An Flucht war jetzt hier im Laden nicht zu denken. Er musste ihn anders loswerden.

»Die kann man nicht kaufen«, erklärte Philipp geschäftsmäßig. »Die kriegt man gratis. Wenn man etwas anderes gekauft hat.« Lollo legte die Trachtenente wieder zurück in den Bottich. »Dann interessiere ich mich für Pfeilgiftfrösche«, sagte er, als wäre er ein Kenner. »Wildfänge natürlich, nicht etwa harmlose Nachzuchten. Und da sind Sie, nach dem was man so liest, ja Spezialist.«

»Wildfänge verkaufen wir aus Sicherheitsgründen nicht«, erwiderte Philipp demonstrativ laut. Der alte Haderer stand nicht weit entfernt und sprach immer noch mit der blondierten Mutter und ihrem rosa Mädchen, das sich offensichtlich nicht entscheiden konnte, welches Meerschweinchen es haben wollte.

»Ein Goldener Blattsteiger, das wäre natürlich die Krönung«, sagte Lollo ebenso laut. »Je giftiger, desto besser, ist meine Devise. Terribilis, das ist mein Ding.«

»Wie gesagt, aus Sicherheitsgründen …« Philipp ließ den Satz unvollendet. Lollo beugte sich etwas vor, obwohl ihm diese Bewegung wehtat. Er sprach ganz leise zu Philipp, fast schon vertraulich: »So giftig diese Frösche auch sein mögen, sie treten einen jedenfalls nicht gegen das Schienbein. Und rennen einen auch nicht einfach über den Haufen. Es tut immer noch weh.« Lollo flüsterte die letzten Worte im Stakkato.

»Ich wusste ja nicht, wer sie sind«, verteidigte sich Philipp. Lollo zog die Augenbrauen hoch. »Hätten Sie mich sonst verschont?«

»Glaube nicht«, gab Philipp ehrlich zu. »Einen Detektiv trifft es nie unschuldig. Was mischen Sie sich auch ein?«

Lollo drehte sich kurz um und begegnete dem Blick Haderers, der ihn unter seinen buschigen weißen Augenbrauen mit Argwohn betrachtete.

»Dann beraten Sie mich doch mal, welche Möglichkeiten es bei Terrarien so gibt«, sagte Lollo so, dass Haderer es hören konnte, und drehte sich wieder um. Lollo begleitete Philipp in den hinteren Teil des Ladens, in eine Art tiefergelegte Galerie, in der Terrarien und Reptilien ausgestellt waren. Er blieb vor einer Echse stehen, die mit einem kahlen Ast eins geworden zu sein schien. Eine Bartagame, wie Lollo einem Schildchen auf dem Terrarium entnahm. Sie fixierte ihn mit ihren tiefschwarzen Augen. Wenn Lollo sich bewegte, folgten ihm nur die Augen des Reptils, sonst war es völlig starr. Max fände das Tier sicher interessant, für Moni wäre es ein Albtraum. Bevor er sich selber eine Meinung bilden konnte, ging er weiter. In einer Ecke des Raums befand sich etwa ein Kubikmeter Urwald in einem Glaskubus, in dem gerade ein künstlicher Sprühregen niederging. Lollo kannte diese Vorrichtung sonst nur aus besseren Supermärkten, wo die Salatköpfe auf diese Weise demonstrativ frisch gehalten wurden. Zwischen dem dichten Urwaldgestrüpp in dem Terrarium, zwischen Farnen und Moosen hockten mehrere schwarz-gelb gemusterte Frösche. Sie warteten ab, genau wie Philipp, der vor dem Urwald-Terrarium stand.

»Das sind also die Tierchen, um die es geht«, sagte Lollo. »Sehen aus wie Fans von Borussia Dortmund, schwarz-gelb, nur giftiger.« Philipp erwiderte nichts. »Gut, fangen wir woanders an, Herr Ziegler. Wenn Sie seit unserem letzten Zusammentreffen erfahren haben, was ich von Beruf bin, dann schließe ich daraus, dass Sie gestern noch mit Ihrer Mutter gesprochen haben. Es hatte sich ja genug ereignet.« Philipp schwieg weiter. Sein Gesicht verriet Lollo nichts.

»Ich weiß mittlerweile auch«, fuhr Lollo fort, »wer Ihr Vater war, wie er gestorben ist, wen Sie für seinen Tod verantwortlich gemacht haben und wie Sie diesen Mann umsichtig und zielstrebig seinem Ende zugeführt haben. Hat ja funktioniert, Ihr Plan.«

»Welcher Plan?« Philipp schien nur mäßig interessiert.

»Ampulle manipuliert, Ampulle ausgetauscht, Spritze gesetzt, Sandmoser tot, Rache geglückt. Kann man es so kurz zusammenfassen?«, fragte Lollo.

»Komische Kurzgeschichte«, sagte Philipp. »Wollten Sie nicht ein Terrarium kaufen?« Haderer war das Mädchen mit seiner Mutter wohl endlich losgeworden und in seinem grünen Arbeitskittel zu den Terrarien herübergekommen.

»Eigentlich wollte ich ja eine Trachtenente kaufen, eine Sechziger-Trachtenente«, sagte Lollo Haderer zuliebe. Der hatte nur eine Sprühflasche geholt und war wieder abgezogen. »Aber so eine Ente bekomme ich ja nur, wenn ich zuerst ein Terrarium erwerbe. Und da würde ich dann zu gern einen von diesen süßen kleinen Giftfröschen hineinsetzen wollen.«

»Diese Frösche sind gar nicht giftig«, sagte Philipp.

»Ein Phyllobates terribilis soll nicht giftig sein?« So viel hatte Dinzinger Lollo schon beigebracht, dass er jetzt den Erstaunten geben konnte.

»Sagen wir so, sie produzieren das Gift nicht selbst, es ist nicht von Geburt an per se in ihnen.« Philipp war jetzt ganz der Fachmann, froh, sich wieder auf sicherem Boden zu bewegen.

»Sondern?«, ermutigte Lollo ihn. »Wie werden sie denn giftig?«

»Sie nehmen das Gift durch ihre Nahrung auf. Früher dachte man, dass es bestimmte, giftige Ameisen sind, die sie fressen. Ausschlaggebend ist in Wirklichkeit aber eine ganz besondere Milbenart, die es nur in Südamerika gibt. Die Frösche fressen diese Milben, und so werden sie giftig.« Der wusste offenbar noch mehr als Dinzinger, dachte Lollo. Mit einem solchen Wissen konnte man doch einiges bewirken.

»Und wieso sterben die Frösche dann nicht, wenn sie giftige Milben fressen?«, fragte Lollo ehrlich erstaunt. Sie unterhielten sich jetzt wirklich wie der interessierte Kunde und der Kenner.

»Gute Frage«, lobte Philipp. »Die Pfeilgiftfrösche sind immun gegen das Gift. Sie fressen die Milben und andere giftige Beutetiere und produzieren daraus Gift, das sie über die Hautdrüsen wieder absondern. Sie nehmen es nicht in ihrem Körper auf, das Gift, sie geben es sozusagen nur weiter. Ihre giftige Haut schützt die Frösche vor Feinden.«

»Dann wäre wohl schon einmal drüber lecken tödlich?«, fragte Lollo. Philipp legte den Kopf ein wenig zur Seite, als würde er nachdenken.

»Könnte reichen, zumindest beim Terribilis«, meinte er schließlich. »Der Giftspiegel in der Haut eines solchen Frosches ist immer gleich hoch. Wenn er, wie gesagt, die richtige Nahrung zu sich nimmt.«

»Und umgekehrt funktioniert das auch, habe ich das richtig verstanden? Mit ungiftigem Futter wird auch der Frosch auf die Dauer ungiftig?«, fragte Lollo nach.

»Völlig harmlos«, bestätigte Philipp.

Lollo machte weiter: »Dann ist der Giftfrosch also per se, von Natur aus, gar nicht giftig. Geschweige denn böse oder ein Mörder. Vielmehr wird der Mörder erst durch seine Umgebung giftig, durch das, was er in sich aufnimmt. Wenn so ein Mörder beispielsweise täglich Rachegedanken zu sich nimmt, quasi wie Milben, dann kann er sich ein Giftdepot anlegen. Und dieses Gift kann er dann umfüllen in eine Ampulle. Wenn zufällig eine bereitsteht, etwa, weil so ein Mörder das Diclofenac daraus entfernt hat. Wahrscheinlich musste er gar nicht das ganze Diclofenac rausholen, ein paar Tröpfchen Gift dürften schon reichen als Beigabe. Diese mit Gift gefüllte Ampulle kann der Mörder jetzt wieder zu den anderen stellen. Wenn er einen Schlüssel hat, um ins Haus und an den Spiegelschrank zu kommen. Und wenn sich dann noch jemand Unverdächtiges findet, der das Gift aus der Ampulle in den Körper des natürlichen Feindes spritzt, dann hat die Rache ihren Willen bekommen.«

»Und dann?«, fragte Philipp nachdenklich und ehrlich interessiert. »Was passiert dann weiter?«

»Nun«, überlegte Lollo, »der Feind ist tot, das hat geklappt. Aber das ist leider nicht das Ende. Der Mörder hat jetzt ein Problem, nicht nur strafrechtlich. Er hat nämlich nicht nur seinen Gegner umgebracht, sondern in gewissem Sinn auch sich selbst. Der Mörder hat sozusagen sein Lebensziel erledigt. Denn wenn die Rache sein Fixpunkt war im Leben, was bleibt ihm dann noch? Letztlich tötet ein Mörder aus Rache immer auch sich selbst.«

»Klingt fast so, als hätten Sie da Erfahrung«, sagte Philipp.

»Ich habe einen Chef«, erwiderte Lollo trocken. »Aber der lebt noch.«

Wie auf ein Stichwort kam der alte Haderer einmal mehr vorbei und wandte sich an Philipp: »Der ist wohl noch unentschlossener als die Mutter mit ihrem verwöhnten Gör. Wenn ich schon kein Meersäuli losgeworden bin, verkauf wenigstens du was.« Dann ging er weiter durch eine Eisentür, auf der *Lager* stand.

»Es gibt viele Menschen, die heutzutage in Terrarien Pfeilgiftfrösche züchten«, sagte Philipp, wieder ganz Verkäufer. Der Auftritt Haderers hatte ihn wieder in die Gegenwart zurückgebracht. »Und auf die Ihr Profil zutrifft.«

»Zum Beispiel?«, fragte Lollo erstaunt.

»Heute Morgen, kurz vor Ihnen, war Frank Sandmoser da. Da Sie ja alles zu wissen scheinen, kennen Sie sicher auch den. Der hat bei mir vor einiger Zeit ein Terrarium samt Phyllobates terribilis gekauft. Ein Wildfang war das. Manchmal bekommen wir noch welche zur Blutauffrischung unserer Zucht. Der Frank kennt sich aus mit diesen Tieren, der studiert Biologie. Und wie Sie sicher auch wissen, hat er ein legendär schlechtes Verhältnis zu seinem Vater gehabt.«

»Nur war Frank am Samstag nicht in Kiefersfelden«, entgegnete Lollo, unentschlossen, was er mit dieser neuen, reichlich demonstrativ gelegten Fährte anfangen sollte. Konnte das stimmen? Karin Sandmoser hatte ihm erzählt, dass sie ihren Sohn in München besucht habe. Das mochte sein, und trotzdem konnte Frank der Mörder sein, er musste ja nicht am Samstag die Ampulle ausgetauscht haben, er konnte das auch am Vortag gemacht haben. Er konnte zumindest beteiligt sein an dem Giftmord. Einen Grund, seinen Vater zu töten, hatte er. Andererseits, wenn das schon ausreichte als Motiv, dass Vater und Sohn sich nicht verstanden, dann müsste es deutlich mehr Morde geben auf der Welt. Aber selbst, wenn Frank mitgemischt haben sollte, Lollo wollte erst noch Philipp weiter auf den Zahn fühlen. »Sie dagegen waren in Kiefersfelden, Herr Ziegler. Sie sind mit völlig überhöhter Geschwindigkeit durch die Bippenwaldstraße gerast.«

»Was Sie nicht alles wissen.« Philipp versuchte, cool zu wirken. »Ich habe meine Mutter besucht.«

»Natürlich«, sagte Lollo. »Und bei dieser letzten sich bietenden Gelegenheit haben Sie Ludwig Sandmoser auch gleich einen Besuch abgestattet, um mit ihm noch Brüderschaft zu trinken. Weil er sie überzeugt hat, dass er am Tod Ihres Vaters wirklich unschuldig war.« Lollos Provokation löste zwar ein Augenzucken bei Philipp aus, aber er behielt die Kontrolle über sich.

»Mehr kann ich leider nicht für Sie tun«, sagte Philipp beherrscht. »Mein Rat: Sprechen Sie mit Frank Sandmoser.«

»Zum Glück weiß ich ja fast alles«, meinte Lollo. »Aber hätten Sie zufällig seine Adresse? Bei guten Kunden haben Sie die doch sicher gespeichert.«

»Trudering«, kam es einsilbig von Philipp.

»Selbst Trudering ist nicht so klein. Wenn ich Ihrem Hinweis nachgehen soll, brauche ich noch eine Straße.«

»Waldtruderinger Straße 72.«

»Was Sie alles im Kopf haben, alle Achtung«, sagte Lollo. »Finde ich bei Frank Sandmoser eigentlich auch Trachtenenten?«

»Alle unsere Kunden bekommen Trachtenenten«, erwiderte Philipp.

»Und die Bayern-Fans unter Ihren Kunden?«

»Die müssen sich in Acht nehmen.« Philipps Augen funkelten. »Vor Pfeilgiftfröschen.«

45

Auf der Karte hatte das so leicht ausgesehen. Vom Industriegebiet einfach auf die A99 auffahren, Richtung München, in Haar wieder runter von der Autobahn, dann immer die Wasserburger Landstraße entlang und schließlich einfach links abbiegen in die Waldtruderinger Straße. Aber die Karte war das eine und die Wirklichkeit das andere, und beides zusammenzubringen, war meist nicht so einfach für Lollo. Aber er schaffte es. Ohne sich auch nur einmal zu verfahren, stand er am Ende seiner Fahrt vor dem Haus Waldtruderinger Straße 72. Fast ein Wunder. Während etwas in ihm die ganze Zeit über den Fall nachgedacht hatte, hatte ein anderer Teil von ihm den Weg gefunden. Sogar einen Parkplatz gab es. Als Lollo vor der Haustür des luxuriösen Mehrfamilienhauses stand und auf dem Klingelbrett den Namen Sandmoser suchte, kam gerade eine Frau heraus, die aussah, als gehörte ihr in diesem Haus eine selbst für Münchner Verhältnisse sehr teure Eigentumswohnung. Lollo schlüpfte durch die Haustür und stieg die Treppen hinauf. Wenn die Klingeln so verteilt waren wie die Wohnungen, dann wohnten K. und F. Sandmoser im ersten Stock links. Das konnte er laufen. Oben angekommen, klingelte er. Es dauerte eine Weile, bis sich die Wohnungstür öffnete.

»Sie?«

Den Schrei des Entsetzens, den Karin Sandmoser bei seinem Anblick ausgestoßen hatte, interpretierte Lollo einfach als Begrüßung.

»Guten Tag, Frau Sandmoser«, sagte er so selbstverständlich wie möglich. Dabei fehlte ihm jede Strategie für dieses Gespräch. Wie sollte er vorgehen? Was, wenn Sie ihn an der Tür abfertigen würde? War ihr Sohn überhaupt zu Hause? Und wenn er nicht da war, war das gut für Lollo, oder nicht? Er versuchte, in sich hineinzuhorchen, so wie Moni ihm das immer wieder nahelegte. Aber wie so häufig hatte er das Gefühl, dass da nichts war in seinem Inneren. Und wenn da was war, dann war es so leise, dass Lollo es nicht hörte. Oder doch, jetzt spürte er etwas. Seine linke Wange. Vermutlich eine Art Phantomschmerz, der mit der Ohrfeige zusammenhing, die Karin Sandmoser ihm verpasst hatte. Er musste also die Ohrfeige ins Spiel bringen und versuchen, ihr ein schlechtes Gewissen zu machen.

»Ich weiß«, begann Lollo, »dass Sie nicht die besten Erinnerungen an mich haben. Aber auch für mich war unser letztes Zusammentreffen schmerzhaft, in mehrerlei Hinsicht.« Er rieb sich demonstrativ die linke Wange. Karin Sandmoser sagte nichts. Erstaunen mischte sich in ihrem Gesicht mit Abwehr. Lollo musste dranbleiben.

»Aber, Frau Sandmoser, ich glaube, dass meine Mitteilung, was Herrn Wildenhaus betraf, nicht nur schmerzhaft für Sie war, sondern auch hilfreich.« Lollo machte eine Pause. Sollte er das Missverständnis mit Resi Wimmer aufklären und ihr sagen, dass nicht sie, sondern Sibylle Salger die aktuelle Gespielin von Wildenhaus war? Nein, das würde die Sache nur zusätzlich komplizierter machen, entschied Lollo. Er setzte jetzt alles auf eine Karte: »Um ehrlich zu sein, ich bräuchte Ihre Hilfe.« Lollo war sich nicht sicher: Entweder würde sie ihm jetzt die

Tür vor der Nase zuschlagen wie einem lästigen Vertreter. Oder sie würde ihm noch eine Ohrfeige geben.

»Ich fürchte, ich habe da noch was gutzumachen«, sagte Karin Sandmoser. »Kommen Sie doch herein.«

Abgesehen von ein paar herumstehenden Umzugskisten war alles in dieser Wohnung weiß und sauber und ordentlich. Und teuer. Karin Sandmoser führte ihn durch ein riesiges Wohnzimmer, das Lollo vorkam, als hätte es von einer Zeitschrift für Innenarchitektur den ersten Preis bekommen in der Kategorie *Wohnzimmer meets Parkhaus*. Das Einzige, das lebendig wirkte in diesem Raum, war das beeindruckende Alpenbild, das er schon in ihrem Zimmer bei Wildenhaus bewundert hatte. Sie hatte es also nach ihrem Umzug direkt wieder aufgehängt, das Bild von der Lust am Abgrund.

Ästhetisch betrachtet wäre sicher auch die Küche preiswürdig gewesen, in die er geführt wurde. Allein der überdimensionale Metall-Glas-Tisch mit den Thonet-Freischwingern dürfte ein Vermögen gekostet haben. Nachdem Lollo dort Platz genommen und Karin Sandmoser einen Cappuccino zubereitet hatte, der sogar dem im Café Glück nahekam, und nachdem sie eine Glasschale mit Schwarz-Weiß-Gebäck auf den Tisch gestellt hatte, das allerfeinste Konditorware war, hatte Lollo fast vergessen, was er wollte. Er saß, er trank, er blickte sich um. An das Gebäck traute er sich noch nicht ran.

»Danke«, sagte er. »Danke, Frau Sandmoser. Ich bin überrascht.«

»Ich auch«, erwiderte Karin Sandmoser. Sie war einfach eine kluge Frau, dachte Lollo, und doch neigte er dazu, sie zu unterschätzen. »Aber, Herr Uhl, Sie haben doch sicher mehr im Gepäck als nur die Hoffnung, dass ich mich bei Ihnen mit Cappuccino und Schwarz-Weiß-Gebäck für mein Verhalten entschuldige. Was kann ich für Sie tun?«

»Wohl wahr«, stimmte Lollo ihr zu. Das Schwingen dieser Stühle irritierte ihn. Sie verführten einen zu einer ständigen leichten Bewegung, die alle Gedankengänge kappte. Oder war es das Gebäck, das sich Lollo auf den Verstand legte? Sollte er den Bann brechen und einfach was nehmen? Er tat es, und wie erwartet war der Mürbteig so mürbe, dass er auf der Zunge zerging. Besseres Schwarz-Weiß-Gebäck hatte er noch nie gekostet. Und er hatte im Laufe seines Lebens nicht wenig davon gegessen.

»Um es auf den Punkt zu bringen«, sagte er und versuchte, unauffällig hinunterzuschlucken, »es geht um Ihren Sohn. Ist er eigentlich da?«

»Er hat Vorlesung, soweit ich weiß«, antwortete Karin Sandmoser. »Jedenfalls ist er in der Uni.«

»Er studiert Biologie?«, fragte Lollo. Er wusste die Antwort, er wollte nur Zeit gewinnen.

»Sie scheinen bestens informiert zu sein«, stellte Karin Sandmoser nüchtern fest. »Aber das kenne ich ja von Ihnen.«

»Danke für die Blumen«, sagte Lollo, der sich aber nicht sicher war, ob sie das wirklich als Kompliment gemeint hatte. »Und dieses Studium ist auch der Grund, dass er Terrarien hat und sich mit Giftfröschen beschäftigt?«

»Darf ich fragen, woher Sie das wiederum wissen?« Sie sah Lollo mit ihren großen blauen Augen an. Wie viel konnte er preisgeben? War das klug, ihr gegenüber zu erwähnen, dass ihr Ex an Froschgift zugrunde gegangen war?

»Ich komme gerade vom Zoo Haderer«, erklärte Lollo. »Der Verkäufer sagte mir, dass Ihr Sohn dort Kunde sei und Terrarien und Frösche gekauft habe. Der Verkäufer war auch bei der Lieferung hier anwesend.

»Richtig«, sagte Karin Sandmoser. »Ich erinnere mich, als die Glaskästen in Franks Zimmer eingebaut wurden, war da ein junger Mann dabei, ein ganz Schmaler mit Vollbart. Ungewöhnlich in dem Alter, dachte ich noch.«

»Das war Philipp Ziegler«, erwiderte Lollo. »Frau Sandmoser, sagt Ihnen der Name etwas: Philipp Ziegler?«

»Nicht, dass ich wüsste«, antwortete sie.

»Ziegler, Harald Ziegler hieß der Mann, der 1995 bei einem Unfall mit einem Lkw von Ludwig Sandmoser sein Leben verlor.«

»Natürlich, der Ziegler Harry.« Karin Sandmoser wirkte nachdenklich. »Das war 1995?«

»Ja, das war 1995«, bestätigte Lollo. »Kurz bevor Ludwig Sandmoser sich von Ihnen und Ihrem Sohn trennte. Philipp Ziegler, der junge Mitarbeiter beim Haderer, ist der Sohn von Harald Ziegler. Und er ist der Sohn von Sibylle Salger, der Frau, mit der Ludwig Sandmoser zuletzt in der Bippenwaldstraße zusammenlebte.«

Lollo fühlte sich plötzlich erinnert an das erste Zusammentreffen mit Karin Sandmoser. Für einen Moment schien sie ihre Contenance, ihre Souveränität zu verlieren. Dieser Blick, mit dem sie Lollo ansah, kam tief aus ihrem Innersten, direkt, ungeschminkt, feindselig. Diesmal immerhin schien sie noch nicht so weit, ihm eine runterzuhauen. Schließlich fing sie sich wieder.

»Und jetzt wollen Sie wissen«, fuhr Karin Sandmoser langsam fort, »ob es eine Verbindung gibt zwischen diesem Philipp Ziegler und Frank. Gut informiert wie Sie sind, wird Ihnen nicht entgangen sein, dass mein Sohn kein gutes Verhältnis zu seinem Vater hatte. Und wenn Ludwig in gewissem Sinne schuld sein sollte am Tod von Harald Ziegler, so wurde das ja damals in der Öffentlichkeit dargestellt, wegen der langen Lenkzeiten, dann wird auch Philipp Ziegler meinem Exmann recht reserviert gegenübergestanden haben.«

»Das ist vornehm ausgedrückt«, sagte Lollo. »Trifft die Sache aber im Kern.«

»Verstehe ich Sie recht«, hakte Karin Sandmoser nach, »Sie glauben, dass dieser Philipp und Frank sich an Ludwig irgendwie abarbeiten wollten?«

»Auch das ist gut formuliert«, sagte Lollo. Er musste es jetzt riskieren. Wenn er Pech hatte, fing er sich wieder eine. Wenn er Glück hatte, erfuhr er mehr über die beiden. »Ich habe im Bad neben dem Pool eine Ampulle entdeckt. Mit Resten von Froschgift. Ludwig Sandmoser ist nicht an einem Herzinfarkt gestorben, er ist vergiftet worden.«

Sie schluckte. Sie überlegte. »Deshalb hatten Sie nach Franks Giftfröschen gefragt.« Karin Sandmoser legte den Kopf leicht zur Seite. »Mir war das immer unheimlich, ich möchte keine giftigen Tiere in meiner Wohnung haben, das habe ich Frank auch gesagt. Er hat mir stets versichert, dass diese komischen Frösche gar nicht giftig seien. Giftig mache sie nur das Futter, hat er mir erklärt. Sein Futter aber sei ungiftig, also seien es auch seine Frösche.«

»Halten Sie es für möglich, dass Ihr Sohn …« Lollo hatte versucht, die Frage so vorsichtig wie möglich zu formulieren, aber sie schnitt ihm brüsk das Wort ab.

»Nein«, sagte Karin Sandmoser. »Nein, so etwas macht mein Sohn nicht. Der bringt niemanden um. Und wenn ich Sie recht verstehe, gibt es auch keinerlei Hinweise auf Frank. Außer der Sache mit den Fröschen. Die aber wie gesagt ungiftig sind. Dagegen scheint mir dieser Philipp doch sehr viel nachvollziehbarere Gründe zu haben, wenn er glaubt, dass Ludwig schuld war am Tod seines Vaters.«

»Das stimmt einerseits, Frau Sandmoser«, sagte Lollo. »Andererseits hat ihr Sohn ein Verhältnis mit Sibylle Salger. Diese Frau hat Ludwig Sandmoser am Samstag noch eine

Spritze gegeben. Ob sie ahnte, was da drin war? Ob Ihr Sohn wusste, was da drin war?

»Was erlauben Sie sich?« Karin Sandmoser gab ihre kühle Zurückhaltung auf, einmal mehr. Die Situation steuerte in die gleiche Richtung wie ein paar Tage zuvor. »Sind das Ihre schmutzigen Methoden, sich auf die Lauer zu legen und Menschen zu beschuldigen? So wie Sie auch im Nußlbergweg auf der Lauer gelegen haben?«

»Mein Beruf ist in der Tat nicht immer angenehm«, erwiderte Lollo so ruhig wie möglich. Er musste jetzt kalkuliert in die Offensive gehen. »Und um ehrlich zu sein, da habe ich einen Fehler gemacht. Die Wimmer Resi war zwar bei Wildenhaus am Samstagnachmittag, aber sie haben gar nichts mehr miteinander, außer dass sie sich streiten. Die aktuellste Frau von Ralf Wildenhaus ist, und das schon seit ein paar Wochen, Sibylle Salger.«

»Das stimmt nicht«, widersprach Karin Sandmoser voller Überzeugung. Sie fand keine Worte mehr.

»So stark sind die Empfindungen von Wildenhaus Sibylle Salger gegenüber, dass er sogar behauptet hat, er habe Ludwig Sandmoser umgebracht, um sie von ihm zu befreien. Leider kennt Herr Wildenhaus die wirkliche Todesursache gar nicht. Außerdem hat er ein Alibi. Er war es sicher nicht, er wollte es nur sein. Es tut mir leid, Frau Sandmoser, aber das sind die Fakten.«

»Es will mir nicht in den Kopf.« Karin Sandmoser war kaum zu verstehen, ein Teil von ihr schien aufgegeben zu haben. »Er war so zuvorkommend zu mir. Von Anfang an, bis zum letzten Tag. Immer. Als wolle er mir jeden Wunsch erfüllen, noch bevor ich ihn geäußert habe. Wie konnte ich mich so täuschen?« Sie machte eine Pause, bevor sie mit fester Stimme entgegnete: »Aber mein Sohn, in dem täusche ich mich nicht. Der hat nichts mit dem Froschgift zu tun. Ganz sicher.«

Sie stand auf, ging hinüber ins Wohnzimmer und kam mit zwei langstieligen Schnapsgläsern und einer Flasche Grappa zurück. Sie schenkte beide Gläser voll.

»Danke«, sagte sie zu Lollo. »Für Ihre Ehrlichkeit.« Sie tranken.

»Danke«, gab Lollo zurück. Der Grappa war noch besser als das Schwarz-Weiß-Gebäck.

»Diese Frau Salger.« Karin Sandmoser hatte sich wieder gefangen. »Sie hat in der Tat versucht, sich an Frank ranzumachen. Er hat es mir erzählt. Und er hat mir noch mehr erzählt. Diese Sibylle Salger hat ein Testament von Ludwig gefunden. Ein Testament zugunsten von Helga Sandmoser. Sie kennen sie?« Lollo nickte. Wer würde diese Oberarme je vergessen? Diese Perücke. Diese Wut. Diese Frau, die niemand mochte, sollte jetzt erben? »Sibylle Salger hat Frank einen Deal vorgeschlagen«, fuhr Karin Sandmoser fort. »Sie lässt das Testament verschwinden, wodurch mein Sohn Alleinerbe würde. Und im Gegenzug, quasi aus Dankbarkeit, bekäme sie dann ein Stück vom Kuchen ab. Am meisten war ich empört darüber, dass Frank dieses unmoralische Angebot nicht sofort ausgeschlagen hat.«

»Ihr Sohn hat das Angebot aber auch nicht angenommen, wenn ich Sie recht verstehe«, sagte Lollo.

»Um Himmels willen nein«, erwiderte Karin Sandmoser. »Ich fürchte nur, Frank hat Gefallen gefunden an dieser Frau. Und das hat ihm den Verstand vernebelt.«

Das war also der Grund für ihre Annäherung, Sibylle versuchte, mit Frank ins Geschäft zu kommen. Lollo dachte an die Bettenlandschaft in der Bippenwaldstraße zurück. Er sah sie vor sich, ohne sie je wirklich gesehen zu haben, er hatte ja nur gehorcht. So stark war das Bild, dass er sich anstrengen musste, seine Gedanken zu ordnen. Kam Frank jetzt, nach der Geschichte mit dem Testament, als Täter überhaupt noch infrage? Er hatte gelitten unter seinem Vater, unter der Scheidung. Aber war das ein ausreichender Grund, um den eigenen Vater zu töten? Gut, er studierte Biologie, er dürfte theoretisch wissen, wie man Froschgift gewinnt, vielleicht auch, wie man es in eine Ampulle bekommt. Theoretisch ja, aber auch praktisch? Und dann, warum sollte Frank seinen Vater ermorden, nur um sich danach in die Abhängigkeit von Sibylle Salger zu begeben, die ihn mit dem Testament jederzeit unter Druck setzen konnte? Nein, wenn Lollo in sich hineinhorchte, diesmal klappte es erstaunlich gut, dann schied Frank als Täter aus.

Also doch Sibylle? Dann würde ihr Plan aber nur aufgehen, wenn Frank auf ihr Angebot einginge, sonst hätte sie von Sandmosers Ableben keinerlei finanziellen Gewinn. Nein, das passte alles nicht, dann hätte Sibylle ja schon vor Sandmosers Tod Kenntnis haben müssen von dem Testament. Äußerst unwahrscheinlich. Und ebenso unwahrscheinlich war es, dass Sibylle gemeinsam mit Philipp Ludwig Sandmoser aus der Welt geschafft hatte. Die beiden schienen nicht gerade ein Team zu sein.

Lollo konnte es drehen und wenden wie er wollte, es gab nur drei Möglichkeiten: Entweder, und das war insgeheim seine große Hoffnung, steckte ein dermaßen perfekter Plan dahinter, dass er ihn nie würde aufdecken können. Oder das Ganze war eine zufällige Verknüpfung irrationaler Absichten, die niemand würde begreifen können, weder er, noch Marlowe, noch Maigret. Was aber das mit Abstand Wahrscheinlichste war: Lollo hatte sich reinlegen lassen. Von Philipp. Er war von ihm auf eine falsche Fährte gelockt worden und prompt drauf reingefallen. Deprimierend für einen Detektiv. Aber wie sagte Moni immer, positiv denken. Lollo bemühte sich. Immerhin hatte er die Sache mit dem Testament erfahren. Und sich mit Karin Sandmoser ausgesöhnt. Und er hatte dieses

Schwarz-Weiß-Gebäck und diesen Grappa gekostet. Nein, sein Besuch war nicht umsonst gewesen.

»Herr Uhl, hören Sie mich?« Karin Sandmoser schien schon seit einiger Zeit erfolglos auf ihn einzureden. »Ich fragte Sie, wie sehen Sie denn diese Sibylle Salger und ihren Sohn?«

»Entschuldigung«, sagte Lollo. »Ich war in Gedanken. Ihre Gastfreundschaft ist wirklich unvergleichlich. Das hätte ich nicht erwartet, wirklich nicht, nach der Vorgeschichte. Aber jetzt muss ich wirklich los, Frau Sandmoser. Es ist dringend, sehr dringend. Die gute Nachricht für Sie ist, ich glaube nicht, dass ich noch einmal wiederkommen werde.«

46

Ein Detektiv muss vor allem zwei Dinge beherrschen, hatte Lollo einmal im Mitteilungsblatt seines Berufsverbandes gelesen, er muss warten und er muss Auto fahren können. Beides hätte Lollo jederzeit für sich in Anspruch genommen. Wobei er beim Autofahren eher einen geruhsamen Fahrstil bevorzugte. Leider fuhren nicht alle Verkehrsteilnehmer um ihn herum so umsichtig und vorausschauend wie er. Es kam ihm selbst zwar komisch vor, aber er war der Meinung, dass er derjenige war, der genau richtig fuhr. Der die Regeln respektierte und sie nur ein ganz kleines bisschen übertrat. Gerade so viel, um nicht als Spießer zu gelten. Aber genau diese Regeltreue würde jetzt auf eine harte Probe gestellt werden, Lollo spürte das im Voraus. Dieser schwarze Duster da vorne würde ihn an die Grenzen bringen. Die erste rote Ampel überfuhr Lollo direkt beim Verlassen des Industriegebiets, es blieb ihm nichts übrig, wenn er an Philipp dranbleiben wollte. Nur gut, dass solche Industriegebiete direkt an der Autobahn lagen, schmucklos zwar, aber verkehrsgünstig. Letztlich musste man nur zweimal rechts abbiegen und einmal links, dann war man schon auf der A99 und damit direkt am Kreuz München-Süd. Dumm nur, dass jede dieser Kreuzungen eine Ampel hatte. Lollo hätte dem Fahrer des Volvos, dem er gerade die Vorfahrt nahm, gern die genaueren Umstände erklärt. Er war keineswegs der Verkehrsrowdy, für den ihn der Volvo-Fahrer halten musste, aber was sollte er ihm zurufen? Sorry, bin auf Verfolgungsjagd?

Immerhin: Die dritte Ampel, wo es links auf den Autobahnzubringer ging, zeigte Grün. Bislang hatte Lollo keine Schwierigkeiten, dem Duster zu folgen. Sein alter W124 hatte vielleicht nur Jahrzehnte darauf gewartet, um endlich einmal beweisen zu können, was alles in ihm steckte. Kaum war Lollo auf der Autobahn, sah er, dass die Geschwindigkeit nicht das Problem werden würde: An einem Freitagnachmittag war die Autobahn erwartungsgemäß nicht gerade leer. Als Lollo die weite Linkskurve der A99 nahm und kurz davor war, auf die A8 einzufädeln, die dort unten vor ihm lag, hatte er einen guten Überblick über die Verkehrssituation, und die war bestenfalls stockend. Das würde ein vorolympischer Slalomlauf werden über fünf, vier, drei Fahrspuren. Philipp fuhr vielleicht fünfzig Meter vor ihm und wechselte rasch die Spuren, trotz der Verkehrsdichte. Lollo folgte ihm, so gut es ging. Es war wie beim Überfahren der roten Ampeln, die Rücksichtslosigkeit an sich schmerzte Lollo gar nicht so sehr, es war eher, dass er den anderen keine Erklärung geben konnte. Wobei er sich fragte, wann bei diesem Spiel auf der Autobahn auch die Autos mit den blauen Lichtern auf dem Dach mitmachen würden. Deren Insassen würden sich sicher freuen über seine Erklärungen.

Wohin genau, fragte sich Lollo, würde Philipp fahren. Nach Kiefersfelden? Selbst wenn, wo genau wollte er hin? Zu Sibylle? Philipp war nicht gerade der Typ, der sich letzte Ratschläge von seiner Mutter holte. Lollo wurde das Gefühl nicht los, dass Philipp verfolgt werden wollte. Er hatte förmlich auf ihn gewartet vor dem Zoogeschäft. Zuerst hatte er ihn auf die falsche Fährte gelockt, und Lollo war auch so blöd gewesen, darauf hereinzufallen. Philipp hatte vorausberechnet, wie lange es dauern würde, vom Haderer bis nach Trudering zu fahren, ein unangenehmes Gespräch zu führen und dann wieder zurückzufahren. Wahrscheinlich hatte er gewusst, dass Frank gar nicht zu Hause war. Wenn er wirklich hätte fliehen wollen, dann hätte er einen schönen Vorsprung herausfahren können. Stattdessen hatte Philipp in seinem Auto gesessen und auf die Rückkehr von Lollo gewartet. Er hatte gesehen, wie Lollo zurückgekommen und in das Zoogeschäft geeilt war. Er hatte gesehen, wie Lollo wieder herausgestürmt war. Er hatte gesehen, dass Lollo ihn gesehen hatte. Da erst hatte er den Motor seines Duster angelassen und war losgefahren. Warum? Um jetzt eine Show auf der Autobahn abzuziehen? Weil es jemanden gab, der ihm zuschaute?

Links neben Lollo schimpfte ein Schnauzbart in einem quietschgelben Lamborghini wie ein Rohrspatz. Lollo hatte mit seinem Blinker angedeutet, dass er links rüber wollte, was der Schnäuzer offensichtlich für keine gute Idee hielt. Da auf Lollos Fahrspur der Verkehr allerdings kurz etwas schneller lief als auf der linken, gewann Lollo ein paar Meter Vorsprung, zog links rüber und zwängte sich in eine Lücke, die kaum mehr als zehn Zentimeter Platz zu dem Lamborghini ließ. Der Schnäuzer, der jetzt hinter ihm war, überschlug sich förmlich mit seinen Gesten, es waren wohl alle Verwünschungen dabei, zu denen der Lamborghini-Fahrer fähig war. Lollo bekam nicht alles mit, weil er immer wieder von dessen Lichthupe geblendet war.

Philipps schwarzer Duster war gut zu erkennen, der Wagen überragte die meisten anderen Autos. Er fuhr jetzt auf der mittleren Spur und versuchte offensichtlich, sich rechts einzuordnen. Er quetschte sich zwischen zwei Lkws, der hintere musste scharf bremsen und hupte. Richtig, dachte Lollo, da vorne war die Raststätte. Holzkirchen. Wollte Philipp da raus? Lollo tat sein Möglichstes, um von der äußersten linken Spur, die er sich gerade erobert hatte, nach ganz rechts zu kommen. Geht doch nichts über ein gutes Augenmaß, dachte er, als er sich schließlich in die Lücke vor einem holländischen Wohnwagen gezwängt hatte. Der Fahrer erinnerte Lollo in seinem Gebärdenreichtum an den Schnäuzer im gelben Lamborghini auf der linken Spur. Er bedauerte, dass so viele Menschen auf der Autobahn einen ganz falschen Eindruck von ihm bekamen. Leider musste er das so stehen lassen.

Philipp bog tatsächlich ab zur Raststätte und fuhr mit hoher Geschwindigkeit auf die Tankstelle zu. Nein, der wollte nicht tanken. Statt zu bremsen, gab er noch einmal richtig Gas, als er durch die Tankanlage fuhr. In fünf Reihen standen dort Autos. Genau in der Mitte war eine Lücke, und der Duster raste hindurch. Lollo hinterher, was blieb ihm übrig. Im Rückspiegel sah er, dass ein Eimer, aus dem ein Stiel herausragte, umgefallen war und einer Frau an der Zapfsäule die Schuhe nass gemacht hatte. Lollo war heilfroh, dass nicht mehr passiert war.

Philipp steuerte auf die Rastanlage zu. Von dem breiten Zufahrtsweg zweigten fächerförmig die Parkplätze für Lkws ab. In eine Lücke zwischen zwei Sattelschleppern tauchte der Duster ein. Hätte an einem Fahrerhaus eine Tür offen gestanden, Philipp hätte sie abgerissen. Aber sowohl er als auch Lollo hatten Glück. Das Wiedereinfädeln auf die Autobahn vollzog sich vergleichsweise problemlos.

Die rechte Seite der Autobahn war jetzt nicht mehr von dichtem Wald gesäumt. Felder breiteten sich aus, und weit hinten am Horizont konnte Lollo schon die Berge sehen, das Begrüßungskomitee der Alpen. Der Verkehr schien auf diesem Autobahnabschnitt jetzt etwas weniger dicht zu sein, und die Geschwindigkeitsbegrenzung, die die Signalanlagen über der Autobahn anzeigten, hundert, war fast schon wieder machbar. Der Duster und der Mercedes hielten fast konstanten Abstand und schlängelten sich über die Fahrspuren. Die anderen Autos waren wie Slalomstangen, um die sie geschmeidig herumfuhren.

Fast hätte Lollo das Radio angeschaltet, so entspannt war er auf einmal. Vielleicht meldete Bayern 3 ja schon, dass da zwei Autos zwischen München und dem Inntaldreieck unterwegs waren, die sich partout nicht überholen ließen, stattdessen aber alle anderen überholten.

Gleich würde es den Irschenberg hinaufgehen, der Verkehr wurde wieder dichter. Positiv wie Lollo immer wieder versuchte, die Dinge zu sehen, stellte er fest, dass sie im dichten Verkehr wenigstens nicht geblitzt werden konnten. Es sei denn, das wilde Spurwechseln fiel den Blitzern da oben auf. Für diesen Fall bemühte sich Lollo, als er kurz davor war, unter einer dieser Kameras hindurchzufahren, mimisch und gestisch darzustellen, dass es ihm leidtat, so zu fahren, er aber aufgrund höherer Gewalt keine andere Möglichkeit hatte. Er breitete die Arme aus, machte ein zerknirschtes Gesicht und sagte: »Sorry.« Es musste ja schnell gehen, denn schon war Lollo unter der Kamera durchgefahren. Aber da hatte nichts geblitzt.

Nach dem immensen Regen vom Vortag war heute der Himmel klar. Lollo konnte kaum glauben, dass Sandmosers sintflutartige Beerdigung gerade mal einen Tag her war. Als sie oben auf dem Irschenberg angelangt waren, zeigten sich die Alpen am Horizont wie ein Vorposten des Paradieses.

Während der Talfahrt hinunter und auch auf den nächsten Kilometern bis zum Inntaldreieck hatte Lollo das Gefühl, sich mittlerweile an die Fahrweise gewöhnt zu haben. Andere fuhren wahrscheinlich dauernd so. Allerdings reagierten einige der überholten Fahrer immer noch mit der Lichthupe und gestischen Kommentaren. Zweimal gaben zudem die Blitzanlagen beim Hinunterfahren vom Irschenberg eindeutige Zeichen, dass Post mit einem Foto kommen würde. Vielleicht sah es einfach so aus, beruhigte sich Lollo, dass zwei Autos Kolonne fuhren, die zügig in den Urlaub wollten. Der Verkehr wurde immer weniger, und als der Duster am Inntaldreieck einbog in die Rechtskurve Richtung Kiefersfelden, hatte er so viel Tempo drauf, dass es ihn fast in die Leitplanken und in die roten Warnpfeile hineingedrückt hätte. Der Wagen schlingerte, das erkannte Lollo deutlich, während sein schwerer Mercedes die scharfe Kurve wie auf Schienen nahm.

Auto fahren, das konnte er also, stellte Lollo befriedigt fest. Warten sowieso, das hatte er schon oft genug unter Beweis gestellt. Aber Lollo konnte sich immer noch keinen Reim darauf machen, wo Philipp hinwollte. Dafür musste er sich zu sehr aufs Fahren konzentrieren. Wenn ihm eine Fee einen einzelnen Wunsch gewähren würde, er hätte da einen. Aber nein, den könnte ihm nicht mal eine gute Fee erfüllen. Philipp würde sich sicher nicht der Polizei von Kiefersfelden in Gestalt von Oberwachtmeister Danner stellen. Wobei, Oberwachtmeister? Welchen Dienstgrad hatte der überhaupt? Lollo hatte sich nie dafür interessiert.

Und wenn Philipp doch zu Sibylle wollte? Unwahrscheinlich, sehr unwahrscheinlich inzwischen, dass sie etwas zu tun haben sollte mit dem Plan, Sandmoser zu beseitigen. Was aber, wenn doch, wenn Moni unrecht haben sollte mit ihrer radikalen Unschuldsvermutung? Würde das ihre Ehe belasten, fragte Lollo sich, während er die Abfahrt Reischenhart hinter sich ließ. Auch bis hinter Brannenburg hatte er noch keine Antwort gefunden. Das Tempo ließ einfach keine klaren Gedanken zu. Die Autobahn wurde immer leerer, die Geschwindigkeit immer höher. Kaum noch, dass sich den beiden mit einem unsichtbaren Band verbundenen Autos jemand in den Weg stellte. Plötzlich ein Aufblitzen, das Lollo in den Rückspiegel blicken ließ.

»Man sollte sie nicht unterschätzen, irgendwann kriegen sie es doch mit«, sagte er zu sich und versuchte herauszubekommen, wie schnell das Blaulicht näher kam. Hören konnte er das Polizeiauto noch nicht. Dafür roch er auf einmal die muffigen

Polster des alten Mercedes. Baujahr 86. Dass der ein wenig müffelte, musste man in Kauf nehmen, dachte Lollo. Sein W124 hatte diese Verfolgungsfahrt bisher jedenfalls sehr souverän mitgemacht, wahrscheinlich schwitzte er nur ein bisschen durch die Polster. Wieder blickte Lollo in den Rückspiegel. Sie waren ihm dicht auf den Fersen, die Blauen. Aber mehr Gas geben konnte Lollo nicht. Und Philipp offensichtlich auch nicht. Bis Oberaudorf würde die Polizei sie eingeholt haben. Davor gab es keine Abfahrt mehr. Nur den kleinen Rastplatz am Gletschergarten. Lollo sah die Felsen schon, ein Relikt aus der Eiszeit, das von der Autobahn einfach zerschnitten wurde. Plötzlich, kurz vor dem Rastplatz, scherte Philipp aus, fuhr rechts auf den Verzögerungsstreifen, verzögerte aber nicht, sondern drückte noch mehr aufs Gas. Niemand parkte auf dem kleinen Rastplatz, es war ein schmaler Streifen entlang der Autobahn, keine hundert Meter lang. Auch Lollo fuhr jetzt raus und nahm den Fuß vom Gaspedal. Er lag jetzt genau in einer Flucht mit dem Duster. Lollo sah, dass Philipp jetzt nach links lenken musste, wenn er wieder auf die Autobahn wollte. Aber Philipp hielt stur auf den Gletscherfelsen zu, der direkt vor ihm aufragte. Für den Bruchteil einer Sekunde trat Philipp auf die Bremse, Lollo sah das Aufleuchten der Bremslichter. Gott sei Dank, dachte Lollo. Doch sofort gab Philipp wieder Vollgas, was dazu führte, dass die Vorderräder und die Kühlerhaube des Duster sich leicht aufrichteten. Die Front des Fahrzeugs ging in die Höhe und setzte auf der Leitplanke auf, die vor dem Felsen die Fahrbahn begrenzte. Einen Augenblick ritt der Wagen förmlich auf dem Metall der Leitplanke. Funken stoben. Der Duster schoss nach oben, die Leitplanke war wie eine Rampe für ihn. Der Wagen hob ab, und da der Felsen zu dieser Seite hin zunächst flach war und erst allmählich anstieg, verstärkte sich diese Aufwärtsbewegung noch. Die irrwitzig schnell drehenden Räder berührten kurz den Felsen, dann drehte sich das

Auto leicht um die eigene Achse nach links und stand quer in der Luft, als die Reifen die Felswand ein zweites und letztes Mal berührten. Die Flugkurve wurde dadurch abrupt gekappt, und der Duster mit neuer Kraft in eine ganze andere Richtung geschleudert, vom Felsen weg auf die Autobahn. Mit den Reifen nach oben und dem Dach nach unten flog das Auto in einem Bogen über die Fahrbahn und landete exakt auf der Mittelleitplanke. Das Metall der Leitplanke zerschnitt das Metall des Autos. Für Philipp musste es wie eine Guillotine gewesen sein, eine Guillotine, die mit rasender Geschwindigkeit von unten gekommen war.

Lollo, der mit gebanntem Entsetzen die Szene verfolgt hatte, war nur Zentimeter vor der Leitplanke, an der Philipp abgehoben hatte, zum Stehen gekommen. Erst als er stand, wurde ihm nachträglich das Quietschen seiner Reifen bewusst. Das Geräusch des auf der Leitplanke aufkommenden Duster war merkwürdig leise gewesen. So war es Lollo zumindest vorgekommen. Nicht lauter als der Schnitt einer Metallschere. Alles war plötzlich geräuschlos geworden für Lollo. Er hörte nichts mehr, als wären seine Ohren zugeschwollen. Das Rauschen seines Blutes spürte er. Sein Brustkorb schmerzte ihn, genau dort, wo der Gurt verlief. Lollo schnallte sich ab. Er öffnete die Wagentür, ohne sich umzusehen. Er stieg aus dem Auto, hatte aber nicht das Gefühl zu stehen. Er hatte überhaupt kein Gefühl mehr. Er spürte nichts, er hörte nichts. Er sah, wie der Polizeiwagen die Straße absperrte, zuerst die Fahrbahn Richtung Kiefersfelden. Auf der Gegenfahrbahn schafften es Autos, sich im Schritttempo an dem auf der Mittelleitplanke liegenden Blechhaufen vorbeizuquetschen. Nicht aus Vorsicht fuhren sie so langsam, sondern um möglichst lange in das Wrack hineingaffen zu können. Lollo erblickte hinter der Windschutzscheibe eines vorbeifahrenden Autos ein Gesicht, das Gesicht einer Frau, in dem Entsetzen und Neugier eine Einheit bildeten.

Ein Polizist versuchte, die Frau anzuhalten und die Fahrbahn zu sperren, aber sie kam durch und fuhr weiter. Lollo blickte sich um zu dem Polizeiwagen, der neben ihm stand. Ein Polizist saß darin und sprach hektisch in sein Funkgerät. Er sah das Blaulicht, aber er hörte immer noch nichts. Der Polizist stieg aus und kam auf ihn zu.

»Sind Sie verletzt?«, fragte er. Lollo schüttelte den Kopf wie in Zeitlupe. Zumindest war er nicht taub geworden.

»Am besten, Sie legen sich auf den Boden, die Füße nach oben«, sagte der Polizist. Wieder schüttelte Lollo langsam den Kopf.

Der Polizist ließ Lollo stehen und ging hinüber zu dem Autowrack. Er versuchte, ins Innere des Fahrzeugs zu blicken. Aber es gab kein Inneres mehr. Das Dach war durch den Aufprall so in den Rest der Karosserie gestaucht worden, dass das Auto ausschaute, als wäre es gerade aus der Schrottpresse gekommen. Da war kein Leben mehr drin. Der Polizist sah es ein und ging zu seinem Kollegen, um bei der Sperrung der Gegenfahrbahn zu helfen.

Lollo schaffte es nicht, seinen Blick von dem Wrack abzuwenden. Er hatte noch immer nicht das Gefühl wiedergefunden, dass das hier die Wirklichkeit war. Wenngleich er allmählich wieder spürte, dass er noch lebte. Im Gegensatz zu Philipp. Es tropfte aus dem Auto. War das Öl? Benzin? Vermutlich nicht, Lollo wandte sich ab. Er ging zu dem Felsen hinüber.

Hatte Philipp das gewollt? Oder war es ein Fahrfehler gewesen? War er einfach zu schnell gewesen und hatte die Kontrolle verloren? Als Lollo in einer Linie hinter ihm gefahren war, hatte er den Eindruck gehabt, Philipp steuere mit Absicht auf den Felsen zu. Als habe er diese Abschussrampe gesucht. Wenn er sich wirklich selbst umgebracht hatte, war das dann ein Schuldeingeständnis? Würde der Fall Sandmoser nun nie vollständig aufgeklärt werden können?

Von überall her hörte Lollo Sirenen kommen. Er konnte also dauerhaft wieder hören. Alles hören. Aber auf sein Sehen konnte er sich immer noch am meisten verlassen. Da lag etwas Schwarzes unter der Leitplanke vor ihm. Lollo ging darauf zu. Weiter vorne war die Leitplanke eingedrückt worden und abgeschrammt, aber hier an dieser Stelle war sie unversehrt geblieben. Da war etwas auf dem Boden. Ein Handy. Lollo bückte sich. Ihm wurde schwindlig, er musste sich sofort wieder aufrichten. Das Handy musste von ihm sein, von Philipp, wahrscheinlich war es bei dem Aufprall herausgeschleudert worden. Lollo wollte sich gerade umdrehen nach den Polizisten, und sie auf den Fund aufmerksam machen, aber sie waren immer noch mit der Absperrung der Gegenfahrbahn beschäftigt. Lollo bückte sich noch einmal, langsamer, vorsichtiger und hob das Handy auf. Der Touchscreen hatte zwar einen Sprung, aber als Lollo ihn berührte, funktionierte er. Lollo dachte kurz nach und steckte das Handy in seine Hosentasche. Es hätte ja ebenso wie Philipp unrettbar verloren sein können. Besser, er kümmerte sich darum.

Lollo sah einen weiteren Polizeiwagen auf sich zukommen. Er kam aus der falschen Richtung, aus Oberaudorf, er wäre ein Geisterfahrer gewesen, aber auf dieser Seite der Autobahn gab es ja keinen Verkehr mehr. Danner saß in dem Wagen, stieg aus und kam auf Lollo zu. Lollo freute sich sogar. Danner dagegen war erstaunt, Lollo hier anzutreffen.

»Du bist wohl immer da, wo man dich nicht braucht«, sagte er.

»Ähnlich wie du, Danner«, entgegnete Lollo. »Nur dass wir aus verschiedenen Gründen nicht gebraucht werden.« Lollo war beruhigt, dass seine verbale Abwehr wieder funktionierte, zumindest bei Leuten wie Danner.

»Lass deine Spitzfindigkeiten.« Danner konnte so leicht Fahrt aufnehmen, wie es der gelbe Lamborghini vorhin auch gern getan hätte, dachte Lollo. Er hatte das Gefühl, allmählich wieder ein Bestandteil der Welt zu werden. Er war noch da.

»Du machst einem wirklich nur Ärger«, brummte Danner. »Hast du eine Ahnung, was das für eine Arbeit war mit der Exhumierung vom Sandmoser?«

»Und alles nur wegen mir«, sagte Lollo bedauernd. »Da ist er so schön tot, ganz natürlich tot, der Sandmoser, und auf einmal soll er ganz anders tot sein, nämlich ermordet. Habt ihr denn schon was gehört von der Gerichtsmedizin?«

»So schnell sind die nun wirklich nicht«, erwiderte Danner beleidigt.

»Ist ja auch Freitagnachmittag«, meinte Lollo. »Aber egal. Der Mann, den ihr suchen würdet, wenn ihr die Todesursache *Tod durch Froschgift* auch offiziell bestätigt haben werdet, dieser Mann befindet sich dort drüben zwischen der Mittelleitplanke und seinem Auto.« Das war nicht gut. Lollo wollte gar nicht so über Philipp gesprochen haben, aber die Gegenwart Danners reizte ihn dazu, die kalte Hundeschnauze zu zeigen.

»Hast du auch Beweise, Uhl?«

»Beweise«, wiederholte Lollo süffisant. »Die kommen noch. Und zwar schneller als der Bericht von der Gerichtsmedizin. Sei doch froh, dass ich dir die Arbeit abnehme, Danner.«

»Wieso bist du überhaupt hier?«, fragte Danner.

»Ich bin dem Wagen da drüben gefolgt«, antwortete Lollo. »Von München bis hierher. Der junge Mann da drin ist Philipp Ziegler. War Philipp Ziegler. Er ist, er war der Sohn von Sibylle Salger, du erinnerst dich. Er hat die Ampulle mit Froschgift manipuliert, und seine Mutter hat in der Annahme, dass das, was auf den Ampullen draufsteht, auch drin ist, nämlich Diclofenac, sie dem alten Sandmoser gespritzt. Sie kann nichts dafür, Danner, sie wusste von nichts. Er da hat das alles arrangiert«, sagte Lollo, vermied es aber zu dem Autowrack hinüberzusehen. So sicher, wie er das alles Danner gegenüber behauptete, war sich Lollo gar nicht. Aber es war jetzt besser, seine Zweifel zu verschweigen.

»Dann war das hier also Selbstmord«, sagte Danner. »Hat sich selbst gerichtet.« Lollo zuckte mit den Schultern, Danners Logik schien ihm so banal. Aber tatsächlich, so konnte es gewesen sein.

»Möglich, Danner. Ich muss jetzt heim, Moni wird sich Sorgen machen.«

»Aber wir brauchen noch deine Aussage!«, rief Danner Lollo hinterher, der wieder in sein Auto stieg. »Stopp!«

»Ich melde mich«, sagte Lollo durch das Fenster und fuhr an den Einsatzwagen der Polizei, der Rettungsdienste und an einem Leichenwagen vorbei auf der Autobahn in Richtung Kiefersfelden. Er wollte nicht dabei zusehen, wie sie Philipp aus dem Wrack holten. Lollo hatte kaum die Kraft, Auto zu fahren, mit sechzig schlich er über die völlig leere Autobahn. Die Gegenrichtung war ein einziger Stau. Vollsperrung wegen Philipp Ziegler. Oder wegen Ludwig Sandmoser. Lollo wollte heim, zu Moni, zu Max. Er war froh, dass er weiterleben und die Welt noch in sich aufnehmen konnte: Das Kaisergebirge auf der linken, Oberaudorf auf der rechten Seite. Das alles hatte er schon tausend Mal gesehen, aber noch nie war ihm dieser Anblick so schön erschienen. Lollo fühlte sich glücklich und gleichzeitig stumpf und leer. Als er in den vierten Gang schaltete, berührte er seinen Oberschenkel. Philipps Handy in seiner Hosentasche, das hatte er ganz vergessen.

Lollo brauchte Zeit und einen ruhigen Ort. Er nahm die Ausfahrt Oberaudorf, bog jedoch nicht nach links ab ins Dorf, sondern nach rechts in Richtung Österreich. Er fuhr nicht hinüber, über den Inn, um wie so häufig da drüben billig zu tanken. Lollo parkte sein Auto vor der ehemaligen Grenzbaracke, in der sich jetzt ein Laden für Reitbedarf befand. Das Geschäft hatte geschlossen, die Parkplätze davor waren alle frei. Drüben, auf der anderen Seite des Inns, erblickte Lollo das schmucklose alte Haus, in dem früher der österreichische Grenzposten untergebracht war. Die Grenze gab es nicht mehr, das heißt, es gab sie schon noch, sie war nur nicht mehr zu sehen.

Es war ganz still im Auto. Lollo holte das Handy aus seiner Hosentasche und fuhr mit dem Zeigefinger über den breiten Sprung im Display. Ein Bild poppte auf. Philipp hatte zuletzt ein Video gedreht. Die Uhr lief sogar noch. Lollo hielt die Aufnahme an. Er wischte mit dem Finger nach links, auf den Beginn. Er sah Philipp am Lenkrad, schon auf der Autobahn fahrend, wie er dabei war, das Gerät an der Windschutzscheibe einzurichten. Lollo versuchte, sich zu erinnern. Wenn er während der wilden Fahrt etwas näher herangekommen war an den Duster, dann hatte er dieses Gerät gesehen, das innen an der Windschutzscheibe befestigt war. Lollo hatte es für ein Navi gehalten. In Wirklichkeit war es also dieses Handy gewesen, das Philipps letzter Begleiter war. Das Smartphone hatte während der Fahrt ein Video aufgenommen. Philipp hatte es erst unterwegs installiert, die ersten aufgezeichneten Worte lauteten: »Scheißteil, verdammtes.« Mit der Befestigung schien etwas nicht gestimmt zu haben, aber auch das Bild war verzerrt. Irgendwann gab es dann ein klares Bild, da waren sie schon lange auf der A8. Lollo sah sich hinter Philipp herfahren in seinem alten W124. Es kam ihm jetzt erstaunlich vor, dass er hatte mithalten können, im Film wirkte die Fahrt noch rasanter.

Dann betrachtete Lollo aufmerksam Philipps Gesicht, das auf dem Video erstaunlich deutlich zu erkennen war. Es war so verschlossen, wie Lollo es kennengelernt hatte. Der Vollbart, obwohl kurz geschnitten, verdeckte Philipps untere Gesichtshälfte. Lollo fielen die Cowboyfilme ein, die er als Kind gesehen hatte, wenn die Banditen sich vor einem Überfall ihre Halstücher über den Mund zogen. So sah Philipp aus. Nein, das stimmte nicht, er sah sehr viel trauriger aus. Die Augen, die

Philipp wohl von seinem Vater hatte, waren tiefblau und wirkten, als kämen sie aus einer anderen Welt. Philipp sprach nicht viel, die meiste Zeit blickte er in den Rückspiegel und sagte nur hin und wieder: »Na komm schon«. Er wollte, dass Lollo in Reichweite blieb. Lollo sollte ihm folgen. Überallhin.

Plötzlich kam Leben in Philipp. »Jetzt zeig mal, was du kannst, Kleiner«, sagte er kurz bevor er ausscherte zum Rasthof Holzkirchen. Lollo war sofort beleidigt. Was ihn diese paar Zentimeter Körpergröße, die ihm zur Norm fehlten, doch wurmten. Wie tief das saß. Nicht mal einem Toten konnte Lollo so eine Bemerkung verzeihen. Dann kam die wahnsinnige Jagd auf dem Rastplatz, erst zwischen den tankenden Autos und dann durch die Schlucht zwischen den Lastern hindurch. Aus dieser Perspektive sah das Ganze noch gefährlicher aus. Schon da hätte es einen Unfall geben müssen. Wäre es nur da schon passiert, dann wäre das Ganze nicht tödlich ausgegangen.

Philipp hatte viel in den Rückspiegel geschaut, fast mehr als nach vorne. Es war ihm offenbar sehr wichtig, dass Lollo immer hinter ihm blieb. Und es war ihm wichtig gewesen, das alles aufzunehmen. Für wen? Für sich selbst? Hoffte er, dass er allen entkommen könnte, um sich dann in Ruhe das Video anzusehen? Und während Lollo weiter aufmerksam das Gesicht Philipps auf dem Display betrachtete, es förmlich abtastete, so gut es der Sprung im Glas zuließ, kam ihm allmählich der Gedanke, dass es ein Spiel war. Philipp spielte mit Lollo. Und auch diese Geschichte mit Sandmoser war ein Spiel für ihn gewesen. Der ganze Plan mit dem Froschgift, das Manipulieren der Ampulle, ein Spiel, ebenso wie hinterher das Legen falscher Fährten, diese an sich lächerliche Verfolgungsfahrt mit Lollo. Ein Spiel, bei dem Philipp nicht weniger einsetzte als sein Leben. Weil er die Wirklichkeit, so wie sie war, nicht ertragen konnte, musste er mit ihr spielen. Indem er spielte mit der Wirklichkeit, beherrschte er sie, denn die Regeln des Spiels waren seine Regeln.

Plötzlich wurde der Bildschirm schwarz. Die Zeit lief weiter, unten im Display, die Sekunden reihten sich aneinander, aber es war nichts mehr zu sehen. Dann blieb auch die Zeit stehen. Lollo berührte diverse Flächen des Touchscreens, aber nichts tat sich mehr.

»Mist«, brüllte er und schlug mit dem Handballen aufs Lenkrad. Ein Auto fuhr an ihm vorbei, ein VW-Bus mit Rosenheimer Kennzeichen. Auf zum billigen Tanken, dachte Lollo, bevor er sich wieder über das Smartphone ärgerte. Blöder Name für so ein Teil. Warum smart, was war so toll daran, smart zu sein? Außerdem hasste Lollo diese Touchscreens. Da war kein Knopf, den man reindrücken konnte. Früher, als es noch Tastentelefone gegeben hatte, war das anders gewesen, da hatten sich die Finger wohler gefühlt und mit ihnen Lollo. Er brauchte einfach das Gefühl, dass etwas seinem Finger nachgab. Er drückte gern. Immerhin schaffte er es bis ins Hauptmenü und dann wieder zurück zu den Videos. Da war noch ein anderer Clip. Ohne Titel. Vom 30. 4. Das war Samstag gewesen, der letzte Samstag.

»Play«, sagte Lollo und tippte mit dem Finger auf die Startfläche. Das war das Schwimmbad, kein Zweifel, aufgenommen vom Rand aus, vom Einstieg in den Pool. Die Kamera zoomte nah an die Wasseroberfläche heran. Sandmoser, prustend. Er schlug auf das Wasser, aber irgendwie schief. Sein Gesicht war nicht gut zu erkennen, es schien, als wolle er etwas sagen, oder eher, als wolle er einfach brüllen. Stattdessen sprach eine andere Stimme.

»Dauert nicht mehr lange«, sagte jemand aus dem Off. »Ein paar Minuten hast du noch, die wollen wir auskosten. Du sollst wissen, wem du dein jämmerliches Abkratzen zu verdanken hast. Du sollst wissen, wer ich bin, Drecksau. Sagt dir der Name Ziegler noch was? Nein, natürlich nicht. Hast du vergessen. Ziegler. Ich bin der Sohn von dem Mann, den du in den

Tod geschickt hast, damals, auf der Inntalautobahn. Und jetzt schicke ich dich in den Tod. Schön langsam, damit du auch alles mitkriegst, Drecksau.«

Philipp hielt die Kamera ganz ruhig. Lollo konnte trotzdem wenig erkennen auf dem Video, Sandmoser schlug kräftiger auf das Wasser als zuvor. Es spritzte wie verrückt. Philipp hatte versucht, mit der Kamera noch näher an ihn heranzukommen. Aber man sah eher mehr Wasser als mehr Sandmoser. Erkennbar war, dass Sandmoser versuchte, an den Rand des Pools zu kommen, an die beiden Haltegriffe aus Edelstahl, die ins Wasser führten. Philipp musste genau vor dem Einstieg gestanden haben.

»Weißt du, was dich so kurzatmig werden lässt? Phyllobates terribilis wird dir so wenig sagen wie der Name Ziegler. Froschgift ist das, Drecksau. Eine Ampulle Froschgift. War nicht leicht, die zu präparieren, war mir aber ein Vergnügen. Und weißt du, wer dir dieses Froschgift gespritzt hat? Weißt du, wer sich da als Letztes zu dir ins Bett gelegt hat? Meine Mutter war das. Sibylle. Sibylle Ziegler. So hieß sie, als sie noch mit meinem Vater verheiratet war. Ziegler. Kapierst du das noch, Drecksau? Die hat dir deine finale Spritze verpasst. Lustig, nicht?«

Das Bild wackelte heftig, doch Lollo konnte erkennen, dass Sandmoser den Rand des Pools noch erreicht hatte. Es war ihm gelungen, eine der beiden Haltestangen zu umfassen. Er versuchte verzweifelt, mit der anderen Hand den zweiten Griff zu erreichen. Er war kurz davor, es zu schaffen. Sandmoser schlug mit der Hand wieder und wieder auf das Wasser. Schließlich gelang es ihm. Plötzlich jedoch, als er mit beiden Händen an den Griffen war und versuchte, sich hochzuziehen, brach jede Bewegung ab. Nur sein Kopf ragte noch aus dem Wasser, für einen Moment. Die Kamera zoomte erbarmungslos Sandmosers Gesicht heran. Eine unsagbare Angst vor dem Tod stand in seinen Augen. Noch lebte er, aber er wusste, dass er schon einen Augenblick später tot sein würde. Es war der letzte, der schlimmste Schmerz in seinem Leben, den seine Gesichtszüge zeigten. Schließlich kippte sein Kopf unten aus dem Bild heraus. Philipp, der die ganze Zeit mit der Handykamera vor dem Pool gehockt hatte, stand jetzt wieder und filmte Sandmoser von oben. Aus dieser Perspektive sah man, dass die Haltegriffe, die als Geländer dienten, auf der Treppe befestigt waren, die ins Wasser führte. Sandmosers Kopf lag auf der obersten Stufe dieser Treppe, ebenso wie sein Oberkörper. Seine Arme waren abgespreizt und hatten sich in den beiden Haltegriffen verhakt. Dadurch konnte er nicht zurück in den Pool treiben, wo er sofort untergegangen wäre. Nur sein Unterleib und seine Beine waren im Wasser.

»Es ist vollbracht«, sagte Philipps Stimme aus dem Off. Schweigend hatte er den letzten Akt von Sandmosers Todeskampf verfolgt. »Und das hier kannst du noch mitnehmen, ins Jenseits.« Der Bildausschnitt wurde wieder größer. Neben der Badehose von Sandmoser, im Gegenlicht, schaukelte eine kleine Trachtenente im Wasser. »Jetzt wollen wir aber das Radio wieder anmachen. Vielleicht hörst du ja noch was, bevor du ganz und gar tot bist.« Das Kofferradio war zwar nicht zu sehen, aber die sich überschlagende Stimme des Reporters war verzerrt zu hören, zwei, drei Sekunden, dann brach das Video ab.

Lollo kurbelte die Fensterscheibe herunter und starrte hinaus. Er sah nichts. Da war wohl etwas, der Inn, die Grenze, aber es war zu weit entfernt für seinen Blick. Der muffige Geruch der Polster stieg ihm wieder in die Nase. Nicht, dass Lollo den Mief mochte, aber er war ihm vertraut, und das half ihm in diesem Moment. Er war beruhigt, dass alles so war wie immer. Lollo kurbelte das Fenster wieder hoch. Er wollte den Geruch nicht vertreiben. Das Smartphone lag noch auf seinem rechten Oberschenkel. Lollo versuchte es noch einmal mit ein paar Tastenkombinationen. Er schaffte es tatsächlich, auf ein anderes Video von der Autobahnverfolgung zu kommen. Es fing wieder bei null an. Erst war das Display schwarz, nur die Sekundenanzeige funktionierte. Mit einem Mal gab es ein Bild. Zunächst war es ganz wie bei dem ersten Video, Philipp war wieder nah an das Gerät herangekommen und stellte etwas ein. Am Hintergrund erkannte Lollo, dass das schon weit hinter dem Irschenberg gewesen sein musste. Da war eine weite Kurve, das war die Ausfahrt zur Inntalautobahn. Lollo erinnerte sich, das Philipp in der Kurve ins Schlingern gekommen war. Da hatte er also an seinem Handy herumgefummelt.

»Jetzt mach deiner alten Kiste mal Beine«, hörte Lollo Philipp sagen. »Endspurt.« Spätestens jetzt hätte er mich wirklich abhängen können, dachte Lollo. Aber das wollte er gar nicht. Er wollte, dass ich bei ihm bin. Warum? Um sein Ende mitzuerleben? Hatte er das zu diesem Zeitpunkt schon vor? Das Blaulicht war jetzt auch auf den Handybildern zu sehen, die zuckenden blauen Blitze. »Auch gut«, war Philipps Kommentar, als er die Polizeiwagen sah. Er war hochkonzentriert, alles in seinem Gesicht drückte Entschlossenheit aus. Gleichzeitig schien er ungeduldig zu sein. Als hätte er einen Plan, den er noch erfüllen musste, an dessen Durchführung er auf keinen Fall gehindert werden wollte.

»Okay«, sagte Philipp, als sei jetzt die letzte Phase seines Spiels gekommen. »Okay, dann mach ich's kurz: Ich habe alles erreicht, was ich erreichen konnte. Sandmoser ist tot. Jämmerlich krepiert. Ganz langsam ist er krepiert, wie in Zeitlupe. Wunderbar. Und ich habe ihm zugesehen. Und er hat gesehen, dass ich ihm zugesehen habe. Nur sagen konnte er da schon nichts mehr. Sandmoser ist tot, das habe ich geschafft, das ist sehr viel. Das ist das, was ich immer wollte. Aber ich hätte es mir geiler vorgestellt. Im Schwimmbad war es noch gut, live seinen Tod zu erleben, aber das Video? Es lässt nach, verdammt, es lässt nach, je öfter ich es mir anschaue. Aber egal, ich habe es geschafft. Das ist es, was zählt.«

Philipp hatte noch einmal in den Rückspiegel gesehen. Lollo war ihm nicht näher gekommen, aber die Polizei war dicht hinter Lollo. Er blickte jetzt direkt in die Kamera seines Handys: »Okay Kurzer, kommst du mit?« Dann bog er auf den Rastplatz vor dem Gletschergarten ein. Er nahm das Handy aus der Befestigung an der Windschutzscheibe heraus. Seine Haare wehten plötzlich, er musste das Seitenfenster heruntergelassen haben. »Bei mir soll niemand zuschauen«, sagte er in die Kamera und warf das Handy aus dem Fenster. Das Bild überschlug sich, in rasender Geschwindigkeit jagten ein hellgrauer Himmel und einige dunkelgraue Wolken dahin. Das Handy war offenbar auf der Straße entlanggerutscht. Nach dem Himmel wurde das Bild schwarz. War das Handy unter das Auto gekommen? Dann erschien wieder das Hellgrau des Himmels. Am rechten Bildrand ein schwarzer Streifen. Plötzlich flog wie in Zeitlupe ein Auto durch das Bild, von rechts nach links, geräuschlos, majestätisch. Danach war wieder der Himmel zu sehen und der schwarze Streifen. Der Streifen, das musste die Leitplanke gewesen sein, unter die das Handy gerutscht war, dachte Lollo. Plötzlich, Lollo hatte gar nicht damit gerechnet, aber es musste kommen, natürlich, das Geräusch des Aufpralls, dieser erschreckend scharfe, kurze Schnitt, der Philipps Leben beendete.

Lollo hielt es nicht mehr aus im Wagen, er musste raus. Sofort raus. Als er ausstieg, fiel ihm der silberne VW-Bus mit dem Rosenheimer Kennzeichen auf, den er vorhin schon gesehen hatte. Der kam also vollgetankt zurück aus Österreich. Benzin für das Auto, ein Schokoriegel für den Fahrer. Der sah nach Wochenende aus, und auch wenn er übergewichtig war, fuhr er sicher einem unbeschwerten Abend entgegen, beneidenswert, der wusste von nichts. In diesem Moment hätte Lollo gern mit ihm getauscht. Warum konnte er sich nicht wie alle anderen auch am Freitagabend auf das Wochenende freuen, auf einen Stammtisch am Abend, auf das Ausschlafen eines seligen Bierrausches, auf die Bundesliga am Samstag im Radio, einfach auf ein ruhiges, ungefährliches, ein herrlich langweiliges Leben? Warum stand er hier, auf der Brücke über den Inn, mit einem Handy in der Tasche und grässlichen Erinnerungen im Kopf?

Immerhin hatte er ein Zuhause, eine Frau, die auf ihn wartete, ein Kind, das ihm blind vertraute. »Du hast Glück, Lollo«, sagte Lollo laut zu sich selbst und schaute in die Richtung, in der sein Zuhause liegen musste. »Richtiges Glück.«

47

Am nächsten Morgen war Lollo früh wach. Die ganze Nacht hindurch hatte er das Gefühl gehabt, ununterbrochen auf der Autobahn unterwegs gewesen zu sein. Und immer dieselbe Strecke fahren zu müssen, zwischen München und dem Gletschergarten. Er war in seinem Traum nicht hinter einem schwarzen Duster her gewesen. Er war nur einfach nicht vorangekommen. Er steckte im Stau, er wartete endlos an der Raststätte Holzkirchen vor der Zapfsäule, er schaffte es kaum den Irschenberg hinauf. Immer wieder war Lollo aufgewacht, immer wieder war er eingeschlafen, immer wieder fing sein Traum von Neuem an. Er kam nicht weiter und war doch ständig woanders.

Lollo stand so leise wie möglich auf, Moni sollte ruhig weiterschlafen. Auch sie war spät ins Bett gekommen. Er hatte ihr noch viel zu erzählen gehabt, von Frank Sandmoser, dem Gespräch mit Karin Sandmoser, von dem Testament, vor allem aber von Philipp Ziegler und der Verfolgungsjagd und dem grässlichen Ende am Gletschergarten. Ihn hatte es beruhigt, sich alles von der Seele zu reden, aber Moni hatte seine Aufregung, seine Angst, seine Trauer in sich aufgenommen. Am Ende musste er sie trösten, und nicht sie ihn.

Lollo hatte die Schlafzimmertür wieder geschlossen, und auch die Tür zu Max' Zimmer machte er zu, damit der Junge nicht aufwachte. Er setzte sich im Wohnzimmer auf das Sofa. 7:33 Uhr zeigte die Digitaluhr unter dem Fernseher an. Lollo bekam ein Gefühl dafür, wie das wohl im Alter sein würde. Wenn man nach einem Gang durch die eigene Wohnung völlig fertig war und sich erst mal ausruhen musste. Und auch vom nächsten Tag keine Besserung erwartete. Wenn man sich das Leben als ein fortgesetztes Jammertal vorstellte und nur eines noch schlimmer war als zu leben, nicht mehr zu leben.

Duschen fiel flach, das machte zu viel Lärm, entschied Lollo. Frühstücken ebenfalls. Also zog er sich an, kämmte sich mit den Fingern und trank einen Schluck Wasser. Das Auto aus der Garage zu holen, war ebenfalls nicht möglich, ohne alle aus dem Schlaf zu reißen. Also wäre er zu Fuß zur Bippenwaldstraße hinaufgegangen, wenn ihm nicht eingefallen wäre, dass er das Auto am Vorabend gar nicht in der Garage geparkt hatte, sondern vorne an der Straße. Heil in die Garage zu kommen, das hatte er sich nach diesem Tag nicht mehr zugetraut. Lollo würde zwar nie ein Einheimischer werden, aber er passte sich an. Für die paar hundert Meter zur Bippenwaldstraße hinauf bei einem Höhenunterschied von vielleicht zehn Metern, nahm Lollo wie ein echter Kieferer an diesem Morgen gern den Wagen.

Er bog links in die Thierseestraße ein, kurz danach wieder links in die Trainsjochstraße, fuhr den kleinen Berg hinauf, rechts in den Nußlbergweg, links in die Bippenwaldstraße. Unzählige Male war er mit Max hier entlanggegangen zum Bauernhaus. Wie gern wäre er jetzt einfach im Auto sitzen geblieben. Lollo war mulmig zumute.

Sibylles Fiesta stand mit geöffneter Heckklappe vor dem Haus. Die Haustür war offen. Sibylle ging mit schnellen Schritten hinein, kam wieder heraus, packte eine Plastikkiste ins Auto und verschwand erneut im Haus. Lollo parkte schräg gegenüber, auf der anderen Straßenseite, und stieg aus dem Auto aus. Wenn das hier vorbei war, würde er so schnell nicht wieder in die Bippenwaldstraße fahren, schwor er sich. Was jetzt kam, würde kein Spaß werden.

»Du traust dich noch hierher?« Das war aufrichtige Verachtung, die Lollo da entgegenschlug. Er atmete tief aus und ging über die Straße zum Haus. Sibylle war sofort wieder verschwunden, erst im Flur und dann in der Küche. Das würde noch schwerer werden, als er erwartet hatte, fürchtete Lollo und blieb auf der Türschwelle des Hauses stehen.

»Am Ende hätte ich dich später nicht mehr angetroffen«, sagte er, als Sibylle ihm wieder entgegenkam. Kein guter Satz, um so ein Gespräch zu eröffnen, fand Lollo. Aber Sibylle schien gar nicht auf seine Worte zu achten. Sie lief einfach an ihm vorbei. Ihr Gang, ihre Gesichtszüge, ihre Haare, alles an ihr wirkte entschlossen. Sibylle trug halbhohe Schuhe, eine Jeans und einen tiefblauen Pullover. Mit einer Kühlbox im Arm ging sie im Stakkato zu ihrem Auto, stellte das blaue Ding auf dem Beifahrersitz ab und fuhr ihn im Zurückkommen an: »Du erlaubst, dass ich dieses beschissene Haus, diese beschissene Bippenwaldstraße, dieses ganze beschissene Kiefersfelden hinter mir lasse?« Sie baute sich vor Lollo auf. »Ja? Erlaubt der große Meisterdetektiv das? Der Herr Alleswisser, der meinen Sohn auf dem Gewissen hat, erlaubt der das, gnädigerweise? Der Danner immerhin hat es mir gestattet, wobei, was heißt gestattet? Aufgefordert dazu hat er mich, rausgeschmissen hat er mich.«

»Sibylle«, sagte Lollo in einem Ton, der ihm sofort selbst missfiel. So ruhig, so souverän war er gar nicht. Für jemanden, der so erregt war wie Sibylle musste das einer Provokation gleichkommen. Vielleicht sollte er gar nichts mehr sagen, ständig schlug er den falschen Ton an. Aber das interessierte ihn jetzt schon.

»Der Danner«, brachte Lollo mühsam hervor. »Der gestattet was?«

»Ja, der Herr Oberwachtmeister persönlich hat mir großzügigerweise erlaubt, mich entfernen zu dürfen.« Sibylle hatte die Arme vor der Brust verschränkt. »Der hat mich gestern Nacht noch angerufen, um mir unglaublich zartfühlend den Tod meines Sohnes mitzuteilen. Auch wenn es schwierig war zwischen Philipp und mir, aber schlimmer kann ein Mensch wohl nicht sterben als Philipp. Und es dann von Danner zu erfahren, von einem gefühllosen Einzeller, das ist das Allerschlimmste.«

Sibylle war in die Küche gegangen, wo auf der Arbeitsplatte noch ein paar vollgepackte Plastiktüten standen. Als sie die an Lollo vorbeischleppte, drohten die Henkel fast abzureißen, so schwer waren sie.

»Kann ich dir helfen?«, fragte Lollo und war sich nicht sicher, ob er jetzt wirklich mit anpacken sollte.

»Kannst du«, entgegnete Sibylle und drehte sich um. »Verpiss dich!« Lollo beschloss, das nicht gehört zu haben.

»Er war mein Sohn«, sagte Sibylle. Sie stellte die schweren Plastiktüten ab. »Er war nach Luggis Tod der letzte Fixpunkt, den ich noch hatte. Und jetzt ist auch der weg. Und weißt du, wo sich mein Sohn aus dem Leben katapultiert hat?« Sie sah Lollo mit einem Blick an, dem er nicht ausweichen konnte.

»Am Gletschergarten«, antwortete Lollo kaum hörbar.

»Ja, du großer Sherlock Holmes, du warst ja dabei, direkt dabei, du musst es wohl wissen, wo er sich aufgeschlitzt hat. Du glaubst, du weißt alles, aber gar nichts weißt du. Gar nichts!« Sie brüllte es ihm ins Gesicht. Es kam nicht oft vor, dass Lollo so zusammengestaucht wurde.

»Der Harald, der Vater vom Philipp, der hat auch auf der Autobahn sein Leben gelassen.« Sibylle machte eine Pause. Sie sprach jetzt ganz leise. »Und zwar genau auf dieser Autobahn. Auf der Inntalautobahn, sogar fast genau an der gleichen Stelle, nicht mal einen Kilometer vom Gletschergarten entfernt, einen Kilometer davor hat es damals den Harald erwischt.«

Das wusste Lollo tatsächlich nicht, dass die Unglücksstellen so nah beieinanderlagen. Hatte Philipp von Anfang an vorgehabt, seine Reise dort enden zu lassen? Hatte er deshalb Lollo gebraucht, gleichsam als Zeugen? War das ein Ausdruck von Liebe, wenn er sogar den Tod seines Vaters nachahmte? Dann musste Philipps Liebe zu Harald Ziegler so maßlos gewesen sein wie sein Hass gegen Ludwig Sandmoser.

Sibylle setzte sich auf einen wuchtigen Hocker im Flur. Hinter ihr ein riesiger, in einen goldenen Barockrahmen gefasster Spiegel. So reglos und aufrecht wie sie dasaß, wirkte sie wie eine Statue, gefühllos und kalt. Sie war weit davon entfernt zu weinen.

»Heute Morgen«, sagte sie, fast ohne die Lippen zu bewegen, »ganz früh, aber ich war wach, ich hatte ohnehin nicht schlafen können, da hat mich der Danner wieder angerufen. Ich könnt gehen, hat er gesagt. Das war die nächste Ohrfeige. Er kam sich so gönnerhaft vor. Ich könnt gehen, hat er gesagt, der Luggi, der sei doch an einem Herzinfarkt gestorben. Der Danner dachte, er schenkt mir die Freiheit. Dabei setzt er mich einfach aus.«

Das konnte jetzt nicht sein, Lollo musste sich verhört haben. »Nein«, brachte er gerade noch heraus. Sibylle machte ungerührt weiter.

»Die Gerichtsmedizin hat festgestellt, dass zwar Spuren von Froschgift in Luggis Körper waren. Aber das war nicht die Todesursache. Die Konzentration war nicht hoch genug, nicht für einen wie den Luggi. Der Danner sagt, es war einfach ein Herzinfarkt. So wie der Doktor Jenner das ursprünglich festgestellt hatte.«

Lollo war immer noch fassungslos. Stimmte das, was Sibylle da erzählte, hatte Danner das wirklich so dargestellt? Andererseits, so was dachte sie sich doch nicht aus.

»Sibylle«, sagte Lollo, wie um erst einmal wieder die Gewissheit über Namen und Dinge zu gewinnen. »Sibylle, Philipp war hier im Haus am Samstag. Nachdem du dem Sandmoser die Spritze gesetzt hattest. Er war hier, er war unten im Schwimmbad. Er war der Letzte, der den Sandmoser gesehen hat, bevor er gestorben ist.«

»Woher willst du das wissen?« Sibylle klang aggressiv. »Hat er dir das gesagt?«

»Es …«, Lollo stockte, »es gibt ein Video.«

»Wie, ein Video?« Sibylle erhob sich von dem merkwürdigen Hocker. Sie stand da, aufmerksam und aggressiv, als würde sie gleich auf ihn losgehen.

»Philipp hat ein Video gedreht, mit seinem Handy. Er hat aufgenommen, wie Sandmoser gestorben ist. Wie er um sein Leben kämpfte, im Wasser, wie er verlor. Und Philipp hat es selbst kommentiert.«

»Und das hat Philipp dir gezeigt?« Sibylles Aggression verwandelte sich in Argwohn. Ihr Blick, ihr Gesicht veränderten sich ständig, wie schnell dahinziehende Wolken.

»Ich habe sein Handy gefunden.« Lollo zögerte. »Es war aus seinem Auto herausgeschleudert worden.«

Sibylles Augen bewegten sich hin und her. In rasendem Tempo schienen ihr Gedanken durch den Kopf zu schießen. Sie wirkte wieder kälter, abweisender. Die nächste Verwandlung, dachte Lollo, und er spürte es körperlich, dass, je unnahbarer Sibylle war, sie umso attraktiver wirkte. Fast konnte Lollo Frank verstehen, früher hätte er sich vielleicht auch von einer solchen Frau angezogen gefühlt. Sie forderte die Männer heraus. Erobere mich, schien sie zu sagen. Und gleichzeitig signalisierte sie, du hast keine Chance. Nein, Sibylle würde in diesem Leben niemandem mehr die Chance geben, sie wach zu küssen.

Sie hatten lange geschwiegen. Sibylle fand zuerst die Sprache wieder. »Ich will das nicht sehen«, erklärte sie bestimmt. »Ich will nicht sehen, wie der Luggi gestorben ist. Ich will auch nicht wissen, was Philipp dazu gesagt hat. Ich kann es mir denken. Mir kann das egal sein, woran der Luggi gestorben ist. Der Luggi ist tot. Der Philipp ist tot. Und ich lebe. Das ist mein Problem. Es kann aber immer noch schlimmer kommen. Denn wenn der Meisterdetektiv Lothar Uhl die Polizei jetzt anfixen sollte mit einem Video, und wenn der Danner von dem Herzinfarkt dann doch wieder abkommen sollte, dann bekomme ich möglicherweise noch mehr Schwierigkeiten. Nein, ich gehe, und zwar sofort.« Sie wollte die abgestellten Plastiktüten ins Auto bringen, aber Lollo stellte sich ihr in den Weg.

»Und das Testament?«, fragte er.

»Welches Testament?«

»Das zugunsten von Helga Sandmoser.«

»Woher weißt du das?«

»Meisterdetektiv eben.«

»Das hat dir Frank verraten.«

»Wer auch immer, was machst du nun mit dem Testament?«

»Raus hier, verschwinde!« Sie schrie Lollo an und versuchte, ihn aus dem Haus zu schieben. Aber bei aller Wut, sie schaffte es nicht, Lollo war einfach zu schwer.

»Raus hier verdammt!«, brüllte Sibylle. Da er sich nicht bewegte, ging sie in die Küche zurück. Lollo blieb vor der Haustür stehen und sah auf die Bippenwaldstraße hinaus. Warum war er noch hier, warum ging er nicht einfach? Plötzlich hörte er hinter sich ein Klirren, als seien im Haus sämtliche Fenster zersprungen. Lollo drehte sich um. Sibylle hatte mit voller Wucht ihren Schlüsselbund in den riesigen Spiegel im Flur gepfeffert. Die Scherben waren so groß, dass man auch da noch Spiegel hätte draus machen können, dachte Lollo. Sibylle knallte die Haustür zu. Mit ihrem rechten Arm hielt sie ihre Handtasche und einen großen braunen Umschlag umklammert, links schnitten ihr die Plastiktüten in die Hand. Als sie an Lollo vorbeiging, würdigte sie ihn keines weiteren Blickes. Mit festen Schritten strebte sie ihrem Fiesta zu, warf den Umschlag und die Handtasche auf den Beifahrersitz, stellte die Tüten im Fußraum ab, knallte die Beifahrertür zu, stieg auf der anderen Seite ein und jagte ähnlich los wie einen Tag zuvor Philipp.

Lollo stand da, als würde er auf einen Linienbus warten, der ihn aus der Bippenwaldstraße wegbrachte. Letztlich konnte ihm egal sein, was aus dem Testament wurde. Selbst wenn es Helga Sandmoser erreichen und sie reich werden sollte, würde sie doch nicht glücklicher dadurch. Sie würde es annehmen, natürlich, aber Lollo hörte schon ihren Kommentar: »Das ist ja wohl das Mindeste.« Nein, in diesem Fall gab es nur Menschen, die entweder unglücklich waren oder tot. Lollo blickte hinüber auf das beneidenswert gleichgültige Kaisergebirge.

48

»Das könnt ihr doch nicht einfach unter den Tisch fallen lassen!« Lollo war aufgebracht und blickte, um sich zu beruhigen, in das gleichmäßig fließende Wasser unter ihm. Er stand auf der Brücke über den Inn und befand sich damit einmal mehr an einer Grenze, der Grenze zwischen Deutschland und Österreich, zwischen Oberaudorf und Niederndorf. Den Mercedes hatte er exakt dort geparkt, wo er am Vortag gestanden hatte. Es war wie ein Zwang gewesen, hierher zurückzukommen. Lollo hatte zuerst daran gedacht, zu Danner in die Polizeistation zu fahren. Aber dann war ihm Philipps Handy eingefallen und die Videos darauf. Jetzt lehnte er hier am Brückengeländer und blickte hinab auf den Inn. So eine Wasseroberfläche war doch immer geschlossen, fiel Lollo auf. Da gab es keine Lücken, Spalten, Risse. Da war alles ausgefüllt. Das Leben an Land war längst nicht so vollkommen.

»Ich wiederhole es noch einmal«, sagte Danner. »Da war zwar Froschgift drin in dem Sandmoser, aber nicht genug. Daran ist er aller Wahrscheinlichkeit nach nicht gestorben, hat der Pathologe festgestellt.«

»Aller Wahrscheinlichkeit nach bleibt also der gute alte Herzinfarkt«, erwiderte Lollo sarkastisch. »An den schon der Jenner geglaubt hat.«

»Mei, Uhl. Für was sollen wir denn den ganzen Aufriss machen? Nur wegen dem bisschen Froschgift. Das ist nicht schön, aber andere haben Amalgam in den Zähnen oder Alkohol in der Leber und sterben auch nicht daran. Nein, wir lassen es einfach, wie es ist, und Schluss.«

»Ihr seid eine faule Bande«, entgegnete Lollo und suchte erneut Trost beim Blick in den Inn.

»Uhl! Obacht! Wir denken nur an den Steuerzahler. Wofür sollen wir denn den ganzen Apparat in Gang setzen? Schließlich sind wir doppelt abgesichert. Erstens haben wir einen Herzinfarkt. Und zwar einen tödlichen. Da mag zwar auch Gift mit im Spiel gewesen sein, aber die Frage, wer das Rennen gemacht hat und zuerst da war, der Infarkt oder das Gift, das ist doch müßig zu beantworten. Denn wen sollen wir noch zur Rechenschaft ziehen? Der Einzige infrage kommende Tatverdächtige ist seit gestern Nachmittag tot. So hart könnte ihn nicht mal die Justiz bestrafen.«

»Obwohl du die Todesstrafe gern wieder einführen würdest, Danner, ich weiß. Lass gut sein.« Lollo gab auf. Genauso gut hätte man einem Schweinsbraten Hochdeutsch beibringen können.

»Stopp, Uhl«, sagte Danner, »bevor du jetzt auflegst, wir brauchen noch deine Aussage zu dem Unfall. Es muss schließlich alles seine Ordnung haben.«

»Ruhe sanft«, beendete Lollo das Gespräch. Als er sein Handy in die linke Hosentasche stecken wollte, fiel ihm auf, dass er ja auch in der rechten eins hatte, das von Philipp. Er holte es heraus. Etwas blinkte. Der Akku würde gleich leer sein. Am Anfang seines Detektivlebens hatte Lollo daran gedacht, sich eine persönliche Asservatenkammer einzurichten. Um sich zu erinnern, vor allem aber, um der Nachwelt Respekt abzuringen, vielleicht sogar Bewunderung für Lollo und seine Arbeit. Aber erst war nichts zusammengekommen an Beweisstücken, und als Lollo schließlich die Nachwelt in Gestalt von Max vor sich hatte, ließ er den Gedanken endgültig fallen.

Und so ließ er auch Philipps Handy fallen. Senkrecht. In den Inn. Wie ein makellos ins Wasser gleitender Turmspringer tauchte das flache Gerät ein. Die Wasseroberfläche schloss sich sofort wieder. Da war nichts mehr zu sehen, unter der Oberfläche.

49

Nichts. Niemand antwortete auf sein Klingeln. Die schwere Eichenholztür blieb verschlossen. Er ging noch einmal zurück durch den Vorgarten, vor zu dem niedrigen schmiedeeisernen Gartentor. Wer immer hineinwollte ins Haus oder wieder heraus, der musste sich bücken. Ludwig Sandmoser hatte das nicht gemusst, er war immer durch die Garage ins Haus gegangen. Dass er einmal ohne seinen Mercedes nach Hause kommen würde, war nicht vorgesehen. Alle anderen mussten sich klein machen, bevor sie zu ihm kamen.

Die drei Garagentore waren geschlossen. Wo war Sibylles Fiesta? Wo war Sibylle? Frank ging wieder zurück, an der Haustür vorbei, links um das Haus herum. Dieses merkwürdige Haus, das einmal sein Elternhaus gewesen war. Den vorderen Teil hatte sein Vater nach der Scheidung umgestalten lassen, die Wege, die Bepflanzung, vor allem das Schwimmbad, das er neu hatte bauen lassen. Die Fensterflächen spiegelten den hellgrauen Himmel. Frank hielt sich seine Hände an die Schläfen wie Scheuklappen und ging ganz nah an die Scheibe heran. Ziemlich genau eine Woche war es her, dass der massige Körper seines Vaters dort im Pool gelegen hatte. Tot, erloschen, wie eine entschärfte Bombe.

Frank trat einen Schritt zurück. Er sah die Silhouette seines Körpers auf der Scheibe, aber er erkannte sich nicht wieder in diesem Umriss. Nein, sagte er sich, sein Vater war nicht gestorben. Nicht vor einer Woche und auch nicht damals, als er Frank und seine Mutter vor die Tür gesetzt hatte. Selbst tot hatte dieser Mann immer noch Macht über Frank. Und nicht nur über ihn, auch über Sibylle. Und Philipp. Auch wenn die Zeitung seinen Namen nicht genannt hatte, Frank hatte sofort, als er die Meldung über den Unfalltoten am Gletschergarten gelesen hatte, gewusst, dass es Philipp war. Bis zu ihrem letzten Gespräch, das gerade mal einen Tag zurücklag, hätte Frank nie geahnt, dass sie eine gemeinsame Vergangenheit verband, die weit über das Interesse an Terrarien hinausging. Frank gestand es sich nicht gern ein, aber Philipps Tod berührte ihn nicht. An Philipp zu denken, tat längst nicht so weh wie der Gedanke an Sibylle.

Frank war in die Bippenwaldstraße gekommen, um mit ihr zu reden. Er wusste selbst nicht, mit welchem Ziel, er hatte kein Ziel, höchstens das Ziel zu reden. Er wollte gar nicht zu Ende kommen mit dem Reden. Wer redet, ist nicht tot, hatte er einmal gelesen. Frank wollte nicht tot sein, er wollte leben. Er mochte Sibylle, vielleicht liebte er sie sogar, er wusste es nicht. Aber selbst wenn das Liebe war, Sibylle war die Lebensgefährtin seines Vaters gewesen, und vor allem war da dieses verfluchte Testament, das zwischen ihnen stand. Immer wieder die Vergangenheit, immer wieder Ludwig Sandmoser. Frank wurde ihn einfach nicht los.

Er ging weiter um das Haus herum. Der hintere Teil des Gartens war fast unverändert geblieben. Hier hatte er als Kind gespielt. Durch das kleine schiefe Holztor war er als Junge ins Bippenwäldchen gelaufen, in der Hoffnung, Winnetou zu treffen. Er hatte aber weder Winnetou noch jemand anderen getroffen, immer war er allein gewesen. Er konnte sich nicht daran erinnern, mit anderen Kindern gespielt zu haben. Er hatte sich nie gefragt, warum das so war. Ich bin einfach für mich, hatte er sich gesagt. Fast täglich war er im Bippenwäldchen gewesen, oder drüben bei dem Bauernhaus, das inzwischen halb verfallen war. Das waren die Begleiter seiner Kindheit gewesen, Bäume und Häuser.

Ein Amselmännchen kam über den Zaun geflogen und landete zwei Meter von Frank entfernt auf dem Rasen. Es tippelte über das Gras und pickte mit seinem gelben Schnabel zielsicher einen Regenwurm aus der Erde. Mit dem zappelnden Wurm im Schnabel flog die Amsel wieder davon. Ganz deutlich hörte Frank in seinem Kopf die Stimme seines Vaters: »Vogel friss oder stirb.« Immer wieder hatte er das gesagt, sein ganzes Leben lang, zu Frank, zu allen. Auch Sibylle kannte diesen Satz von ihm. Das war Ludwig Sandmosers Motto gewesen: *Vogel friss oder stirb*. Er hatte das immer so gewichtig ausgesprochen wie eine letzte Wahrheit, wie ein elftes Gebot. Mitmachen oder untergehen, dabei sein, drinnen sein im Kreis der Eingeweihten, Angestammten, bis an die Grenzen des Erlaubten gehen, und wenn es sein musste, auch darüber hinaus. Das war das Lebensmodell, in das Ludwig Sandmoser seinen Sohn hatte zwingen wollen. Aber Frank hatte sich gewehrt. Wenn mitmachen bedeutete, so zu werden wie sein Vater, dann blieb er lieber abseits. Das konnte doch nicht sein, dass das alles war, dass es im Leben wirklich nur diese zwei Möglichkeiten gab. Solange er sich erinnern konnte, hatte er sich gegen seinen Vater aufgelehnt, hatte für sich gelebt, aufrecht gelebt, hatte sich dabei aber auch halbtot gefühlt, wie ein Baum, dem die Hälfte seiner Wurzeln abgestorben war.

Frank schob den Riegel zurück und öffnete das alte Holztürchen. Die braune Lasierung war an vielen Stellen abgeblättert, Inseln von grau gemasertem Holz breiteten sich aus. Frank ging einen Schritt auf den Wald zu. Er spürte gleichzeitig das Glück seiner Kindertage und das Unglück. Dieser Riss, das war er.

50

Ein Geschenk? Aber was? Lollo hatte das Gefühl, beim Dinzinger etwas gutmachen zu müssen. Erst hatte alles ganz schnell gehen müssen, mit der Analyse von der Ampulle, und dann hatte Lollo sich ewig nicht gemeldet. Nur bei der Beerdigung hatten sie sich kurz gesehen. Gut, dass der Fall jetzt eine solche Wendung nehmen und die Gerichtsmedizin zu ganz anderen Ergebnissen kommen würde, das war ursprünglich auch nicht zu erwarten gewesen. Trotzdem, Lollo musste Dinzinger etwas mitbringen. Aber was?

Nach der Flussbestattung von Philipps Handy war Lollo in Oberaudorf auf die Autobahn aufgefahren, um in Kiefersfelden sofort wieder abzufahren. Im Kreisel nach der Abfahrt war er immer noch mit der Geschenkfrage beschäftigt. Aber als er die Bahnunterführung hinter sich ließ, erblickte er links von sich die Lösung. Zugegeben, sie war nicht herausragend fantasievoll, aber mit was konnte er dem Dinzinger sonst eine Freude machen? Blumen? Pralinen? Ein Buch? Nein, Männer freuen sich immer über was Praktisches, dachte Lollo, und so kaufte er im Getränkemarkt einen Kasten leichte Weiße. Erst als er an der Kasse stand und wartete und auf den Kasten schaute, da fiel sie ihm auf, diese Ähnlichkeit zwischen den beiden Männern.

Beide bevorzugten sie nicht nur eine leichte Weiße, sie tranken auch noch die gleiche Marke. Außerdem sahen sie sich recht ähnlich: riesige Statur, wenige Haare, Pranken wie Pfannen. Sie mochten bei der Geburt getrennte Zwillinge sein, sie wohnten keine hundert Meter voneinander entfernt in derselben Straße, beiden war ihnen die Frau weggestorben. Nun mögen sich zwei, die sich so ähnlich sind, wie der Dinzinger Albert und der Leitner Siegi, zwar erfahrungsgemäß selten, aber Lollo traute sich das schon zu. Es musste nur gut eingefädelt werden. Lollo kaufte noch einen zweiten Kasten.

Als er an der Werkstatt vom Leitner Siegi vorbeifuhr, war ihm wie vor einer Prüfung. Er spürte so eine komische Spannung im Bauch. Lollo mochte dieses Gefühl, das er früher vor Klassenarbeiten gehabt hatte. Eines der Tore zur Werkstatt vom Leitner stand offen. Lollo hörte ein Kofferradio. Die Bundesligaspiele hatten noch nicht angefangen, da dudelte noch ein Schlager, den er nicht kannte. Lollo hatte den alten Mercedes neben der Werkstatt geparkt und schleppte einen der beiden Bierkästen ins Haus. Er trug ihn vor dem Bauch. Erst hatte er ihn schultern wollen, dann aber gemerkt, dass ihm das doch zu schwer war. Außerdem war er nicht der Typ, der mit einem Bierkasten auf der Schulter um die Ecke kam.

»Hallo Siegi«, grüßte er, als er zur Werkstatt hereinkam. Die Werkstatt war wieder sehr ordentlich vollgestellt mit alten Motorrädern. Lollo hatte gar keinen Motorradführerschein, aber so eine alte Horex, das wäre vielleicht was für ihn gewesen. So eine Regina. Es schien ihm ganz natürlich, dass ein Motorrad einen Frauennamen trug, noch dazu einen, der Königin bedeutete.

»Ich habe einen Kasten leichte Weiße mitgebracht«, sagte Lollo und stellte den Kasten ab.

»Das seh ich«, antwortete der Leitner Siegi, ohne sich bei seinem Herumschrauben in den Eingeweiden einer Horex unterbrechen zu lassen. Hatte er den Kasten wirklich gesehen? Lollo jedenfalls hatte nicht gesehen, dass der Leitner Siegi ihn gesehen hatte.

»Für deine Hilfe bei den Krippen vom Sandmoser«, sagte Lollo.

»Schon recht«, meinte der Leitner.

Wie sollte er es anstellen, dass er jetzt den Dinzinger ins Spiel brachte, fragte sich Lollo. Für diesen Akt der Nachbarschaftshilfe, der Menschenverständigung musste er jetzt die richtigen Worte finden. »Der Dinzinger drüben«, sagte Lollo, und er war aufgeregt wie selten, »der trinkt auch gern mal eine leichte Weiße. Dieselbe Marke wie du übrigens. Vielleicht solltet ihr mal zusammen eine Flasche trinken.« Diesen letzten Satz hatte Lollo kaum rausgebracht, so weit oben hatte er sein Herz schlagen gefühlt. Warum nahm ihn das so mit?

»Ah geh«, entgegnete der Leitner Siegi. »Der Dinzinger, des is a Einergschmeckter.«

»Ein was?«, fragte Lollo.

»Ein Zugereister«, erklärte der Leitner betont auf Hochdeutsch. »So einer wie du.«

Mit einem Prankenhieb hatte der Leitner gleich zwei Watschen verteilt, nicht nur dem Dinzinger, auch Lollo hatte er eine verpasst. Sie tat Lollo anders weh als die von Karin Sandmoser, aber sie tat weh. Das Zack kam einfach immer wieder, unerwartet im ersten Moment, rückblickend aber stets absehbar. Trotzdem wehrte Lollo sich dagegen, das Zack so in seine Lebensplanung einzubauen wie der Wimmer Schorsch das tat.

Mehr sagte der Leitner nicht. Den Kasten Bier aber hatte er sich fraglos verdient, denn er würde sich jetzt um die Krippen vom Sandmoser kümmern müssen. Wer sonst sollte das tun? Spannend war jetzt nur, was der Siegi mit den verhassten Tiroler Krippen machen würde, diesem *G'lump*, das dem Betrachter vorgaukelte, Jesus sei in der Nähe von Kufstein zur Welt gekommen, in einem Bauernhaus mit Blick auf das Kaisergebirge. Da würde sich der Leitner Siegi etwas einfallen lassen müssen. Und wo sollte er diese ganzen Krippen lagern? Vielleicht könnte ja die dritte Garage vom Sandmoser als Lagerort erhalten bleiben.

»Servus«, sagte Lollo leise zum Abschied. Der Leitner Siegi sagte nichts. Wie würde es ihm hundert Meter weiter beim Dinzinger ergehen? Wieder fuhr Lollo die kurze Strecke mit dem Auto wie ein Einheimischer. Auch den zweiten Kasten leichte Weiße trug er vor sich her, als wäre er hochschwanger.

»Du lebst noch?«, fragte Dinzinger spitz. Im ersten Moment war Lollo etwas enttäuscht von Dinzinger, denn so ähnlich wie in seiner Erinnerung waren sich der Leitner Siegi und er äußerlich doch nicht. Was hatte er sich da nur zurechtgedacht? Lollo hatte schon Luft geholt für seine Verteidigungsrede, wusste dann aber doch nichts zu sagen und war sehr froh, dass er die Idee mit dem Geschenk gehabt hatte. Daran konnte er sich festhalten.

»Stell den Kasten ruhig ab«, sagte der Dinzinger Albert. »Du kommst wie gerufen, ich hatte nichts mehr. Komm, wir trinken gleich eins, du magst es doch auch nicht so kalt.«

Lollo wagte nicht zu widersprechen. Warmes Bier war für ihn etwas Schreckliches. Aber er dachte an die beiden ungekühlten Flaschen, die er neulich am Ruhetag vom Schaupenwirt im Salettl getrunken hatte. Am Ende hatten auch die ihm geschmeckt. Das durfte er nicht vergessen, die in den Kasten zurückzustellen. Während Dinzinger zwei Gläser einschenkte, erzählte Lollo im Schnelldurchgang, was in den letzten beiden Tagen nach der Beerdigung geschehen war. Vor allem von dem Telefonat mit Danner berichtete er und dass die Polizei bei der Todesursache Herzinfarkt blieb.

»Um ehrlich zu sein, Lollo, mich erstaunt das nicht, dass der Danner den Aktendeckel zuklappt«, erwiderte Dinzinger nachdenklich.

»Aber du hast doch selber gesagt, dass es Froschgift war.« Lollo war aufgebracht. Wieso nahm Dinzinger das so einfach hin? »Du hattest das doch herausbekommen.«

»Schon, aber ich konnte letztlich nur herauskriegen, dass da das Gift des Terribilis drin war, in der Ampulle. Wie viel davon im Sandmoser selbst gewesen ist, konnte ich natürlich nicht bestimmen. Und selbst die Rechtsmedizin, die die Leiche zur Obduktion hat, tut sich schwer mit so was. Sehr schwer.«

»Inwiefern?«

»Nun, ich habe mich noch mal kundig gemacht, was die Nachweisbarkeit des Giftes angeht. Hätte ich dir auch dieser Tage schon sagen können, aber du hast dich ja nicht mehr gemeldet.«

Lollo schwieg betreten, Dinzinger trank einen Schluck. »Ein alter Freund von mir, mit dem ich in Studentenzeiten auf den Berg gegangen bin, ist in der Rechtsmedizin. Von Haus aus ist er Toxikologe. Und der erklärte mir, dass normalerweise bei einer Obduktion überhaupt nicht auf Gift untersucht wird. Viel zu aufwendig. Aber in diesem Fall, wo du den Danner ja direkt drauf aufmerksam gemacht hast, werden sie das gemacht haben. Das Dumme an den Analysemethoden ist nur, sie können zwar nachweisen, dass da Gift im Sandmoser dringesteckt hat. Aber über die Quantität können sie nichts aussagen. Sprich, ob die Dosis so hoch war, dass er daran gestorben ist. Ist nicht so leicht, das Gift zu gewinnen. Vielleicht waren nur ein paar Tropfen drin, in der Ampulle. Jedenfalls, so ein Herzinfarkt lässt sich wunderbar sauber nachweisen, zumal bei einem wie dem Sandmoser, der ohnehin Herzprobleme hatte.«

»Faule Saubande!« Lollo war aufgebracht. »Ich bleibe bei meiner Meinung, es war das Gift, das ihn umgebracht hat. Für den Toten, wenn er einmal tot ist, ist es vermutlich unerheblich, wie er gestorben ist. Aber für die Nachwelt macht das einen großen Unterschied. So ein Giftmord zeigt deutlich, dass da jemand aus dem Leben entfernt wurde. Willentlich, und in diesem Fall würde ich sogar sagen berechtigterweise. Die Kieferer sollten schon wissen, dass der Sandmoser umgebracht worden ist.«

»Soso, berechtigterweise«, entgegnete Dinzinger. »Wenn ich dich recht verstehe, lehnst du zwar die Todesstrafe staatlicherseits ab, findest aber privat ausgeführte Todesstrafen, meist einfach als Mord bezeichnet, ganz in Ordnung.«

»Nun ja«, sagte Lollo und musste sofort an seinen Chef denken. »Das ist ein komplexes Thema, das nicht so einfach zu beantworten ist. Aber für die Justiz sollte diese Lösung in der Tat tabu sein, da stimme ich dir zu.«

Lollo nippte an seinem Bier. Scheußlich, dachte er, so eine leichte Weiße, noch dazu warm, versuchte den Gedanken aber zu verdrängen. »Nur mal rein interessehalber«, fuhr er schließlich fort. »Wie mache ich das eigentlich, dass ich das Gift aus dem Frosch raus und in die Spritze rein bekomme?«

Dinzinger lächelte. »Ich weiß nicht, ob du so was durchziehen könntest. Da muss man schon ganz schön abgebrüht sein. Man nehme also zunächst mal einen satten knackigen Terribilis, am besten frisch angeliefert aus Südamerika. Die Frösche, die man bei uns in den Zoohandlungen bekommt, sind nämlich alle ungiftig. Giftig sind nur die original Urwaldfrösche, die noch voll sind von ihrem letzten Giftmilbencocktail. Dann nimmst du das Fröschchen. Aber vorsichtig sein, immer mit Handschuhen arbeiten. Du tötest es mit einer Methode deiner Wahl und ziehst ihm sanft die Haut ab. Das ist nur ein kleines Tierchen, da kommt nicht viel Haut zusammen. Diese Hautfetzen legst du dann in ein Glas, träufelst ein paar Milliliter Wasser drüber und stellst das Ganze über Nacht in den Kühlschrank. Am nächsten Morgen dann, wenn du den Kühlschrank wieder aufmachst, Obacht, dass du den Cocktail nicht zum Frühstück trinkst. Wenn du dagegen eine Spritze zur

Hand hast, kannst du sie gleich mit der Flüssigkeit aufziehen. Und dann musst du dich nur noch entscheiden, wer sie kriegen soll. Wirkt in der Konzentration absolut tödlich, aber vermischt mit Diclofenac hast du vielleicht die Chance, dass es nur ein Herzinfarkt wird.«

Lollo sah Dinzinger mit einem fragenden Gesicht an. Der nahm die Frage gleich auf.

»Wohin du stechen sollst, damit es nicht auffällt?« Dinzinger überlegte kurz. »Am besten immer unter die Zunge. Das sieht niemand.«

»Danke für den Tipp«, sagte Lollo. »Aber ich habe mich gerade etwas ganz anderes gefragt. Warum hat er das gemacht, warum genau? Philipp. Er bringt erst erfolgreich Sandmoser um und dann sich selbst. Rache, gut, aber erklärt das alles?«

»Hat er keinen Abschiedsbrief hinterlassen?«, fragte Dinzinger.

»Ich glaube, heute schreibt man keine Abschiedsbriefe mehr, heute dreht man Abschiedsvideos von seinen Opfern und von sich selbst«, sagte Lollo. »Aber egal ob Brief oder Video, das Problem bleibt dasselbe. Selbst wenn der Täter weiß, was er tut, weiß er nicht unbedingt, warum er es tut. Ich glaube, Mörder sind da ein wenig wie Künstler, die wissen auch nicht, warum sie etwas so tun, wie sie es tun. Jedenfalls, wenn sie gut sind.«

»Was du dir immer für Fragen stellst.« Dinzinger schüttelte den Kopf. »Erzähl lieber, was er in seinem Abschiedsvideo sagt.«

»Eine Ampulle hat er präpariert«, erwiderte Lollo zunächst in leicht beleidigtem Ton. Doch dann sprudelte es nur so aus ihm heraus. Er war zu stolz auf das, was er alles herausbekommen hatte. »Irgendwann muss er sich in das Haus geschlichen haben, einen Schlüssel hatte er. Wahrscheinlich hat er bei einem der seltenen Besuche seiner Mutter einen Abdruck genommen. Philipp hat das alles gut und langfristig geplant. Er muss häufig in Kiefersfelden gewesen sein und das Haus, seine Mutter und Sandmoser intensiv beobachtet und ihre Gewohnheiten gekannt haben. Er wusste, dass sie Sandmoser regelmäßig Spritzen gegen seine Rückenschmerzen gibt. Wie gesagt, eine Ampulle hat Philipp präpariert. Wie konnte er sicher sein, dass seine Mutter gerade die benutzt? Vielleicht wusste er besser Bescheid über Sibylle als sie selbst. Ich habe die Schachtel mit dem Diclofenac geöffnet. Da waren gar nicht mehr so viele Ampullen drin, in der Packung. Sibylle hatte wohl die Gewohnheit, die Ampullen immer zuerst aus der Mitte zu nehmen, da fehlten die meisten. Also wird Philipp seine präparierte Ampulle genau da reingetan haben, mit viel Platz drum rum. Er war sich sicher, dass seine Mutter die nimmt. Trotzdem, ein Restrisiko blieb, ein beträchtliches Restrisiko, als Philipp in das Schwimmbad kam, nachdem seine Mutter Sandmoser gespritzt und zu ihrem Eso-Zirkel ins Café Glück gefahren war. Ob er Vorkehrungen getroffen hatte? Ob er Sandmoser sonst auf eine andere Art getötet hätte? Aber Philipp sah sofort, dass sein Plan aufgegangen war. Er kam gerade rechtzeitig, um beim Todeskampf von Ludwig Sandmoser live dabei zu sein. Und zu filmen. Das muss der Höhepunkt seines Lebens gewesen sein, zu sehen, wie Sandmoser jämmerlich krepiert. Wie er nichts mehr dagegen tun kann, wie er machtlos miterleben muss, dass Philipp seinen Todeskampf beobachtet und filmt. Wie oft mag Philipp sich danach dieses Video angeschaut haben? Aber die Lust an Sandmosers Tod wurde immer schaler, der Kitzel mit jeder Wiederholung weniger.

Was macht ein Mensch wie Philipp, wenn er erreicht hat, was er erreichen wollte? Wenn er nach dem Tod Sandmosers gar kein Ziel mehr hat? Was kann noch kommen, wenn eine lange geplante Tat endlich Wirklichkeit geworden ist? Am Schluss brauchte Philipp nur noch einen Zuschauer, einen letzten Zuschauer, einen, der seine Todesfahrt beobachtet und sein Abschiedsvideo ansieht. Die Befriedigung, dass auch das geklappt hat, hat er schon nicht mehr empfinden können.«

»Mit Sandmoser hatte er sozusagen den Sinn seines Lebens umgebracht«, sagte Dinzinger nachdenklich.

»Er fährt fast genau an der gleichen Stelle in den Tod wie sein Vater« Lollo redete nun immer schneller, klang immer ungeduldiger. »Warum macht er das, da zu sterben, wo sein Vater gestorben ist? Um seinem Vater nahe zu sein, zumindest im Tod? Ich verstehe das einfach nicht, Dinzinger. Ich verstehe vielleicht einen kleinen Zipfel davon, aber die Wahrheit, die ganze Wahrheit, die hinter so einer Tat steht, die verstehe ich nicht. Genauso wenig wie die Wahrheit, die hinter dem Tod Sandmosers steht. Rache? Schon, aber was bedeutet das? Für mich sind das alles Scheinerklärungen, Rache, Eifersucht, Habgier. Wir haben uns daran gewöhnt, das als Erklärung gelten zu lassen. Aber die Wahrheit, Dinzinger, die Wahrheit ist das nicht.«

»Du fragst zu viel, Lollo«, entgegnete Dinzinger. »Was immer die Wahrheit ist, sie ist jedenfalls nichts Erhabenes. Die Wahrheit ist immer deprimierend. Und wer nicht deprimiert werden will, der macht es sich so leicht wie der Danner. Je weniger Fragen du dir stellst, umso klarer wird dein Leben.«

»Wenn das die Wahrheit ist, dann ist sie wirklich deprimierend«, sagte Lollo, verabschiedete sich überstürzt vom Dinzinger und rettete sich in sein Auto. Lollo tat nichts, als unbeweglich in seinem Auto zu sitzen. Mitten in der Leere, die sich ausgebreitet hatte, signalisierte Lollos Handy plötzlich mit zwei Doppeltönen eine eingegangene SMS. Er schaute auf das Display: *wann melden sie sich endlich, uhl. wofür beschäftige ich sie überhaupt. zu weich für einen detektiv und für einen clown nicht witzig genug. brauche ich sie?*

Brauche ich Sie, fragte sich Lollo und schob gleich noch eine zweite Frage nach: Wie sollte er das hinkriegen, dass Baum,

Jens Baum ihm die Unterseite seiner Zunge zeigte? Genauso gut könnte er versuchen, ihn auf den Pendling zu locken oder in einen Brückenpfeiler der Inntalautobahn. Lollo kannte das, ein vertrauter Gedanke zog den anderen nach sich. Es kam ihm vor, als seien in seinem Kopf lauter Wäscheleinen gespannt. Da hingen sie, seine Gedanken, wie altbekannte Unterhosen. Selbst wenn sie manchmal frisch gewaschen schienen, im Licht einer neuen Idee, es blieben doch immer die alten Gedanken.

Lollo hielt sich am Lenkrad fest und sah durch die Windschutzscheibe in den Wald und zum Buchberg hinauf. Das Gespräch mit Dinzinger hatte ihn noch kleiner gemacht, als er ohnehin schon war. Noch immer fand er nicht die Kraft, den Zündschlüssel herumzudrehen. Wo stand er nach dieser Geschichte mit Sandmoser, fragte er sich. Er hatte viel selbstlosen Einsatz gezeigt, körperliche und seelische Schmerzen erlitten und fast klaglos ertragen. Und doch musste Lollo feststellen: Die Welt hatte gar kein Interesse am Fall Sandmoser. Der Polizei war das zu viel Arbeit, der Gerichtsmedizin zu wenig Froschgift, mit Moni hatte er einen Riesenstreit wegen Sibylle gehabt, bei der er sich ähnlich unbeliebt gemacht hatte mit seinen Entdeckungen wie bei Karin Sandmoser. Freunde hatte er bei seinen Ermittlungen wahrlich keine gewonnen. Seufzend ließ Lollo den Motor an.

51

Zufrieden schaute Danner auf das Grab herab. Sandmosers Grab auf dem Friedhof war wieder zugedeckt. Mit Erde, Blumen, Kränzen, Schleifen, letzten Grüßen. Jetzt war Ludwig Sandmoser endgültig unter der Erde. Eine logistische Meisterleistung. Fast hätte Danner mit der Zunge geschnalzt, aber das gehörte sich nicht auf dem Friedhof, da hatte er sich unter Kontrolle. Trotzdem war es schade, dass er niemandem von seiner Heldentat erzählen konnte. Denn manchmal hatte Danner das Gefühl, viele in Kiefersfelden unterschätzten ihn, vor allem natürlich dieser Lothar Uhl. Jetzt hätte er endlich mal allen zeigen können, zu was er fähig war. Und was geschah? Danner musste es für sich behalten. Es war todtraurig.

Sein Bestreben war gewesen, von der Exhumierung so wenig Aufhebens wie möglich zu machen. Die Sache ganz und gar heimlich durchzuziehen, war völlig ausgeschlossen. Nicht mal, wenn Danner ganz allein um Mitternacht gegraben hätte, wäre das unentdeckt geblieben. Nicht in Kiefersfelden. Noch schlimmer wäre nur gewesen, wenn man den Friedhof weiträumig abgesperrt hätte, mit Flatterband und Kollegen aus Rosenheim zur Bewachung. Dann hätte sich halb Kiefersfelden vor den Toren des Bergfriedhofs versammelt, um die vermeintlich geheime Aktion zu beobachten.

Nein, man musste das Interesse lenken, das war Danner sofort bewusst gewesen, nachdem ihm zuvor schon klar geworden war, dass er an dieser lästigen Exhumierung nicht vorbeikam. Verdacht auf Giftmord, wenn das durchgesickert wäre, das wäre eine Katastrophe gewesen. Allein die Journaille, die er dann an der Backe gehabt hätte wie ein klebriges Bonbon. Das Schlimmste für einen Polizisten sind nicht die Täter, sondern die Reporter, davon war Danner fest überzeugt. Und dann die ganzen Schaulustigen, die sich bei einer Exhumierung auf dem Friedhof einfinden würden, was hätte Danner denen sagen sollen, zumal er sie alle kannte? Außerdem hätte er irgendwann zugeben müssen, von wem er die Information mit dem Froschgift hatte, von diesem verfluchten Uhl! Nun wusste Danner zwar, dass ihm diese Exhumierung nicht erspart blieb, ein Bauchgefühl, das ihn seit dreiundzwanzig Jahren Polizeiarbeit begleitete und das mit ihm in die Breite gegangen war, sagte ihm aber deutlich, dass bei der Untersuchung ohnehin nichts herauskommen würde. Deshalb konnte das Problem anders gelöst werden.

Der Einzige, der in Danners Plan eingeweiht war, war der Schwaghofer Fredi, der Bestatter. Den hielt Danner für ein kalkulierbares Risiko, denn mit dem Schwaghofer spielte er seit Jahren in einer Schafkopfrunde. Nun ist es für einen Bestatter nie von Nachteil, gut mit der Polizei bekannt zu sein. Wo Leichen anfallen, fallen Bestattungen an, und je früher man davon weiß, desto eher kommt man ins Geschäft. Also hatte Danner das Gefühl, noch etwas gut zu haben beim Fredi.

Man behauptete einfach eine Rückrufaktion vom Sarghersteller. Offiziell wurde nicht gesagt, warum zurückgerufen wurde, aber unter der Hand durfte Schwaghofer gezielt verbreiten, dass es Probleme beim »Verrottungsverhalten der

Beschläge und der Innenauskleidung« gebe, weshalb man in aller Diskretion kurz den Sarg austauschte. Schadhaftes Material, das war eindeutig der Fehler vom Sarghersteller. Der kam zudem aus Tirol, was die ganze Angelegenheit noch glaubwürdiger machte. Und am Schwaghofer blieb so nichts hängen, gar nichts. Nachdem der Sarg ausgehoben war, fuhr der Fredi ihn höchstpersönlich und ohne Begleitung in die Gerichtsmedizin. Und während die Pathologen das ihre taten, reinigte Schwaghofer den Sarg und polierte ihn, dass er aussah wie neu. Denn bei der Aktion einen Sarg aus seinen Beständen zu spenden, das war ihm dann doch des Guten zu viel. Nur neue Beschläge musste der Sarg bekommen, das sah Schwaghofer ein.

So geräuschlos wie Sandmoser am Freitagmorgen in die Welt zurückgeholt worden war, war er am Samstagmorgen wieder in sein Grab hinabgelassen worden. Dass Schwaghofer dichthalten würde, selbst unter dem Druck mehrerer Liter Bier, an Stammtischen, bei Schafkopfrunden, in Bierzelten, davon war Danner überzeugt. Es war ja auch in Schwaghofers Interesse, dass er schwieg. Kurz hatten sie beide überlegt, ob sie die Geschichte beichten mussten. Aber erstens wollten sie Pfarrer Oberlechner nicht unnötig belasten, und zweitens war es ja nur eine aufrichtige Notlüge, die Schlimmeres verhindern sollte. Danner und Schwaghofer waren sich einig, dass der Herr dafür Verständnis haben würde.

Man kann ihn halt nicht direkt fragen, dachte Danner und seufzte auf, am Grab von Ludwig Sandmoser. Alles an Danners Äußerem drückte in diesem Moment aufrichtige Anteilnahme aus.

52

Gemessen an dem absoluten Nullpunkt, an dem er war, nachdem er Dinzinger fluchtartig verlassen hatte, ging es Lollo besser. Frau, Kind, Schaupenwirt, das half einfach. So leicht war das. Und so schwer.

»Schatz, du hast alles richtig gemacht«, versuchte Moni, ihren Mann zu trösten. »Eines Tages wirst du deinen verdienten Lohn bekommen.« Sie saßen über Eck, an ihrem Lieblingstisch. Moni links neben ihm, an der Herzseite, kraulte seinen Nacken. Das machte ihn wehrlos wie ein Kind. Ich habe meinen Lohn längst erhalten, dachte Lollo. Im Grunde muss ich alles, was ich tue, als eine Art Gegenleistung ansehen, für dieses Nackenkraulen und für mein Leben mit Max und Moni. Dass mir das so schwerfällt.

»Papa?«, fragte Max, der seinem Vater gegenübersaß. »Warum schüttelst du den Kopf, Papa?«

»Ich habe gerade über die Schöpfung nachgedacht«, antwortete Lollo.

»Was ist die Schöpfung?«

»Alles.«

»Alles? Auch die Ameisen?«

»Auch die Ameisen«, bestätigte Lollo.

»Papa, wenn man eine Ameise tötet, wird die Welt kleiner.«

»Soso.«

»Ja, das ist so.« Max nickte heftig. »Das hat mir der Johann im Sandkasten gesagt. Da waren Ameisen, aber die haben wir in Ruhe gelassen.«

Moni kraulte jetzt nicht mehr Lollos Nacken, dafür streichelte sie Max' Wange. War das richtig, fragte sich Lollo. Eigentlich müsste die Welt doch größer werden, wenn einer stirbt. Zumindest mehr Platz müsste da sein. Das merkte man bei einer Ameise kaum, aber bei einem Sandmoser war es offensichtlich, der Tod schaffte Platz.

»Darum geht es aber nicht«, entgegnete Moni.

Hatte sie das jetzt wirklich gesagt oder nur in Lollos Gedanken? Sie hatte sich zurückgelehnt und trank einen Schluck Helles. Lollo bemühte sich, an Monis Einwand entlangzudenken. Wenn die Welt durch einen getöteten Sandmoser doch kleiner werden sollte, dann einfach, weil da einer weg war, der vorher da war. Da ist einer der Welt verloren gegangen.

Schade um jede Ameise sollte das wohl heißen, was Max da im Sandkasten erfahren hatte. Mehr war es nicht. War es dann auch schade um Sandmoser? War eine Ameise ein größerer Verlust als ein Sandmoser? Durfte man diese Frage mit Ja beantworten?

»Nein«, sagte Moni. Diesmal war Lollo ganz sicher, dass Moni gesprochen hatte.

»Nein?«, fragte Lollo nach.

»Du sollst nicht mit deinem Strohhalm in die Zitronenlimo spucken, Max«, ermahnte Moni ihren Sohn.

Und wie war das für die Mörder, fragte sich Lollo. Wurde ihre Welt auch kleiner? Die denken den Rest ihres Lebens über den Mord nach, den sie begangen haben. Die können an gar nichts anderes mehr denken. Wie ein Alkoholiker nur ans Trinken denken kann. Und eine Magersüchtige nur ans Essen.

Und ich, ich müsste bis ans Ende meiner Tage nur noch an Baum, Jens Baum denken, dachte Lollo. Nein, schon allein aus dem Grund konnte er ihn nicht umbringen. Von den ganzen praktischen Schwierigkeiten mal abgesehen.

»Was denkst du, Papa?«, wollte Max wissen.

»Dass der Johann recht hat«, antwortete Lollo. »Auf keinen Fall sollte man Ameisen töten.«

»Sehr richtig«, pflichtete Moni ihm bei. »Außerdem … wer weiß, vielleicht kommt der Papa im nächsten Leben ja als Ameise auf die Welt. Und das wär doch schade, wenn ihn da jemand tötet.«

»Finde ich auch«, sagte Lollo und nahm einen Schluck Boisei. Es ist eindeutig das beste aller Leben, dachte Lollo. Als Ameise wird das nicht mehr gehen, mit Frau und Kind ein Bier zu trinken. »Die Mama hat ganz recht«, bekräftigte er voller Überzeugung.

Beim Stichwort *Mama* sah Lollo seine Frau an, das heißt, er sah sie nicht direkt an, sondern an ihr hinunter, ganz hinunter. Moni hatte ihre große Handtasche auf die Kieselsteine neben den Tisch gestellt. Der Riesenbeutel war offen, und Lollo bemerkte, dass etwas herausschaute.

»Was ist denn das für ein Umschlag?«, fragte er.

»Ach, entschuldige«, sagte Moni und legte Lollo ihre Hand auf den Unterarm. »Hab ich völlig vergessen. Sibylle kam heute Vormittag angebraust. Fährt mit ihrem Auto die Einfahrt hinauf, stellt nicht mal den Motor ab, klingelt und drückt mir den Umschlag in die Hand. ›Macht damit, was ihr wollt‹, meinte sie. ›Ich will hier nur noch weg!‹ Und weg war sie dann auch. Ich wollte sie noch fragen, ob sie denn nicht weiter samstags bei Mariannes Stammtisch mitmachen würde, aber sie ist mit Vollgas die Einfahrt rückwärts runter und dann mit quietschenden Reifen davon. Als wäre jemand hinter ihr her.«

Max ahmte das Rückwärtsfahren und das Losbrausen mit seinem Unimog auf dem Tisch nach. Ganz sicher bewegte er das Spielzeugauto zwischen den roten Karos der Tischdecke hindurch. »Brumm, quietsch, los!«, machte er dazu. Manchmal verhält er sich einfach wie ein ganz normales Kind, dachte Lollo, nahm den riesigen braunen Umschlag, der mehrere Knicke und Eselsohren hatte, und wendete ihn zweimal. Da stand nichts drauf. Lollo tastete. Ein zweiter, etwas kleinerer Umschlag war in dem großen drin.

»Mir wird nun vieles auf einmal klar«, sagte Lollo geheimnisvoll. »Erstens, warum du dir neulich in Rosenheim eine so große Handtasche gekauft hast. Für große Geheimnisse.«

»In dem Laden in der Salinstraße übrigens«, ergänzte Moni, »in dem du deinen Gürtel gekauft hast.«

»Woher …«

»Du kannst dir ruhig mal was gönnen«, meinte Moni. »Du musst halt für dich sorgen. Und wenn du ein schlechtes Gewissen hast, weil so ein schöner Gürtel eben nicht umsonst ist, dann kannst du ganz beruhigt sein. Meine Tasche ist ihr Geld auch wert.«

»Dann bin ich beruhigt«, sagte Lollo und schluckte. Nie konnte er mal ein Geheimnis haben vor seiner Frau. Dabei war er Detektiv!

»Und zweitens?«, fragte Moni.

»Zweitens? Ach ja, zweitens.« Lollo machte eine Pause. »Zweitens passt jetzt irgendwie nicht mehr. Ich wollte ursprünglich sagen, dass ich zum Seher geworden bin und durch Umschläge hindurchsehen kann. Aber du, du durchschaust wirklich alles und jeden, glaube ich. Besonders mich.«

»Ich sehe eben andere Sachen als du«, sagte Moni. »Ist doch gut für ein Paar. Und jetzt verrate mir bitte, was drin ist, in dem Umschlag.« Sie zog erwartungsvoll ihre Augenbrauen hoch.

»Das ist das Testament vom Sandmoser«, erwiderte Lollo. Ein leiser Triumph klang mit in seiner Stimme. »Ein altes Testament aus der Zeit, in der er noch mit der Helga verheiratet war. Als er noch Buße getan und Krippen gebaut hat. Und ein Testament gemacht hat, nur um sich zu bestrafen. So widerwillig, wie er das geschrieben hat, wird sie das annehmen. ›Das war ja wohl das Mindeste‹ wird sie sagen. Das ist ihr Kernsatz. Alles, was ihr im Leben begegnet, ist das Mindeste.«

»Die würde gut zum Wimmer Schorsch passen, zu seinem Zack«, sagte Moni nachdenklich.

»Es kommen einfach immer die falschen Menschen zusammen«, seufzte Lollo. »Außer uns beiden natürlich, mein Schatz.«

»Und ist das jetzt gerecht, dass Helga Sandmoser nun alles erbt?«, fragte Moni.

»Ist das Leben gerecht?«, fragte Lollo zurück und zuckte mit den Schultern. Er schien sich einen Moment zu sammeln, nahm dann sein Boisei in die Hand und stand auf.

»Erhebt euch bitte, stoßt mit mir an und sprecht mir nach«, sagte er feierlich. Und tatsächlich standen Moni und Max auf. Moni hielt ihr Helles vor sich, Max sein kleines rundes Glas mit Zitronenlimo.

»Auf Helga Sandmoser!«, sagte Lollo.

»Wer ist das?«, fragte Max, der eine ganze Weile erstaunlich still gewesen war.

»Das ist eine lange Geschichte, mein Kleiner«, meinte Moni.

»Und eines Tages werde ich sie dir bestimmt erzählen«, versprach Lollo. Vielleicht kommt dann ja die Wahrheit heraus, dachte er. Die wirkliche Wahrheit. »Aber jetzt wollen wir erst mal anstoßen.« Ihre drei Gläser berührten sich.

»Auf Helga Sandmoser!«

96354500R00202

Made in the USA
Lexington, KY
20 August 2018